*Im Knaur Verlag sind bereits folgende
Bücher des Autors erschienen:*
Medusa
Reptilia
Magma
Nebra
Korona
Valhalla

Über den Autor:
Thomas Thiemeyer, geboren 1963, studierte Geologie und Geographie, ehe er sich selbständig machte und eine Laufbahn als Autor und Illustrator einschlug. Mit seinen Wissenschaftsthrillern und Jugendbuchzyklen, die etliche Preise gewannen, sich über eine halbe Million Mal verkauften und in dreizehn Sprachen übersetzt wurden, ist er mittlerweile eine feste Größe in der deutschen Unterhaltungsliteratur. Der Autor lebt mit seiner Familie in Stuttgart.

Thomas Thiemeyer

DAS VERBOTENE EDEN I

Erwachen

Roman

Die gebundene Ausgabe des Werkes erschien unter dem Titel
»Das verbotene Eden. David und Juna«.

Die Shakespeare-Zitate im Text folgen der Übersetzung von
August Wilhelm Schlegel, W. Shakespeare: Dramatische Werke, 9 Bde.
Berlin: Unger 1797–1810. Ergänzt u. erläutert von Ludwig Tieck.

**Besuchen Sie uns im Internet:
www.knaur.de**

Vollständige Taschenbuchausgabe November 2014
Copyright © 2011 bei PAN-Verlag
Ein Unternehmen der Droemerschen Verlagsanstalt
Th. Knaur Nachf. GmbH & Co. KG, München.
Alle Rechte vorbehalten. Das Werk darf – auch teilweise – nur mit
Genehmigung des Verlags wiedergegeben werden.
Redaktion: Franz Leipold
Umschlaggestaltung: ZERO Werbeagentur, München
Umschlagabbildung: FinePic®, München
Satz: Adobe InDesign im Verlag
Druck und Bindung: CPI books GmbH, Leck
ISBN 978-3-426-50940-1

2 4 5 3 1

Liebt ich wohl je? Nein, schwör es ab, Gesicht!
Du sahst bis jetzt noch wahre Schönheit nicht.
  William Shakespeare: Romeo und Julia

Teil 1
Vermächtnis

Tagebucheintrag vom 31. März 2015

Wenn unsere Welt zusammenbricht, dann schneller, als wir uns das im Moment ausmalen können.
Ein Gedankenexperiment: Stellen wir uns vor, morgen gäbe es keinen Strom mehr. Kein Gas, kein Öl, kein Wasser. Der Verkehr steht still. Autos fahren nicht mehr und auch keine Busse oder Bahnen, von Schiffen und Flugzeugen ganz zu schweigen. Es gibt kein Radio, kein Fernsehen. Niemand, der den Leuten Trost und Hoffnung spenden kann.
Jeder bleibt da, wo er ist.
Eine kurze Zeit können die Menschen von ihren Vorräten leben, doch die sind schnell aufgebraucht. Bereits nach drei Tagen werden die ersten Supermärkte überfallen. Marodierende Mobs durchstreifen die Straßen und lassen alles mitgehen, was nicht niet- und nagelfest ist. Danach trifft es die Kaufhäuser. Schuhe, Kleider, Hosen, Jacken – Unsicherheit mündet in Vorratshaltung, Panik in Plünderung. Man kann den Menschen ihre Würde nehmen; nimmt man ihnen aber auch noch ihre Lebensgrundlage, werden sie zu wilden Tieren.
Bereits eine Woche später regiert das nackte Chaos. Das ausgerufene Notstandsrecht bleibt wirkungslos. Der Versuch des Militärs, die Lage unter Kontrolle zu bringen, scheitert. Was können ein paar tausend Soldaten gegen Millionen und Abermillionen verzweifelter Menschen ausrichten? Was dann folgt, darüber können wir nur spekulieren, doch eines ist sicher: Es wird schrecklich.
Manch einer meiner Kollegen wird sagen, ich würde übertreiben, ein solches Unglück könne niemals eintreten.

Aber können wir uns dessen so sicher sein?
Was geschieht, wenn Männer und Frauen zu Feinden werden, wenn alles, was uns am anderen Geschlecht reizvoll und begehrenswert erscheint, plötzlich ins Gegenteil verkehrt wird? Wir werden beginnen, uns zu hassen. Die Menschheit würde in der Mitte gespalten. Es wäre, als würde man einen Keil in die Keimzelle aller menschlichen Existenz treiben: in die Verbindung zwischen Mann und Frau. Für ein solches Szenario gibt es keinen Notfallplan, keinen Rettungsschirm und keine Hilfe. Das Faustrecht wird regieren – der Mensch wird des Menschen ärgster Feind. Bereits nach einer Woche ist von der Zivilisation, wie wir sie kennen, nichts mehr übrig. Zwei Wochen später ist die Menschheit bereits um die Hälfte reduziert, nach drei Wochen lebt nur noch ein Zehntel. Die, die zurückbleiben, müssen ums nackte Überleben kämpfen.

Vor diesem Hintergrund sehe ich der Entwicklung des neuen Grippeimpfstoffs FLU-VACC mit großem Argwohn entgegen. Es scheint, als würde der Wirkstoff sprunghafte Mutationen an Grippeviren auslösen, die bei Menschen, die von ihnen befallen werden, zu atypischen Verhaltensmustern führen. Eine davon ist die unerklärliche Abneigung gegen das andere Geschlecht. Gleich morgen werde ich ein Schreiben aufsetzen, um vor einer übereilten Freigabe und Genehmigung zu warnen. Denn wie ich bereits geschrieben habe: Es braucht nur einen Monat, um die Menschheit zurück in die Steinzeit zu katapultieren.

Dr. med. Karl Freihofer
Virenforschungszentrum der Universität Zürich

1

65 Jahre später …

Der Schecke keuchte und schwitzte. Der unebene Waldboden dröhnte dumpf unter den Hufen. Erdbrocken flogen in die Höhe. Animalischer Schweißgeruch lag in der Luft.
Juna lenkte das Pferd unter einem niedrig hängenden Ast hindurch und sprang kurz dahinter über einen umgestürzten Baum. Dann folgte ein gerades Stück. Ihre rotbraunen Locken flatterten im Wind. Der Umhang wogte hinter ihr her wie eine Flamme im Sturm. Sie trat dem Pferd in die Flanken und beschleunigte auf ein halsbrecherisches Tempo. Äste und Zweige flogen nur so an ihr vorüber. Hochkonzentriert blickte sie geradeaus. Wenn sie nur nicht zu spät kam!
Das letzte Hornsignal war bereits seit geraumer Zeit verklungen, stattdessen waren Schüsse zu hören gewesen.
Kein gutes Zeichen.
In den Satteltaschen klapperten Metallgegenstände: Armbrust, Bolzen, Wurfmesser, Stolperschlingen. Standardausrüstung für eine Priesterin der Brigantia. Lederharnisch, Schulterplatten, Rücken- und Brustpanzer, Armschützer, Beinschienen – das Rüstzeug wog gut und gerne fünfzehn Kilogramm. Viele hätten sich über das Gewicht beklagt, doch für Juna war es wie eine zweite Haut. Die Waffen bildeten Verlängerungen ihrer Arme und Beine. Obwohl sie

erst siebzehn war, konnte sie sich kaum daran erinnern, wie es war, ohne sie unterwegs zu sein.

Prüfend hielt sie die Nase in die Höhe. Der Wind führte einen markanten Geruch mit sich. *Feuer!*

Er kam von vorne und wurde rasch intensiver.

Ein kleiner Ruck an den Zügeln, und der Schecke ging nach rechts. Zwischen den Baumstämmen wurde es heller. Noch etwa fünfzig Meter, dann war der Wald zu Ende. Sie ließ die Zügel knallen und preschte auf die Wiese hinaus.

Ingran lag etwa eine halbe Meile entfernt, am Ende eines sanft abfallenden Hanges, der mit Äckern und Viehweiden bedeckt war. Ein Bach schlängelte sich von den Bergen herab. Pappeln und Weiden säumten seine Ufer. Die Ortschaft selbst war klein, vielleicht vierzig oder fünfzig Einwohner. Ein leichter Nebelschleier lag über dem Talgrund.

Von einem der Gebäude stieg Rauch auf. Juna sah einige Frauen, die bemüht waren, das Feuer zu löschen. Der Palisadenzaun war an einer Stelle eingerissen. Der Wachtturm schien unbesetzt zu sein.

In diesem Moment ertönte ein Schwirren. Knapp über ihrem Kopf sauste ein Schatten dahin: Camal, ihr Falke. Eine ganze Weile hatte er sich nicht blicken lassen, aber jetzt, als sie den Wald verlassen hatte, war er plötzlich wieder da. Aus seinem krummen Schnabel drang ein langgezogener Schrei. Sie hob die Faust und ließ ihn landen.

Die Krallen bohrten sich in ihren Lederhandschuh. Das helle, mit schwarzen Tupfen gesprenkelte Gefieder glänzte in der Sonne. In den großen braunen Augen leuchtete Verlangen. Juna wusste genau, was er wollte. Sie griff in einen Lederbeutel und nahm ein Stück Fleisch heraus. Die Ziege hatte gestern noch gelebt. Camal öffnete seinen Schnabel und würgte den Fleischbrocken hinunter. Als er merkte, dass es nichts mehr gab, stieg er wieder auf.

Juna schnalzte mit der Zunge und ritt den Abhang hinunter. Von den Feinden war keine Spur zu sehen. Es war offensichtlich, dass sie zu spät kam. Trotzdem zog sie die Armbrust.

Sie hatte das Dorf noch nicht erreicht, als sie innehielt. Zu dem Gestank nach verbranntem Holz hatte sich ein anderer Geruch gesellt: *Benzin*. Sie sah Spuren im Gras, die nur auf Reifenabdrücke zurückzuführen waren. Jetzt konnte es keinen Zweifel mehr geben.

Eine der Frauen bemerkte sie und gab den anderen ein Zeichen. Im Nu sah Juna sich von aufgebrachten und verzweifelten Frauen umringt, die hilfesuchend zu ihr emporblickten.

Eine kräftige Frau mittleren Alters trat auf sie zu und legte ihre Hand auf den Hals des Pferdes. Ihre Augen leuchteten in einem stumpfen Grün, und ihre graugelben Haare waren zu einem Zopf geflochten. Man sah ihr an, dass sie in ihrem Leben hart gearbeitet hatte.

»Ihr kommt zu spät, Priesterin der Brigantia«, sagte sie. Junas markante Kriegsbemalung ließ keinen Zweifel daran, welchem Stand sie angehörte. Wenn die Frau verwundert war, dass Juna noch so jung war, so ließ sie es sich nicht anmerken. »Die Teufel sind fort.«

Juna stieg ab. »Was ist geschehen?«

»Sie erschienen wie aus dem Nichts. Wir haben sie nicht kommen hören.«

»Wurde jemand verletzt?«

»Ein paar blaue Flecken, ein paar Schnitte. Nichts Ernstes. Sie nahmen sich, was sie kriegen konnten, dann haben sie den Tempel in Brand gesetzt.«

Juna schaute auf die geschnitzten Figuren und die bunt bemalten Tongesichter. Das Symbol der Mondbarke war in den Querbalken eingeschnitzt – ein Rigani-Tempel. Blumenopfer und Getreidegaben lagen vor der Tür. Aus den schwelenden Holzbalken stieg beißender Rauch auf.
»Werdet ihr ihn retten können?«
Die Frau schüttelte den Kopf. »Die Tragbalken sind zu stark in Mitleidenschaft gezogen. Wir werden ihn abreißen und neu errichten müssen. Immerhin ist das Feuer nicht auf die anderen Häuser übergesprungen.«
Juna ging ein paar Schritte um den Tempel herum. Es war lange her, dass sie diese Ortschaft besucht hatte. Ingran ähnelte all den anderen kümmerlichen kleinen Dörfern im Grenzland. Aus den geöffneten Türen leuchteten ihr die Gesichter schmutziger und verzweifelter Frauen entgegen. Es gab kaum Kinder, das jüngste war vielleicht elf oder zwölf.
»Bist du die Anführerin?« Es war mehr eine Feststellung als eine Frage.
Wieder ein Nicken. »Mein Name ist Megan. Mein Haus ist dort drüben.« Sie deutete auf ein Gebäude am Ortseingang. »Dort können wir uns unterhalten.«
Der Wohnraum war klein und spartanisch. Niedrige Decken, Holzdielen. Ein Tisch, ein Regal, ein paar Stühle. Juna entdeckte so gut wie keine persönlichen Gegenstände, sah man mal von ein paar getrockneten Blumen und einer geflochtenen Obstschale ab.
Die Frau eilte mit einem Krug nach draußen, betätigte die Pumpe und kam wieder zurück. Sie stellte den Krug und zwei Tontassen auf den Tisch. »Darf ich Euch vielleicht etwas zu essen anbieten? Brot, Obst, ein wenig Käse?«

Juna sah sich um. Das wenige Obst wirkte vertrocknet, und der Käse sah alt aus. Sie wollte nichts, dieses Haus war arm. »Nein danke, Wasser genügt.«
Sie ließ sich den Becher vollschenken und nahm einen tiefen Zug. Das Wasser schmeckte abgestanden, war aber genießbar. Sie wischte sich mit dem Ärmel über den Mund. »Gut, Megan, und jetzt erzähle. Wie konnte es passieren, dass euch die Teufel überrascht haben? War euer Wachturm nicht besetzt?«
»Doch, schon.« Die Frau schaute zu Boden. »Es war nur so: Wir hatten letzte Nacht unser traditionelles Mondfest, und wie immer bei dieser Gelegenheit wurde etwas Met ausgeschenkt. Etwas zu viel für manche, wie ich zugeben muss. Eine von ihnen war Freya.«
»Eure Wächterin?«
Die Frau wich Junas Blick aus. Die Anwesenheit der Brigantin schien ihr Unbehagen zu bereiten.
»Erzähl mir, was geschehen ist.«
»Sie muss eingeschlafen sein«, sagte Megan. »Als wir die Motoren hörten, war es bereits zu spät. Sie brachen durch die Palisade, raubten und brandschatzten und zogen sich dann wieder zurück. Es ging alles so schnell...«
»Habt ihr euch zur Wehr gesetzt?«
»Bei der Göttin, nein.« Die Frau schüttelte vehement den Kopf. »Wir waren vollkommen friedlich. Wir zeigten ihnen sogar den Weg zu unseren Vorratsräumen, ganz im Sinne des Abkommens.«
»Habt ihr euch ihnen dargeboten?«
Megan faltete ihre Hände. Das Sprechen fiel ihr sichtlich schwer. »Nein«, sagte sie mit leiser Stimme. »Wir hätten es getan, aber keine unserer Frauen ist im Moment empfäng-

nisbereit. Der Schandkreis blieb leer. Vielleicht war es das, was sie so auf die Palme gebracht hat. Jedenfalls haben sie uns bespuckt, geschlagen und die Kleider vom Leib gerissen. Es war schrecklich. Ich habe mich noch nie so hilflos gefühlt.« Ein Schluchzen drang aus ihrer Kehle.
Juna berührte ihren Arm. Sie empfand Mitgefühl für die Frau. Einer *Landernte* – so der offizielle Ausdruck für die Plünderung – beizuwohnen war schlimm genug, doch das hier ging eindeutig zu weit. Dass sie sich an Frauen vergingen, die sich unterwarfen, war nicht akzeptabel. Und einen Tempel in Brand zu setzen kam einer offenen Kriegserklärung gleich.
Juna nahm noch einen Schluck, dann stand sie auf. Sie hatte genug gehört. Sie musste umgehend zurückreiten und Bericht erstatten. »Sei unbesorgt«, sagte sie zu Megan. »Fürs Erste seid ihr in Sicherheit. Die Teufel greifen nie so kurz hintereinander denselben Ort an. Ihr solltet eure Palisade wieder aufbauen und sie verstärken. Und ihr müsst Freya für ihr Versagen bestrafen.«
»Das ist schon geschehen«, sagte die Anführerin. »Ich habe sie mit einem dreiwöchigen Schweigebann belegt. So lange wird sie das weiße Band tragen.«
Juna nickte. »Ich muss jetzt aufbrechen und Bericht erstatten. Ihr werdet Nachricht von uns erhalten. Gut möglich, dass wir demnächst ein paar Brigantinnen mit Nahrungsmitteln zu euch schicken, um euren Verlust zu mindern. Sie werden bei der Gelegenheit die Umgebung absuchen und nach dem Rechten sehen.« Sie stand auf und wandte sich zum Gehen.
»Wartet.« Die Frau berührte sie an der Schulter. »Es gibt noch etwas, was ich Euch sagen muss.«
Juna hob die Brauen.

»Eine unserer Frauen konnte ein Gespräch zwischen den Teufeln belauschen. Obwohl sie Masken trugen, waren die Worte deutlich zu verstehen. Sie sagten, dass dies nur der erste einer Reihe von Angriffen gegen die Kommunen des Grenzlandes sei, dass ihre Vorratskammern aufgrund einer Rattenplage leer seien und dass sie jetzt öfter auf Raubzug gehen müssten. Alcmona soll ihr nächstes Ziel sein.«
»*Alcmona?* Bist du sicher?«
»Das hat sie gehört.«
»Hat sie auch gehört, an welchem Tag das geschehen soll?«
»Noch innerhalb dieser Woche« sagte Megan, »spätestens Anfang der nächsten. Der Teufel wollte keinen genauen Termin nennen, definitiv aber binnen der nächsten Tage.«
Megan schaute sie hoffnungsvoll an. »Könnt Ihr mit dieser Information etwas anfangen?«
Juna nickte. »Oh, ja«, sagte sie. »Mehr, als du ahnst.«

2

Die Vesperglocke läutete zum dritten Mal.
David blinzelte durch das trübe Fensterglas der Schreibstube hinaus auf den Hof. Die meisten Klosterbrüder waren bereits versammelt und erwarteten ungeduldig das Öffnen des Haupttores. Höchste Zeit, sich auf den Weg zu machen.
Seufzend wischte er Hände und Unterarme an der groben Stoffkutte ab, legte Federkiel und Büttenpapier zur Seite und schraubte die Deckel auf die Tintenfässer. Dann stand er auf und streckte sich. Die Abschrift für den Abt musste warten. In diesem Moment flog die Tür auf, und das rotwangige Gesicht des Bibliothekars erschien. Irritiert blinzelte Meister Stephan ihn über den Rand seiner vergoldeten Brille hinweg an.
»Du bist noch hier?«, rief er. »Ich dachte, du wärst längst unterwegs. Alle sind schon draußen. Der Inquisitor kann jeden Moment eintreffen. Beeil dich. Wasch dein Gesicht, zieh dir etwas Frisches an und vor allem: Schaff den Köter hier heraus. Wenn unser hoher Besuch das Skriptorium betritt und dieses Vieh immer noch hier ist, dann gnade dir Gott.«
»Ja, Herr.«
Der Mann mit dem grauen Haarkranz schüttelte enttäuscht den Kopf. »Wenn du es mit deinen achtzehn Jahren noch mal zu etwas anderem bringen willst als zu einem einfachen Bibliothekar, dann solltest du meine Geduld nicht länger strapazieren.«

»Ja, Herr.«
Rumms flog die Tür wieder zu.
David seufzte. Er verspürte nicht die geringste Lust, Meister Stephans Aufforderung zu folgen, doch es blieb ihm wohl nichts anderes übrig. Der Inquisitor kam nur alle paar Monate, und es gehörte zur Pflicht eines jeden Klostermitglieds, ihm seine Ehrerbietung zu bezeugen.
»Komm, Grimaldi«, sagte er. »Raus mit dir. Ich habe dir doch gesagt, du sollst dich unsichtbar machen, wenn du hier bist.«
Unter dem Tisch tauchte das hässlichste Gesicht auf, das man sich vorstellen konnte. Schwarz-gelbes Fell, ausgefranste Ohren und eine Schnauze, aus der krumme gelbe Zähne ragten. Unwillig, das linke Hinterbein ein wenig nachziehend, verließ der Mischlingsrüde seinen Lieblingsplatz und humpelte in Richtung Tür. David hatte ihn als Welpen vor den Wolfshunden gerettet, die das schwächliche Hundebaby töten wollten. Grimaldi war seitdem sein ständiger Begleiter geworden. Auch wenn der Abt und der Bibliothekar das nicht gerne sahen, so war er doch froh über die Gesellschaft des eigenwilligen Tieres. Nicht nur, weil es angenehmer war, nicht allein zu sein; der wache Instinkt seines Begleiters hatte ihn bereits mehr als einmal vor Gefahren gewarnt.
»Komm schon, raus mit dir.« David öffnete die Tür und folgte dem Hund hinaus in den dunklen Gang.
Schnell den Schreibkittel aus-, die Festtagskutte angezogen und das Gesicht mit Wasser benetzt, trat er auf den sonnenüberfluteten Hof hinaus. Er musste ein paar Mal blinzeln, bis er sich an das grelle Sonnenlicht gewöhnt hatte. Dann entdeckte er Amon am linken Rand des Menschenauflaufs. Mit schnellen Schritten eilte er über den Hof.

»Na, Bücherwurm, Wachs in den Ohren«, rief einer der Mönche ihm zu. »Es hat schon dreimal geläutet.«
»Ach wo, vermutlich ist er am Leim festgeklebt und konnte deswegen nicht weg.«
»Wie geht's deiner Töle?«
Unterdrücktes Gelächter war zu hören. David galt unter seinen Mitbrüdern als Außenseiter und Sonderling. Vielleicht, weil er einer der wenigen war, die lesen und schreiben konnten. Vielleicht aber auch, weil er sowohl vom Bruder Bibliothekar als auch vom Abt gefördert wurde. Er besaß ein besonderes Talent für die Entzifferung alter Schriften, und das war selten geworden in diesen Zeiten. Natürlich erweckte eine solche Bevorzugung den Neid einiger Mitbrüder, aber das störte ihn nicht sonderlich. David war ein notorischer Einzelgänger, der die Gesellschaft anderer mied. Die Hänseleien waren eben der Preis, den er dafür zahlen musste.
»Haltet den Mund«, rief Amon den anderen zu. »Kümmere dich nicht um ihr Geschwätz. Wo warst du denn so lange?«
Auf dem Gesicht seines Freundes lag ein breites Grinsen. »Hast wohl geglaubt, dein Fehlen würde nicht auffallen, oder?«
David strich mit der Hand durch seine kurzen dunklen Haare. Es stimmte. Die Begegnung mit dem Inquisitor bereitete ihm Unbehagen. Seit er denken konnte, hatte dieser Mann nichts als Häme und Spott für ihn übrig gehabt. Warum sollte es diesmal anders sein?
Amon drückte seine Hand. »Wird schon alles gutgehen, vertrau mir.«
In diesem Moment waren von außerhalb der Mauern laute Motorengeräusche zu hören. Die schweren Holztüren wur-

den geöffnet, und herein fuhr die bewaffnete Eskorte des dritten Inquisitors der Heiligen Stadt, Marcus Capistranus. Der hagere Mann war in eine scharlachrote Robe gekleidet und hielt den traditionellen Bußstab in seiner Hand: eine Eisenstange mit Stacheldraht, das Symbol der Dornenkrone. Sein Gesicht wurde von einer weit überhängenden Kapuze verdeckt. Das Fahrzeug – ein schwarzer Geländewagen mit Überrollbügel – wurde von vier Männern der Leibgarde flankiert, die vermummt und behelmt auf ihren Motorrädern saßen. Keiner von ihnen maß unter einem Meter neunzig. Ihnen folgte ein verrosteter, heruntergekommener Lastwagen, dessen Achsen auf der holperigen Strecke furchtbare Geräusche von sich gaben.

In eine Wolke aus Staub und Abgasen gehüllt, fuhr der Konvoi in den Hof und parkte nahe den Vorratshäusern. Es dauerte eine Weile, bis Lärm und Gestank verflogen waren, dann verließ der Inquisitor das Fahrzeug. Mit insektengleicher Langsamkeit stieg er aus und ging, den Stab fest in der Hand haltend, auf sie zu.

Als er beim Abt eintraf, fiel dieser vor ihm auf die Knie. Der Inquisitor streckte seine Hand aus, damit der Abt den Siegelring mit seinen Lippen berühren konnte. Alle hielten ihre Köpfe gesenkt. David bemerkte, dass das Kirchenoberhaupt den alten Mann länger als sonst knien ließ. Jeder wusste, was für eine Prozedur das für den Abt war. Benedikt war zweiundachtzig Jahre alt und litt unter Gicht. Sein schmerzerfülltes Keuchen drang bis zu ihnen herüber.

Die Ernte war nicht gut ausgefallen. Ratten hatten einen Großteil der Gemüse- und Getreidevorräte vernichtet. Der Inquisitor wusste das und ließ den Abt dafür leiden. Nach schier endlosen Minuten erlöste er ihn von seiner Marter und half ihm auf die Füße. Sein Gesicht lag noch immer im Schatten.

»Dürfen wir für diese Nacht um Obdach und Verköstigung bitten?« Die Stimme war tief und kraftvoll. Die Stimme eines Mannes, der es gewohnt war, Befehle zu erteilen.

»Es ist uns eine Ehre«, erwiderte der Abt. »Eure Gemächer sind hergerichtet. Ihr möchtet Euch sicher ausruhen nach der beschwerlichen Fahrt.«

»Keineswegs«, sagte der Inquisitor. »Die Reise war ausgesprochen angenehm. Keine Plünderer, Wolfshunde oder sonstige Unannehmlichkeiten. Wenn es Euch nichts ausmacht, würde ich gerne sofort mit der Inspektion und der Prüfung der Bücher beginnen. Bis Vesper sind es noch gut zwei Stunden, und die Zeit ist knapp.«

Benedikt nickte. »Dann folgt mir bitte. Der Cellerar hat die Bücher bereits vorbereitet.«

Der Vespergottesdienst ging zu Ende, und die Mönche betraten mit gesenkten Köpfen das Refektorium. David war auf Wunsch des Inquisitors dem Küchenmeister zugeteilt worden, um ihm bei den Vorbereitungen für das Abendessen zu helfen. Der hohe Besuch hatte ausdrücklich darauf bestanden, dass David an diesem Abend bediente, und das konnte man nicht einfach ignorieren. Trotzdem geisterte die Frage in Davids Kopf herum, während er den Nudelteig mit einem Wellholz bearbeitete. Warum er? Was wollte der Inquisitor von ihm? Der Küchenmeister verfügte über genügend eigenes Personal. Nicht, dass David etwas gegen die Arbeit einzuwenden hätte. Er liebte die Küche. Überall wurde emsig geschnippelt und gehobelt. Es würde Gemüseauflauf geben, dazu Salat und Maultaschen sowie frisches Brot aus dem klostereigenen Backhaus. Gewürze wie Petersilie, Thymian, Rosmarin und Salbei lagen in geflochtenen Körben bereit, außerdem Knoblauch und Pfeffer, der in diesen Tagen schwer zu bekommen war. Auf dem Herd köchelte bereits der Sud, in dem das Gemüse kurz blanchiert wurde, ehe es zusammen mit dem Teig in die Backröhre wanderte. Die Luft war erfüllt von köstlichen Gerüchen. David spürte, wie ihm das Wasser im Mund zusammenlief. Trotzdem war es seltsam, dass er hier war. Vermutlich war es reine Schikane. Der Inquisitor hasste ihn und warf ihm Steine in den Weg, wo immer er konnte.

Während er den ausgerollten Nudelteig in gleichmäßige Rechtecke schnitt, kamen ihm die Worte in den Sinn, die der hohe Besucher vorhin während seiner Vesperpredigt gesprochen hatte:

Es umwanden mich die Stricke des Todes,
die Schlingen der Unterwelt fingen mich ein,
ich war versunken in Elend und Angst.
Da rief ich an den Namen des Herrn.

Warum ausgerechnet dieser Psalm? Psalm 114 war von allen der bedrohlichste. War die Lage wirklich so ernst?

»Was machst du denn, schläfst du?«

Die dröhnende Stimme ließ ihn auffahren. Meister Ignatius war ein übergewichtiger Mann Mitte fünfzig, dem man ansah, dass er seine Aufgabe als Küchenchef ernst nahm. Seine roten Wangen und sein herzhaftes Lachen wurden von allen geschätzt, sein cholerisches Temperament jedoch war gefürchtet. Wer sich nicht sputete, musste mit drakonischen Strafen rechnen. Von einem tönernen Wurfgeschoss getroffen zu werden gehörte da noch zu den geringeren Übeln.

»Nein, Herr«, beeilte David sich zu versichern. »Ich habe

nur überlegt, welchen Wein wir dem Inquisitor anbieten sollen. Vom '71er Domkastell ist kaum noch etwas übrig.«
»Was sagst du?« Der besorgte Blick des Küchenmeisters signalisierte David, dass er das richtige Stichwort geliefert hatte. Wein war bei Meister Ignatius immer ein gutes Thema.
David nickte. »Ich habe den Messstab ins Fass gehalten. Es sind nur noch ungefähr acht bis neun Liter.«
Der Küchenmeister wirkte erschrocken. Es dauerte einen Moment, dann sagte er: »Na gut. Dann muss es halt der '76er sein. Marcus wird den Unterschied eh nicht merken. Er versteht von Wein so wenig wie ein Schwein vom Kälberkriegen. Acht bis neun Liter sagst du?«
»Ja, Herr.«
»Verdammt.« Ignatius machte einen Gesichtsausdruck, als wäre jemand gestorben. »Ich hatte gehofft, dass er länger reichen würde. So ein edles Tröpfchen. *Der Herr hat's gegeben, der Herr hat's genommen,* sagt man nicht so?«
David grinste. Jeder im Kloster wusste, dass der Küchenmeister an dem niedrigen Pegelstand selbst nicht ganz unschuldig war. Die rote, großporige Nase verriet ihn.
»Beeil dich und füll rasch die Karaffen auf. Die anderen sollen inzwischen Käse und Brot auftragen.«
David beeilte sich, den Wünschen von Meister Ignatius nachzukommen. Er war verwundert, wie offenherzig der Küchenmeister über Marcus Capistranus sprach. Unter den einfachen Mönchen wurde der Name des Inquisitors nur im Flüsterton genannt. Es hieß, er sei früher Mitglied der *Heiligen Lanze* gewesen. Bei einem seiner Raubzüge sei er von den Hexen gefangen und in ein Haus gesperrt worden, bei dem man alle Türen und Fenster verrammelt hatte. Dann

war das Haus in Brand gesteckt worden. Nur durch ein Wunder war er der Flammenhölle entkommen. Er selbst behauptete, der Erzengel Michael habe ihm geholfen; andere sprachen davon, eine mitleidige Seele habe sich seiner erbarmt und die Tür geöffnet. Nachdem er genesen war – was über ein halbes Jahr gedauert hatte –, wurde er zum Anführer der Heiligen Lanze und später zum Inquisitor gewählt. Seine Karriere war beispiellos, genau wie seine Härte.
David betrat den Keller und steuerte auf das Fass mit dem '76er Domkastell zu. Die Fackeln warfen zuckende Schatten gegen die Wände. Der säuerliche Geruch von Wein durchströmte das kühle Steingewölbe. Von der Decke tropfte Wasser.
Rasch füllte David die Karaffen, dann beeilte er sich, ins Refektorium zu kommen.
Der Abt und der Inquisitor saßen am Kopfende der langen Tafel und sprachen leise miteinander. Ein junger Mönch hielt derweil eine Lesung von der Kanzel herab.
»Seid fest und lasst euch nicht erschüttern und schreitet fort im Werk des Herrn. Seid gewiss: Eure Mühe im Herrn ist nicht vergebens.«
Die Stimme flog wie ein Vogel über die versammelte Gemeinde.
David beeilte sich, die Krüge zu verteilen, und machte sich anschließend daran, dem Abt und dem Inquisitor einzuschenken. Die vier Mitglieder der Leibgarde rechts und links bedachten ihn mit abfälligen Blicken. Als er sich dem Abt und dem Inquisitor auf Hörweite genähert hatte, konnte er vernehmen, dass dort leise gesprochen wurde.
»Ich werde euch morgen wieder verlassen«, sagte Marcus Capistranus. »Meine Arbeit hier ist erledigt.«

Benedikts buschige Brauen wanderten nach oben. »Morgen schon?«
Hörte David da einen Anflug von Erleichterung?
»Ich dachte, Ihr würdet uns ein paar Tage beehren.«
»Leider nein. Im Norden der Stadt ist im Zuge der Rattenplage noch eine Seuche ausgebrochen. Wir wissen noch nicht, was es ist, nur, dass sie mit erschreckender Schnelligkeit um sich greift. Wir haben alle Hände voll zu tun, die Herde unter Kontrolle zu halten.«
»Was ist mit Medikamenten?«
Der Inquisitor schüttelte den Kopf. »Die Vorräte sind streng rationiert. Wir müssen weiter denken als bis zum nächsten Winter. Es sind schwierige Zeiten, Bruder Benedikt, das wisst Ihr selbst. Jeder von uns muss seinen Beitrag für die Gemeinschaft leisten. Doch mit dem Segen des Herrn werden wir auch diese Prüfung überstehen.«
Davids Hand zitterte ein wenig, als er bei den beiden Männern ankam. Der Inquisitor war nur noch eine Armlänge entfernt. Er durfte sich jetzt nichts anmerken lassen. Vorsichtig schenkte er ihm Wein ein. Der Kelch war erst zur Hälfte gefüllt, als plötzlich eine Hand aus der Kutte hervorschoss und seinen Arm umspannte. Die Finger waren dürr, und die Haut auf der Oberseite wies schreckliche Narben auf. Der Inquisitor schlug die Kapuze zurück. »Nervös, mein junger Novize?«
David versuchte, ruhig zu bleiben. »Ja, Herr.«
Er wusste um die schweren Verbrennungen von Marcus Capistranus. Die rechte Gesichtshälfte sah aus, als bestünde sie aus geschmolzenem Glas. Von der Nase war nur ein kleiner Knorpelrest übrig geblieben, und statt eines Auges war da nur eine dunkle Höhle.

Ein schiefes Lächeln umspielte die Lippen des Würdenträgers. »Warum zitterst du so, mangelt es dir an Kraft? Zu wenig körperliche Arbeit, vielleicht? Die Abschrift von Büchern und Dokumenten scheint deinen Körper geschwächt zu haben.« Er stieß ein trockenes Lachen aus. »Vielleicht sollte ich dich dauerhaft dem Küchenmeister zuteilen. Wassereimer zu schleppen wäre dir sicher zuträglicher als diese staubigen Bücher.«
»Mir gefällt die Bibliothek, Euer Eminenz«, stammelte David. »Ich habe mir gewünscht, dort arbeiten zu dürfen.«
Der Inquisitor blickte den Abt überrascht an. »Er hat es sich *gewünscht?*« Seine Stimme triefte vor Hohn. »Ist das hier ein Wunschkonzert, in dem jeder machen darf, was er will?«
»Natürlich nicht«, beeilte sich Benedikt zu versichern. »David ist uns aufgefallen, weil er eine gewisse Belesenheit und Interesse an Büchern gezeigt hat. Außerdem besitzt er eine schöne Handschrift. Und was den fehlenden Tribut betrifft, so werden wir all unsere Energie darauf verwenden, ihn Euch so bald wie möglich zurückzuzahlen.«
»Eure Quartalszahlen sind miserabel«, sagte der Inquisitor. »Ich weiß, dass Ihr eine Rattenplage hattet, doch das kann keine Ausrede sein. Die anderen Klöster hatten ähnliche Probleme. Sie haben das Fehlen der Erträge durch intensive Landernten kompensiert und waren so trotzdem in der Lage, der Kirche ihren Tribut zu zahlen. Vielleicht solltet Ihr in Eurem Kloster eine strengere Hand walten lassen.«
Benedikt sandte einen kurzen, warnenden Blick in Davids Richtung, dann nickte er. »Wie Ihr wünscht.«
Der Inquisitor nahm die Entschuldigung mit einem knappen Nicken zur Kenntnis. Sein Blick war auf den Dornenstab gerichtet. »Bücher sind eine gefährliche Sache«, sagte

er. »Sie bringen Menschen auf dumme Ideen. Nicht umsonst wurden die meisten von ihnen in den Dunklen Jahren vernichtet. Das einzige Buch, das ich lese – abgesehen von der Heiligen Schrift –, ist das Malleus Maleficarum, auch bekannt unter dem Namen Hexenhammer.« Er hob seinen Blick. »Wie ist es um deine Kenntnis darüber bestellt, Junge?«
David spürte, dass das eine Fangfrage war. Er stand immer noch da, die Karaffe in der Hand und den Kopf gesenkt. Verzweifelt rang er um eine passende Antwort. Doch Marcus schien keine zu erwarten. »Wenn es nach mir ginge, bräuchten wir keine anderen Bücher«, fuhr er fort. »Im Malleus Maleficarum finden sich alle Antworten, die wir benötigen. Besonders die, die den Umgang mit den Hexen beschreiben. Verflucht seien ihre deformierten Leiber.«
»Ein wichtiges Werk, da muss ich Euch recht geben«, sagte Benedikt und deutete David mit einer knappen Handbewegung an, er möge den Krug abstellen und sich rasch entfernen. »Doch es gibt noch andere Bücher, die unsere Aufmerksamkeit verdienen. Wir fangen erst langsam an zu verstehen, was in den Dunklen Jahren wirklich geschehen ist. Wir müssen aus den Fehlern der Vergangenheit lernen, wenn wir nicht …«
»Papperlapapp«, unterbrach ihn der Inquisitor. »*Vergangenheit.*« Er spuckte das Wort regelrecht aus. »Es ist die Gegenwart, die uns zu interessieren hat, und die sieht nicht gerade rosig aus. Schafft mir den Tribut heran, dann will ich über die Verzögerung hinwegsehen.« Mit einem Seufzen richtete er sich auf. »Kommen wir zu angenehmeren Dingen.« Sein Blick wanderte hinüber zu Amon und seinen Freunden. »Selbst in dunkelster Nacht scheint immer noch ein Stern am

Himmel. Und so ist es mir eine besondere Freude und Ehre, das Werk einiger Ordensbrüder aus dieser Gemeinschaft lobend hervorzuheben. Seit ihrem Bestehen hat die Heilige Lanze stets dafür gesorgt, dass die Bedrohung aus dem Grenzland nicht überhandnimmt. Ihre Mitglieder haben bei ihrem Blut geschworen, die Heilige Stadt vor Übergriffen zu schützen und die Macht des Weibes zu begrenzen.« Er warf einen scharfen Blick in die Runde. »Wir alle wissen, dass Nahrungsmittel im Umkreis der Stadt nur begrenzt verfügbar sind. Die Feldzüge der Heiligen Lanze sichern den Fortbestand unseres Ordens. Eine höchst ehrbare Aufgabe also, der sich Bruder Amon und seine Mitstreiter angenommen haben. Auch wenn Anzahl und Intensität noch verbesserungswürdig sind, so darf ich doch voller Stolz verkünden, dass es für diese jungen Brüder der 50. Einsatz war. Fünfzig Landernten, das bedeutet fünfzigmal Getreide, fünfzigmal Fleisch und fünfzigmal Milch. Für eure Treue zur Kirche, euren selbstlosen Einsatz und eure Tapferkeit vor dem Feind darf ich euch deshalb heute das Abzeichen unseres Ordens verleihen: die schwarze Kathedrale. Tretet vor, meine Brüder.«

Räuspern und Stühlerücken durchdrangen den Raum. Amon und seine Freunde standen auf und schritten mit strahlenden Gesichtern auf den Inquisitor zu. Als Amon an David vorbeiging, berührte er ihn kurz mit der Hand. David wusste, welch großer Moment dies für seinen Freund war, und er freute sich für ihn.

Die sechs Männer standen vor dem Inquisitor und ließen sich von ihm die Nadel ans Schultertuch stecken. Marcus hieß sie die rechte Hand auszustrecken. Er nahm seinen Stab und fuhr mit einer beinahe zärtlichen Bewegung über die helle Haut. Blut trat hervor. Die sechs Männer kreuzten ihre

Arme, und der Inquisitor ließ ein weißes Stück Stoff daraufallen. Das grobe Leinengewebe färbte sich rot.
»Jetzt kniet nieder und sprecht die Worte unseres Ordens: *Wir wenigen, wir glücklichen wenigen, wir Schar von Brüdern. Wer heute sein Blut mit mir vergießt, soll mein Bruder sein. Denn, Männer, ich rufe euch zu: Wenn es eine Sünde ist, Ehre zu erstreben, bin ich die sündigste Seele, die je gelebt hat.*«
Die jungen Männer wiederholten die Worte, und der Inquisitor lächelte grimmig. »Tragt eure Nadeln wie eure Narben: mit Stolz und Würde. Auf dass die Wunden, die unserem Herrn geschlagen wurden, in euch weiterleben.« Er stand auf. »Und nun erhebt euch, Ritter der Heiligen Lanze. Schwört, dass ihr euch den blutigen Krieg auf eure Waffen geschrieben habt und dass ihr die verderbte Brut in den wilden Landen bekämpfen werdet, wo immer sie euch begegnet.«
»Wir schwören!«
Die Mönche applaudierten. Einige gingen nach vorne und klopften den Männern auf die Schultern. David bemerkte, dass sein Meister, Bibliothekar Stephan, nicht unter den Gratulanten war.

3

Es war Abend, als Juna den Wall erreichte. Die Luft ließ ihren Atem zu kleinen Nebelschleiern kondensieren. Ein schneidender Wind von Norden scheuchte die letzten Wolken über den Himmel. Die Juninächte waren kühl dieses Jahr.
Vor ihr ragte undeutlich das große Tor auf. Die Dunkelheit trug Geräusche über weite Entfernungen. Sie hörte den Hufschlag von Eseln und Maultieren sowie verhaltene Stimmen. Die Wachen waren also bereits auf sie aufmerksam geworden.
»Halt, stehen bleiben!« Eine Stimme von rechts.
Juna zog am Zügel und brachte den Schecken zum Stehen. Sie wusste, dass tödliche Waffen auf sie gerichtet waren.
»Wer seid Ihr und was wollt Ihr?«
»Ich bin es, Juna, Tochter der Arkana. Ich komme mit einer dringenden Botschaft für die Hohepriesterin.«
Eine kräftige Frau in Rüstung trat aus dem Schatten. Es war Kendra, eine der Drillingsschwestern vom Stelkinghof. Ihr breites Gesicht leuchtete wie ein weißer Fleck in der Dunkelheit. Als sie näher trat, streckte sie den Arm aus und packte Junas Zügel. »Ich grüße dich, Juna. So spät noch unterwegs?«
»Es ging nicht anders. Ich bin viele Stunden geritten und komme mit einer dringenden Botschaft.«
»Die Hohepriesterin, hm?« Kendra blickte zweifelnd. »Ob deine Mutter dich so spät noch empfangen wird? Na

egal, geht mich ja nichts an. Aber das nächste Mal nimm lieber ein Horn mit und kündige dich rechtzeitig an. Könnte sonst sein, dass dich ein verirrter Pfeil trifft. Öffnet das Tor!«
Vier Kriegerinnen traten aus den Schatten und machten sich an dem schweren Holztor zu schaffen. Mit dumpfem Dröhnen schwenkte einer der Flügel zur Seite.
»Ich danke dir, Kendra, und gute Nacht.«
»Gute Nacht.« Die Wachfrau ließ die Zügel los und gab dem Pferd einen Klaps. Juna nickte den Wachen zu, dann ritt sie an ihnen vorüber.
Hinter den Bäumen war ein gelber Vollmond aufgegangen und warf lange Schatten über das Gras. Hoch oben am Firmament prangte Venus, der Abendstern. Juna lächelte. Glânmor bei Nacht, das war ein Anblick, den man nicht so schnell vergaß.
Die Hauptstadt des Reiches war in die Hänge eines weitläufigen Kraters gebaut, in dessen Mitte sich ein kreisrunder See befand. Früher musste es ein gewaltiger Vulkan gewesen sein, doch das war lange her. Aus den Fluten ragte der Kegel eines zweiten, kleineren Vulkans empor, auf dessen Spitze die Altvorderen den Tempel der drei Göttinnen erbaut hatten. Dies war das Zentrum der Stadt: der heilige Berg Mâlmot, in dessen Innerem uralte Gänge existierten und aus dessen Flanken warme Quellen sprudelten.
Seit den Dunklen Jahren – wie der große Zusammenbruch vor fünfundsechzig Jahren genannt wurde – hatte sich hier, in der Abgeschiedenheit der wilden Lande, eine starke Glaubensgemeinschaft gebildet. Während die Männer in den Ruinen der alten Städte hausten, hatten sich die Frauen aufs Land zurückgezogen und ein neues Leben aufgebaut. Ein

Leben, das auf den Vorgaben der Natur und auf vollkommene Harmonie gründete; ein Leben, in dem das Prinzip des ursächlich Weiblichen seine höchste Vervollkommnung fand. Der Glaube an einen weiblichen Schöpfungsmythos bot den Frauen viele Antworten auf die Fragen des täglichen Lebens, auf die Frage nach Aussaat und Ernte und nach der Verbindung zwischen Mensch und Natur. Nach all den Jahren des Schmerzes und Verlustes hungerten die Frauen nach Spiritualität. Sie hatten eingesehen, dass die Menschen der Neuzeit einem Irrglauben aufgesessen waren, als sie meinten, Forschung und Technik könnten ihre Probleme lösen. Was es ihnen gebracht hatte, daran erinnerten sich nur noch die Altvorderen. Es wurde kaum darüber gesprochen, aber es musste schrecklich gewesen sein. Der Tempel war mehr als nur ein Gotteshaus. Er war ein Symbol für den Neuanfang. Rund um die Uhr brannten Fackeln in seiner Nähe und ließen das Gebäude wie einen Hoffnungsschimmer erscheinen, der über das Land strahlte.

In den Häusern rings um den See brannten noch Feuer. Durch die Fenster waren flackernde Lichter zu sehen, und der Geruch von Gebratenem hing in der Luft. Verhaltenes Stimmengewirr war zu hören, hin und wieder ein Lachen.

Juna ritt an der Schmiede und den Webereien vorbei und stieg dann ab. Das Pferd war am Ende seiner Kräfte.

»Ho, mein Guter.« Sie klopfte dem Schecken auf den Hals. »Du darfst dich jetzt ausruhen, du hast für heute genug geleistet.« Sie führte das Pferd zu den Stallungen, wo Futter, Wasser und eine Unterkunft warteten. Sie brauchte nicht mal zu läuten. Es kam sofort jemand heraus und nahm sich ihres treuen Begleiters an. Die Pferde der Brigantinnen wurden mit besonderer Sorgfalt gepflegt. Juna hängte die Waffen an den Haken, schnappte ihre persönlichen Sachen und machte sich auf den Weg zum Tempel.

Die Insel war über drei Stege erreichbar, die vom Rand des Sees über das Wasser erbaut waren. Jeder der drei Stadtteile hatte einen eigenen Zugang, damit es keine Verzögerungen gab, wenn das Horn zum Gebet rief.

Junas Gang war steif. Vier Stunden auf dem Rücken eines Pferdes, das war selbst für eine geübte Reiterin wie sie kein Pappenstiel. Sie sehnte sich nach etwas zu essen und einem Bett. Ihre Gefährtin war im Haus der Heilung beschäftigt und schlief vermutlich längst. Gwens Tag begann um halb vier in der Früh, sie würde jedoch sicher nichts dagegen haben, wenn sie sich später noch ein paar Stunden an sie ankuschelte.

Juna erreichte den Steg und betrat ihn.

Ein feiner Schwefelgeruch lag über dem See, Zeugnis für die feurige Seele des Berges. Der letzte Ausbruch lag lange zurück. Vielleicht würde er irgendwann einmal wieder ausbrechen, doch ob es dann noch Menschen gab, das wussten nur die Götter. Der untere Teil der Insel war in Dunkelheit gehüllt. Mächtige Weiden flankierten das Ufer und ließen ihre Äste ins Wasser hängen. Weiter oben schimmerte das Licht der immerwährenden Fackeln zwischen den Buchen und Eichen hindurch, die den Tempel umrahmten. Die Halle selbst ragte wie eine Klippe hinaus in den Nachthimmel. Ein spitzgiebeliges Dach mit einem Turm, von dem aus man weit hinaus ins Land schauen konnte. Säulen aus geschnitzten Eichenstämmen säumten den Eingang, während darüber – in einer Art Fries – eine Gruppe aus drei Skulpturen über das Wohl der Menschen wachte: Ambeth, Borbeth und Wilbeth, die Göttinnen der Fruchtbarkeit, der Heilung und des Lichts.

Wie immer, wenn Juna am Rand des Sees stand und zum Tempelberg hinüberblickte, kam sie sich klein und unbedeutend vor. Die Fischerinnen sagten, an klaren Tagen könne man tief unten im Wasser die Mauern einer versunkenen Stadt sehen, doch Juna hielt das eher für Felsen und Spalten.

Die Balken knarrten unter ihren Füßen. Der See glänzte schwarz wie Obsidian, auf dem sich der Mond spiegelte. Am anderen Ufer war Bewegung zu erkennen. Der Tempel wurde streng bewacht. Niemand kam hier unbemerkt hinein.

»Wer da?«

»Ich bin es, Juna, Tochter der Arkana. Ich komme mit einer dringenden Botschaft«, wiederholte sie ihren Satz.

Silbrig schimmernde Waffen wurden gesenkt, eine Fackel flammte auf. »Juna?«

Es war Brianna, die Oberste ihres Ordens. Das Feuer ließ ihr hartes, ausgemergeltes Gesicht noch kantiger erscheinen.

»Was tust du hier? Wir haben dich nicht vor übermorgen zurückerwartet.«

»Ich muss zur Hohepriesterin.«

»Ausgeschlossen.«

»Denkst du, ich hätte den weiten Weg auf mich genommen, wenn es nicht wirklich wichtig wäre?«

Brianna blickte skeptisch. »Arkana hat sich bereits in ihre Privatgemächer zurückgezogen. Du wirst heute nicht mehr zu ihr können.«

»Lass es mich doch wenigstens versuchen.« Juna ballte ihre Fäuste. Sie war müde, und Hunger hatte sie auch. »Ich bin nicht so lange geritten, um jetzt abgewiesen zu werden. Lass mich vorbei, oder ich muss mir den Weg freikämpfen.« Sie ließ den Umhang zur Seite gleiten und legte ihre Hand auf das Schwert.

Brianna sah sie einen Moment lang ungläubig an, dann lachte sie. »Kämpfen willst du?«, fragte sie. »Na, das lob ich mir. So viel Hartnäckigkeit soll belohnt werden.« Sie winkte Juna zu. »Komm mit. Aber versprechen kann ich dir nichts.«

Gemeinsam machten sie sich auf den Weg.

Der Anstieg war steil. Fünfmal fünfundzwanzig Stufen führten über Terrassen empor, vorbei an uralten Bäumen, stillen Tümpeln und plätschernden Bächlein. Unter normalen Umständen kein Problem, doch heute fiel Juna der Aufstieg schwer. Als sie an der Tempelpforte ankam, rang sie nach Atem. Brianna klopfte an die Tür und wartete. Es dauerte eine Weile, dann waren von innen Geräusche zu hören. Der Riegel wurde zurückgezogen und die Tür einen Spalt weit geöffnet. Verhaltenes Gemurmel war zu hören. Brianna wechselte einige Worte mit einer Person im Inneren. Dann ging die Tür weiter auf.

Zoe, die Dienerin Arkanas, erschien an der Tür. Sie kam heraus und warf einen Blick auf Juna.

»Was willst du?«

»Ich muss zu meiner Mutter«, keuchte Juna. »Ich habe eine wichtige Botschaft für sie.«

»So schmutzig, wie du bist, gehst du nirgendwohin.« Mit gerümpfter Nase fügte sie hinzu: »Du riechst.«

»Dann mach mir ein Bad und richte mir ein paar frische Kleider her. Und wenn du schon dabei bist, etwas zu essen brauche ich auch.«

Zoe schien einen Moment mit sich zu ringen, dann nickte sie. »Es ist zwar gegen alle Regeln, aber bei dir werde ich eine Ausnahme machen. Die Hohepriesterin ist noch nicht zu Bett gegangen, also komm herein. Ich werde alles für ein Treffen vorbereiten.«

Eine halbe Stunde später saß Juna frisch gebadet und gesalbt in einer Seitenkammer des Tempels am Tisch und langte herzhaft zu. Mit einem Heißhunger, wie sie ihn lange nicht mehr verspürt hatte, stürzte sie sich auf das Brot, den Käse und das Wasser und schlang, bis nichts mehr übrig war. Sie hatte ihre Rüstung abgelegt und trug stattdessen ein langes Gewand aus hellem Leinen. Ein Gewebe, so dünn, dass es beinahe durchscheinend war. Am Kragen und an den Schultern war es mit schwarzen und goldenen Applikationen versehen. Zusammengehalten wurde es von einer Spange aus Silber, verziert mit einem Mondstein.
Sie hatte gerade die letzten Krümel verspeist, als die Tür aufging. Arkana war trotz ihrer zweiundvierzig Jahre immer noch eine sehr attraktive Frau. Sie trug ein langes lavendelfarbenes Kleid, das mit Hunderten kleiner goldener Runen verziert war. Ihre langen blonden Haare waren zu einem Zopf geflochten. Auf ihrem Kopf ruhte ein goldener Stirnreif, auf dem symbolisierte Blätter und Früchte zu erkennen waren. Ihre Augen waren dunkel geschminkt, was die Farbe der Iris – ein strahlendes Grün – noch besser zur Geltung brachte. Auch wenn Juna der Meinung war, dass sie nicht viel von ihrer Mutter geerbt hatte, so war doch zumindest ihre Augenfarbe gleich.
Als Arkana sie erblickte, huschte ein Lächeln über ihr Gesicht. »Dann ist es also wahr. Ich konnte es kaum glauben, als Zoe mir erzählte, du seist zurückgekehrt. Komm, lass dich anschauen.«
Juna stand auf und ging auf ihre Mutter zu. Einen Meter

vor ihr blieb sie stehen und ließ sich auf die Knie sinken. Sie breitete die Arme in der rituellen Demutsgeste aus und neigte den Kopf auf den Boden. »Seid gegrüßt, Mutter der Fruchtbarkeit, der Heilung und des Lichts.«
»Steh auf, Juna. Wir können auf die Formalitäten verzichten. Wie geht es dir? Hat Zoe dir etwas zu essen gebracht?«
»Alles bestens, Mutter. Ich bringe wichtige Nachrichten aus dem Norden. Können wir reden?«
Arkana überlegte kurz, dann sagte sie: »Am besten wir unterhalten uns in meinen Privaträumen. Da sind wir ungestört. Folge mir.«
Das Innere des Tempels war überwältigend. Unzählige Geweihe und Hörner hingen an schwarzgefärbten Balken hoch über ihren Köpfen. Zweimal sechzehn Säulen trugen die Konstruktion und wurden von sanften Ölfeuern beleuchtet. Schwarze Schatten zuckten über die Wände. Am Kopfende des Saals standen drei überlebensgroße Statuen. Wilbeth, das Licht, die mit ihrem Spinnrad den Lebensfaden spann, Ambeth, die ihn zu Stoff webte, und Borbeth, die ihn wieder abschnitt, als Sinnbild des Todes: die höchsten Gottheiten, die es in Glânmor gab. In ihren Händen lagen die Symbole Spinnrad, Kelch und Turm, der das Tor zur Anderswelt verkörperte. Die drei Göttinnen waren aus Holz und Lehm geformt und mit weißer, roter und schwarzer Farbe bemalt. Der Geruch von verbranntem Harz und anderen Essenzen hing in der Luft. Juna berührte ihre Stirn mit den Fingern und neigte den Kopf. Arkana steuerte auf eine Tür links von ihnen zu, und Juna musste sich beeilen, um den Anschluss nicht zu verlieren.
Schlagartig wurde es wärmer. Schwefelgeruch lag in der Luft. Sie hatten das Allerheiligste betreten.

Juna erinnerte sich, dass sie als kleines Kind zum ersten Mal hier gewesen war, damals nicht älter als vier oder fünf. Es war üblich, die Kinder kurz nach der Geburt in die Obhut der Hebammen zu geben, die sie aufzogen und unterrichteten. Im Schulgebäude erlernten die Kinder alles, was für ihren Stand nötig war. Normalerweise durften die Kinder ihre Mütter regelmäßig besuchen, doch bei Juna war das anders. Als Tochter der Hohepriesterin galten für sie nicht die gleichen Gesetze und Anordnungen wie für all die anderen Mädchen ihres Alters. Nur wenige Male war es ihr vergönnt gewesen, Arkanas Privatgemächer zu betreten. Damals waren ihr die Gänge und Gewölbe unermesslich groß vorgekommen, doch jetzt schienen sie auf ein normales Maß geschrumpft. Trotzdem blieb das Gefühl, etwas Verbotenes zu tun.
Arkana ging ein paar Treppenstufen nach unten und schwenkte dann nach rechts. Vor einer mit dunklen Schmiedearbeiten verzierten Tür blieb sie stehen. »Da wären wir. Ich hoffe, es stört dich nicht, dass wir so weit laufen mussten, aber ich fühle mich einfach wohler hier. Außerdem ist es so lange her, dass du mich das letzte Mal besucht hast.« Sie zog einen Schlüssel aus der Tasche und schloss auf. »Tritt näher, mein Kind.«
Der Raum war anders als in allen übrigen Häusern Glânmors. Es standen keine Götterstatuen, Tiergeweihe oder Opfergaben herum, stattdessen gab es Bücher, weiche Stoffe und sanfte Musik. Einige der Regale enthielten Gegenstände, die aus der Zeit vor den Dunklen Jahren stammten. Kleine eckige Objekte, auf denen Ziffern und mathematische Symbole abgebildet waren. Dünne, längliche Gebilde mit einer spiegelnden Oberfläche und einem Tastenfeld sowie runde

Scheiben aus Plastik, die ein Loch in der Mitte besaßen und spiegelten, wenn man sie gegen das Licht hielt. Es gab seltsame Kästen mit einem Innenleben aus Drähten und Metall, große flache Bildschirme, auf deren schwarzen Oberflächen man sein eigenes Spiegelbild betrachten konnte, und Metallkästen mit runden Fenstern in der Mitte, hinter denen sich Metalltrommeln drehten. Die meisten Dinge blieben für Juna ein einziges Rätsel, weil das Wissen darüber im höchsten Maße lückenhaft war, aber manche waren ihr bekannt. Zum Beispiel Uhren, Schlüssel, Geldmünzen und Schmuck. Die gab es noch genauso wie vor dem Zusammenbruch. Natürlich war das meiste den Flammen zum Opfer gefallen, aber in den zerstörten Städten konnte man immer noch einiges finden. Meistens Dinge, die so alt waren, dass Juna sich nicht mehr den Kopf darüber zerbrach, wozu sie einst gedient haben mochten.
Warum bewahrte Mutter dieses Zeug auf?
Kopfschüttelnd trat Juna ans Fenster und blickte in die Nacht hinaus. Von hier oben hatte man einen wunderbaren Blick über den See und die Stadt. Der Mond tauchte das Land in silbriges Licht. In der Nähe des Sees entdeckte sie Gwens Haus. Die Lichter waren erloschen, und aus dem Schornstein stieg ein dünner Rauchfaden. Plötzlich zuckte sie zusammen. Sie glaubte, ein Geräusch aus einem der angrenzenden Zimmer gehört zu haben.
»Ist hier noch jemand?«
»Natürlich nicht«, antwortete Arkana. »Ich bin allein. Dieser Teil des Gebäudes ist Außenstehenden verwehrt, das weißt du doch. Vermutlich war es meine Katze, die sich hier irgendwo versteckt. Darf ich dir etwas zu trinken anbieten? Einen Wein vielleicht?«

Juna schüttelte den Kopf. Dass die Hohepriesterin sie bewirten wollte, erschien ihr irgendwie unpassend. »Ich habe wichtige Neuigkeiten, Mutter. Ich komme direkt aus Ingran, einer kleinen Ortschaft im Nordosten.«
»Ich kenne Ingran. Eine nette kleine Kommune. Sie wird von einer Frau namens Megan geführt, habe ich recht?«
Juna nickte. »Ihr Dorf wurde angegriffen, heute Morgen. Ich kam leider zu spät.«
»Sprichst du von der Landernte? Ja, die haben leider in letzter Zeit zugenommen. Ich hörte von einer Rattenplage in der Stadt.«
»Nein, Mutter, keine Landernte. Eine *Plünderung*. Sie haben alles genommen, was nicht niet- und nagelfest war, und dann den Tempel angezündet.«
»Haben sich die Frauen zur Wehr gesetzt?«
»Natürlich nicht. Sie haben sich gemäß den Vereinbarungen verhalten und das Gesetz beachtet. Trotzdem wurden sie wie Feinde behandelt.«
Arkana runzelte die Stirn. »Das ist ungewöhnlich. Hast du dem Hohen Rat schon davon berichtet?«
»Das werde ich morgen tun. Zuerst wollte ich mit dir darüber reden. Ich habe nämlich erfahren, dass ein weiterer Angriff bevorsteht. Megan sagte, man habe die Männer dabei belauscht, wie sie darüber sprachen, Alcmona anzugreifen.«
»Wann?«
»Noch in dieser Woche, spätestens Anfang der nächsten.«
Arkana schwieg. Sie entzündete ein Streichholz und ließ es in eine Schale mit Räucherwerk fallen. Wohlduftender Rauch stieg auf. »Alcmona.« Sie stocherte in der Glut herum. »Eine unserer ältesten und schönsten Gemeinden. Das sind wirklich schlimme Neuigkeiten.«

Juna nickte. »Ich werde dem Hohen Rat nahelegen, Gegenmaßnahmen zu ergreifen. Ich habe dabei auf deine Unterstützung gehofft.«

»So?« Arkana hob den Kopf. »Warum sollte ich das tun?«

»Na hör mal, Mutter. Wir wissen, was die Teufel vorhaben. Wir wissen, wann, und wir wissen, wo. Wir müssen uns rüsten und ihnen entsprechend begegnen. Die sollen ruhig noch einmal versuchen, einen unserer Tempel in Brand zu stecken.« Sie lächelte grimmig. »Du kannst dir nicht vorstellen, wie lange ich schon auf eine solche Gelegenheit warte. Wir Brigantinnen wurden trainiert, um Angriffe abzuwehren, nicht um die Dorfbevölkerung zu trösten und Kindern die Tränen abzuwischen.« Sie verschränkte die Arme vor der Brust. »Wenn sie versuchen, dasselbe Spiel wie in Ingran zu spielen, werden sie ihr blaues Wunder erleben. Wir werden ihnen eine Lektion erteilen, die sie nicht so schnell vergessen werden.«

»Gewiss, das könntet ihr tun. Und ganz sicher wird der Hohe Rat seinen Segen dazu geben. Es gibt genug Stimmen dort, die laut nach Krieg schreien. Aber was wird das Ergebnis sein?« Arkana hielt ihre Tochter mit ihrem Blick gefangen. »Noch mehr Verwundete, noch mehr Tote? Hat es denn nicht schon genug Blutvergießen gegeben?«

Juna öffnete den Mund. Sie wusste, dass ihre Mutter kein Freund vorschneller Entschlüsse war, aber das konnte sie nicht akzeptieren. »Das Blutvergießen ist doch schon längst im Gange«, protestierte sie. »Und es sind nicht wir, die damit angefangen haben. Es sind die Soldaten der Heiligen Lanze, diese Bluthunde des Inquisitors. Seit dieser Marcus Capistranus das Sagen hat, wird es mit jedem Jahr schlimmer. Sie plündern und brandschatzen, ohne sich an die Ver-

einbarungen zu halten. Und was ich von denen halte, das weißt du ja.«
»Ja, das weiß ich«, sagte Arkana. »Aber glaubst du, es wird besser, wenn wir uns auf eine Stufe mit ihnen stellen? Wenn mich meine Erfahrung eines gelehrt hat, dann, dass Blut immer nur zu noch mehr Blut führt.«
»Das Unrecht muss bestraft werden«, sagte Juna. »Du hättest es sehen sollen, Mutter. Ein unbewaffnetes Dorf. Die Frauen verhöhnt und beschimpft, der Tempel in Brand gesteckt. Sie haben nicht mal Widerstand geleistet. So etwas dürfen wir nicht durchgehen lassen.«
Arkana stocherte gedankenversunken in dem Topf mit Räucherwerk herum. »Ich war nicht dabei«, sagte sie. »Kann sein, dass sie diesmal wirklich eine Grenze überschritten haben ...«
»Ganz sicher haben sie das.«
Die Hohepriesterin seufzte. »Du magst es nicht verstehen, aber Männer und Frauen haben nach all den Jahren endlich so etwas wie einen Frieden erlangt. Einen sehr zerbrechlichen Frieden. Er kann ebenso schnell vorüber sein, wie er begonnen hat.«
Juna schnaubte. »Das nennst du Frieden? Ich nenne es eine Katastrophe. Die ständigen Plünderungen, die Demütigungen und die Vergewaltigungen ...«
»*Darbietungen*«, unterbrach sie Arkana. »Die Frauen bieten sich den Männern freiwillig an, vergiss das nicht. Es ist unsere einzige Chance, Kinder zu bekommen. Nur so können wir das Überleben unserer Spezies gewährleisten. Wenn wir dieses Opfer nicht bringen, wird die Menschheit binnen weniger Jahre aussterben. Möchtest du das?«
»Natürlich nicht ...«

»Ich habe unten in der Stadt zwei Gefangene, die auf ihre Hinrichtung warten. Zwei Landstreicher, die sich des Mordes an einer alten Frau schuldig gemacht haben. Ich werde sie in den nächsten Tagen dem Feuer überantworten, so will es das Gesetz. Doch was erreichen wir mit diesen Tötungen? Wird es deswegen nur einen Überfall weniger geben? Wird sich in den Köpfen der Männer dadurch nur ein Funken ändern? Wir haben uns schon so sehr mit der Situation abgefunden, dass wir gar nicht mehr darüber nachdenken, wie es früher war, als Männer und Frauen noch zusammengelebt haben.«
Juna runzelte die Stirn. Was für eine absurde Vorstellung! Männer und Frauen. Das wäre wie Öl und Wasser. Schlimmer noch, wie Feuer und Benzin. Leicht entzündlich und hoch brennbar. Allein der Gedanke daran war völlig abwegig. »Was du da sagst, ist Ketzerei ...«, murmelte sie.
Auf Arkanas Gesicht zeichnete sich ein feines Lächeln ab. »Ich bin die Hohepriesterin von Glânmor, vergiss das nicht. Es obliegt mir, zu entscheiden, was Ketzerei ist und was nicht.«
»Schon, aber ...«
»Schau, Juna, du bist noch jung. Obwohl aus meinem Schoß geboren, wurdest du doch von einer Gemeinschaft aufgezogen, in der Männer keinen Platz haben. Du bist ein Spiegel unserer Gesellschaft, ich kann dir daraus keinen Vorwurf machen. Ich wünschte jedoch, ich hätte mehr Zeit mit dir verbringen können, dann hätte ich dir manches erklärt. Aber wir alle sind Gefangene unserer Bestimmung und können ihr nicht entfliehen. Das ist unser Fluch.«
»Was schlägst du vor?«, fragte Juna. »Sollen wir die Sache auf sich beruhen lassen und nichts unternehmen?« Die Wor-

te klangen bitter wie Galle. Arkana trat ans Fenster und blickte hinaus. Lange Zeit sagte sie nichts, dann drehte sie sich um. »Ich werde die Sache dem Hohen Rat persönlich vortragen«, sagte sie. »Er soll darüber entscheiden, was geschehen soll.«

»Gut«, erwiderte Juna zufrieden.

Arkana warf ihr einen strengen Blick zu. »Du wirst allerdings nicht dabei sein. Ich habe eine Aufgabe für dich. Vor wenigen Stunden ist ein Junge geboren worden. Britta von den Weberinnen hat ihn zur Welt gebracht. Ich gebe dir den Auftrag, ihn nach Norden zu bringen und im Kreis der Verlorenen abzulegen.«

»Aber das ist Aufgabe der Hebammen ...«

»Kein *Aber*. Mein Entschluss steht fest. Melde dich bei mir, sobald du deine Aufgabe erledigt hast. Und jetzt geh, ich muss nachdenken.«

4

Zwei Tage später …

David beendete die Abschrift für den Abt und trocknete sie mit Löschpapier. Er faltete sie und legte sie ins Ablagefach zu den anderen Kopien. Das Papier musste mindestens eine Viertelstunde trocknen, ehe er es zum Prior bringen konnte. Zeit für eine kleine Pause. Er räumte seinen Arbeitsplatz auf, stellte die Fläschchen mit den Tinkturen zurück ins Regal und ging dann hinaus in den Klostergarten zu den Steinbänken. Grimaldi leistete ihm Gesellschaft. Er rollte sich ein paar Mal herzhaft herum und streckte dann seinen Bauch in die Sonne. Ein zufriedenes Brummen stieg aus seiner Kehle.
Der Inquisitor war abgereist. Alles ging wieder seinen normalen Gang. Die Mönche pflanzten Kräuter, harkten und jäteten. Andere waren draußen auf den Viehweiden und Getreidefeldern, und alle genossen die Sonne, die von einem wolkenlosen Himmel herabbrannte. Dieser Junimorgen war so schön, wie man ihn sich nur wünschen konnte. Die Luft war erfüllt vom Duft süßlicher Blumen und würziger Kräuter. David genoss die Wärme, den Wind und die leisen Geräusche. Eben sah er den Bruder Botanikus, wie er die Gießkanne über das Beet mit den Heilkräutern schwenkte. Da gediehen Huflattich, der den Husten lindert, Enzian gegen Verstopfungen, Holunder, dessen Rinde einen stärken-

den Sud für die Leber ergab, sowie Wiesenknöterich gegen Durchfall. Daneben wuchsen Senf, Zwiebeln und Knoblauch, die nicht nur überaus wohlschmeckend waren, sondern auch verschiedene Gifte aus dem Körper zogen. David hatte vor einiger Zeit in der Bibliothek ein Buch über Heilpflanzen entdeckt und es dem überaus dankbaren Botaniker gezeigt, der daraufhin sofort damit begonnen hatte, diesen Pflanzen ein eigenes Beet zu widmen. In Zeiten, in denen Medikamente immer seltener wurden, musste man sich auf die Natur zurückbesinnen, hatte er gesagt. In der Stadt waren kaum noch Arzneimittel zu finden, und was davon noch brauchbar war, wurde zum Inquisitor gebracht. Ihm oblag die Verteilung an die kirchlichen Einrichtungen. Doch ob es ausreichen würde, um dauerhaft Seuchen und Krankheiten zu lindern, das war zu bezweifeln.

»He, David, pass auf, dass du keinen Sonnenstich bekommst. Für einen Bücherwurm kann es hier draußen ganz schön gefährlich werden. Hier wartet echte Arbeit auf dich.«

Bruder Konrad war der Gehilfe des Botanikus, ein kräftiger Mönch mit kurzen blonden Haaren und struppigem Bart. Er veredelte gerade einen Apfelbaum, indem er andere Zweige aufpfropfte. Konrad war einer derjenigen Mitbrüder, mit denen David seit einiger Zeit Schwierigkeiten hatte. Ein Neider und Aufwiegler, gegen den kein Kraut gewachsen war.

David beschloss, ihn zu ignorieren.

Plötzlich entdeckte er eine Bewegung. Hinter einer Gruppe Unkraut jätender Novizen tauchte die untersetzte Gestalt von Meister Stephan auf. Seine Goldbrille funkelte, als er aus dem Kreuzgang trat und gegen die Sonne blinzelte. Dann fiel sein Blick auf David, und er steuerte auf ihn zu.

»Da bist du ja«, sagte er. »Ich habe dich im Skriptorium gesucht, aber du warst nicht da.«
»Ich habe die Abschrift für Meister Benedikt fertiggestellt und wollte mir kurz etwas Sonne ins Gesicht scheinen lassen. Ich mache mich gleich wieder an die Arbeit.«
»Die muss warten. Ich habe eine andere Aufgabe für dich.«
David hob die Brauen.
»Gregor liegt mit Masern im Bett, und die anderen sind gerade alle beschäftigt. Deshalb brauche ich dich.«
»Was soll ich tun?«
»Mich begleiten.«
»Begleiten? Wohin?«
Meister Stephan zwinkerte ihm zu. »Zum Kreis der Verlorenen. Dort warst du doch noch nie, oder?«
Der Kreis der Verlorenen. Der Ort, an dem die Säuglinge abgelegt wurden. Meister Stephan war zwar Bibliothekar, aber er war seit vielen Jahren für das Abholen der Kinder zuständig. David hatte bereits viel über den Kreis gehört, gesehen hatte er ihn noch nie.
»Ich ... nein.«
»Bernhard der Jäger berichtete mir, er habe mit Holzfällern gesprochen, die das Hornsignal gehört hätten. Komm, wir müssen uns mit Kleidung und Verpflegung ausrüsten. Es ist ein weiter Marsch.«
Gemeinsam gingen sie in den Ankleidesaal, zogen Wandersachen an und vervollständigten ihre Ausrüstung: geschlossene Lederschuhe, eine Kukulle, Hosen aus dickem Wollstoff sowie Wanderstab und Messer. Dann ging es zum Küchenmeister, einen Beutel mit Wegzehrung abholen: Brot, Käse, Wasser und eine Flasche Milch für den Säugling. So ausgerüstet, traten sie vors Haupttor. Grimaldi wedelte fröhlich mit

dem Schwanz. Bei einem grimmigen Kerl wie ihm sah das zwar ein wenig seltsam aus, aber David freute sich, ihn dabeizuhaben.

Meister Eckmund, der wortkarge Torwächter mit dem nordischen Akzent, öffnete ihnen. »Seht zu, dass ihr bis Sonnenuntergang wieder zurück seid«, sagte er. »Ihr wisst, was euch sonst blüht.«

»Ihr verschließt die Tore und öffnet sie erst wieder im Morgengrauen, ich weiß. Wir werden uns beeilen«, versicherte Stephan und schob David voran durch die Tür. »Und du sieh zu, dass ein Bett vorbereitet ist, bis wir zurückkommen«, sagte er. »Wenn wir Glück haben, werden wir heute Abend eine weitere kleine Seele in unserer Mitte begrüßen dürfen.«

Gemeinsam verließen die Männer die schützenden Klostermauern und machten sich auf den Weg nach Westen.

Das Kloster lag im Randbezirk dessen, was früher einmal eine riesige Stadt gewesen war. Der überwiegende Teil bestand aus Ruinen, die in den vergangenen fünfundsechzig Jahren von der Natur zurückerobert worden waren. Wie viele Menschen hier einst gelebt hatten, wusste David nicht, aber es mussten Tausende und Abertausende gewesen sein. Auf einer Karte, die Meister Stephan ihm einmal gezeigt hatte, war zu sehen, dass die Stadt wie ein Speichenrad geformt war, in der Mitte durchkreuzt von einem breiten Strom. Viele der Seitenstraßen waren zugewuchert und unpassierbar, aber auf den großen Hauptachsen, die nach Norden, Süden, Osten und Westen verliefen, konnte man immer noch reisen.

Bäume säumten die breiten Bordsteine und wuchsen zwischen den zerstörten Gebäuden empor. Aus dem geborstenen Asphalt quoll Gras. Schwärme von Mauerseglern zischten zwischen den Häusern umher und stießen dabei schrille Schreie aus. Überall standen verbeulte und verrostete Autos herum, in deren Chrom- und Glasflächen sich das Licht der Sonne spiegelte.

David wandte sich um und warf einen letzten Blick auf die heimelige Klosteranlage. In der Ferne ragten die Türme der schwarzen Kathedrale empor, Wahrzeichen der Stadt und Zentrum der kirchlichen Macht. Dort regierte der Inquisitor.

David beeilte sich, dem Bibliothekar zu folgen. Er war schon lange nicht mehr außerhalb der Klostermauern gewesen. Die Stadt hatte sich stark verändert. Überall grünte und blühte es. Hüfthohes Gras wuchs auf den leeren Flächen zwischen den Gebäuden, und die Bäume waren mittlerweile so hoch, dass man bequem in ihrem Schatten gehen konnte. Efeu umrankte die zerstörten Fassaden und ließ die Ruinen wie Überbleibsel einer längst vergangenen Zivilisation aussehen. Nur noch ein paar Jahre, dann würde alles hier total überwuchert sein, und niemand könnte mehr erkennen, wo einst Straßen und Gebäude gewesen waren.

David wich Fahrzeugen aus und hüpfte über wahllos verstreute Ziegelsteine. Sein Stab leistete ihm gute Dienste. Ohne ihn hätte er sich längst den Fuß vertreten.

Nicht lange, und er erblickte den ersten Toten. Auf dem Fahrersitz eines querstehenden Lastwagens saß ein stark verwittertes Skelett. Sein Kopf war vornübergebeugt, und seine Arme hingen schlaff über das Lenkrad. Die Knochen waren gelb und stellenweise sehr brüchig. Trotzdem hatte David das Gefühl, als würde ihn der Fahrer anschauen.

»Lass dich nicht von den Toten ansprechen«, sagte Meister Stephan, der Davids Blick bemerkt hatte. »Sie verwirren

deine Seele. Lass ihnen ihre Ruhe, dann werden sie dich in Ruhe lassen.«
»Ja, Herr.«
»Ich habe Brüder erlebt – seelisch gefestigte Brüder –, die nach einer Wanderung durch die Stadt nicht mehr dieselben waren«, fuhr Stephan fort. »Sie bekamen Alpträume und wurden ruhelos. Sie sagten, sie könnten die Stimmen der Toten hören, nachts, wenn der Wind durch die Bäume pfeift. Es kam sogar vor, dass einige von ihnen das Kloster verließen und nie wieder zurückkehrten.«
David überlegte kurz. »Vielleicht haben sie wirklich etwas gehört?«
Stephan zuckte die Schultern. »Wer kann das schon mit Bestimmtheit sagen? Manch einer hört Dinge, ein anderer nicht. Es ist nicht an mir, darüber zu urteilen. Tatsache ist, dass die alte Stadt über eine unglaubliche Anziehungskraft verfügt. Viele Menschen haben sich in den überwucherten Labyrinthen verirrt und nie wieder herausgefunden. Aber wenn du dich an mich hältst, kann dir nichts passieren.«
David schauderte bei dem Gedanken an die Abgründe und Geheimnisse, die hier verborgen lagen. Es hieß, es gäbe unterirdische Tunnels, in denen sich Wesen herumtrieben, schlimmer als Wölfe oder Bären. Bernhard, der Jäger, schwor Stein und Bein, er habe etwas gesehen, das aussah wie ein Mensch, der auf allen vieren lief. Seine Haut sei schrecklich bleich gewesen, und er habe beim Laufen rasselnde Atemlaute ausgestoßen. Er berichtete von löwenähnlichen Kreaturen weit oben im Norden der Stadt, wo einst ein zoologischer Garten gewesen war. Die Tiere wären ausgebrochen und hätten sich dort fröhlich vermehrt. Man durfte nicht alles glauben, was er sagte. Bernhard erzählte viel, wenn der

Abend lang und das Bier stark war. Doch hier, in der fremden Umgebung, gewannen die Geschichten auf einmal eine eigentümliche Kraft.
»Meister Stephan?«
»Ja, mein Junge?«
»Wie kommt es eigentlich, dass nur die menschlichen Geschlechter nicht mehr zusammenleben, Tiere aber schon?«
Der Bibliothekar hob eine Braue. »Ganz so stimmt es nicht. Nimm zum Beispiel die Bären. Sie sind notorische Einzelgänger. Nur in der Paarungszeit treffen sie einander, dann geht jeder wieder seiner Wege. Oder Igel und Maulwürfe, auch sie leben solitär.«
»Aber die Menschen haben doch früher in Paaren zusammengelebt. Warum jetzt nicht mehr?«
Meister Stephan warf ihm einen besorgten Blick zu. »Das Thema beschäftigt dich sehr, nicht wahr? Du warst doch nicht etwa wieder bei den Liebesromanen? Du weißt, dass dieser Schrank streng verboten ist. Wenn ich noch einmal erlebe, dass du meinem Befehl nicht gehorchst, muss ich dir den Schlüssel wieder wegnehmen.«
»Ich ... nein.« David spürte, wie ihm das Blut ins Gesicht schoss. »Na ja ... vielleicht. Aber die Frage liegt doch auf der Hand.«
»Genau wie die Antwort. Hast du denn nicht zugehört, als der Inquisitor über die Verderbtheit des Weibes und den Sündenfall gesprochen hat? Die Entzweiung war die Strafe Gottes für das verderbte Leben, das die Menschen geführt haben. Ein Leben, in dem es nur noch um Vergnügen, Triebbefriedigung, Sünde und Ausschweifung ging. Als die Menschen begannen, an den Grundfesten der Schöpfung zu rütteln und das Erbgut zu verändern, gruben sie ihr eigenes Grab.«

»Wie genau kam es eigentlich zu der Katastrophe, und was ist in den Dunklen Jahren genau geschehen? Das Thema ist furchtbar spannend, aber ich konnte so gut wie nichts darüber finden.«
»Weil es verboten ist, deshalb.«
»Aber Ihr wisst trotzdem etwas, stimmt's?«
Meister Stephan schmunzelte. »Es gehört zu den Privilegien des Bibliothekars, dass er Einsicht in Schriften nehmen darf, die dem gewöhnlichen Bruder verwehrt sind. Innerhalb der Klostermauern ist es natürlich streng verboten, darüber zu sprechen. Dafür kann man sogar vor Gericht kommen.«
»Aber wir sind nicht mehr innerhalb der Klostermauern.«
»Gottes Gesetze gelten überall.«
»Gottes Gesetze oder die des Inquisitors?«
Der Bibliothekar warf ihm über den Rand seiner Brille einen warnenden Blick zu. »Es ist eine gefährliche Sache, die Autorität des Inquisitors anzuzweifeln, ob innerhalb oder außerhalb der Mauern. Sei also lieber vorsichtig mit dem, was du sagst.«
»Ein bisschen was habe ich schon allein herausbekommen«, hakte David nach, ohne auf die Bedenken des Bibliothekars einzugehen. »Ich weiß, dass vor fünfundsechzig Jahren ein Krieg zwischen den Geschlechtern ausgebrochen ist und dass er den Großteil der Menschheit dahingerafft hat. Die Welt wurde in zwei Lager gespalten: das der Männer und das der Frauen. Der Zusammenbruch muss mit solcher Heftigkeit erfolgt sein, dass die Zivilisation binnen weniger Wochen aufhörte zu existieren.«
»Das stimmt«, sagte Stephan. »Elektrizität, Infrastruktur, Versorgung, nichts funktionierte mehr. Die Menschheit fiel in einen Zustand der Barbarei zurück. Die wenigsten können

sich noch erinnern, wie alles begann, aber ich habe gelesen, dass die Geschlechter durch eine Krankheit zu Todfeinden wurden, durch ein Virus oder etwas Ähnliches.«
»Tatsächlich? So wie Schnupfen?«
»Nun, nicht ganz.« Stephan packte seinen Stab und schlug ein paar Brombeerranken zur Seite. »Das Virus war nicht natürlich entstanden. Es wurde von Menschen erschaffen.«
David hob verwundert die Brauen. »Von Menschen? Aber wie kann das sein? Welchen Sinn sollte das haben?«
»Nun, es gab damals Betriebe, die sich durch die Verbreitung eines neuen und relativ harmlosen Virus einen besseren Verkauf ihres Gegenmittels versprachen. Diese Betriebe waren riesig. Man nannte sie *Pharmakonzerne*, und sie hatten genügend Mittel, um eine solche Krankheit künstlich zu erschaffen. Womit sie nicht rechneten, war, dass das Virus sich veränderte – *mutierte* – und dass daraus eine tödliche Krankheit entstand.«
David verstand immer noch nicht. »Sie meinen, sie haben dieses Virus erfunden, um es hinterher bekämpfen zu können?«
»Um ihr Mittel verkaufen zu können, ganz recht. Es ist pervers, ich weiß, aber so war die Zeit damals. Alles drehte sich nur um Geld. Den Menschen war vollkommen gleichgültig, was nach ihnen mit der Welt geschah. Hauptsache, sie konnten in Saus und Braus leben. Das Virus mutierte, geriet außer Kontrolle und breitete sich mit katastrophalen Folgen über die ganze Welt aus. Alles, was den Geschlechtern aneinander schön und begehrenswert erschien, wurde ins Gegenteil verkehrt. Männer und Frauen wurden zu Todfeinden.«
David schüttelte den Kopf. Dieser ganze Konflikt, dieser Krieg – war von Menschen gemacht? Unvorstellbar.

Eines war ihm jedoch immer noch nicht klar. »Und warum heißt es dann, die Frauen seien an allem schuld? Könnte es nicht sein, dass die Geschlechter gleichermaßen für die Katastrophe verantwortlich waren?«

»Ganz sicher war es so. Aber man sah es als hilfreich an, jemanden zu finden, auf den man seinen Hass und seine Enttäuschung projizieren konnte. Schon seit jeher festigen Herrscher ihre Macht dadurch, dass sie einen Sündenbock finden, der für alles, was falsch läuft, die Schuld trägt. Aber solche Gedanken sollte man lieber nur dann aussprechen, wenn man sicher ist, dass einen niemand belauscht.« Er sah sich um.

»Dann sind die Hexen vielleicht gar nicht so schlimm, wie man uns das einzureden versucht?«

Stephan zuckte die Schulter. »Ich kann es dir nicht sagen, ich bin schon sehr lange keiner Frau mehr begegnet.«

David schwieg betroffen. Die Geschichte hatte ihn tief berührt. Er hatte viel über den Zusammenbruch gehört, aber noch niemals in dieser Klarheit. Die Kirchenobersten verstanden sich gut darauf, Tatsachen mythologisch zu verbrämen und als Gleichnis zu präsentieren. Was, wenn die Hexen ganz normale Menschen waren? Er erschrak über seine ketzerischen Gedanken, aber sie ließen ihn nicht mehr los. Zum ersten Mal in seinem Leben verspürte er den Wunsch, einer leibhaftigen Frau gegenüberzutreten.

5

Juna beobachtete, wie Camal vom Himmel herabstieß und pfeilgerade auf sein Ziel zuschoss. Sie konnte nicht erkennen, auf was er es abgesehen hatte, aber sie wusste, dass sich ihr Falke nicht mit Mäusen oder Ratten abgab, das hatte sie ihm abtrainiert. Als sie die langen Ohren und zappelnden Läufe sah, wusste sie, dass er ein Kaninchen erbeutet hatte. Rasch lief sie über die Wiese, nahm ihm den Fang ab und brach dem Nager mit einem geschickten Griff das Genick. Dann steckte sie ihn in ihren Rucksack. Später war genügend Zeit, um ihn ausnehmen und ihm das Fell abzuziehen. Sie strich Camal über den Kopf und gab ihm etwas aus ihrem Futterbeutel. Nachdem er zwei Brocken des faulig stinkenden Fleisches heruntergewürgt hatte, stieg er wieder auf.
Sie schaute sich um. Zeit zu gehen. Sicher würden bald die Männer kommen, um das Kind zu holen, und sie hatte keine Lust, ihnen zu begegnen.
Der Kreis der Verlorenen lag am äußersten Rand einer großen Wiese, hinter der düster der Wald aufragte. Geräusche von Baumfällarbeiten drangen von weit her an ihr Ohr. Der Kreis selbst war ein sanft gewölbtes steinernes Rund von vielleicht fünf Metern Durchmesser, das früher mal ein Springbrunnen oder etwas Ähnliches gewesen sein mochte. In der Mitte befand sich ein Sockel, der an ein Taufbecken erinnerte. Dorthinein hatte sie den Säugling gelegt und in das Horn gestoßen, das seitlich danebenhing. Das Ganze war jetzt drei Stunden her. Der Kleine strampelte und schrie.

Juna nahm die Milchflasche aus ihrem Rucksack und hielt sie ihm an den Mund, doch er schob den Sauger immer wieder heraus. Ein Milchfaden lief seitlich seinen Mundwinkel hinab. Hunger hatte er offenbar keinen, aber was wollte er dann? Als sie die Nase über ihn hielt, wehte ihr ein süßlicher Gestank entgegen.
Auch das noch.
»Musst du mir das antun?«, fragte sie. »Ich bin eine Brigantin. Ich wurde für den Kampf ausgebildet, nicht zum Wechseln von Windeln. Was hat sich meine Mutter nur dabei gedacht, als sie mich hierhergeschickt hat? Und was hat sich *deine* Mutter dabei gedacht, dass sie ausgerechnet einen Jungen in die Welt setzen musste? Das Ganze riecht nach Verschwörung.« Der Kleine schrie mittlerweile aus Leibeskräften.
Juna verdrehte die Augen. Sie packte das Milchfläschchen wieder ein und holte das Leinentuch heraus, das man ihr mitgegeben hatte. »So, und was soll ich jetzt damit anstellen?« Sie überlegte kurz. Sollte sie den Kleinen einfach liegen lassen und die Drecksarbeit den Männern überlassen? Aber wer konnte schon sagen, wann die kamen? Ihr Mitleid siegte. Der Zwerg konnte ja nichts dafür, dass er so hilflos war. Mit gerümpfter Nase ging sie ans Werk.
Es war schlimmer, als sie sich das vorgestellt hatte. Der gesamte Unterleib war verschmutzt, und sie hatte Mühe, sämtliche Po- und Bauchfalten zu reinigen. Der Zipfel und der kleine Beutel waren ebenfalls schmutzig. Sie stellte fest, dass sie zum ersten Mal einen Jungen nackt sah. Was für ein seltsamer Anblick! Seine Geschlechtsteile waren viel zu groß im Verhältnis zum Rest des Körpers. Ob das wohl so blieb? Sie schüttelte sich.

Irgendwann war es geschafft. Weil sie nicht wollte, dass Hunde oder andere Wildtiere von dem Geruch angelockt wurden, vergrub sie die verdreckte Windel am Rande der Lichtung. Blieb nur noch, dem Kleinen das neue Tuch umzubinden. Leider hatte sie nicht darauf geachtet, wie das andere Tuch gebunden war, also musste sie improvisieren. Mehr schlecht als recht wickelte sie das Tuch um seinen Po und machte einen Knoten rein. »So, das war's«, sagte sie. »Mehr kannst du wirklich nicht verlangen.«

Der Kleine hatte aufgehört zu schreien und blickte sie mit großen Augen an. Ein gurrendes Geräusch kam aus seiner Kehle. Juna schaute sich um und zupfte einen großen Farnwedel ab, den sie über ihn legte. Das musste als Schutz gegen die Sonne genügen. »Jetzt muss ich aber wirklich gehen«, sagte sie. »Sicher kommen bald deine neuen Väter. Dann nehmen sie dich mit und machen dich zu einem von ihnen, zu einem Teufel. Ich kann dir nur eines raten: Mach mir keine Schwierigkeiten. Wenn du größer wirst und mir in die Quere kommst, sind wir keine Freunde mehr, hörst du?« Sie strich dem Kleinen sanft über den Kopf. Sie könnte ihm und sich selbst viel Ärger ersparen, wenn sie sein Leben beendete. Jetzt und hier. Er würde davon kaum etwas bemerken. Nur ein kleiner Schlag über den Kopf, und der Lebensfaden wäre gerissen. Kein Kind für die Teufel und kein Soldat für die Heilige Lanze. Die Frauen hatten die Macht, den Nachschub mit Säuglingen zu unterbinden. Warum taten sie es nicht? Warum dieser Pakt?

Nachdenklich machte sie sich auf den Weg. Ihr Schecke stand angebunden im Wald und begrüßte sie mit einem freudigen Wiehern. Sie befestigte Rucksack und Bogen am Sattel, dann schaute sie nochmals zurück. Der Anblick des Taufbeckens ließ sie zögern. Was, wenn der Trick mit der vollen Windel nicht funktionierte? Der Säugling war hier keineswegs sicher. Das Becken war so niedrig, dass jeder Hund bequem hochkam, wenn er sich auf seine Hinterläufe stellte. Und wenn die Teufel das Signal nicht gehört hatten oder gerade zu beschäftigt waren, um den Säugling zu holen? Bei Einbruch der Nacht tummelten sich hier schlimmere Kreaturen als Hunde.

Eine Weile schwankte sie unentschlossen hin und her, dann entschied sie sich fürs Dableiben. Natürlich brannte sie darauf, zu erfahren, was Mutter bezüglich der Verteidigung Alcmonas zu tun gedachte, aber auf ein paar Stunden mehr oder weniger kam es jetzt auch nicht an. Der Gedanke war absurd, aber irgendwie war ihr der Kleine ans Herz gewachsen. Sie war neugierig, zu erfahren, was das für Leute waren, die das Kind abholten. Krieger der Lanze, Holzfäller? Oder waren es Plünderer und Strauchdiebe? Wer nahm es auf sich, das Kind großzuziehen?

Sie spähte auf die Lichtung. Immer noch nichts. Bis jemand eintraf, konnte es noch eine Weile dauern. Juna wählte einen gut getarnten Aussichtsposten, zog ihr Messer und begann, das Kaninchen zu zerlegen.

*

David bemerkte die Holzfäller erst, als sie fast an ihnen vorüber waren. Gekleidet in die Farben des Waldes, saßen die Männer im Schatten einer gewaltigen Fichte, aßen und unterhielten sich leise. Ein paar abgehackte Äste waren der einzige Hinweis, dass überhaupt jemand anwesend war. Stephan hob die Hand zum Gruß, dann ging er langsam weiter.

Offenbar war ihm nicht an einem Gespräch gelegen. Die Arbeiter blickten finster hinter ihnen her. Es war ein ziemlich verwegen aussehender Haufen. Einige von ihnen waren von Kopf bis Fuß tätowiert.
»Clanmitglieder«, flüsterte Stephan, als sie weit genug entfernt waren. »Sie unterstehen den Warlords, die über die Außenbezirke herrschen. Unorganisierte Söldner, die in Höhlen, Stollen und Ruinen hausen. Wir leben zwar in Frieden mit ihnen, das kann sich aber jederzeit ändern, wenn die Lebensmittel knapper werden. Der Inquisitor sprach davon, einen Pakt mit ihnen zu schließen, doch die Vorstellung macht mir Angst. Die Clans sind durch ihre barbarische Grausamkeit und ihren Hang zur Selbstverstümmelung bekannt.«
»Selbstverstümmelung?«
»Männlichkeitsrituale. Mutproben und körperliche Züchtigungen. Es ist eigenartig, was Männer alles tun, um ihre Männlichkeit zu beweisen. Du solltest dankbar sein, dass uns der Glauben vor derlei heidnischem Unsinn schützt.«
David nickte. Er hörte diese Geschichte zum ersten Mal. Offenbar hatte er wirklich keine Ahnung, was draußen in der Welt vorging.
»Es ist nicht mehr weit«, sagte Stephan. »Der Kreis liegt gleich hinter den Bäumen dort.«
Einige Minuten später hatten sie den Ort erreicht. Sie verließen den Wald und schoben ihre Kapuzen zurück. David musste seine Augen gegen die plötzliche Helligkeit beschirmen. Vor ihnen lag eine Wiese, in deren Mitte ein steinerner Sockel stand. Seine Spitze war mit einem Farnwedel bedeckt. Stephan und David standen eine Weile ruhig am Rande der Lichtung und sondierten die Lage. Grimaldi hielt schnuppernd die Nase in die Luft. Nichts rührte sich.

»Ich glaube, die Luft ist rein.« Der Bibliothekar packte seinen Stab und marschierte los. David folgte ihm mit gespannter Erwartung. Hoch über ihnen zog ein Falke seine Kreise. Als sie den Sockel erreichten, hob Stephan den Farnwedel an. Der Säugling lag auf dem Rücken und schlief. Ein kleiner Beutel hing seitlich an einem Befestigungshaken.
Stephan prüfte den Inhalt. »Milchflasche, Leinentücher und ein Beruhigungssauger. Man könnte fast den Eindruck bekommen, den Hexen sei am Wohlbefinden des Kleinen gelegen.«
»Warum nicht? Ich meine, es ist ein Baby.«
»Es ist vor allem ein Junge. Aber du hast recht. Vielleicht ist das andere Geschlecht doch nicht so böse, wie ihm nachgesagt wird. Dass sie ihn allerdings hier alleine zurücklassen, wo Wölfe und Bären sich an ihm gütlich tun können, spricht nicht gerade für sie. Na ja, wir sind zum Glück rechtzeitig gekommen. Hier ist er also, unser kleiner Hoffnungsschimmer. Seit einem Jahr das erste Baby.« Er nahm den Kleinen in den Arm. »Scheint kräftig und gesund zu sein.« Der Säugling wachte sofort auf. Mit großen Augen schaute er auf die beiden fremden Menschen.
»Hallo, mein Kleiner. Na, gut geschlafen?« Stephan kitzelte ihn unter dem Kinn. David musste lächeln. Das Baby war wirklich süß. »Wie soll er denn heißen?«
»Ich werde ihn Matthäus nennen. Diesen Namen gibt es noch nicht in unserem Kloster. Außerdem hieß einer der zwölf Apostel so. Damit dürfte ihm der Schutz unseres Herrn gewiss sein. Komm, pack alles ein, wir wollen schnell zurück.«

*

Juna bemerkte die zwei Männer, noch ehe sie ganz auf die Lichtung hinausgetreten waren. Ein alter und ein junger. Sie trugen keine Masken, wie die Teufel es sonst zu tun pflegten, sondern graue Kutten mit Kapuzen, die sie zurückzogen, sobald sie ins Helle traten.

Der Alte war bestimmt über fünfzig, hatte eine Brille auf der Nase und einen Kranz grauer Haare. Der Junge war ein Stück größer und hatte kurze dunkle Haare. Er wurde von einem Hund begleitet, der ihm nicht von der Seite wich. Es war bei weitem das hässlichste Tier, das Juna je gesehen hatte. Eine krummbeinige Mischlingstöle, der man förmlich ansah, wie bissig sie war. Zum Glück hatte sie ihren Standort mit Bedacht gewählt, der Köter hätte sie sonst sofort gerochen.

Nachdem sie eine Weile gewartet und sich genau umgesehen hatten, gingen die beiden auf den Sockel zu. Unter dem Farnwedel war es seit einer guten halben Stunde ruhig. Das Baby schlief vermutlich. Die Männer betrachteten es verzückt, und Juna konnte den jüngeren näher in Augenschein nehmen. Er musste etwa in ihrem Alter sein. Etwas Unbekümmertes lag in seinen Zügen, fast sogar etwas Sympathisches. Natürlich war das völlig unmöglich! Er war ein Mann und als solcher von Grund auf schlecht. Und verbarg sich das Böse nicht meist hinter der Maske der Unschuld? Als der Mann das Baby hochnahm, erschien ein Lächeln auf seinem Gesicht. Ärmchen streckten sich nach ihm aus und streichelten über sein Gesicht. Ein fröhliches Krähen war zu hören.

Juna schüttelte den Kopf. Der Kleine schien nicht zu merken, in welch schlechter Gesellschaft er sich befand. Andererseits: Vielleicht genoss er ja die Anwesenheit von Männern?

Schließlich war er einer von ihnen. Eines Tages würde auch er erwachsen sein, herangereift zu einem Mann, der die Frauen hassen und bekämpfen würde.

Dann steckte das Böse also tatsächlich bereits im Körper dieses Säuglings? Oder bildete sie sich das alles nur ein?

In Gedanken versunken, wandte sie sich ab und ging zu ihrem Pferd zurück. Ihre Arbeit hier war erledigt. Das Baby war nicht mehr ihr Problem. Jetzt konnte sie zurückreiten und endlich erfahren, was der Hohe Rat bezüglich des bevorstehenden Angriffs zu tun gedachte.

6

Stephan hatte den schlafenden Säugling mit Hilfe eines Tragetuchs auf seinen Rücken gebunden und marschierte voran durch den Wald. Er summte ein kleines Lied; auf seinem Gesicht lag ein Ausdruck von Zufriedenheit. Die Sonne schien zwischen den Ästen hindurch und zauberte helle Tupfen auf den Boden. Das Zwitschern der Vögel wirkte wie fernes Glockenläuten. David ging ein paar Meter hinter ihm, den Kopf voller Gedanken.
»Meister Stephan?«
Der Bibliothekar drehte den Kopf. »Hm?«
»Was ich mich die ganze Zeit frage: der Steinkreis, an dem wir eben waren … habt Ihr mich ebenfalls dort gefunden?«
Meister Stephan verlangsamte seinen Schritt. »Ich? Dich gefunden? Wie kommst du darauf?«
»Nun ja, Eure Aufgabe ist es doch, die Säuglinge abzuholen. Und da dachte ich …«, er machte eine rhetorische Pause, doch der Bibliothekar schwieg. »Oder war damals ein anderer Meister dafür zuständig?«
Die Brauen von Meister Stephan rutschten eine Spur enger zusammen. »Dann weißt du es gar nicht?«
»Wissen? Was denn?«
»Du wurdest nicht gefunden, du wurdest bei uns abgegeben. Du lagst in einem Strohkorb vor der Klosterpforte. Dein Korb war mit einem ungewöhnlichen roten Stofftuch zugedeckt. Das ist, soweit ich weiß, das erste und einzige Mal gewesen, das so etwas geschehen ist.«

»In einem Strohkorb? Wie seltsam.«
»Allerdings. Wir haben uns das nie wirklich erklären können. Aber letztendlich war es egal. Wir waren froh, dass du bei uns warst.«
David strich ein paar Spinnweben aus seinem Gesicht. »Aber das würde ja bedeuten, dass die Frau, die mich geboren hat, in der Stadt gelebt hat.«
»Nicht unbedingt. Vielleicht ist sie bis zum Kloster gelaufen.«
»Warum hätte sie das tun sollen? Sie hätte mich doch im Steinkreis ablegen können. Das wäre viel sicherer gewesen, als den weiten Weg in die Stadt zurückzulegen. War denn keine Notiz dabei? Ein Brief oder etwas Ähnliches?«
»Nein, nichts dergleichen. Nur du.« Der Blick, den er David zuwarf, war seltsam. Die Augen hinter der Brille schienen einen Moment zu flattern.
»Ist lange her, diese Geschichte«, sagte Meister Stephan. »Zu lang, als dass ich mich noch an jedes Detail erinnern könnte. Die Hauptsache ist doch, dass du bei uns bist. Nur das zählt.«
Komische Antwort, dachte David, als würde der Bibliothekar ihm etwas verheimlichen. Er überlegte, ob es wohl unhöflich wäre, weitere Fragen zu stellen, als ein Knurren von Grimaldi ihn aus seinen Gedanken riss. Der Hund stand stocksteif da, die Ohren gespitzt und den Schweif zwischen die Hinterläufe geklemmt. Seine Schnauze war gerümpft, und seine gelben Zähne schauten heraus. Er fürchtete sich.
David umklammerte seinen Wanderstab. Grimaldis Sinne waren um ein Vielfaches schärfer als seine eigenen. Irgendetwas stimmte nicht. Es war verdächtig still im Wald. Selbst die Bäume schienen den Atem anzuhalten. David spähte ins

Unterholz. Die Stelle, an der sie gerade waren, war recht unübersichtlich. Mehrere dicke Buchen standen eng beisammen und bildeten eine Art natürlichen Wall. Der Weg wurde gefährlich schmal. Stephan legte David die Hand auf die Schulter. »Meine Augen sind nicht mehr die besten«, flüsterte er. »Kannst du etwas erkennen?«
David schüttelte den Kopf. »Nichts.«
»Vielleicht irrt sich dein Köter?«
»Unwahrscheinlich«, sagte David. »Selbst Bernhard schwört auf seine Instinkte.« Doch sosehr er die Fähigkeiten seines Hundes auch verteidigte, im Dämmerlicht war nichts zu erkennen.
Seltsam.
»Vielleicht sollten wir ein Stück zurückgehen und einen anderen Weg nehmen«, flüsterte er. »Wenn etwas auf uns lauert, dann versteckt es sich dort vorn.« Er deutete auf die Bäume.
Stephan wiegte den Kopf. »Das würde uns in einen anderen Stadtteil führen. Außerdem ist es schon spät. Eckmund lässt uns nur bis acht Uhr hinein, und ich habe keine Lust, die Nacht außerhalb der Klostermauern zu verbringen.« Er seufzte. »Ich weiß, es ist riskant, aber wir müssen weiter.«
Er packte seinen Stab und ging auf die Bäume zu. Meister Stephan war für sein Alter immer noch erstaunlich fit. Die Nahkampfausbildung gehörte zu den Grundlehrgängen im Kloster. Jeder Mönch war in der Lage, Schläge und Tritte zu seiner Verteidigung einzusetzen. Waffen waren verboten, sah man mal von Stäben und Schleudern ab. Nur die Heilige Lanze durfte Schusswaffen einsetzen. Der Grund war einfach: Es gab zu wenig Munition. Das meiste davon hatten sich die Warlords unter den Nagel gerissen und in den

Jahren nach dem Zusammenbruch für sinnlose Territorialkämpfe verpulvert. Jetzt waren Gewehrkugeln so wertvoll wie Gold.

Sie hatten die Bresche beinahe erreicht, als ein erneutes Knurren zu hören war. Es kam von hinten und klang wesentlich tiefer. David fuhr herum. Etwa zwanzig Meter entfernt stand ein Tier. Groß, dunkel, zottiges Fell. Seine Augen leuchteten in einem stumpfen Gelb. Seine Zähne gebleckt, seine Zunge herausgeschoben, bot es einen schrecklichen Anblick. Aus dem Augenwinkel nahm David eine Bewegung wahr, drüben bei den Fichten. Und auch hinter dem Brombeergebüsch regte sich etwas.

Wolfshunde.

Und sie hatten sie umzingelt.

Meister Stephan hatte die Bresche erreicht, doch sie war versperrt. Vor ihm stand der größte Wolfshund, den David je gesehen hatte. Ein mächtiges Tier mit eingerissenen Ohren und einer kahlen Stelle über dem linken Auge. Sein Knurren klang wie der Motor eines Geländefahrzeugs.

»Schnell«, befahl Meister Stephan. »Rücken an Rücken. Wir dürfen ihnen keine Angriffsfläche bieten.«

David stolperte auf den Bibliothekar zu, stellte sich hinter ihn und nahm Grimaldi zwischen seine Beine. Keinen Augenblick zu früh. Als hätten sie ein lautloses Signal erhalten, gingen die Hunde zum Angriff über. Zwei auf jeder Seite, dazu der Anführer. Macht fünf, überschlug David im Geiste.

Einer der Köter versuchte, nach seinem Bein zu schnappen. David wich aus und ließ seinen Stab niedersausen. Dem dumpfen Krachen folgte ein schrilles Winseln. Der Angreifer erkannte seinen Fehler und sprang aus der Gefahrenzone.

Die Luft stank nach Urin und vergammeltem Fleisch. David hörte das Blut in seinen Ohren pochen. Schon erfolgte der nächste Angriff. Diesmal benutzte David seinen Stab wie eine Lanze und stach damit in Richtung des Kopfes. Ein hohler Schlag erklang. Die Wirkung war verblüffend. Das Tier taumelte benommen zur Seite und biss vor lauter Verwirrung seinen Artgenossen in die Flanke. Eine kurze, aber heftige Beißerei war die Folge, in deren Verlauf David Atem schöpfen konnte. Auch Meister Stephan keuchte bereits. Er hatte es mit drei Hunden zu tun, von denen einer – das Leittier – ziemlich durchtrieben war. Er hatte die Angewohnheit, seine zwei Untergebenen nach vorne zu schicken und in deren Schatten anzugreifen. Bei einer dieser Attacken gelang ihm ein Biss in Meister Stephans Wade. Der Bibliothekar stöhnte vor Schmerz. Er ließ seinen Stab niedersausen, doch das Tier war vorbereitet. Mit einem Satz sprang es zur Seite. David sah Blut aus der Wunde quellen. Stephan taumelte und prallte dabei gegen ihn. David strauchelte, dann sah er sich auf allen vieren.
Das Baby schrie.
Auf einmal blitzten gelbe Zähne auf. Der Leitrüde!
Mit einer Geschwindigkeit, die er sich selbst nicht zugetraut hätte, rollte David zur Seite. Die Kiefer schlugen aufeinander und erzeugten ein hässliches Knacken, nur wenige Zentimeter von seinem Gesicht entfernt. Der Gestank aus dem Rachen der Bestie war ekelerregend. David richtete sich auf, holte aus und ließ seinen Stab durch die Luft wirbeln. Der Schlag war so heftig, dass er das Tier von den Beinen fegte. Keuchend landete es auf der Seite. Sofort war Grimaldi da. Er stürzte auf das Tier zu und grub ihm seine Zähne in die Kehle. Der Anführer des Rudels gab ein entsetztes Krei-

schen von sich. Es klang wie das Pfeifen eines Teekessels. Das Tier versuchte aufzustehen, aber Grimaldi ließ nicht los. Seine Schnauze wurde rot, als er sich immer tiefer in die Kehle verbiss. Stephan holte aus und schlug auf den Leitrüden ein. Einmal, zweimal. Die Beine des Wolfshundes zuckten unkontrolliert durch die Luft. Noch einmal sauste der Knüppel nieder, diesmal mit aller Kraft. Ein Knacken war zu hören. Der Hund stieß ein ersticktes Röcheln aus, dann wurde er still. David fühlte, wie er von einer Hand gepackt und hochgezogen wurde.
»Alles in Ordnung mit dir, mein Junge?«
»Geht schon«, keuchte David. Seine Beine zitterten. Sein Beutel war abgerissen und lag auf dem Boden. Eine Schlaufe hatte sich um seinen Fuß gewickelt, trotzdem kämpfte er weiter. Seine schweißnassen Finger vermochten den Stab kaum noch zu halten.
Die vier restlichen Hunde hatten sich zusammengerottet. Ihr Anführer war tot, doch das hielt sie nicht davon ab, den Angriff fortzusetzen.
»Ich weiß nicht, wie lange ich dieses Tempo noch durchhalte«, keuchte Meister Stephan. »Meine Arme fangen an, lahm zu werden.«
»Haltet durch, Meister, haltet durch. Vielleicht geben sie irgendwann auf.«
Doch die Hunde gaben nicht auf.
David blinzelte. Schweiß rann ihm übers Gesicht, das Licht zwischen den Zweigen blendete ihn. Schon im nächsten Augenblick musste er feststellen, dass der Schock ihn unkonzentriert hatte werden lassen. Einer der Köter durchbrach die Deckung und biss ihn von hinten in den Schuh. Wieder taumelte David. Er holte aus, doch der Schlag landete in der

Erde. Als hätte er damit gerechnet, schnellte einer der Hunde vor, grub seine Zähne ins Holz und riss David den Stab aus den schweißnassen Fingern.

»Junge, pass auf!«

David spürte ein schweres Gewicht auf seinen Schultern. Dann wurde er zu Boden gedrückt. Feuchte Tannennadeln stachen in seine Haut. Die Kapuze rutschte ihm übers Gesicht. Die Geräusche waren furchtbar. Stephans Schreie, Grimaldis Winseln und das dumpfe Röcheln der Wolfshunde vermischten sich zu einem schrecklichen Lärm, der in seinen Ohren rauschte. Jeden Moment erwartete David, von scharfen Zähnen gebissen zu werden, doch nichts geschah. Stattdessen ertönte panisches Jaulen. Plötzlich ließ der Druck nach. David gelang es, sich zur Seite zu rollen und die Kapuze zurückzustreifen. Was er sah, ließ ihn erstarren. Meister Stephan saß da, ein Messer in der einen, den Stab in der anderen Hand. Vor ihm lagen zwei getötete Wolfshunde. Ihre Beine zuckten immer noch. Die anderen waren verschwunden. Grimaldi hockte abseits und leckte seine Wunden. David stand auf, packte seinen Stab und ging in Verteidigungsposition.

»Lass gut sein«, sagte Stephan. »Sie sind weg. Komm, hilf mir auf die Füße.«

David merkte sofort, dass etwas nicht stimmte. Der Meister presste die Luft durch die zusammengebissenen Zähne.

»Seid Ihr verletzt?«

»Geht schon.« Humpelnd stand er auf. Unter der Kutte, auf Höhe des Oberschenkels, war ein roter Fleck zu sehen, der rasch größer wurde.

»Und das da?«

»Nur eine Fleischwunde. Nichts, worüber du dir Sorgen zu

machen brauchst.« Das Flattern in seiner Stimme strafte seine Worte Lügen. David schüttelte den Kopf. »Lasst mich mal sehen.«
Die Haut war an drei Stellen durchbohrt. Dunkles Blut sickerte daraus hervor. »Das muss verbunden werden, sofort«, sagte David. »Wir haben doch noch den Leinenstoff für die Windeln. Ich könnte einen Verband machen. Wenn ich ihn fest genug anziehe, hält er vielleicht, bis wir zurück im Kloster sind.«
»Na gut.« Stephan nickte. »Hinten im Beutel.«
David trat hinter seinen Meister und griff unter das Tragetuch. Er hatte die Stoffwindeln gerade gefunden, als er plötzlich innehielt. Der Bibliothekar hob den Kopf. »Irgendetwas nicht in Ordnung?«
»Ich weiß nicht …« Ihm wurde auf einmal entsetzlich bange ums Herz. Er hatte das Baby berührt. Der Kleine lag ruhig in der Trage. *Zu* ruhig.
Mit schnellen Griffen löste David den Knoten. Noch ehe er das Kind zu Boden gelassen hatte, wusste er, dass etwas Schlimmes passiert war. »Oh nein«, flüsterte er. »Bitte, lieber Gott, nur das nicht …«
Er legte das Bündel ab und öffnete es. Was er sah, ließ ihn vor Verzweiflung aufstöhnen. Der Kopf des Babys war zur Seite gedreht, die weit geöffneten Augen starrten ihn an. Er konnte keine Verletzungen ausmachen.
David ließ sich auf die Knie fallen und presste sein Ohr auf die Brust des Babys. Eine ganze Weile blieb er in dieser Haltung, hoffend – betend – er möge etwas hören. Ein Atmen, einen Herzschlag, irgendetwas.
Doch da war nichts.
Der Junge war tot.

»Möge der Herr seiner kleinen Seele gnädig sein.« Meister Stephans Stimme holte David zurück in die Wirklichkeit. Als David zu ihm emporschaute, merkte er, dass seine Wangen nass vor Tränen waren.

Der Bibliothekar legte ihm die Hand auf die Schulter. Seine Haut wirkte grau, seine Lippen waren aufgesprungen und rissig. Auf seinen Stab gestützt, blickte er traurig zu ihm herunter. Als er sprach, war seine Stimme kaum mehr als ein Flüstern.

»Wir werden immer weniger«, sagte er. »Die Tage der Menschheit sind gezählt.«

7

Juna erwachte zum Klang dunkler Gesänge. Sie schlug die Augen auf und schaute zur holzgetäfelten Decke empor. Gwen lag dicht an ihren Körper geschmiegt, den Arm über ihrer Taille. Ihr Atem ging ruhig und gleichmäßig. Eine Strähne ihres pechschwarzen Haares rollte über ihr Gesicht. Juna rutschte vorsichtig zur Seite, setzte sich auf den Rand des Bettes und gähnte herzhaft.

In der Küche stand noch eine Kanne mit kaltem Kamillentee. Sie schenkte einen Becher voll ein und leerte ihn in einem Zug. Dann ging sie zum Brunnen vor dem Haus. Düstere Schwaden stiegen in den Himmel. Der Geruch des Scheiterhaufens wehte bis zu ihr herüber.

Juna betätigte die Pumpe und ließ Wasser in den hölzernen Trog laufen. Mit schnellen Bewegungen wusch sie ihren Körper, anschließend schöpfte sie sich eine Handvoll Wasser ins Gesicht. Wach und erfrischt ging sie zurück ins Haus, um sich anzuziehen. Gwen war ebenfalls aufgewacht und blickte schläfrig zu ihr herüber.

»Kommst du noch mal ins Bett?«

»Geht nicht, Liebste. Ich muss zum Tempel, das weißt du doch.« Gwen sackte mit einem Stöhnen zurück. »Ausgerechnet heute, an meinem freien Tag. Ich hatte gehofft, wir könnten ihn im Bett verbringen.«

Juna setzte sich neben sie und strich mit der Hand über ihren Rücken. »Das hätte ich mir auch gewünscht, aber Mutter hat nach mir geschickt. Vielleicht werde ich endlich erfahren, was der Hohe Rat zu tun gedenkt. Ich habe die Hoffnung noch nicht aufgegeben.«

»Du brennst richtig darauf, den Teufeln in die Eier zu treten, habe ich recht?«

Juna grinste. »Merkt man mir das so sehr an?«

»Und wie.«

»Sei's drum. Machst du mir die Haare?«

Gwen nickte. »Aber gerne. Setz dich, dann flechte ich dir einen Zopf.«

Sie arbeitete schnell und geschickt. Sie beklagte sich zwar fortwährend, dass Juna ihre Haare besser pflegen sollte, aber mittlerweile gehörte das so selbstverständlich dazu wie ihre ständigen Ermahnungen, die Nägel länger wachsen zu lassen.

»Wozu? Damit ich sie mir im Kampf abbreche?«

»Damit man dich nicht mit einem unserer Feinde verwechselt.«

Juna versuchte, ihr einen Stups auf den Oberarm zu geben, und Gwen tauchte kichernd in die Laken ab. Als sie wieder auftauchte, spitzte sie die Ohren. »Was sind das für Gesänge?«

»Kommen vom Richtplatz.« Juna streifte ihr Leinenhemd über und zog den Gürtel fest. »Sie haben die Scheiterhaufen in Brand gesetzt.«

»So früh? Ich dachte, die Hinrichtungen seien erst für heute Abend angesetzt.«

»Mutter will nicht, dass das Ganze zu einem Spektakel ausartet. Sie sagte, dem Gesetz müsse entsprochen werden, aber das sei noch lange kein Grund, daraus eine Feier zu machen.«

»Bisher hat es doch immer ein Fest gegeben. Seltsam.«

Juna lag es auf der Zunge, zu erwähnen, dass sie noch viel

Seltsameres gehört hatte, aber sie hielt sich zurück. Was zwischen ihr und ihrer Mutter besprochen worden war, ging niemanden etwas an. »Ich muss los.« Sie hauchte Gwen einen Kuss auf die Stirn und zog ihre Sandalen an. Nur noch den Dolch am Gürtel befestigen, dann war sie fertig.
Sie stand auf und vollführte eine Drehung.
»Wie sehe ich aus?«
»Wie immer. Schön wie der junge Morgen.« Gwen stieß ein müdes Seufzen aus, dann drehte sie sich zur Seite. »Vergiss nicht, die Tür zuzumachen, wenn du gehst.«
Juna lächelte. »Ich komme zurück, sobald das hier erledigt ist, versprochen.« Doch Gwen antwortete nicht. Ihren leisen Atemgeräuschen nach zu urteilen, war sie wieder eingeschlafen.

Juna verließ das Haus und ging den Hügel hinab in Richtung See. Um diese Zeit war noch nicht viel los. In der Dorfbäckerei brannte natürlich seit Stunden das Feuer, und auch in der Schmiede war bereits eingeheizt. Ansonsten lag alles noch in tiefem Schlummer. Nur am Richtplatz hatten sich ein paar Schaulustige versammelt. Sie standen vor den brennenden Scheiterhaufen und sangen Totenlieder. Die Feuer waren bereits so weit heruntergebrannt, dass man die verkohlten Leichen der beiden Männer erkennen konnte. Ihre Habseligkeiten hatte man ihnen abgenommen und zur Abschreckung an Holzpfosten genagelt. Mit dem Rücken an Holzstämme gekettet, standen sie da und starrten aus ihren leeren Augenhöhlen gen Himmel.
Juna wandte sich ab und betrat den Steg, der zur Insel hinausführte. Zarte Nebelschleier lagen über dem Wasser. Die Insel sah aus, als schwebte sie über den Wolken.

Leichtfüßig lief Juna über den Steg und die Treppen hinauf. Oben wurde sie von Zoe empfangen. Die Dienerin machte den Eindruck, als würde sie seit geraumer Zeit nach ihr Ausschau halten. »Deine Mutter erwartet dich bereits«, sagte sie. »Folge mir.«
Arkana befand sich im hinteren Teil des Tempels in Begleitung zweier Priesterinnen, die damit beschäftigt waren, Blumengebinde vor die Füße der drei Göttinnen zu legen. Aus den Schalen mit zerstoßenem Harz stieg weißer Rauch auf. Ein belebender Geruch erfüllte die Halle. Es waren nur noch wenige Tage bis zum Mittsommerfest, und die Vorbereitungen liefen bereits auf Hochtouren.
Zoe ging in die Knie. »Ehrwürdige Mutter, Eure Tochter ist eingetroffen.«
Arkana unterbrach ihre Arbeit und kam auf sie zu. Ihre blanken Brüste schimmerten im Licht der Ölfeuer. An ihren Oberarmen waren Armbänder in Form goldener Schlangen befestigt. Ihre Haare waren zu Zöpfen geflochten, an denen kleine Metallplättchen klingelten. Juna ließ sich ebenfalls auf die Knie sinken. Sie breitete die Arme aus und neigte den Kopf. Diesmal ließ Arkana sie eine Weile in dieser Stellung verharren, ehe sie ihr erlaubte, sich zu erheben.
»Steh auf, Juna, ich habe wichtige Neuigkeiten für dich.« Sie ließ sich ein Gewand überziehen, dann nahm sie Juna bei der Hand und führte sie aus dem Tempel.
Hinter den Hügeln war die Sonne aufgegangen. Goldene Strahlen fielen in die schattigen Täler rings um Glânmor. In der Ferne, dort wo Himmel und Erde zu einem bernsteinfarbenen Streifen verschmolzen, lag die alte Stadt. Mit ein bisschen Phantasie konnte man sogar die Spitzen der schwarzen Kathedrale erkennen.

Arkana führte Juna an einen stillen Ort auf einer der tiefer liegenden Terrassen. Ein paar Weiden standen rund um ein Becken mit Seerosen. Frisches Quellwasser strömte aus den Mündern steinerner Waldnymphen. Arkana deutete auf eine Bank. »Setz dich. Erzähl mir von deiner Reise zum Kreis der Verlorenen.«

Juna nahm Platz und warf einen Blick in die Runde. Sie waren hier vollkommen ungestört. »Da gibt es nicht viel zu erzählen«, sagte sie. »Ich habe den Kleinen abgeliefert, und das war's. Ich habe noch gewartet, um zu sehen, wer ihn abholt.«

Arkana fuhr mit der Hand über ihren wertvollen Ohrschmuck. Die goldenen Vögel, die in einem Ring aus goldenen Zweigen saßen, klingelten leise. »Und?«

»Nichts Besonderes. Sie kamen zu zweit und haben ihn mitgenommen.« Juna hatte keinen Schimmer, warum ihre Mutter sich so dafür interessierte.

»Wie sahen sie aus? Waren sie alt?«

»Nein, sie ... na ja, wie soll ich sagen ... sie sahen eigentlich recht normal aus.«

»Normal? Wie wir?«

»So ähnlich, ja. Sie trugen weite Umhänge mit Kapuzen. Der eine war alt, der andere jung.«

»Wirkten sie freundlich?«

»Ja, schon ... der Junge war sogar recht gutaussehend.«

»Ah!« Arkanas Brauen wanderten nach oben. Ein Lächeln umspielte ihren Mund. »Hat er dir gefallen?«

»Mutter!« Juna war entsetzt. Was sollten diese Fragen?

»Die Zeit drängt. Ich wüsste gerne, was der Hohe Rat entschieden hat.«

Arkana straffte ihren Rücken. »Der Hohe Rat hat beschlossen, dass du unter Briannas Befehl mit einer Gruppe von Reiterinnen nach Alcmona aufbrechen und dort für Ruhe sorgen wirst«, sagte sie. »Du wirst zusehen, dass die Vereinbarungen eingehalten werden. Die Männer dürfen einen Teil der Vorräte nehmen und empfängnisbereite Frauen beglücken. Alles, was darüber hinausgeht, wird unterbunden.«

»Und die Bestrafung?« Juna versuchte, sich ihre Enttäuschung nicht anmerken zu lassen. »Die Schuldigen müssen zur Rechenschaft gezogen werden.«

Arkana schüttelte den Kopf. »Der Rat hat entschieden, es damit bewenden zu lassen. Keine Gewalt.«

»Bei allem Respekt ...« Juna fiel es schwer, ruhig zu bleiben. »... aber diese Entscheidung ist inakzeptabel.«

»*Inakzeptabel?*« Um Arkanas Mund spielte ein amüsiertes Lächeln.

»Allerdings«, sagte Juna. Und das Wort kam ihr noch viel zu positiv vor. »Das war dein Einfluss, nicht wahr? Du hast ihnen geraten, auf einen Kampf zu verzichten.«

»Schon möglich.« Arkana wurde wieder ernst. »Was gefällt dir daran nicht?«

»Nun, zum Beispiel, dass wir sie nicht daran hindern dürfen, uns zu bestehlen, dass wir sie nicht bestrafen dürfen, wenn sie uns verhöhnen und mit Geringschätzung überziehen, dass wir, bei allem, was sie uns antun, klein beigeben müssen.«

»Das ist unsere Bürde, meine Liebe, unser Vermächtnis. Der Preis, den wir für unsere Vergehen zahlen müssen.«

»Was für Vergehen, Mutter? Ich verstehe nicht, wovon du sprichst. Ich sehe nur eines: Sie berauben uns, und wir müssen uns fügen. Sie bespucken uns, und wir weichen zurück.

Sie treten und sie schlagen uns, und wir dürfen nicht mal die Hand heben, um uns zu verteidigen. Das ist nicht gerecht, Mutter. Bei den Göttern, das ist einfach nicht gerecht.« Juna hatte die Hände zu Fäusten geballt, so wütend war sie. Ihre Mutter verstand nicht, was da draußen los war. Oder sie wollte es nicht verstehen. Es herrschte Krieg, und sie saß hier oben in ihrem Elfenbeinturm und predigte Liebe und Vergebung.
»Ich würde die Götter aus dem Spiel lassen«, sagte Arkana. »Sie haben am allerwenigsten damit zu tun.« Sie sah Juna traurig an. »Ich weiß, dass das alles für dich schwer zu verstehen ist, und doch ist es der Weg, den wir beschreiten müssen. Es ist ein steiniger und dorniger Weg, doch ich versichere dir: *Es ist der einzige.* Das wirst du bald erkennen.« Sie seufzte. »Vielleicht wirst du eines Tages zur Hohepriesterin ernannt. Es ist Tradition, dass die Nachfolger durch ein Gottesurteil aus den Reihen der Brigantinnen erwählt werden. Als meine Tochter hast du gute Chancen, in den engeren Kreis zu kommen. Und wenn es so weit ist, wäre es gut, wenn du möglichst viel von unserer Welt gesehen hast. Und zwar nicht nur das, was grausam und düster ist. Du solltest Dinge erlebt haben, die schön und hoffnungsvoll sind, und du darfst dich nicht von den Rufen nach Krieg und Gewalt beirren lassen. Die Kriegstreiber sind immer die, die am lautesten schreien. Du musst lernen, auf die leisen Stimmen zu hören. Doch darüber können wir ein andermal sprechen. Jetzt rüste dich. Du und deine Kameradinnen, ihr solltet in zwei Stunden aufbrechen. Und es ist ein weiter Weg nach Alcmona.«

8

Es war kurz nach Laudes, als die Glocke das Eintreffen der Heiligen Lanze ankündigte. David beobachtete, wie Amon und seine Freunde zusammen mit den anderen die Kapelle verließen und neben dem Haupttor Aufstellung nahmen. Die Luft war frisch. Überall glitzerten Tautropfen auf den Blättern. David fröstelte. Hinter den Bäumen war die Sonne aufgegangen. Sie warf rote Strahlen über den Himmel. *Wie die Finger eines zornigen Gottes,* ging es ihm durch den Kopf. Er fragte sich, ob es wirklich ein gütiger Gott war, der dort oben wohnte. Worin bestand seine Güte, wenn er zuließ, dass ein Neugeborenes von Wolfshunden getötet wurde? Wo war die vielbeschworene Vergebung, wo die Hoffnung? Und was für einen Sinn hatte das Ganze? Gewiss, die Priester wurden nicht müde, zu betonen, dass all dies nur Prüfungen auf ihrem Weg und die Wege des Herrn unergründlich seien. Aber waren sie das wirklich? Wo lag die Grenze zwischen unergründlich und unsinnig?

Die frühen Morgenstunden waren normalerweise die Zeit, in der David die Nähe zu Gott besonders deutlich spürte. Laudes und Vesper, das Morgen- und das Abendgebet, waren die Angelpunkte des täglichen Stundengebetes. Sie wurden gemeinhin als die vornehmsten Gebetsstunden angesehen. Doch heute fühlte David, dass der Glaube ihm nicht über den gestrigen Verlust hinweghelfen konnte. Der kleine Junge war noch am selben Abend beigesetzt worden, und die Trauerfeier hatte bis tief in die Nacht gedauert. Eine bewegende

Zeremonie, die allen vor Augen geführt hatte, wie dünn das Eis war, auf dem sie standen. Ihre Gemeinschaft wurde von Jahr zu Jahr kleiner, und alles, was sie tun konnten, war, sich in die Hände des Herrn zu befehlen und auf Seine Gnade zu hoffen.

Aber war diese Hoffnung berechtigt?

Meister Stephan hatte an der Zeremonie nicht teilgenommen. Seine Verletzungen waren so schwer, dass er umgehend vom Meister Apotheker verarztet werden musste. Stephan war weder zu den Nokturnen noch zu Laudes erschienen, und niemand konnte David sagen, wie es ihm ging. Er versuchte, sich einzureden, dass es an der Anstrengung lag und dass Meister Stephan mit ein bisschen Ruhe bald wieder auf den Beinen sein würde, aber tief in ihm regten sich Zweifel.

»Na, so gedankenvoll, heute morgen?« Amon hatte seine Hand auf Davids Schulter gelegt. »Ich habe gestern noch auf dich gewartet.«

David senkte den Kopf. »Ich musste allein sein. Die Sache mit dem kleinen Jungen und Meister Stephan ... es hat mich zu sehr mitgenommen.«

»Verstehe ich doch. Trotzdem kann ich mich des Gefühls nicht erwehren, dass du mir in letzter Zeit immer öfter aus dem Weg gehst.«

»Das bildest du dir ein. Mir geht nur so viel im Kopf rum, das ist alles. Hat nichts mit dir zu tun.« David presste die Lippen aufeinander. Es stimmte: Seine Freundschaft mit Amon war irgendwie an einem toten Punkt angelangt. Sie hatten ein paar Mal beisammen gelegen, doch es war nichts passiert. Wenn es nach ihm ginge, konnte es ruhig dabei bleiben. Doch Amon wollte offenbar mehr.

»Der Abt sieht es nicht gerne, wenn Brüder das Lager miteinander teilen«, ergänzte David. »Er sagt, es verstoße gegen die Gebote der Kirche.«

»Das sagt er doch nur, um nach außen den Anstand zu wahren«, meinte Amon. »Jeder weiß, dass er selbst einen Gefährten hat. Wenn du nicht das Lager mit mir teilen willst, sag es ruhig. Es gibt genügend andere Brüder, die gerne deinen Platz einnehmen würden.« Er grinste David an.

Amon war von Kopf bis Fuß in Schwarz gekleidet. Schwarze Stiefel, schwarze Hosen, schwarze Jacke. Später würde dann noch die Maske dazukommen. An seiner Seite hing glänzend ein automatisches Gewehr nebst Patronengurt.

»Ja, du hast mächtig Karriere gemacht«, sagte David. »Truppenführer der Heiligen Lanze und so …«

Amon warf ihm einen Blick von der Seite zu. »Klingt ziemlich abfällig, wie du das sagst. So kenne ich dich gar nicht. Freust du dich etwa nicht für mich?«

»Doch, natürlich. Es ist nur … ach, ich weiß auch nicht. Hab einfach schlecht geschlafen heute Nacht, das ist alles.«

»Heute wird mein Triumphtag, wart's ab«, sagte Amon. »Wir werden die Kornkammern bis zum Anschlag vollmachen. Alcmona soll angeblich die reichste Gemeinde der Hexen sein. Wenn alles gut läuft, können wir den Großteil des erforderlichen Tributs abbezahlen und haben dann wieder den Segen des Inquisitors.«

»Das wäre wirklich phantastisch«, sagte David ohne rechte Begeisterung. Ihm war nicht wohl dabei, dass die Lanze so kurz hintereinander die nächste Gemeinde überfiel. Meister Stephan hatte warnende Worte ausgesprochen und gesagt, dass dies den Scheinfrieden, der auf beiden Seiten herrschte, gefährden könnte.

»Wenn es dich wirklich freut, dann mach doch bei uns mit. Jemanden wie dich könnten wir gut gebrauchen.«
David wandte ruckartig den Kopf und schaute seinen Freund an. »Was denn, ich bei der Heiligen Lanze?«
»Na klar.« Amon sah aus, als meinte er es wirklich ernst. »Stell dir vor, wir beide Seite an Seite an vorderster Front. Wir kennen uns gut genug, um uns blind zu vertrauen. Außerdem hast du einen kräftigen Körper und einen wachen Verstand. Du bist sportlich und hast bewiesen, dass du auch in gefährlichen Momenten die Nerven behältst.« Er warf David einen vielsagenden Blick zu. »Meister Stephan muss dem Abt gestern Abend noch einiges erzählt haben. Von eurem Kampf und wie du ihn ganz allein und halb ohnmächtig durch die Stadt nach Hause gebracht hast.«
»Das war nichts …«
»Nichts? Das war eine Heldentat. Solche Geschichten machen schnell die Runde. Ehe du dich versiehst, wirst du befördert. Ist mir auch so ergangen. Ich würde mich freuen, wenn wir zusammen gegen die verdammten Hexen ins Feld ziehen würden. Na, was sagst du?«
»Ich werde es mir überlegen.«
»Versprochen?«
In diesem Moment wurden die Tore geöffnet, und die Fahrzeuge fuhren herein. Über das Dröhnen der Motoren hinweg war das eigene Wort kaum zu verstehen. David dachte an den Inquisitor. Er würde es niemals zulassen, dass David seine geliebte Heilige Lanze entehrte. Was konnte es da schaden, wenn er seinen Freund ein bisschen anflunkerte?
Er nickte. »Versprochen.«
»Gut, aber lass dir nicht zu viel Zeit. Wer weiß, wie lange ich noch einfacher Truppenführer bin.« Er gab David einen

freundschaftlichen Stoß in die Seite. »Jetzt muss ich aber los. Mein Auftrag wartet, und den darf ich nicht vermasseln. Wünsch mir Glück und sprich ein Gebet für mich.«
Mit diesen Worten lief er auf die Fahrzeuge zu. Zwei Jeeps, ein Motorrad und ein Laster.
David sah zu, wie Amon das Führungsfahrzeug erklomm, seine Maske aufsetzte und seine Maschinenpistole in einer Siegespose über den Kopf hielt. Seine Kollegen verteilten sich auf die anderen Fahrzeuge, dann ging es los. Die Motoren heulten auf, und die vier Fahrzeuge setzten sich in einer Wolke aus Abgasen in Bewegung. Die Tore wurden wieder geschlossen.
David blieb noch eine Weile stehen und lauschte den immer leiser werdenden Geräuschen. Als von den Motoren nur noch ein feines Summen zu hören war, brach er in Richtung Krankenlager auf. Er wollte erst nach Meister Stephan sehen, ehe er sich wieder an die Arbeit machte.

Im Krankenzimmer war es noch dunkel. Der Geruch nach Desinfektionsmitteln hing im Raum. David schloss die Tür und schlich auf Zehenspitzen ans Bett seines Mentors.
Meister Stephan schien noch zu schlafen. Die Augen geschlossen und die Hände über der Brust gekreuzt, lag er auf dem Rücken. Seine Haut war mit winzigen Schweißtropfen bedeckt. Sein Atem ging flach. David spürte die Hitze, die von ihm ausging. Das musste das Fieber sein. Er stand eine Weile unschlüssig neben dem Bett, dann entschied er, dass es wohl besser wäre, zu gehen.
»Na, mein Junge. Sind die schrecklichen Maschinen endlich weg?«
David wäre um ein Haar über seine eigenen Füße gestolpert.

»Ihr ... Ihr seid wach?«
Stephans Augen klappten auf. »Bei dem Höllenlärm kann doch niemand schlafen. Erst verpesten sie alles mit ihren Motoren, dann verpulvern sie die letzten Benzinvorräte bei dem Versuch, ein weiteres Dorf zu plündern. Eine Schande ist das.« Er richtete sich mühsam auf. David griff ihm unter die Arme und half ihm, das Kissen in den Rücken zu stopfen. Dann nahm er ein Streichholz, entzündete damit die Kerze, zog einen Stuhl heran und setzte sich. »Was machen Eure Verletzungen? Ich habe mir große Sorgen gemacht, nachdem ich Euch gestern Abend nicht mehr gesehen habe.«
»Ich wäre wirklich gerne gekommen, aber wenn der Meister Apotheker einen einmal in seiner Gewalt hat, entkommt man ihm nicht so schnell.« Er lachte leise. »Fiebermessen, Tropfen einnehmen, reinigen, verbinden, ruhigstellen – das ganze Programm. Ich fühle mich wie durch die Mangel gedreht.«
David lächelte. »Na ja, Hauptsache, es hilft. Wie schlimm ist es?«
Meister Stephan winkte ab. »Kratzer. Nichts, was man nicht mit ein paar Nadelstichen wieder hinkriegen würde. Ich scheine mir eine Wundinfektion zugezogen zu haben, vermutlich vom Speichel dieser Hunde. Aber Unkraut vergeht nicht, wie man so schön sagt. Am schlimmsten ist der Gedanke, dass wir den kleinen Matthäus verloren haben. Ich konnte die ganze Nacht an nichts anderes denken.«
»Geht mir genauso.« David musste schlucken. Das Bild, wie der hilflose kleine Körper vor ihm auf der Erde lag, gehörte zu den schlimmsten Erinnerungen seines Lebens.
»Ich hoffe, dass ich so etwas nie wieder erleben muss.«

»Deine Chancen stehen nicht schlecht.«
David runzelte die Stirn. »Wie meint Ihr das?«
»Nun, das liegt doch auf der Hand. Warum sollten sich die Frauen an den Pakt halten, wenn wir das nicht tun? Es war vereinbart, dass wir nur alle paar Wochen unseren Tribut einholen, und auch nur dann, wenn wir die Regeln befolgen. Immer nur so viel, wie wir gerade fürs Überleben brauchen. Keine Plünderungen, keine Brandschatzungen, keine Vergewaltigungen. Diese Regeln wurden jedoch immer wieder gebrochen. Auf Veranlassung des Inquisitors, wohlgemerkt. Er hat einen unerklärlichen Hass auf die Frauen und benutzt die Heilige Lanze für seinen persönlichen Rachefeldzug.«
»Und was hat das mit den Babys zu tun?«
»Denk doch mal nach. Die Frauen versorgen uns mit Neugeborenen. Sie tun das aus freien Stücken und weil das seinerzeit so ausgehandelt wurde. Es ist eine Vereinbarung, damit wir uns aus ihrem Leben heraushalten. Sie sind dazu nicht verpflichtet, uns die Säuglinge zu schenken. Halten wir uns nicht an den Pakt, könnte ganz schnell Schluss sein damit. Und doch plündern wir in immer kürzeren Abständen, zünden ihre Tempel an, verhöhnen und verspotten sie. Es gibt sogar Pläne für einen Eroberungsfeldzug.«
»Was?«
»Ich dürfte dir das eigentlich gar nicht sagen, aber ich halte dich für jemanden, der ein Geheimnis für sich behalten kann. Komm näher.«
David nickte und rückte an Meister Stephan heran. So nah, dass er seinen Atem riechen konnte. Er roch nach Krankheit.
»Ich habe gehört, dass der Inquisitor eine Geheimwaffe bauen lässt. Eine Teufelsmaschine, mit der er das Herz ihrer Kultur – die Stadt Glânmor – angreifen und vernichten will.

Wenn das geschieht, dann haben wir Krieg. Einen noch viel schlimmeren Krieg als den vor fünfundsechzig Jahren. Vor diesem Hintergrund ist es sehr wahrscheinlich, dass wir bald überhaupt keine Babys mehr bekommen werden.« Er atmete schwer. Die Anstrengung trieb ihm den Schweiß auf die Stirn.
»Aber was geschieht dann mit den kleinen Jungen? Die Frauen werden sie ja wohl kaum selbst aufziehen?«
»Natürlich nicht. Doch es sind keine Christenmenschen, vergiss das nicht.«
David versuchte zu verstehen, was Stephan ihm sagen wollte. Der Gedanke, der plötzlich in seinem Kopf entstand, war so ungeheuerlich, dass er ihn kaum auszusprechen wagte.
»Ihr meint, sie würden ihre Kinder eher töten, als sie uns zu überlassen?«
Ein kurzes Nicken war die Antwort.
»Aber ... aber das ist barbarisch.«
»Es sind barbarische Zeiten, mein junger Freund. Barbarische Zeiten mit barbarischen Ritualen. Lass uns beten, dass es nicht so weit kommt.« Er versank in Schweigen.
David saß zusammengesunken auf seinem Stuhl. Er wusste nicht, was er dazu sagen sollte. Auf einmal schien der Tod des kleinen Matthäus eine andere Bedeutung zu bekommen. Eine höchst unheilvolle Bedeutung.
»Amon hat mich gefragt, ob ich der Heiligen Lanze beitreten möchte«, murmelte er gedankenverloren. Er sprach die Worte aus, ohne recht zu wissen, warum. Die Reaktion war verblüffend. Meister Stephan richtete sich kerzengerade auf und schaute ihn über den Rand seiner Brille hinweg an.
»Was sagst du da?«
»Dass ich ein Angebot bekommen habe, der Heiligen Lanze

beizutreten. Amon meinte, ich wäre ein geeigneter Kandidat. Und er hat gerade einen guten Draht zum Inquisitor.«
»Allerdings.« Meister Stephan schien sichtlich erschüttert. »Würdest ... würdest du das denn wollen?«
David hätte gerne gewusst, warum dieses Thema seinen Mentor so auf die Palme brachte. Was es auch war, er musste zusehen, dass er die Kuh schnell wieder vom Eis brachte. Der Bibliothekar brauchte jetzt vor allem eines: Ruhe. Wenn der Meister Apotheker mitbekam, dass er seinen Patienten aufregte, konnte es drakonische Strafen hageln. Außerdem mochte er Stephan. Er wollte nicht, dass es ihm schlechtging.
»Nein, natürlich nicht«, wiegelte er ab. »Dieser Gedanke ist vollkommen abwegig. Ich könnte mir niemals vorstellen, bei der Heiligen Lanze mitzumachen.«
Stephan sah ihn durchdringend an. »Wirklich nicht?«
»Wirklich nicht. Schon die Vorstellung dass ich auf Raubzug gehen soll, ist absurd. Ich liebe Bücher. Ich möchte etwas über unsere Geschichte erfahren, auch wenn ich mich dabei manchmal wie ein Tölpel anstelle.« Er spielte damit auf Meister Stephans Ermahnung an, er möge pfleglicher mit seinen Schreibwerkzeugen umgehen. Stephan wurde nie müde, zu erwähnen, dass aus David nie ein guter Kopist werden würde, wenn er nicht endlich dazu überging, sein Handwerkszeug zu reinigen und ordentlich aufzubewahren. Auch was die Archivierung betraf, gab es noch einige Defizite. Wie oft hatte David einzelne Hefte den falschen Jahrgängen zugeordnet und damit stundenlange Suchaktionen heraufbeschworen? Doch all das schien plötzlich zu verblassen angesichts der Möglichkeit, er könne der Heiligen Lanze beitreten. Meister Stephan war immer noch beunruhigt. »Was genau hast du zu ihm gesagt?«, hakte er nach.

»Ich habe gesagt, dass ich es mir durch den Kopf gehen lassen werde, was natürlich Blödsinn war. Ich habe ihn angeflunkert, weil ich ihn nicht enttäuschen wollte.«

Meister Stephan schenkte ihm einen aufmerksamen Blick. »Ihr beide steht euch recht nahe, oder?«

»Wir sind befreundet, stimmt.« David spürte, wie ihm das Blut ins Gesicht schoss. Hoffentlich merkte es der Bibliothekar nicht bei dieser schlechten Beleuchtung. Doch Stephan schien andere Sorgen zu haben. »Hoffentlich ist es noch nicht zu spät. Wenn Amon gegenüber dem Inquisitor deinen Namen erwähnt, könnte das verheerende Konsequenzen haben.«

David verstand nicht, wovon sein Meister da redete. Der Inquisitor konnte ihn nicht leiden, das war kein Geheimnis. Er schikanierte ihn, wie es ihm beliebte. Warum sollte er also zulassen, dass jemand wie David den Namen seiner Lieblingstruppe beschmutzte. Stephan schien diese Möglichkeit aber durchaus in Betracht zu ziehen.

»Glaubt Ihr etwa, Marcus Capistranus würde mich wirklich nehmen? Das ist doch lächerlich. Er hasst mich, warum auch immer. Nur die Besten dürfen der Heiligen Lanze beitreten, und dazu gehöre ich ganz gewiss nicht. Warum sich also den Kopf darüber zerbrechen?«

»Weil es immer besser ist, auf alle Eventualitäten vorbereitet zu sein. Wer kann schon ahnen, was im Kopf dieses Mannes vorgeht«, sagte Stephan. »Marcus Capistranus ist so von Hass getrieben, dass nicht einmal seine engsten Berater einschätzen können, was er als Nächstes tun wird. Er könnte unsere Welt mit einem Fingerschnippen in Brand stecken. Und als wäre das nicht schon schlimm genug, ist er ja auch noch dein ...«

Er verstummte; brach mitten im Satz ab, als wäre ihm das Wort im Halse stecken geblieben. Er öffnete den Mund noch einmal, dann schien er es sich anders zu überlegen.
David zog die Brauen zusammen. »Mein *was?*«
»Ach nichts. Vergiss, was ich eben gesagt habe.«
»Bitte«, sagte David. »Wenn es etwas ist, was mich betrifft, muss ich es wissen.«
Stephan schüttelte den Kopf. »Ich kann nicht, tut mir leid.« Und dann, als er Davids Enttäuschung bemerkte: »Es steht mir nicht zu, über Dinge zu sprechen, die dich in Gefahr bringen können. Ich bin ein törichter alter Mann und neige zum Schwätzen. Besonders, wenn mein Verstand vom Fieber getrübt ist. Am besten, du gehst jetzt wieder an deine Arbeit. Und wenn du draußen bist, ruf doch bitte den Meister Apotheker herein. Er soll mir noch etwas von den fiebersenkenden Mitteln geben.«

9

David verließ den Krankenflügel. Grimaldi, der im Schatten einer Steinmauer auf ihn gewartet hatte, begrüßte ihn mit heraushängender Zunge. David streichelte ihm kurz über den Kopf, dann gingen sie zusammen in Richtung Skriptorium. Der Himmel war wolkenlos, heute würde es heiß werden.
Ihr Weg führte durch den Klostergarten; einige Novizen waren damit beschäftigt, Rosen zu schneiden. Die Blumen waren ein Steckenpferd des Abtes, der eine große Freude daran hatte, alte Züchtungen wieder zum Leben zu erwecken. Allein in den letzten Jahren hatte er über zwanzig Sorten wiederauferstehen lassen, darunter Rosen mit so phantasievollen Namen wie »Mosella«, »Schneewittchen« und »Frau Lilla Rautenstrauch«. Sie leuchteten in allen Farben von Gelb bis Lila und erinnerten David daran, wie viel Schönes und Gutes es auf der Welt gab – und dass es sich lohnte, dafür zu kämpfen.
Er ging an der Bibliothek vorbei, zog den Schlüssel zur Buchbinderei aus der Tasche und schloss auf. Der Geruch von Leim und Leder stieg ihm in die Nase. Grimaldi zischte an ihm vorbei ins Halbdunkel und legte sich sofort an seinen Lieblingsplatz unter dem Tisch. David schloss die Tür, öffnete ein Fenster und entzündete die Petroleumlampen. Feine Staubteilchen schwebten durch die Luft.
Die Schreibstube und Buchbinderei lag noch genauso da, wie er sie gestern verlassen hatte. Seine Schreibfeder, die

Abschriften und der Stoß mit handgeschöpftem Papier – alles unverändert. Entlang der Wände hingen etliche Bögen aus fertig geleimtem Papier; auf Rosshaarschnüre aufgefädelt, warteten sie darauf, geschlagen und geglättet zu werden. Die Leimung war erforderlich, um die Haltbarkeit zu verbessern und die Buchseiten vor Feuchtigkeit zu schützen. Dazu wurden sie durch Planierwasser gezogen, einer heißen Lösung aus tierischem Leim und Alaun, die den Bildern und Schriftzeichen zusätzliche Tiefe und Leuchtkraft verlieh. Anschließend wurden sie getrocknet und mit einem schweren Hammer geglättet.

David krempelte seine Ärmel hoch, nahm die Bögen von der Trockenvorrichtung und legte sie übereinander. Dann begann er mit der Glättung. Der Hammer wog gut und gerne zwei Kilo, und als er ihn nach einer halben Stunde zur Seite legte, spürte er, dass ihm der Schweiß von der Stirn lief.

Die Arbeit tat ihm gut. Sie bewahrte ihn davor, auf trübe Gedanken zu kommen. Davon schwirrten in letzter Zeit einige durch seinen Kopf. Vor allem Meister Stephans Andeutungen machten ihm zu schaffen. Er wusste etwas über ihn, so viel war klar. Etwas, das zu gefährlich oder zu erschreckend war, um es ihm anzuvertrauen. Aber was konnte so geheim sein, dass man nicht darüber sprechen durfte? Etwas über seine Herkunft? Aber das war eigentlich unmöglich. Seit David sich erinnern konnte, war er Teil dieses Klosters gewesen, dieser Gemeinschaft. Nie hatte es irgendwelche Gerüchte oder Andeutungen gegeben.

Bis jetzt.

Der Stapel war fertig. David öffnete eine Schublade und holte das Falzbein heraus. Es handelte sich um eine schmale Klinge aus Elfenbein, ähnlich einem Brotmesser. Die Ränder

waren leicht gerundet, so dass man sie über das Papier gleiten lassen konnte, ohne dieses zu beschädigen. David nahm das oberste Blatt, faltete es in der Mitte und strich mit dem Falzbein über die Kante. Der Trick war, es möglichst langsam und gleichmäßig zu tun. Etwas zu schnell, und man konnte verrutschen, zu langsam, und es bestand Gefahr, dass man absetzen und neu beginnen musste, mit dem Ergebnis, dass sich Unebenheiten bildeten. Zu viel Druck, und das Papier konnte reißen, zu wenig, und das Buch würde im Bund zu dick werden. Es war eine Arbeit, für die man viel Fingerspitzengefühl benötigte. David liebte den Umgang mit Papier. Es gab ihm das Gefühl, etwas Gutes zu tun. Die Bücher, die so entstanden, waren von wesentlich besserer Qualität und hatten eine höhere Lebensdauer als solche, die vor dem Zusammenbruch gefertigt worden waren. Und genau darum ging es doch in ihrem Beruf. Dinge dauerhaft zu erhalten, damit die Nachwelt auch noch etwas davon hatte.
Bogen um Bogen wurde gefalzt und der Paginierung entsprechend gestapelt. Als alle Bögen sorgfältig zu einem Block aufgeschichtet waren, wurde erneut gehämmert. Natürlich hätte er auch walzen können, aber Meister Stephan hatte ihm erklärt, dass durch das Hämmern eine wesentlich bessere Schärfe erzielt wurde. Als der Buchblock fertig vor ihm lag, gönnte sich David eine Pause.
Die Standuhr schlug zehn. Noch zwei Stunden bis Sext. Er stand auf und nahm einen Schluck aus der Karaffe. Nachdem er Grimaldi eine Schale mit Wasser gefüllt hatte, ging er durch eine der angrenzenden Türen in die Bibliothek. Hier war es deutlich kühler. Es roch nach Leder, nach Papier und dunklen Geheimnissen. Die Fensterläden waren geschlossen, damit die empfindlichen Farben nicht vom Sonnenlicht

ausgebleicht wurden. Wie Dominosteine reihte sich Regal an Regal, jedes angefüllt mit wertvollen Artefakten aus vergangenen Zeiten. Bücher, Zeitschriften, Atlanten und Lexika, sortiert nach unterschiedlichsten Themen: Ratgeber, Bildbände, Biographien wichtiger Persönlichkeiten und natürlich Erzählungen. Die Abteilung Romane war bei weitem die größte. Hier standen sowohl die Klassiker als auch Romane der jüngeren Vergangenheit, Lyrik, Spannungsliteratur und – in einer kleinen verborgenen Nische – Liebesromane. Dieser Bereich war in einem gesicherten Wandschrank untergebracht, zu dem nur wenige Personen einen Schlüssel besaßen. David war einer von ihnen, wenn auch nur aus dem Grund, dass er hin und wieder eines der Bücher restaurieren musste.

Langsam schritt er durch die Reihen der Regale.

Von allen Räumen im Kloster war ihm die Bibliothek am liebsten. Es war, als beträte man ein Tor in eine andere Welt. Nur eines? Hunderte, nein, *Tausende!* Jedes Buch führte in eine eigene Welt. Da gab es Bücher, die von längst vergangenen Zeiten erzählten, von Kriegen gegen die Mauren und von der Eroberung Jerusalems. Bücher über das alte Rom oder Griechenland. Es gab auch Literatur, die sich mit der fernen Zukunft befasste, mit dem Traum des Menschen, andere Planeten zu besuchen und ferne Galaxien zu bereisen. Nun, dieser Traum dürfte vorerst ausgeträumt sein. Was blieb, waren die Erinnerungen an eine Zeit, als der Mensch noch glaubte, er könne alles erreichen.

Nach dem großen Krieg war die Stimmung umgeschlagen, hatte sich die kritiklose Verehrung von Wissenschaft und Bildung in Hass verwandelt. Das hatte dazu geführt, dass sämtliche Bibliotheken, Büchereien und Buchhandlungen von marodierenden Horden zerstört worden waren. Meister Stephan hatte ihm erzählt, dass die Mönche nur unter unsäglichen Mühen und Einsatz des eigenen Lebens einzelne Werke vor dem Flammentod bewahren und den Klosterbibliotheken überantworten konnten. Wie wichtig ihre Arbeit war, stellte sich erst Jahrzehnte später heraus, als klarwurde, dass diese Bücher vielleicht die einzigen Zeugnisse vergangener Jahrhunderte waren. Alles, was auf modernen Datenträgern gespeichert worden war, war unwiderruflich verloren. In Büchern war von sogenannten *Computern* die Rede, doch davon gab es keine mehr, ebenso wenig wie elektrischen Strom, um sie zu betreiben. Zeitschriften und Zeitungen waren meist auf minderwertigem Papier gedruckt und hatten die ersten zwanzig Jahre kaum unbeschadet überstanden. Blieben nur die Bücher. Ohne sie wäre die Vergangenheit ein großes schwarzes Loch. Doch das Wissen war im höchsten Maße lückenhaft. Zum Beispiel gab es Bücher über Pflege und Wartung von Fahrzeugen mit Verbrennungsmotoren, aber so gut wie nichts über den klassischen Buchdruck. Die Mönche mussten dieses Wissen aus wenigen Bruchstücken und mittels eigener Erfindungsgabe rekonstruieren. Hinzu kam, dass die wenigen noch existierenden Bücher allesamt vom Verfall bedroht waren. Bindungen lösten sich, das Papier vergilbte, und der Klebstoff bröckelte. Abschriften per Hand waren mühselig und zeitraubend. Deshalb war es so wichtig, bald ein Verfahren zu entwickeln, wie man sie reproduzieren konnte. Doch ob und wann das wieder möglich sein würde, das stand in den Sternen.

David schritt die Regale entlang, wobei er jedes einzelne mit der Hand berührte. Als er am achten Regal auf der rechten Seite angelangt war, blieb er stehen. Vor ihm ragte ein großer

dunkler Wandschrank in die Höhe, so schwarz, dass man ihn leicht für ein riesiges, tiefes Loch hätte halten können. Doch David war so oft hier gewesen, dass er das Schlüsselloch auch ohne hinzusehen fand. Mit geschlossenen Augen tastete er nach dem Schlüssel in seiner Kutte, zog ihn heraus und steckte ihn in die Öffnung. Er traf sie, ohne einmal danebenzuzielen.
Vorsichtig öffnete der die Tür. Sein Herz klopfte. Wenn nur niemand hereinkam! Meister Stephans Warnung war deutlich genug gewesen. Die Spannung stieg. Er genoss den Augenblick, sog ihn in sich auf.
Sein Ziel war es, ein bestimmtes Werk mit geschlossenen Augen zu finden. Das Buch der Bücher, die größte Liebesgeschichte, die jemals geschrieben worden war, wie Meister Stephan einmal gesagt hatte. William Shakespeares *Romeo und Julia*.
Er wusste nicht, wie oft er das Buch gelesen hatte. Vielleicht dreißig oder vierzig Mal. Natürlich immer im Verborgenen und unter ständiger Gefahr, entdeckt zu werden. Mittlerweile gab es Passagen, die er auswendig konnte. Meister Stephan hatte ihm erzählt, dass es zu den Klassikern der Weltliteratur gehörte, und das, obwohl es fast fünfhundert Jahre alt war. Die Geschichte zweier junger Liebender aus verfeindeten Familien, die mit einem Doppelfreitod endet.
David konnte sich nicht erklären, warum ihn gerade dieses Buch so faszinierte. Sein Inhalt war in höchstem Maße subversiv, immerhin ging es um die Liebe zwischen Mann und Frau. Manche seiner Brüder hätten seine Exkommunizierung gefordert, wenn sie gewusst hätten, was er hier tat. Er hätte sich schämen sollen, so ein Buch überhaupt anzufassen, geschweige denn darin zu lesen. Obendrein hatte es ein

ziemlich deprimierendes Ende. Romeo und Julia starben durch eigene Hand – eine Todsünde! Vielleicht war es gerade das, was ihn so berührte. Diese bedingungslose Hingabe, die über den Tod hinausreichte. Die Szene, in der sich die beiden Familien am Grab der Liebenden versöhnen, war eine Schlüsselszene der Literatur und trieb ihm jedes Mal die Tränen in die Augen. Trotzdem war er immer wieder über sich selbst erschrocken, dass er sich so stark von diesem Buch angezogen fühlte.

Er fand es auf Anhieb. Ein schlankes, hohes Büchlein, in rotes Leinen gebunden und mit einem Lesebändchen versehen. Die Ausgabe bot eine Besonderheit: den englischen Originaltext auf der linken Seite und die Übersetzung rechts. Das Schönste aber waren die Bilder. Aufwendige Kupferstiche, die nicht mitgedruckt, sondern nachträglich ins Buch eingeklebt worden waren. David war das Buch anlässlich einer Restaurierung in die Hände gefallen. Der Klebstoff, der die Stiche an Ort und Stelle halten sollte, war alt und bröckelig geworden, so dass die wunderbaren Bilder wie Briefmarken durcheinandergeflogen waren. Um sie zuordnen und in der richtigen Reihenfolge einkleben zu können, musste David den Text lesen. Seitdem war er nicht mehr davon losgekommen.

Er zog das schmale Bändchen heraus und schlug es auf. Wie von allein klappte es an einer bestimmten Stelle auf. Ein Bild war dort zu sehen: die Darstellung Julias, wie Romeo sie das erste Mal in der Halle von Capulets Haus erblickt.

Wer ist das Fräulein, welche dort den Ritter
Mit ihrer Hand beehrt?

Julia war rothaarig und besaß grüne Augen. Sie hatte fein geschwungene Augenbrauen, eine kleine gerade Nase und

volle Lippen, die ein amüsiertes Lächeln andeuteten. Das Gesicht einer jungen Frau, die es gewohnt war, angehimmelt zu werden. Und doch lag da etwas Verletzliches in ihrem Blick, etwas, das erst bei näherer Betrachtung zu erkennen war. Ob Romeo das auch gesehen hatte? Hatte er sich deswegen so hoffnungslos in sie verliebt? Wie sonst war zu erklären, dass er sich am Schluss, als die vermeintlich Tote vor ihm lag, das Leben nahm? Eine Welt ohne sie war für ihn nicht vorstellbar – für ihn, der sich jahrelang eingebildet hatte, die Liebe zu kennen. Bis er ihr tatsächlich begegnet war.
»Soso, Liebeslyrik also. Ich habe mich schon gefragt, wonach du wohl in diesem Winkel der Bibliothek suchen magst.«
David glaubte, sein Herz würde stehenbleiben. Die Stimme kam aus der Dunkelheit links von ihm. Eine hohe, schlanke Gestalt stand dort. *Der Abt!*
Als er mit halb geschlossenen Augen durch den Saal gegangen war, musste er direkt an ihm vorbeigekommen sein.
Benedikt trat aus dem Halbschatten auf ihn zu. Er streckte die Hand aus und griff nach dem Buch.
»Romeo und Julia, sieh an, sieh an.«
»Ich dachte … ich wollte …«
Benedikt unterbrach Davids Gestammel mit einem heiseren Räuspern. »Heiß heute, nicht wahr?«
»Ja …«
»Ich dachte, ich suche den Schatten der Bibliothek auf; hier ist es immer so herrlich kühl. Dann habe ich dich gesehen, wie du wie ein Blinder durch die Gänge gegangen bist, und bin dir gefolgt. Tut mir leid, wenn ich dich erschreckt habe.«
»Ist schon in Ordnung. Ich wollte gerade eine kleine Pause machen …«

»Und dir ein wenig Lektüre besorgen?« Benedikt warf ihm einen halb tadelnden, halb belustigten Blick zu. »Und ich dachte, du wolltest das nächste Buch restaurieren.«
»Das ... das wollte ich natürlich. Dieses hier. Es ist leider in keinem guten Zustand.«
Der Abt ließ die Seiten durch die Finger gleiten. Das Buch war tadellos in Ordnung. Selbst ein Blinder konnte das sehen.
»Ah ja. Du hast recht. Es bedarf dringend einer neuen Bindung, und auch der Rücken scheint krumm zu sein. Kümmere dich darum, schließlich ist es eines der wichtigsten Werke in der verbotenen Abteilung. Hast du es schon einmal gelesen?«
»Ob ich ...?« David verstummte. Sollte er lügen? Nein, entschied er. Besser, er blieb bei der Wahrheit. Benedikt spielte ein Spiel mit ihm, er wusste nur noch nicht, welches.
»Ja, notgedrungen«, sagte er. »Die Bilder mussten einmal neu eingeleimt werden, dabei musste ich sie mit dem Text vergleichen. Es ließ sich nicht verhindern. Ich habe aber sofort danach gebeichtet«, fügte er hastig hinzu.
»Das ist gut.« Benedikt nickte und fing an, mit sonorer Stimme zu sprechen:
»*Doch still, was schimmert durch das Fenster dort? Es ist der Ost, und Julia die Sonne! Sie ist es, meine Göttin, meine Liebe!*«
David starrte den Abt an. »Ihr kennt das Werk?«
Der alte Mann lächelte. »Was denkst du denn? Ich bin wohl bewandert in den Klassikern. Sie erinnern mich an eine Zeit, die weit, weit zurückliegt. Es muss Jahre her sein, seit ich es zuletzt in den Fingern hatte, aber manche Sachen vergisst man nicht.«

David entspannte sich. Der Abt schien ihm aus dem Vorfall keinen Strick drehen zu wollen, so viel war sicher. Aber worüber sprachen sie hier eigentlich? David wurde das Gefühl nicht los, dass mehr dahintersteckte als oberflächliche Plauderei.

»Meister Stephan sagt, Ihr könnt Euch noch an die Zeit vor dem Zusammenbruch erinnern. Ist das wahr?«

»Oh ja. Besser als an das, was in jüngerer Vergangenheit vorgefallen ist.« Die Augen des Abtes leuchteten. »Mit jedem Tag, den ich älter werde, treten die Erinnerungen deutlicher hervor.«

»Erinnert Ihr Euch an die Hexen?«

»Aber selbstverständlich. Ich war damals sogar mit einer zusammen. Ich war genau in deinem Alter und bis über beide Ohren in sie verliebt.« Sein Gesicht bekam einen eigentümlichen Ausdruck. Eine Mischung aus Wehmut und Zorn.

»Ihr Name war Magda. Sie war das schönste Mädchen, das man sich vorstellen konnte. Eine Stimme so hell wie Glockenklang, eine Haut wie Samt, und ihre Haare dufteten nach frischem Heu.« Seine Stimme bekam einen rauhen Klang, und er stockte beim Sprechen. »Sie hat versucht, mich umzubringen. Hier.« Zu Davids größter Überraschung zog Benedikt seine Kutte zur Seite und präsentierte eine Narbe, die vom Bauchnabel bis zur linken Brustwarze reichte. Der Schnitt leuchtete unnatürlich weiß auf der braunen schrumpeligen Haut.

»Das Messer war etwa zwanzig Zentimeter lang. Es hat das Herz nur um einen Fingerbreit verfehlt. Wäre mein bester Freund nicht zufällig Arzt in einem Krankenhaus gewesen, ich hätte es vermutlich nicht überlebt.«

»Warum hat sie das getan?«

»Ich weiß es nicht. Wir waren aus unerklärlichen Gründen einfach wütend aufeinander. Wir stritten uns, schlugen uns, plötzlich zog sie das Messer. Erst später erfuhr ich, dass das Virus daran schuld war.«

»Und später?«

Abt Benedikt zuckte die Schultern. »Als ich aus dem Krankenhaus zurückkam, war sie weg. Alle Frauen waren weg. Ich habe seitdem nie wieder eine vom schönen Geschlecht zu Gesicht bekommen.«

10

Juna hörte sie kommen, noch ehe sie sie sah. Dumpf röhrende Motoren, deren Donnern wie ein Erdbeben über das Tal rollte.

Sie schob sich ein Stück aus ihrem Versteck und legte das Fernrohr an. Alcmona lag auf einem Hügel östlich eines kleinen Waldstücks. Zu seinen Füßen erstreckten sich einige Felder, Viehweiden und Stallgebäude. Heuschober und Getreidesilos reihten sich neben Hühnerställen und Schweinepferchen. Schon seit vielen Jahren galt Alcmona als Vorzeigedorf. Nirgendwo sonst wurde so hart und gewinnbringend gearbeitet wie hier. Vielleicht lag es an der tiefen Religiosität und der besonderen Verbundenheit zur Natur, vielleicht aber auch an der positiven Grundstimmung, mit der die Bewohnerinnen zu Werke gingen. Das Dorf wurde von etwa hundert Frauen bewohnt, die in einer Harmonie zusammenlebten, wie sie in den Provinzen nur noch selten zu finden war. Zweifellos das Verdienst von Imogen, ihrer Anführerin, einer Frau, die trotz ihrer jungen Jahre – sie mochte um die dreißig sein – überall hohes Ansehen genoss. Juna hatte sie vor einigen Jahren kennengelernt. Schon damals war sie beeindruckt von der natürlichen Führungskraft, die diese Frau mitbrachte. Sie vermochte ihre Mitschwestern zu motivieren und aufzubauen und ging immer mit gutem Beispiel voran. Keine Arbeit war ihr zu schwer, keine Tätigkeit war unter ihrer Würde. Gut möglich, dass sie eines Tages in den Hohen Rat gewählt werden würde.

Als Juna und ihre Brigantinnen eingetroffen waren, hatte Imogen keinen Augenblick gezögert und sofort mitgeholfen, das Dorf gegen den Angriff zu schützen. Wassereimer wurden gefüllt, Waffen ausgegeben, Ketten und Seile bereitgelegt und die Frauen auf den bevorstehenden Angriff eingeschworen. Die Hausdächer wurden zum Schutz gegen Brandgeschosse besonders sorgfältig gewässert, außerdem hatte man einen Stall präpariert, um Gefangene aufzunehmen. Natürlich hofften alle, dass es nicht so weit kommen würde. Während die Frauen an ihre Arbeit zurückkehrten, hatten sich Juna und ihre Reiterinnen in den Wald zurückgezogen. Hier lagen sie in Deckung und warteten ab. Rechts von ihr kauerten die Drillingsschwestern Kendra, Mordra und Maren, zur Linken Brianna mit vier ihrer besten Kriegerinnen. Mit von der Partie waren außerdem Philippa, die Heilerin, und zwei junge Frauen, die einen Wagen mit Decken, Zelten und Proviant führten. Etwas tiefer im Wald standen ihre Pferde. Kräftige, kampferprobte Vollblüter, die auch in brenzligen Situationen nicht scheu wurden.
Die Kriegerinnen lagen auf der Lauer und beobachteten aufmerksam, was sich am Fuß des Hügels tat.
Ein schwarzes Motorrad war aus dem Unterholz hervorgebrochen und stehen geblieben. Der Fahrer, ein schwarz vermummter Mann mit Springerstiefeln, Nietenhandschuhen und einer Maske, die wie ein Totengesicht aussah, wartete eine Weile und überprüfte die Lage. Als er sich überzeugt hatte, dass die Luft rein war, zog er eine Pistole aus seinem Halfter und feuerte einen Schuss in den Himmel. Keine drei Sekunden später brachen rechts und links des Hangs zwei Allradfahrzeuge aus dem Wald hervor. Schwarze Jeeps mit offenen Kabinen und Überrollbügeln, jeder von ihnen mit

vier Mann besetzt. Alle trugen dieselben schwarzen Anzüge, auf denen als Wappen die Silhouette der schwarzen Kathedrale in Gold eingestickt war. Die Masken unterschieden sich beträchtlich in Form und Aussehen, aber sie hatten eines gemeinsam: Sie wirkten ausgesprochen bedrohlich. Beinahe noch bedrohlicher als die Waffen, die in den Gürteltaschen und Schulterhalftern steckten, wobei das natürlich Unsinn war. Juna wusste sehr genau, was diese Waffen anrichten konnten; schließlich hatte sie die Folgen oft genug zu sehen bekommen. Brianna hatte Befehl gegeben, die Sache friedlich zu beenden, ehe noch ein einziger Schuss gefallen war.
Als der Laster aus dem Wald kam, gab ihre Führerin das Zeichen zum Aufsitzen. Die neun Brigantinnen schwangen sich in die Sättel und prüften ihre Waffen. Philippa und ihre Helferinnen blieben bei den Maultieren zurück. Juna spürte, wie ihre Hände vor Aufregung feucht wurden. Dies war ihre erste echte Bewährungsprobe, die Chance, auf die sie so lange gewartet hatte. Das Herz schlug ihr bis zum Hals.
Das Motorrad, die Jeeps und der Laster hatten den Wald verlassen und fuhren den Hang hinauf. Sie bemühten sich erst gar nicht, die Feldwege zu benutzen. Sie rollten einfach mitten durch die Felder und Weiden und rissen dabei Abgrenzungen und Zäune um. Die Männer scherte es einen Dreck, ob dabei Tiere oder Pflanzen zu Schaden kamen.
Die Frauen von Alcmona waren – dem Plan entsprechend – zurückgelaufen und hatten sich in ihren Häusern verschanzt. Schließlich sollte der Eindruck entstehen, dass sie verängstigt und unvorbereitet seien.
Die Teufel schienen davon nichts zu bemerken. Sie fuhren einfach weiter, bis sie den Dorfeingang erreicht hatten. Dann

stiegen sie ab. Angeführt wurden sie von einem Mann mit breiten Schultern und schmalen Hüften. Er trug eine rote Maske mit einem unheimlichen Grinsen, das von einem Ohr zum anderen reichte. Juna konnte nicht verstehen, was er rief, aber seine Gesten waren eindeutig. Er würde sich nicht damit begnügen, nur einen Teil der Vorräte zu nehmen. Er wollte plündern und brandschatzen. Als alle Teufel die Fahrzeuge verlassen hatten und hinter der Palisade des Dorfes verschwunden waren, gab Brianna das Zeichen zum Angriff. Waffen klirrten, Pferde schnaubten, dann ging es los. Juna trat ihrem Schecken in die Flanken. Das Pferd riss den Kopf zurück und sprengte aus der Deckung hervor. Keuchende Atemlaute ausstoßend, galoppierte es über die Weide. Der Wind peitschte Juna ins Gesicht und ließ die Augen tränen. Sie spürte die Muskeln des Pferdes zwischen ihren Schenkeln.

Hoch über ihr zog Camal seine Kreise. Der Falke wartete auf den Ausgang dieser Unternehmung. Sollte Juna Gefahr drohen, würde er eingreifen, da war sie sicher. Sie hatte ihn für die Jagd, aber auch für den Kampf abgerichtet. Ein Pfiff, und er würde wie ein Pfeil vom Himmel herabstoßen und seinem Opfer die Krallen in die Haut bohren.

Sie hatten das Dorf beinahe erreicht.

Noch immer hatten die Teufel nichts von ihrer Anwesenheit bemerkt. Sie waren viel zu sehr damit beschäftigt, den Bewohnerinnen Angst und Schrecken einzujagen. Brandgeruch strömte Juna in die Nase.

Der erste Mann, der ihr in die Quere kam, als sie in vollem Galopp ins Dorf hineinstürmte, war ein Fackelträger. Er hielt ein brennendes Holzscheit über dem Kopf und wedelte damit wild hin und her. Juna ritt dicht an ihm vorbei, riss ihm die Fackel aus der Hand und warf sie in hohem Bogen über die Palisade. Der Mann war so verblüfft, dass er ins Taumeln geriet, über einen Eimer stürzte und sich dann auf den Hosenboden setzte. Jetzt ritten auch die anderen Brigantinnen ins Dorf ein. Das Donnern der Hufe hallte von den Häusern wider.

Imogen, die Anführerin, hatte sich mit einigen ihrer engsten Vertrauten vor dem Tempel versammelt und hinderte die Männer am Weitergehen. Offensichtlich wollten die Eindringlinge das Heiligtum schänden, ehe sie mit der eigentlichen Plünderung begannen. Juna ritt auf sie zu, zog ihre Armbrust aus dem Halfter und richtete sie auf den Kerl mit der roten Maske. »Halt«, rief sie. »Keinen Schritt weiter.«

Die Kriegerinnen bildeten einen Ring um die Männer, so dass niemand entfliehen konnte. Einen Moment lang herrschte Verblüffung unter den Eindringlingen, dann griffen sie hektisch nach ihren Waffen. Die Kriegerinnen spannten ihre Bögen und Armbrüste. Juna krümmte den Finger um den Abzug. Sie wusste, dass die nächsten Sekunden über Leben und Tod entscheiden konnten.

In diesem Moment hob der Anführer die Hand. »Stopp«, rief er. »Nicht schießen, wir verhalten uns gemäß den Vereinbarungen. Männer, lasst eure Waffen stecken!« Und dann, als nichts geschah: »Hände weg von den Waffen, *sofort!*«

Die meisten leisteten seinem Befehl Folge, ein paar nestelten jedoch trotzdem weiter an den Verschlüssen ihrer Pistolen herum, ganz so, als hofften sie damit durchzukommen. Die Situation stand auf Messers Schneide.

Kendra war neben einen derjenigen getreten, die offenbar nicht klein beigeben wollten, und hielt ihre Armbrust an seine Schläfe.

»Hast du nicht gehört, was dein Anführer befohlen hat? Du sollst die Finger von der Kanone nehmen. Mach den Verschluss wieder zu, und zwar ganz langsam.« Sie drückte die Spitze des Pfeils so stark gegen seinen Kopf, dass Blut hervortrat. »Willst du unbedingt sterben? Du sollst den Verschluss zumachen.«
Widerwillig leistete der Kerl dem Befehl Folge.
»Ist ja schon gut. Hier. Jetzt zufrieden?« Er ließ den Verschluss zuschnappen.
Der Anführer drehte sich um. »Niemand zieht seine Waffe. Nicht ohne meinen Befehl, ist das klar?« Er richtete seine Aufmerksamkeit wieder auf die Frauen. »Wer von euch hat hier das Kommando?«
»Mein Name ist Brianna.« Die Anführerin der Garde schaute mit zusammengezogenen Brauen auf den Teufel hinab. »Die Brigantinnen stehen unter meinem Befehl.«
»Schön, *Brigantin*.« Er sprach das Wort aus, als habe es einen schlechten Beigeschmack. »Wie wär's, wenn du von deinem hohen Ross herunterkommst, damit wir uns unterhalten können?«
»Sobald du deine Maske abgenommen hast.«
Der Mann zögerte einen Moment, dann sagte er: »Na gut, wie du willst.« Er löste den Verschluss hinter seinen Kopf und nahm die Maske ab.
Juna war überrascht, wie jung er war. Er konnte kaum älter als sie selbst sein. Ein gutaussehender junger Mann von vielleicht achtzehn, höchstens neunzehn Jahren. Er wirkte ziemlich selbstsicher für sein Alter, und es lag etwas in seinem Gesicht, das Juna nicht gefiel. Seine Augen hatten einen kalten Glanz.
Brianna stieg von ihrem Pferd und ging auf ihn zu.

»Wie heißt du?«
»Mein Name ist Amon.« Der junge Mann deutete eine Verbeugung an, bei der er ironisch den Mund verzog. Er schien über grenzenloses Selbstvertrauen zu verfügen. Die Tatsache, dass immer noch etliche Waffen auf ihn gerichtet waren, störte ihn nicht im mindesten.
»Was tust du hier?«
»Nun, ich bin gekommen, um gemäß den Vereinbarungen unseren Tribut einzufordern. Alles lief glatt, bis ihr hier aufgekreuzt seid. Was soll dieser Auftritt? Eine berittene Reitertruppe? Kaum das geeignete Mittel, um die Dinge reibungslos ablaufen zu lassen. Und ein klarer Verstoß gegen die Vereinbarungen.«
Juna konnte es nicht fassen, was sie da hörte. »Das ist ungeheuerlich«, protestierte sie. »Uns vorzuwerfen, wir hätten gegen die Vereinbarungen verstoßen. Gerade habe ich einem deiner Männer eine Fackel aus der Hand gerissen. Was hattet ihr damit vor? Ein Friedensfeuer entfachen?«
»Vielleicht.« Der junge Mann sah sie mit einem kalten Lächeln an. »Kannst du beweisen, dass es nicht so war?«
»Das ist doch ...«
»Ruhig.« Brianna hatte die Hand erhoben. »Es ist völlig unerheblich, was sie vorhatten. Wichtig ist nur, was jetzt geschehen wird. Ihr werdet aus diesem Ort abziehen, und zwar unverzüglich. Vor ein paar Tagen wurde das Dorf Ingran geplündert. Einige Frauen wurden dabei verletzt, und ihr Tempel wurde in Brand gesteckt. Wisst ihr etwas davon?«
»Ich? Nein.« Amon schüttelte den Kopf. »Davon höre ich zum ersten Mal. Das waren sicher keine Mitglieder der Heiligen Lanze. Warlords vielleicht, wer weiß?« Das Lächeln

wollte einfach nicht verschwinden. Juna wusste, dass er log, aber sie hatte keine Beweise.

»Wie auch immer«, fuhr Brianna fort, »dieses Ereignis hat uns veranlasst, die Bewachung der Grenzregionen zu verschärfen und die Einhaltung der Vereinbarungen durchzusetzen. Notfalls mit Gewalt. Ihr wisst, dass es verboten ist, dörfliche Gemeinschaften mit Waffen zu betreten?«

»Ist mir bekannt, ja.«

»Dann wisst ihr vermutlich auch, dass euch nur gestattet ist, das zu nehmen, was euch freiwillig gegeben wird. Das betrifft auch empfängnisbereite Frauen.« Sie deutete hinüber zum Schandkreis, wo zwei junge Frauen warteten. Die Angst war ihnen deutlich anzusehen. Umso mutiger, dass sie sich trotzdem anboten.

»Alles, was darüber hinausgeht, wird als kriegerischer Akt angesehen.« Brianna blickte den Anführer finster an. »Ich kann nicht beweisen, dass ihr an dem Angriff auf Ingran beteiligt wart, also werde ich euch das Recht des Tributes zubilligen. Sollte ich aber nur den geringsten Zweifel an eurer Aufrichtigkeit haben, so werdet ihr diesen Tag nicht überleben, das verspreche ich euch. Wenn ihr Nahrungsmittel erhalten wollt, müsst ihr zuerst eure Waffen außerhalb des Dorfes ablegen. Also, was sagst du?«

Der Mann schwieg. Juna prüfte, ob ihre Armbrust geladen und entsichert war. Sie spürte, dass dieser Kerl sich nicht so einfach herumkommandieren lassen würde.

11

Amon warf einen Blick in die Runde. Die Dinge entwickelten sich anders, als er gehofft hatte. Woher wussten diese verdammten Hexen von dem Angriff auf Alcmona? Wer hatte ihre Pläne verraten?
Er kochte innerlich, aber er durfte sich seine Gefühle nicht anmerken lassen. Der Erfolg des Unternehmens hing davon ab, dass er jetzt Ruhe bewahrte. Er musste eine Entscheidung treffen, und zwar schnell. Seine Gedanken rasten in mehrere Richtungen gleichzeitig, während er überlegte, wie er am besten vorgehen sollte. Als er sah, dass Gregor neben ihm unbemerkt seine Waffe gezogen hatte und ihm einen verschwörerischen Blick zuwarf, wusste er, was er zu tun hatte.
»Ich erwarte deine Antwort, Teufel.«
Amon nickte. »Also schön. Wir werden deiner Anweisung Folge leisten, aber nur unter einer Bedingung. *Diese* da muss mit in den Schandkreis.« Er deutete auf die Kriegerin mit den roten Haaren und den grünen Augen. Die mit dem hochmütigen Blick, die seinem Mann die Fackel aus der Hand gerissen hatte.
»Du willst Juna?« Brianna hob verdutzt die Brauen. »Aber sie ist nicht empfängnisbereit.«
»Das macht nichts. Ich bin bereit, dieses Opfer zu leisten. Betrachtet es als Geste meines guten Willens.« Er trat vor und legte seine Hand auf Junas Knie. Natürlich hatte er nicht vor, die Hexe zu beglücken; das wäre ja noch schöner.

Doch er musste irgendwie die Aufmerksamkeit der Kriegerinnen auf sich lenken.
»Juna heißt du also? Ein ungewöhnlicher Name.«
Die Kriegerin wich mit einem angewiderten Gesichtsausdruck zurück. Sie war so fassungslos, dass sie für einen Moment sogar ihre Armbrust sinken ließ.
»Zurück mit dir, du stinkender ...«
Weiter kam sie nicht, denn in diesem Augenblick packte Amon ihren Steigbügel und stieß ihn mit aller Kraft nach oben. Juna stieß einen Schrei aus, dann kippte sie auf der anderen Seite des Pferdes hinunter. Ihr Fuß hatte sich im Steigbügel verhakt. Der Gaul ging auf die Hinterläufe, wieherte ängstlich, brach aus und schleifte seine Herrin mit sich. Verwirrung entstand unter den Brigantinnen. Der Augenblick, auf den Amon gewartet hatte, war gekommen.
Während die Kriegerinnen mit ungläubigen Gesichtern zusahen, wie Juna davongeschleift wurde, riss er sein Heckler-&-Koch-Sturmgewehr aus dem Futteral und eröffnete das Feuer. Die Hexe namens Brianna war sofort tot. Ein sauberer Schuss mitten durch die Stirn fegte sie von ihrem Pferd. Eine zweite wurde in der Schulter getroffen. Auch seine Männer erzielten den einen oder anderen Treffer, allerdings nicht so viel, wie er erhofft hatte. Die Frauen erholten sich rasch von dem Schock und starteten umgehend einen Gegenangriff. Sie sprangen von ihren Pferden, gingen sofort in Deckung und legten auf die Männer an. Dass er es mit eiskalten und gut trainierten Kriegerinnen zu tun hatte, merkte Amon daran, wie sie noch im Rückzug ihre Bogen und Armbrüste abfeuerten. Gregor, der direkt neben ihm stand, brach röchelnd zusammen. Ein Bolzen steckte quer in seinem Hals. Blut spritzte aus seiner Halsschlagader und

traf Amon mitten ins Gesicht. Für einen Moment lang war er blind. Instinktiv ließ er sich fallen. Keinen Augenblick zu früh, denn irgendetwas schwirrte über seinen Kopf und bohrte sich mit einem scharfen Knall in die Holzwand hinter ihm. Er wischte sich über die Augen. Die Schlacht war in vollem Gange. Gewehrfeuer ertönte, immer wieder unterbrochen von den Schreien Verwundeter. Die Frau namens Juna hatte sich mittlerweile aus ihrem Steigbügel befreit und feuerte ihre Armbrust ab. Tödlich getroffen sank einer seiner Männer in den Staub. Soweit er erkennen konnte, war es sein langjähriger Weggefährte Simon. Noch im Sturz krümmte sich Simons Finger um den Abzug seiner Maschinenpistole und sandte eine Salve tödlicher Geschosse in alle Richtungen. Holz splitterte, Dreck flog auf, und das teuflische Surren von Querschlägern war zu hören. Dann fiel er auf seine eigene Waffe. Das Gewehr feuerte immer weiter, so lange, bis das Magazin leer war. Zuckend und von seinen eigenen Kugeln durchsiebt, blieb Simon liegen.

Mit zusammengebissenen Zähnen legte Amon auf Juna an. Er hatte sein Ziel im Visier und wollte gerade abdrücken, als ein Schlag seinen Kopf traf. Er war so heftig, dass er zur Seite geschleudert wurde. Durch einen Nebel aus roten Sternen sah er die Anführerin des Dorfes; sie hielt einen hölzernen Dreschflegel in der Hand, den sie wie eine Keule durch die Luft wirbelte.

»Du verdammtes Schwein«, schrie sie. »Du heuchlerisches, barbarisches Schwein. Na warte, dir werd ich's zeigen.« Sie hob den Prügel zum Schlag.

Wie durch ein Wunder gelang es Amon, zur Seite zu rollen und dem schweren Holz auszuweichen. Der Boden vibrierte von dem Aufschlag. Er riss seine Waffe hoch und richtete den Lauf auf die Hexe. Die Geschosse durchsiebten ihre Brust. Mit einem ungläubigen Ausdruck im Gesicht taumelte sie zurück, stolperte und fiel in einen Viehtrog. Das aufspritzende Wasser begrub ihren Körper unter einer Woge aus Blut.

Amon richtete sich auf. Wenn er gehofft hatte, dem Kampf damit eine neue Wendung gegeben zu haben, sah er sich getäuscht. Das Gegenteil war der Fall. Durch den Tod ihrer Anführerin aufgebracht, strömten die Dorffrauen mit wutverzerrten Gesichtern aus ihren Häusern. Bewaffnet mit Sensen und Mistgabeln, drangen sie auf seine Männer ein und trieben sie aus ihren Stellungen. Plötzlich sah sich Amon von vier Frauen umringt, die den Eindruck verbitterter Entschlossenheit machten. In ihren Gesichtern war zu lesen, dass sie lieber sterben als klein beigeben würden.

Es gelang ihm gerade noch, zwei von ihnen über den Haufen zu schießen, als sein Gewehr trockene Klicklaute ausstieß. Das Magazin war leer. Er kam nicht dazu, ein neues aus seiner Tasche zu ziehen, denn in diesem Moment sauste ein Schatten von vorne auf ihn zu. Spitze Krallen bohrten sich in sein Gesicht. Eine Woge aus flammendem Schmerz brannte sich in sein Gehirn, fraß sich durch seinen Kopf und strömte durch seinen Körper. Schreiend schlug er die Hände vors Gesicht. Irgendetwas Weiches war dort. Etwas mit Federn und Schwingen. Er versuchte es zu packen und fortzureißen, aber das Biest war schon wieder weg. Langgezogene Schreie ausstoßend, umrundete es ihn, dann landete es in seinem Nacken. Was in drei Teufels Namen war das nur?

Blind vor Angst und Schmerz ließ er sein Gewehr fallen und taumelte in Richtung Dorftor. »Rückzug!«, brüllte er aus heiserer Kehle. »Alle Mann zurück zu den Fahrzeugen!«

Die Welt versank in einem roten Schleier. Irgendetwas war mit seinem Auge. Ein dumpfer Schmerz betäubte seine rechte Gesichtshälfte. Das linke Auge funktionierte noch, und so konnte er wenigstens etwas erkennen. Er begriff, dass seine Männer auf verlorenem Posten kämpften. Panisch irrten sie durch die Gegend, verzweifelt bemüht, der Übermacht Herr zu werden. Doch es war aussichtslos. Die Männer waren verwundet, die meisten hatten ihre Waffen verloren. Von den ehemals zehn Kriegern waren nur noch sechs übrig.

Immerhin war einer von ihnen geistesgegenwärtig genug, einen Benzinkanister aus dem Auto zu holen und ihn vor eines der Häuser zu werfen. Als er mit seiner Leuchtpistole darauffeuerte, gab es einen Knall. Eine Wand aus Hitze schlug Amon ins Gesicht, und Benzingeruch stach ihm in die Nase. Das Dröhnen der Flammen vermischte sich mit den entsetzten Schreien der Frauen, die versuchten, sich vor dem Feuer in Sicherheit zu bringen. Von Schmerz fast gelähmt, stolperte er durch das Tor in der Palisade auf die Jeeps zu. Seine Männer folgten ihm. Sie boten einen bemitleidenswerten Anblick. Kaum jemand trug noch seine Maske. Aus den Gesichtern blickte ihm dumpfe Verzweiflung entgegen. Humpelnd und jammernd erklommen sie die Fahrzeuge.

Zum Glück wurden sie nicht verfolgt. Nur vereinzelt flogen Bolzen oder Pfeile hinter ihnen her. Die Brigantinnen waren damit beschäftigt, den Dörflern beim Löschen des Feuers zu helfen. Wertvolle Sekunden, die den Männern genug Zeit verschafften, um die Flucht anzutreten.

Diejenigen, die noch halbwegs unverletzt waren, setzten sich hinter die Lenkräder; die anderen ließen sich auf die Ladeflächen fallen. Den Laster und das Motorrad mussten sie aufgeben.

Amon fühlte noch, wie das Fahrzeug losfuhr. Er hörte das Dröhnen der Motoren und das Rumpeln der Räder, dann spülte eine Woge der Ohnmacht über ihn hinweg und riss ihn fort auf die andere Seite.

12

Eine Stunde später war das Feuer gelöscht. Imogens Haus war eine rauchende Ruine. Von der Führerin des Dorfes fehlte jede Spur. Der Wind trieb Rußflocken durch die Luft. Schwarzer Rauch vernebelte Junas Blick. Das ganze Dorf war zusammengeströmt, um zu helfen. Hustend und keuchend waren Eimer mit Wasser herbeigeschafft und auf das Feuer gekippt worden. Doch es war ein sinnloser Kampf. Das Benzin hatte die Balken brennen lassen, als wären sie aus Stroh. Schon bald war klar gewesen, dass das Haus nicht mehr zu retten war. Während die Frauen es dennoch weiter versuchten, kümmerten sich die anderen um die Verwundeten und Toten.
Die Bilanz des Angriffs war schrecklich. Drei Brigantinnen waren tot, unter ihnen Brianna, ihre Anführerin. Sie hatte einen Kopfschuss erhalten, der sie auf der Stelle getötet hatte. Die anderen waren allesamt verletzt, manche von ihnen schwer. Philippa und ihre Heilerinnen hatten alle Hände voll zu tun, um die ärgsten Schmerzen zu lindern und Verbände anzulegen. Juna litt unter Prellungen im Rippenbereich und unter ihrem verdrehten Fuß. Die Sehnen waren überdehnt, und der Knöchel fühlte sich an, als gehöre er nicht zu ihrem Körper. Mit zusammengebissenen Zähnen humpelte sie über das Schlachtfeld. Sieben Tote, drei Frauen und vier Teufel. Und wozu? Der Angriff entbehrte jeder Vernunft. Hatte Brianna ihnen nicht angeboten, Nahrungsmittel zu nehmen? Waren nicht sogar zwei der Dörflerinnen bereit gewesen,

die Verbindung einzugehen? Und dennoch schien es nicht genug gewesen zu sein. Dieser Teufel – dieser Amon – was war das für ein Mensch? War er überhaupt ein erwachsener Mann? Er hatte ausgesehen wie ein Knabe. Und dennoch trug er die Insignien eines Anführers der Heiligen Lanze. Unverantwortlich, einem solchen Hitzkopf die Leitung für eine ganze Einheit anzuvertrauen. Wer immer das befohlen hatte, er gehörte zur Rechenschaft gezogen. Sie alle gehörten zur Rechenschaft gezogen. Doch bis es so weit war, gab es andere Aufgaben. Das Dorf musste gesichert, und die Toten mussten bestattet werden. Es galt Pläne zu schmieden und Strategien zu entwickeln.

Juna schleppte sich zu einem der Viehtröge, um sich den Ruß vom Gesicht zu waschen. Sie wollte ihre Hände ins Wasser tauchen, als sie zurückschrak. Das Wasser war voller Blut. Und da lag ein Körper. Sie beugte sich vor, um zu sehen, wer es war. Ihr Atem stockte. Es war Imogen. Ihre Augen starrten weit aufgerissen in die Höhe. Die blonden Haare umschwebten ihr Gesicht wie Algen. Ihr Mund war zu einem stummen Schrei geöffnet.

*

David lief mit den anderen in Richtung Tor. Noch immer bimmelte die Glocke. Irgendetwas an der Art, wie Meister Eckmund sie läutete, jagte ihm Angst ein. Zu schnell, zu laut und zu heftig.

Es musste etwas passiert sein.

Etwas Schlimmes.

Die Mönche strömten mit besorgten Gesichtern in Richtung Tor. Abt Benedikt stand bereits dort und rief mit erhobenen

Händen: »Zurück, meine Brüder, zurück. Macht Platz, damit wir das Tor öffnen können.«
Eckmund, der Wächter, löste die Riegel und schob die schweren Türflügel zur Seite. David versuchte, einen Blick zu erhaschen, doch er konnte nichts erkennen. »Was ist denn los?«, fragte er einen der Laienmönche, der offensichtlich gerade beim Blumenschneiden gewesen war. Zumindest hielt er immer noch eine Rosenschere in der Hand.
»Ich weiß nicht genau«, lautete die Antwort. »Ich habe gehört, die Heilige Lanze soll zurückkehren.«
»Jetzt schon? Die werden doch nicht vor morgen erwartet.«
»Habe ich auch gedacht, aber irgendetwas muss schiefgegangen sein. Angeblich gibt es Verletzte. Schaut nur, da kommen sie.«
David stellte sich auf die Zehenspitzen. Er sah einen der Jeeps mit hoher Geschwindigkeit zwischen den verrosteten Autos heranrasen. Etwas weiter hinten folgte ein zweiter. Beide fuhren mit einem geradezu halsbrecherischen Tempo. Sowohl vom Laster als auch vom Motorrad fehlte jede Spur.
Als die Fahrzeuge durch die Toreinfahrt donnerten, wurden Rufe des Entsetzens laut. Jetzt war offenkundig, dass etwas schiefgegangen war. David sah Blut. Er sah verkohlte Sitze und Einschüsse, aber die Mönche drängelten sich so sehr um die Fahrzeuge, dass es unmöglich war, mehr zu erkennen. Alle redeten durcheinander und gestikulierten wild mit den Händen. Auf einmal entstand eine Schneise. Der Meister Apotheker kam mit zwei seiner Gehilfen angerannt. Sie trugen Bahren und Verbandszeug bei sich. Endlich konnte David einen Blick auf das erhaschen, was weiter vorne geschah. Der Schreck fuhr ihm in die Glieder. Bis auf die beiden Fah-

rer schienen alle mehr oder minder schwere Verletzungen davongetragen zu haben. Die Ladefläche glänzte von Blut. Von den zehn Mann, die aufgebrochen waren, kehrten nur noch sechs zurück, doch man konnte unmöglich erkennen, wer es war. Die Gesichter starrten vor Dreck. Erst beim zweiten Hinsehen erkannte er Amon. Sein Freund war aufgestanden und versuchte, das Fahrzeug zu verlassen. Seine Hand presste er auf die rechte Gesichtshälfte. Einige Mönche kamen ihm zur Hilfe. Der Abt wechselte ein paar Worte mit ihm. Es war zu laut, um etwas zu verstehen, aber als das Zeichen gegeben wurde, die Tore zu verschließen, war zumindest klar, dass keine weiteren Fahrzeuge kommen würden.
David ignorierte die Proteste und drängelte sich nach vorne. Er musste zu Amon. Sein Freund war in einer furchtbaren Verfassung. Das Schwarz seiner Kleidung verdeckte gnädig die vielen Verletzungen, die er erlitten haben musste. Die schlimmste – sein Auge – hielt er nach wie vor abgedeckt.
Als der Meister Apotheker ihn entdeckte, kam er sofort auf ihn zu. »David, komm her. Du bist doch sein Freund, oder?«
David nickte.
»Kannst du ihn übernehmen? Ich muss mich um die anderen kümmern.«
»Klar, kein Problem.«
»Gut. Bring ihn ins Hospital, ich komme sofort nach.« Er warf einen besorgten Blick auf Amons Gesicht. »Wirst du es schaffen, mein Junge?«
Als Antwort erhielt er ein Nicken.
David wechselte auf die linke Seite seines Freundes, legte sich dessen Arm über die Schulter und marschierte los. Sein

Verstand war wie benebelt. Was war geschehen? Wo war der Rest der Gruppe? Was hatte man seinem Freund angetan? Er versuchte, nicht auf die Hand zu starren, die Amon aufs Gesicht presste und hinter der immer noch Blut hervorquoll. Humpelnd drängten sich die beiden durch die Reihen der Mönche. Betroffene Blicke folgten ihnen, während sie langsam in Richtung des Krankenflügels gingen. David führte seinen Freund bis zu einem der Betten und ließ ihn dort nieder. Grimaldi musste draußen warten, Hunde waren im Krankenzimmer verboten.
Meister Stephan saß aufrecht im Bett. Sein Gesicht wirkte noch grauer als am Morgen.
»Was ist passiert? Ich hörte Glocken und Motoren ...«
»Sie haben uns niedergemetzelt«, stöhnte Amon. »Es war die Hölle.«
Stephan hob seine Beine aus dem Bett und kam zu ihnen herüber. Sein Gang war schwankend, und er musste sich abstützen. »Ein Überfall? Was ist geschehen?«
»Diese verfluchten Hexen. Sie kamen über uns wie die Furien. Wir konnten nichts tun.«
Der Bibliothekar runzelte die Stirn. »Ein Hinterhalt?«
Amon nickte. »Eine Falle. Wir wollten gerade friedlich unseren Tribut einholen, als sie wie aus dem Nichts erschienen. Bewaffnete, schwer gepanzerte Reiterinnen, die sich selbst Brigantinnen nannten.«
»Die Töchter der Brigantia«, sagte Stephan. »Das ist der Name ihrer Siegesgöttin.«
»Mir doch egal, woher er stammt.« Amon spuckte einen roten Fleck auf den Boden. »Es war ein feiger und hinterhältiger Anschlag.«
»Was ist mit deinem Gesicht?«

»Irgendwas mit meinem Auge. Ich wollte gerade einem Freund zu Hilfe eilen, da kam etwas angeflogen und setzte sich auf mein Gesicht. Ich hab gedacht, man hätte mir kochendes Öl ins Auge gegossen.«
David beeilte sich, einen Lappen zu holen und die Blutstropfen wegzuwischen. Amon legte sich derweil auf den Rücken und starrte an die Decke.
»Sehr ungewöhnlich«, murmelte Stephan. »Das haben sie noch nie gemacht. Bist du sicher, dass ihr nicht irgendwelche Regeln gebrochen habt?«
»Was soll das?«, fuhr Amon ihn an. »Willst du etwa behaupten, ich lüge?«
»Natürlich nicht«, entgegnete Stephan, den die Respektlosigkeit nicht zu stören schien. »Aber vielleicht habt ihr etwas übersehen, etwas nicht beachtet. Die Frauen sind bei der Einhaltung der Regeln sehr penibel.«
»Alles ist den Vorschriften gemäß abgelaufen, und jetzt lass mich damit in Ruhe. Ich werde später dem Inquisitor Bericht erstatten.« Er wandte sich an David. »Geh und hol mir den Meister Apotheker. Er soll mir etwas gegen die Schmerzen geben. Ich halte das nicht mehr aus.«
David war vor Erstaunen verstummt. Wie konnte Amon es wagen, derart respektlos mit seinem Meister zu sprechen? Früher wäre ihm so etwas nie in den Sinn gekommen. Er hoffte, dass es nur die Schmerzen waren, die ihn so weit trieben, und nicht etwas anderes. Hieß es nicht, die Heilige Lanze würde die Menschen verändern?
Er war noch nicht an der Tür angelangt, als diese aufging. Der Apotheker und seine beiden Assistenten betraten den Raum. Die Novizen trugen eine Bahre mit einem ohnmächtigen Bruder herein, während der Apotheker einen weiteren Mann

stützte. David half ihm, den verletzten Mönch ins Bett zu legen.

»Meister?«

»Was gibt es, David?«

»Habt Ihr ein Schmerzmittel für meinen Freund? Er leidet schrecklich.«

»Erst muss ich mir ansehen, was für Verletzungen er hat«, sagte der Apotheker. »Schnapp dir meine Gehilfen und holt den letzten Mann herein. Ich werde mich inzwischen um Amon kümmern.«

Der Hof hatte sich mittlerweile geleert. Bis auf einige Ausnahmen waren die meisten Mönche an ihre Arbeit zurückgekehrt. Der Mann im Auto war ohne Bewusstsein. Es dauerte eine ganze Weile, ehe sie ihn heruntergehoben und auf die Bahre gelegt hatten. David schauderte beim Anblick des Pfeils, der unterhalb des linken Schlüsselbeins aus der Brust ragte. Der Holzschaft und die Greifvogelfedern hatten etwas Urtümliches, Archaisches. Sie erinnerten ihn an Bilder aus Büchern, die er über das Mittelalter gelesen hatte. Vorsichtig trugen sie den Verwundeten ins Lazarett und hoben ihn auf eine Liege.

Der Meister Apotheker hatte inzwischen Amons Verletzung so weit gereinigt, dass er sie begutachten konnte. Amon selbst ließ die Prozedur widerspruchslos über sich ergehen. Er war zwar bei Bewusstsein, bekam aber nichts mehr von dem mit, was um ihn herum vorging. Vermutlich war er bis zum Anschlag mit Morphin abgefüllt.

»Tja, das sieht leider nicht gut aus«, konstatierte der Arzt mit fachkundigem Blick. »Das Auge ist nicht mehr zu retten. Es sieht aus, als wäre dort etwas Scharfkantiges eingedrungen, ein Glassplitter oder etwas Ähnliches.«

»Er sagte, etwas habe ihn aus der Luft angegriffen. Etwas Weiches.«

»Vielleicht ein Greifvogel«, sagte der Apotheker. »Ich habe gehört, die Hexen richten diese Tiere für die Jagd ab. Kann sein, dass er für den Kampf trainiert wurde.«

»Was wird denn jetzt werden?« David wollte die Antwort eigentlich gar nicht wissen, er konnte sich denken, was es sein würde.

»Nun, die Iris ist zerfetzt, und ein Großteil des Glaskörpers ist ausgetreten. Ich muss das Auge entfernen.«

David nickte. Seine schlimmsten Befürchtungen waren damit zur Gewissheit geworden. Er dachte an Amons schöne Augen, an seinen wachen, klaren Blick und an sein humorvolles Zwinkern.

»Geht nicht anders.« Der Apotheker wischte seine Hände an einem sauberen Stück Stoff ab. »Die Gefahr einer Infektion ist zu groß. Der Eingriff ist nicht übermäßig schwierig, ich habe das schon an Kühen und Schafen geübt. Er bekommt eine Augenklappe, und das war's. Die Hauptsache ist, dass er überleben wird.« Er klatschte in die Hände und stand auf. »So, und jetzt möchte ich alle, die hier nichts verloren haben, nach draußen bitten. Es wartet eine Menge Arbeit auf mich, und dazu brauche ich Ruhe. Und du, Stephan, machst, dass du wieder ins Bett kommst. Wer hat dir überhaupt erlaubt, aufzustehen?«

Teil 2

Verrat

**Meine sehr verehrten Damen und Herren,
hier ist Radio Berlin.**

Mit Beschluss des Zentralrates der öffentlich-rechtlichen Rundfunk- und Fernsehanstalten wird der Betrieb aller Sender des Landes am heutigen Montag, den 22. April 2015, um Mitternacht Ortszeit eingestellt.
Wir bedauern diesen Schritt außerordentlich, doch die gegenwärtige Lage lässt keine andere Möglichkeit zu, als den Rundfunkbetrieb auf unbestimmte Zeit auszusetzen. In etlichen Sendestationen ist es zu gewaltsamen Übergriffen gekommen, Einrichtungen wurden zerstört und Funkverbindungen unterbrochen. Die Stromversorgung ist in weiten Teilen des Landes zusammengebrochen, so dass ein störungsfreier Ablauf der Sendungen nicht mehr möglich ist.
Sollte sich die Situation ändern, werden wir wieder auf Sendung gehen. Schalten Sie von Zeit zu Zeit Ihre Radiogeräte auf Langwelle 148,5 kHz und beten Sie, dass diese Krise bald vorüber sein wird. Leben Sie wohl, und möge Gott uns alle schützen.

Und jetzt das Wetter ...

13

Eine Woche später ...

Der große Markt von Glânmor war die Attraktion im Umkreis von mehreren hundert Kilometern, ein beliebter Treffpunkt für Händler und Käufer, Schausteller und Schaulustige, die aus sämtlichen Ortschaften rund um die Hauptstadt herbeiströmten. Die schönsten Stände befanden sich auf einer hölzernen Plattform am Rande des Sees, die auf Pfählen über dem Wasser ruhte. Unter den mit Zelttuch überspannten Arealen gab es alles, was zum Leben nötig war: Obst, Gemüse, Brot und Eier, Mehl und Zucker, frische Milch und Käse aller Art. Selbst Fleisch wurde hier angeboten, obwohl dies eigentlich nur bestimmten Kasten vorbehalten war. Es gab Stände für Waffen und Werkzeuge, Töpferwaren und Geflochtenes, Kleidung und Schuhe, ja selbst Stände mit Kinderspielzeug.
Einen bedeutenden Teil des Lebens nahm das Thema Glauben und Spiritualität ein. Kein Wunder, dass es dafür einen eigenen Bezirk auf dem Markt gab. Dort fand man alles, was für die Wahrsagerei benötigt wurde: Karten, Runen, gläserne Kugeln, Knochen und Horoskope. Es gab Mondkalender, pflanzliche Heilpräparate, Glücksbringer aller Art sowie Wohlgerüche, die nicht nur gut dufteten, sondern die betreffende Person und ihr Umfeld angeblich von bösen Geistern reinigen sollten. Und nicht zu vergessen die Göttinnen.

Standbilder und Figuren waren in allen Größen und in jeder erdenklichen Ausführung erhältlich, wobei Stein, Holz, Kristall und Ton zu den beliebtesten Materialien zählten. Praktisch jeder Aspekt des täglichen Lebens unterstand einer bestimmten Gottheit. Da waren natürlich die drei großen Königinnen Wilbeth, Ambeth und Borbeth, die mit ihrem Wissen und ihrer Weisheit über das Universum herrschten. Es gab aber auch die Göttinnen des Lichts und des Handwerks, der Jagd und des Waldes, des Kampfes und der Schlacht, des Schicksals und der Fruchtbarkeit und so fort. Es gab mehr als hundert Göttinnen, die über das Schicksal der Menschen bestimmten. Jede Stadt, jeder Hof, ja jedes Haus war einer bestimmten Göttin verpflichtet, und so konnte es geschehen, dass in Familien oder unter Freundinnen Uneinigkeit darüber herrschte, welche denn nun zuständig war. Deshalb konnte es nichts schaden, wenn man mehrere Figuren besaß und ihnen Opfer darbrachte. Die Devise lautete: lieber einmal zu viel gebetet als einmal zu wenig.

Der große Markt fand nur alle zwei Monate statt und war nicht zu vergleichen mit dem Wochenmarkt, der viel kleiner und bescheidener ausfiel. Er glich einem Volksfest, und so kurz nach Mittsommer war er besonders schön. Pfähle mit Blumenkränzen waren aufgehängt worden, farbige Banner flatterten im Wind, und zu Ehren der Götter gab es Opferstellen, auf denen Hühner oder Kaninchen dargeboten wurden. Überall erklang Musik, Theaterstücke wurden aufgeführt, und in den Wirtschaften rundherum schenkte man Wein und Met im Überfluss aus. Es duftete nach gebrannten Mandeln, Stockbrot und Speckfladen, nach warmen Kuchen und Apfelwein, und die Luft war erfüllt von den Rufen der

Marktschreier und den Klängen traditioneller Saiteninstrumente.

Juna und Gwen bahnten sich ihren Weg durch die Menschenmenge, vorbei an einem Stand, an dem Fisch geräuchert wurde. Obwohl die Gasse auf einer Länge von einigen Dutzend Metern komplett vernebelt war, wurde Juna von vielen Besucherinnen erkannt. Seit der Verteidigung von Alcmona galt sie als Heldin, ihr Name war in aller Munde. Viele Frauen verbeugten sich vor ihr, berührten sie mit den Fingern oder sprachen Segenswünsche. Gwen betrachtete sie voller Stolz.

»Hätte ich gewusst, wie viel Aufsehen du erregst, hätte ich mir etwas Schöneres angezogen«, flüsterte sie, und ihre Wangen wurden rot vor Aufregung.

»Du bist schön genug«, antwortete Juna. »Ich hatte selbst keine Ahnung, dass ich so bekannt bin. Nächstes Mal sollte ich wohl den Helm aufsetzen und das Visier herunterklappen. Komm, lass uns schnell weitergehen, vielleicht ist es ja anderswo ruhiger.« Ihr Ziel war der Stand der Bogenbauerin aus Westerfelde. Juna hatte viel Gutes über die Qualität ihrer Eibenbögen gehört und wollte sich nun ihr eigenes Bild machen. Gwen war wie immer scharf auf die Stände der Tuchwebereien und Kleidermanufakturen, die im östlichen Teil des Marktes ihre Zelte aufgeschlagen hatten. Sie hatte ein unerklärliches Verlangen nach neuen Stoffen und raffiniert geknüpften Kleidungsstücken. Sie konnte Stunden vor dem Spiegel verbringen, nur mit Schminken und Anziehen beschäftigt. Zugegeben, sie sah sehr hübsch aus, aber Juna fragte sich, ob das nicht doch ein bisschen wenig war. Wie sah es zum Beispiel mit Büchern aus? Weder sie noch Gwen hatten jemals lesen gelernt, doch im Gegensatz zu ihr schien Gwen unter diesem Mangel nicht zu leiden. Sie sagte immer, es interessiere sie nicht, was andere Leute vor so vielen Jahren zu Papier gebracht hätten; es würde für ihr tägliches Leben keine Rolle spielen. Juna konnte sich das ebenfalls nicht vorstellen, aber neugierig war sie doch. Gerade eben kamen sie an einem der wenigen Buchläden vorbei. Ein chaotischer Stand, in dem sich Dutzende alter Werke übereinandertürmten. Die Buchhändlerin war ziemlich alt, sie saß hinter einem der Türme, die Nase tief zwischen zwei Buchdeckeln vergraben. Juna sah die wertvollen, in Leder gebundenen Werke vergangener Zeiten und fragte sich, was wohl darinstehen mochte und warum die Menschen ihnen damals, vor dem Zusammenbruch, so viel Zeit und Aufmerksamkeit geschenkt hatten. Das Aufregende war, dass sie tatsächlich keinen Zweck zu erfüllen schienen. Seiten um Seiten nichts als bedrucktes Papier – was sollte das nutzen? Man konnte es weder essen noch damit kämpfen. Bücher waren ein rundum verzichtbares Luxusgut.

Sie nahm eines davon in die Hand und blätterte darin herum. Keine Bilder, nur Buchstaben. Auf dem Umschlag war ein Gebäude im Sonnenuntergang abgebildet, davor die Silhouette einer Frau.

»Interessiert?« Die Buchhändlerin hatte sie bemerkt und blinzelte über den Rand der Brille zu ihr herüber.

Juna zuckte die Schultern. »Was ist das hier?«

»Das? Lass mich mal sehen.« Die Alte watschelte heran. »Ja, dachte ich's mir doch: ›Vom Winde verweht‹ von Margaret Mitchell. Ein Klassiker der Weltliteratur. Die Geschichte einer jungen Frau vor dem Hintergrund eines großen Krieges.« Sie beugte sich verschwörerisch zu Juna: »Die Liebesgeschichte mutet natürlich heutzutage reichlich merkwürdig

an, aber sie ist ein guter Beweis dafür, dass Männer und Frauen noch nie zusammengepasst haben.« Sie lächelte geheimnisvoll. »Möchten Sie's?«
»Ich kann nicht lesen.«
»Ach so. Dann als Geschenk vielleicht?«
»Nein danke.«
In diesem Moment kam Gwen zurück. »Juna? Wo bleibst du denn? Ich habe dich schon zweimal gerufen.« Mit einem kurzen Blick auf die Buchhändlerin flüsterte sie: »Was willst du denn hier? Das ist der langweiligste Stand von allen. Nichts als ein Haufen altes Papier und Druckerschwärze. Komm lieber mit, da vorne ist ein Stand mit kleinen Katzen. Die sind so niedlich. Wir haben doch immer davon gesprochen, uns ein Haustier anzuschaffen. Die haben sogar kleine rote Tiger. Du weißt doch, wie selten die sind; außerdem sollen sie die besten Mäusejäger sein. Komm schon, lass uns eine Katze kaufen.«
Juna klappte das Buch zu und legte es zurück auf den Stapel.
»Vielen Dank«, sagte sie und ging weiter. Es war seltsam, aber irgendwie hatte die alte Frau mit ihren Büchern etwas in ihr ausgelöst.
»Diese vielen Worte«, sagte sie. »Meinst du, irgendwo dort drinnen befindet sich der Schlüssel zu allem?«
»Was denn für ein Schlüssel?«
»Na, eine Antwort. Auf unsere Fragen.«
Gwen rümpfte die Nase. »Wohl kaum, sonst würden sich mehr Leute dafür interessieren. Du warst bestimmt in der letzten halben Stunde die Einzige am Stand.«
»Aber irgendetwas müssen diese Bücher haben, sonst wären sie vor dem Zusammenbruch nicht so populär gewesen.«
»Vor dem Zusammenbruch war alles anders, und du weißt,

wohin es geführt hat. Also hör auf, dir den Kopf darüber zu zerbrechen. Schau her: Da vorne sind sie.«

Die Katzen waren tatsächlich süß. Juna beobachtete, wie Gwen eine von ihnen hochnahm, sie am Kopf und am Bauch kraulte und ihr leise Schnurrtöne entlockte. Sie musste wieder an den Kampf in Alcmona denken, an die vielen Grausamkeiten, die sie erlebt hatte. In Gedanken sah sie das Gesicht von Imogen vor sich, wie sie im Wasser trieb, die Augen vor Erstaunen weit aufgerissen, die Haare wild durcheinandergewirbelt. Sie sah Briannas verkrümmten Körper und das Loch in ihrer Stirn, aus dem immer noch Blut sickerte. Und dann, auf einmal, sah sie wieder diesen Jungen mit dem Baby. Sie sah sein Gesicht, sein Lächeln, seine klugen Augen. Wie er mit dem Baby gespielt hatte, fast so wie Gwen jetzt mit dem Kätzchen. Der Anführer der Heiligen Lanze war etwa in seinem Alter gewesen. Beides Teufel, und doch, was für ein Gegensatz! Der eine ein freundlich aussehender Junge mit einem Herzen für Neugeborene, der andere ein eiskalter Killer, dem es nichts ausmachte, Häuser anzustecken und wehrlose Frauen zu töten. Wie passte das alles zusammen?

»He, träumst du?«

»Hm?« Juna wurde aus ihren Gedanken gerissen.

»Ich habe dich gefragt, wie dir diese kleine Dame hier gefällt.« Gwen hielt ein rot getigertes Kätzchen in die Höhe. Die Kleine fauchte und versuchte, sich aus ihrem Griff zu befreien.

»Niedlich«, sagte Juna. »Ganz niedlich.«

»Du bist nicht bei der Sache«, sagte Gwen. »Aber egal. Ich finde sie auch niedlich. Ich bin sicher, sie wird eine gute Mäusejägerin. Ich werde sie kaufen.«

Juna wollte noch etwas sagen, doch in diesem Augenblick sah sie aus dem Augenwinkel eine Bewegung. Die Marktbesucher wichen zur Seite und machten einer Botin Platz, die die Insignien des Hohen Rates trug. Eine schmale Gasse bildete sich, und die hochgewachsene Frau eilte rasch hindurch. Knapp vor ihnen blieb sie stehen. »Brigantin Juna?«
»Das bin ich. Was wollt ihr?«
»Nicht hier. Lasst uns an einen Ort gehen, wo wir nicht belauscht werden.«
Sie führte Juna zu einer geschützten Stelle hinter einem der Verkaufsstände und flüsterte dann: »Ich muss Euch bitten, mich zur Ratshalle zu begleiten. Der Hohe Rat ist zusammengetreten. Man hat mich beauftragt, Euch zu holen.«
Juna hob verwundert die Brauen. »Normalerweise wird einem im Voraus mitgeteilt, wann und wo man sich einzufinden hat. Einfach vom Markt wegeskortiert zu werden entspricht nicht den Regeln.«
»Es ist eine geheime Sitzung«, erläuterte die Botin. »Die Mitglieder haben sich in aller Stille versammelt, um Aufmerksamkeit zu vermeiden. Bitte folgt mir.«
»Sofort?«
»Ich fürchte ja.«
»Na gut. Wenn es sein muss.«
Vor dem Zelt trafen sie Gwen. »Was ist los?«
»Ich muss weg.«
»Wie ... warum?«
»Kann ich dir nicht sagen.«
In Gwens Augen mischte sich Unglauben mit Verärgerung. »Aber heute ist dein freier Tag. Ich dachte, wir wollten zusammen essen gehen.«

»Ein andermal. Ich komme zurück, sobald ich fertig bin, versprochen.« Sie hauchte Gwen einen Kuss auf die Wange, dann folgte sie der Botin und ließ ihre verdutzte Freundin in der Menge zurück.

14

»Du willst zur *schwarzen Kathedrale*?« Abt Benedikt blickte zweifelnd auf Amons bandagierten Arm. »Ich dachte, deine Verletzungen wären so schwer, dass du noch ein paar Tage das Bett hüten müsstest.«
»Sind sie auch«, meldete sich der Bruder Apotheker aus dem Hintergrund. »Ich habe ihm gesagt, dass er noch Ruhe braucht, aber er will nicht auf mich hören.«
David versuchte, seinen Freund nicht anzustarren. Amon bot einen bemitleidenswerten Anblick. Sein Gesicht war an einigen Stellen verfärbt, und auch die Kratzer waren noch nicht restlos verschwunden. Am schlimmsten war natürlich die Augenklappe. Sie ließ ihn wie einen alten Mann aussehen.
»Ich muss aufbrechen«, sagte Amon. »Der Inquisitor erwartet meinen Bericht. Abgesehen davon ist es nicht nötig, dass ich noch länger das Bett hüte. Ich kann gehen und ich kann laufen. Das Einzige, was ich nicht kann, ist Auto fahren.«
Benedikt zog die Brauen zusammen. »Und wie willst du dann den weiten Weg in die Innenstadt zurücklegen? Deine Leute sind noch nicht transportfähig, und ich kann hier niemanden entbehren.«
»Das weiß ich.« Amon nestelte ungeduldig an seiner Augenklappe herum. David wusste, dass er unter starken Schmerzen litt, doch das schien ihn nicht von seinem Plan abzuhalten.

»Vielleicht könnt Ihr ja Euren Kopisten entbehren. Seit Meister Stephan im Krankenlager liegt, muss seine Arbeit ohnehin ruhen. Gebt mir David mit, er kann mich fahren.«
David zuckte zusammen. »Ich soll … was?«
»Mich begleiten.«
»Aber …« David vergaß den Mund zu schließen.
»Tritt vor, mein Sohn.« Der Abt winkte David mit der Hand zu sich. »Kannst du denn ein Fahrzeug bedienen?«
»Nein, kann ich nicht. Ich wüsste gar nicht …«
»Er wird es lernen«, fiel Amon ihm ins Wort. »So schwer ist das nicht. Ich werde es ihm beibringen und ihn wohlbehalten wieder abliefern.« Er wandte sich an David. »Es ist wichtig, dass ich den Inquisitor so schnell wie möglich über die Lage in den Grenzbezirken informiere. Der feige Überfall hat deutlich gemacht, wie brenzlig die Situation ist. Ich glaube, dass wir kurz vor einem erneuten Ausbruch der Gewalttätigkeiten stehen. Wir sollten alle Kräfte in die Waagschale werfen und schnell zuschlagen. Ich habe hier schon viel zu viel Zeit vertrödelt.«
»Nur, wenn du die Rettung deines Lebens als Zeitverschwendung betrachtest.« Der Meister Apotheker schüttelte energisch den Kopf. »Da frag ich mich doch, warum ich mir so viel Mühe mache, wenn das dann hinterher der Dank ist.«
»Ich bin Euch ja dankbar«, lenkte Amon ein. »Es ist nur so, dass ich das Gefühl habe, wahnsinnig zu werden, wenn ich noch länger warten muss.«
»Mach doch, was du willst«, sagte der Apotheker. »Verehrter Abt, wenn Ihr mich nicht länger braucht … es gibt Patienten, die dringend meiner Betreuung bedürfen.« Er warf Amon einen eisigen Blick zu. Benedikt wedelte mit der Hand. »Geht nur, ich regle das hier schon allein.«

Als der Apotheker verschwunden war, wandte er sich den beiden jungen Männern zu. »Ich sage es nur ungern, aber ich glaube, der Meister Apotheker hat recht. Du solltest dich noch ein wenig schonen. Ich weiß deinen Eifer zu schätzen, aber der Verlust deines Auges hat dich vielleicht schwerer getroffen, als dir selbst klar sein mag. Nicht nur körperlich, sondern vor allem seelisch.«
Amon wollte protestieren, wurde jedoch vom Abt unterbrochen. »Ich weiß, was du sagen willst. Die Lage in den Grenzländern scheint tatsächlich schlimmer geworden zu sein. Der Inquisitor sollte möglichst schnell über die Vorgänge in Kenntnis gesetzt werden.« Er seufzte. »Ich kann hier keine Entscheidung treffen. Es liegt an euch. Wenn ihr wirklich das Wagnis auf euch nehmen wollt, so habt ihr meinen Segen. Ich bitte euch nur, zu bedenken, dass die Stadt alles andere als sicher ist. Wollt ihr trotzdem aufbrechen?«
»Das wollen wir«, sagte Amon mit Bestimmtheit. »Wir müssen. Es gibt keine andere Lösung. Nicht wahr, David?«
Benedikt seufzte. »Dann soll es so sein. Fahrt nur bei Tageslicht, haltet euch an die Hauptstraßen und kommt zurück, sobald eure Mission erfüllt ist. Möge Gott mit euch sein.«
David und Amon verließen die Räume des Abtes. Kaum dass sie auf dem Hof draußen waren, drehte sich David zu seinem Freund um. »Kannst du mir mal erklären, was das da eben sollte?«
»Was meinst du?«
»Hättest du mich nicht vorher fragen können? Ich stand da wie ein Volltrottel.«
Amon zuckte die Schultern. »Und was hätte das gebracht?«
»Was es gebracht hätte? Nun, vielleicht, dass ich mir vorher ein paar Gedanken hätte machen können. Dass ich mir hätte

überlegen können, ob ich für ein solches Himmelfahrtskommando überhaupt bereit bin.«
»Das bist du. Das weiß ich«, erwiderte Amon. »Ich habe dir gesagt, dass ich dich für geeignet halte, und du hast mir versprochen, dass du es dir überlegen würdest. Seither ist eine Woche vergangen, und ich habe seitdem nichts mehr von dir gehört. Also habe ich entschieden.«
»Aber das kannst du nicht.«
»Und ob ich das kann. Als Kommandeur bin ich befugt, Leute zu rekrutieren. Notfalls gegen ihren Willen.«
»*Leute?* Ich bin keiner von deinen Untergebenen, die du herumkommandieren kannst. Ich bin dein Freund, verdammt noch mal. Du hattest kein Recht, so mit mir umzuspringen.«
»Und ob ich das habe.« Er tippte auf das Symbol der Heiligen Lanze. »Abgesehen davon solltest du es als deine Pflicht ansehen, einem verletzten Freund beizustehen. Schlimm genug, dass du dich kaum hast blicken lassen in den letzten paar Tagen. Was glaubst du wohl, wie ich mich fühle bei dem Gedanken, du würdest mir aus dem Weg gehen? Jetzt hast du die Chance, zu beweisen, ob dir wirklich noch etwas an mir liegt.«
David setzte zu einer heftigen Erwiderung an, doch dann bemerkte er, wie ruhig es im Klostergarten geworden war. Die Mönche hatten aufgehört zu arbeiten und starrten sie mit offenen Mündern an. Anscheinend waren Amon und er recht laut geworden.
Da er ohnehin nicht wusste, was er sagen sollte, schwieg er. Irgendwann wurde ihm die Stille zu bedrückend. »Na gut«, sagte er. »Dieses eine Mal werde ich dir helfen. Aber glaub nicht, dass das zur Gewohnheit wird.«
Amon grinste. »Ich wusste, dass ich mich auf dich verlassen

kann. Dann also in einer halben Stunde. Wir treffen uns bei den Fahrzeugen.«

Dreißig Minuten später traf David am vereinbarten Treffpunkt ein. Er hatte ein paar frische Sachen zum Anziehen eingepackt, etwas zu essen sowie seinen Talisman: William Shakespeares »Romeo und Julia«. Er wusste, dass er das Buch eigentlich nicht mitnehmen durfte, aber die Aussicht, ins Zentrum der alten Stadt zu fahren und dort dem Inquisitor gegenübertreten zu müssen, ließ dieses Vergehen vergleichsweise gering erscheinen. Er hatte es in die verborgene Innentasche seiner Kutte gesteckt. Es tat gut, das Buch bei sich zu wissen.
Amon war bereits am Auto. Zusammen mit einem Novizen belud er das Fahrzeug mit Wasser, Proviant und Mitbringseln für den Inquisitor. Auch einige Waffen lagen dort, Messer, Pistolen und Gewehre. »Nur, falls uns ein paar Wolfshunde über den Weg laufen«, erklärte er auf Davids fragenden Blick hin. »Die Waffen werden dringend zurückerwartet. Dringender noch als wir.« Sein Blick fiel auf Grimaldi. »Was willst du mit dem Köter?«
David warf seine Tasche ins Heck des Fahrzeugs. »Ich werde ihn mitnehmen. Ohne Grimaldi gehe ich nirgendwohin.«
Amon schüttelte den Kopf. »Und wie stellst du dir das vor? Du wirst die ganze Zeit auf ihn aufpassen müssen.«
»Mach dir darum mal keine Sorgen, wir beide kommen schon klar. Außerdem hat er einen guten Riecher. Er wird uns warnen, sollte uns Gefahr drohen.«
Amon schien eine Weile unschlüssig zu sein, dann zuckte er die Schultern. »Von mir aus. Aber wenn er anfängt, Schwie-

rigkeiten zu machen oder herumzukläffen, schmeiße ich ihn aus dem Fahrzeug, verstanden?«
»Das wird nicht passieren. Also, was soll ich tun?«
»Komm, setz dich hinter das Lenkrad, ich zeig's dir.«
David musste feststellen, dass Auto fahren gar nicht so schwer war, wie er befürchtet hatte. Ein wenig Gas, die Kupplung behutsam kommen lassen, los ging's. Auch Bremsen und Lenken fielen ihm leicht. Nach kurzer Zeit schaltete er auf Amons Anweisung hin den Motor wieder aus.
»Na, du scheinst ja ein echtes Naturtalent zu sein.« Sein Freund lächelte zufrieden. »Das ist gut so, denn wir müssen uns beeilen. Der Tank ist nur noch halb voll, und wir haben keinen Ersatzkanister dabei.« Er gab Meister Eckmund ein Zeichen, der daraufhin das Tor öffnete. David warf einen letzten Blick zurück. Hinter den Scheiben des Krankenzimmers sah er das fahle Gesicht des Bibliothekars. Stephan hob die Hand und winkte ihm zum Abschied. David winkte zurück, dann startete er den Motor. In gleichförmigem Tempo verließ er den Hof und lenkte das Fahrzeug hinaus in die Wildnis.

15

Juna betrat die große Ratshalle und blieb kurz hinter der Eingangstür stehen. Der Sitzungssaal maß etwa acht Meter in der Breite und fünfzehn in der Länge. Über ihren Köpfen wölbte sich ein tonnenartiges Dach, das mit Riedgras gedeckt war; durch seine schlitzartigen Öffnungen fielen Garben aus Sonnenlicht zu Boden. An den Wänden sah sie Statuen und Figurinen bekannter und verstorbener Persönlichkeiten sowie kleine Opferaltäre und Bildnisse für die Götter. Vasen mit Lavendelblüten und frischen Wiesenblumen vervollständigten das Bild. In einer Ecke des Raumes waren Dutzende von Stühlen übereinandergestapelt, auf denen Zuschauer Platz nehmen und an den Sitzungen teilnehmen konnten.
Jedoch nicht heute.
Die zwölf Ratsmitglieder saßen an Tischen, die hufeisenförmig in der Mitte des Raumes aufgestellt waren. Zentral in der Mitte die oberste Ratsherrin Noreia, daneben Junas Mutter und an den Seiten jeweils zu fünft die restlichen Ratsmitglieder. Ein Platz war frei. Er hatte Brianna gehört, der Anführerin der Brigantinnen. Dort, wo sie gesessen hatte, war der Stuhl mit einem schwarzen Tuch behängt. Auf dem Tisch lag eine weiße Rose.
Bis auf zwei Ausnahmen waren alle Frauen jenseits der fünfzig. Magdalena, die oberste Heilerin, war die älteste. Gwen hatte schon von ihr erzählt und gesagt, dass sie über achtzig sei und noch die Zeit vor der großen Dunkelheit er-

lebt habe. In ihrem Blick lagen Weisheit und Entschlossenheit.
Als Juna den Saal betrat, erstarben die Gespräche.
Noreia hob die Hand. »Tritt näher, mein Kind.«
Die oberste Ratsherrin war eine zierliche Frau von vielleicht sechzig Jahren, deren gutes Aussehen unter den Entbehrungen in der harten Zeit nach dem Zusammenbruch kaum gelitten hatte. Ihre grauen Haare waren mit Kornblumen hochgesteckt, die das strahlende Blau ihrer Augen betonten. Sie lächelte, als die junge Brigantin in den Kreis der Frauen trat. Juna warf einen kurzen Blick zu ihrer Mutter hinüber, doch deren Gesicht blieb regungslos. Versteinert.
»Du wunderst dich sicher, dass wir dich hergebeten haben«, sagte Noreia. »Es war nicht unsere Absicht, dir deinen wohlverdienten Ruhetag zu nehmen, insbesondere, da du immer noch verletzt bist und dir die Zeit der Erholung redlich verdient hättest. Wie geht es deinem Fuß?«
»Ich bin hier, also geht es ihm gut.«
Noreia lächelte. »Wie man dir vermutlich mitgeteilt hat, ist dies eine außerordentliche Sitzung, also unter Ausschluss der Öffentlichkeit. Deshalb konnten wir dich nicht vorher informieren. So viel zu unserer Entschuldigung.« Sie ließ sich zurücksinken. »Ziel dieser Beratung ist es, eine Entscheidung zu fällen. Eine Entscheidung darüber, wie wir den Angriff auf Alcmona bewerten sollen.« Ihr Lächeln wurde schmaler und verschwand schließlich ganz.
»In den letzten drei Stunden haben wir alle Kämpferinnen befragt, die bei der Verteidigung des Dorfes zugegen waren. Wir haben ihre Aussagen notiert und sie untereinander verglichen. Die einzige, von der wir noch eine Stellungnahme benötigen, bist du.« Ihre Augen leuchteten wie zwei Saphi-

re. Juna schaute kurz zu ihrer Mutter hinüber. Arkana hatte noch immer keine Miene verzogen. Sie schien durch sie hindurchzusehen, so als wäre sie aus Glas.
Juna hatte während der letzten Tage mehrfach versucht, mit ihr zu sprechen, doch es war ihr nicht gelungen, zu ihr vorgelassen zu werden. Angeblich wegen des Mittsommerfestes und der damit verbundenen Verpflichtungen. Vielleicht würde sie heute erfahren, warum Mutter ihr aus dem Weg ging.
»Möchtest du einen Stuhl?«
Juna schüttelte den Kopf. »Nicht nötig. Soll ich beginnen?«
»Gerne. Und zwar am besten am Anfang.«

Es dauerte etwa zehn Minuten, bis alles erzählt war. Angefangen mit der Einschwörung der Dorfbevölkerung auf den bevorstehenden Angriff über das Gespräch mit dem Anführer der Heiligen Lanze bis hin zu dem Moment, in dem sie Imogens Leichnam im Pferdetrog gefunden hatte. Juna ließ weder etwas aus, noch beschönigte sie es. Trotzdem konnte sie nicht verhindern, dass ihre Handflächen feucht wurden. Als sie fertig war, spürte sie ein leichtes Zittern in den Knien.
Noreia wartete, bis die Schriftführerin ihre Notizen beendet hatte, dann ergriff sie das Wort. »Ich danke dir, Juna. Dein Bericht deckt sich im Großen und Ganzen mit den Ausführungen der anderen Kämpferinnen. Was mich persönlich noch interessieren würde, ist der Moment, in dem der Anführer der Heiligen Lanze davon sprach, er wolle mit dir zum Schandkreis gehen. Kannst du dir erklären, warum seine Wahl auf dich fiel?«
Juna ließ den Moment in ihrem Kopf Revue passieren. Sie war noch immer voller Wut, so dass es ihr nur schwer gelang,

sich auf den genauen Ablauf zu konzentrieren. Doch dann fiel ihr der Fackelträger wieder ein. »Da war ein Mann«, sagte sie mit angespannter Stimme. »Er trug eine brennende Fackel. Ich riss sie ihm aus der Hand und schleuderte sie über den Wall. Als es zur Konfrontation mit diesem Amon kam, mischte ich mich ein und erwähnte, dass ich einem seiner Leute gerade die Fackel entwendet hatte.«
»Und dann?«
»Ich fragte ihn, ob er wohl vorgehabt habe, ein Friedensfeuer zu entfachen, und er antwortete *vielleicht*.«
»Vielleicht?«
»Uns beiden war klar, dass meine Frage ironisch gemeint war, und seine Antwort fiel dementsprechend aus. Er sagte: *Könnt Ihr beweisen, dass es nicht so war?* Das konnte ich natürlich nicht.« Sie zuckte die Schultern. »Das war alles. Mehr war da nicht. Wenn ihr mich fragt, war es völlig belanglos. Vermutlich fiel seine Wahl auf mich, weil er nach einem Vorwand suchte, um die Aufmerksamkeit der Brigantinnen auf sich zu lenken.«
»Zu welchem Zweck? Damit seine Leute unbemerkt ihre Waffen ziehen konnten?«
Juna nickte und verschränkte die Arme vor ihrer Brust. »Ich glaube nicht, dass er jemals vorgehabt hat, sich an die Vereinbarungen zu halten. Er wollte plündern und brandschatzen, und das um jeden Preis.«
Noreia schwieg einen Moment, dann blickte sie in die Runde. »Ich bin geneigt, deinen Ausführungen zuzustimmen. So, wie sich mir der Fall darstellt, komme ich zu demselben Ergebnis. Wie ist es mit euch, werte Ratsmitglieder?«
Die anderen Frauen nickten. Alle, außer Arkana. Ihr Ausdruck ließ keinerlei Schlüsse zu, was sie dachte oder fühlte.

Das war umso unverständlicher, da Juna sich keiner Schuld und keines Fehlverhaltens bewusst war. Dass ihre eigene Mutter in dieser Sache nicht hinter ihr stand, war – gelinde gesagt – enttäuschend.

»Nun, Juna«, fuhr Noreia fort, »ich danke dir für deinen Bericht. Ich denke, wir können die Beweisaufnahme damit abschließen. Was nun folgt, ist die Abstimmung über die notwendigen Vergeltungsmaßnahmen. Denn *dass* wir reagieren müssen, steht wohl außer Frage. Die Männer haben sich damit bereits zum zweiten Mal in kurzem Abstand einer Verletzung des Paktes schuldig gemacht. Ganz abgesehen von den anderen Verbrechen, die sie in den letzten Jahren begangen haben. Man erinnere sich nur an die Zeit, in der Inquisitor Marcus Capistranus noch Mitglied der Heiligen Lanze war. An die Entführung der Hohepriesterin Silvana und deren Hinrichtung.« Sie warf Arkana einen kurzen Blick zu. »Ein Vergehen, das in unserer Geschichte beispiellos ist.«

»Marcus Capistranus hat seine verdiente Strafe erhalten«, sagte Arkana so leise, dass es kaum zu verstehen war.

»Das mag sein«, erwiderte Noreia, »aber das ändert nichts daran, dass dieser Mann von Hass und Machtgier zerfressen ist. Er wird niemals Ruhe geben. Solange er lebt, wird er immer wieder Unfrieden stiften. Die Frage, die sich uns stellt, lautet: Wie sollen wir auf die Angriffe reagieren?«

Sie wandte sich wieder an Juna. »Ratsmitglied Edana hat sich für eine offene Kriegserklärung ausgesprochen. Ich wüsste gerne, wie du dazu stehst.«

Juna wandte ihren Kopf nach rechts. Edana war eine kleine drahtige Frau mit einem harten Zug um den Mund. Juna erinnerte sich, dass deren Tochter vor ein paar Jahren bei der Verteidigung einer Kupfermine ums Leben gekommen war.

Sie wusste, dass es keinen Sinn hatte, um den heißen Brei herumzureden, also sprach sie geradeheraus.
»Ich stimme Edana zu. Vergeltung ist die einzige Sprache, die diese Teufel verstehen. Wir müssen zurückschlagen. Am besten irgendwo, wo es sie hart trifft. Vielleicht kommen sie dann wieder zur Besinnung.«
»Und wenn nicht?« Arkana hatte sich von ihrem Platz erhoben. Ihre Stimme war klar und durchdringend. »Was, wenn es genau das Gegenteil bewirkt? Willst du wirklich einen Krieg provozieren? Überlege genau, ehe du sprichst.«
Juna presste die Lippen aufeinander. Da war er wieder, dieser Ton, den sie so verabscheute. So von oben herab, als wäre sie ein kleines Kind. Schlimm genug, wenn Arkana unter vier Augen so mit ihr sprach, aber hier, vor den versammelten Ratsmitgliedern, kam es einer Beleidigung gleich.
»Wenn es keinen anderen Weg gibt ... ja.« Juna hob herausfordernd das Kinn. »Ich stehe mit meinen Kriegerinnen bereit.«
Für einen Moment lang erwiderte Arkana den Blick ihrer Tochter, dann entspannten sich ihre Züge. Ihre Stimme bekam einen versöhnlichen Klang. »Du weißt doch gar nicht, was Krieg bedeutet, mein Kind. Du sprichst mit dem Feuer der Jugend.« Ein trauriges Lächeln stahl sich auf ihr Gesicht. »Einst dachte ich genauso wie du. Ich glaubte, wenn wir nur hart genug zurückschlagen, würden sich die Fronten klären. Klare Grenzen, klare Regeln, klare Gesetze. Doch so einfach ist das nicht. Wir leben in einer Grauzone. Es gibt kein Schwarz und kein Weiß. Wir brauchen die Männer, genauso, wie sie uns brauchen. Wir können nicht zusammenleben, aber getrennt sein können wir auch nicht.«
»Sagt wer?« Edana hatte ihre Hände auf den Tisch gestützt und erhob sich nun ebenfalls von ihrem Stuhl.

»Wo steht geschrieben, dass wir die Männer brauchen? Ich weiß, dass du diese Meinung schon lange vertrittst, Arkana, aber du bist uns den Beweis schuldig geblieben. Wer sagt denn, dass es nicht auch ohne sie geht?«

»Das gebietet die Logik. Die menschliche Rasse wird aussterben, wenn wir uns nicht vermehren.«

Edana schüttelte den Kopf. »Die jetzige Situation ist für uns alle unerträglich. Du hast doch selbst im Kreis gestanden und die Prozedur über dich ergehen lassen. Nicht umsonst tragen diese Orte den Namen *Schandfleck*. Empfängnisbereite Frauen, die sich den Männern hingeben wie Vieh. Und das alles nur, um einen falschen Frieden zu erhalten.« Sie spuckte auf den Boden. »Ich sage euch, es geht auch anders.«

Arkana zog eine Braue in die Höhe. »Und wie gedenkst du, den Schoß unserer Frauen mit Kindern zu füllen? Mittels Luftbestäubung?«

»Wir sollten ein paar Männer gefangen nehmen und sie für unsere Zwecke gebrauchen. Es wird weitere Kinder geben, allerdings nur auf unserer Seite. Wir werden überleben, sie werden aussterben.«

»Du sprichst von Sklaven?«

»So ist es.«

»Und was geschieht mit den neugeborenen Jungen?«

»Ein paar ziehen wir auf, um unseren Fortbestand zu sichern, den Rest töten wir.«

Arkana wich einen Schritt zurück. Das Entsetzen in ihren Augen war nicht gespielt. »Ich kann nicht glauben, was ich da höre«, sagte sie. »Ein solches Vorgehen widerspricht allen Gesetzen der Humanität. Es ist unmenschlich.«

»Es ist unumgänglich«, widersprach Edana. »Es hilft uns,

unseren Bestand zu sichern. Gleichzeitig wird es den Frieden gewährleisten, und zwar dauerhaft.«
»Ja, einen Frieden, der mit Blut erkauft ist. Die Männer sollen aussterben, damit wir weiterleben können? Und die wenigen, die wir am Leben lassen, sollen als Sklaven dahinvegetieren?« Arkana schüttelte entschieden den Kopf. »Nie und nimmer werden die Göttinnen so etwas gutheißen.«
»Wie kannst du das wissen, ehe du sie befragt hast?«
»Da muss ich nicht fragen, das *spüre* ich. Aber ich werde die Traditionen natürlich bewahren und die Göttinnen um Antwort bitten, dessen kannst du gewiss sein. Und ihr Urteil wird über euch alle kommen, euch, die ihr hier sitzt und über das Schicksal der Menschheit bestimmen wollt, als wäre es ein Spiel, das man auf dem Papier spielen könnte. Die Jahre nach dem Zusammenbruch haben zu einem massiven Geburtenrückgang geführt, unter dessen Auswirkungen wir heute noch zu leiden haben. Erst nach dem Pakt wurde es wieder besser. Es ist ein sehr empfindliches System. Wenn irgendetwas schiefgeht, werden wir alle aussterben. Wenn ihr heute von Krieg sprecht, stellt ihr damit die Weichen für eine Zukunft, die unumkehrbar ist, seid euch dessen bewusst. Die Wunden, die ihr heute reißt, werden nie wieder verheilen.«
Schweigen erfüllte den Saal. Es war eine Stille, die so mit Energie aufgeladen war, dass man sie beinahe mit Händen greifen konnte. Edana und die Hohepriesterin warfen sich unversöhnliche Blicke zu.
Der Graben war tief. Viel tiefer, als Juna das je für möglich gehalten hätte. Die Mehrheit schien auf Edanas Seite zu stehen, doch ihre Mutter wusste die Göttinnen hinter sich, und die hatten bereits oft den Ausschlag gegeben.

Noreia breitete die Hände aus und gebot den beiden Kontrahentinnen, sich zu setzen. Eine Aufforderung, der diese nur widerstrebend und mit giftigen Blicken nachkamen. Doch endlich beruhigten sich die beiden Frauen, und die Beratung konnte fortgesetzt werden.

»Ich danke euch, werte Ratsmitglieder«, sagte Noreia. »Es dürfte inzwischen jedem klargeworden sein, dass die Entscheidung über unser langfristiges Vorgehen schwerer zu fällen ist, als manche sich das vorgestellt haben. Wir stehen an einem Scheideweg. Entscheiden wir uns gegen das Geschlecht der Männer oder klammern wir uns an die Hoffnung, dass die schreckliche Katastrophe, die einst zur Spaltung geführt hat, umkehrbar ist und wir eines Tages wieder in Frieden zusammenleben können? Beide Möglichkeiten haben ihre Vor- und Nachteile. In einer Sache gebe ich Arkana recht. Ist der Weg einmal eingeschlagen, wird eine Umkehr nicht mehr möglich sein. Zum Glück ist heute nicht der Tag, an dem wir darüber abstimmen müssen. Heute geht es nur darum, wie wir auf den Angriff bei Alcmona reagieren werden. Zahlreiche Vorschläge sind gemacht worden, von denen einer besondere Aufmerksamkeit verdient. Wie wir alle wissen, beruht die Stärke der Heiligen Lanze auf ihren motorisierten Einheiten. Damit sind sie uns in puncto Geschwindigkeit und Feuerkraft deutlich überlegen. Wir wussten, dass dies ein entscheidender Nachteil sein würde, als wir uns damals entschieden haben, auf Motoren zu verzichten. Doch wir haben uns bewusst von einer Technisierung abgewendet, weil sie unserem Glauben und unserer Überzeugung widerspricht. Ich bin immer noch der Meinung, dass dieser Schritt richtig war, auch wenn wir dadurch in einer schlechteren Position sind. Es gibt jedoch eine Möglichkeit,

wie wir das Gleichgewicht wiederherstellen könnten.« Sie stand auf und ging zu einer Tafel hinüber, an der eine Übersichtskarte der Region aufgehängt war. Am rechten oberen Rand war die Stadt zu sehen. Dort lebten die Männer. Noreia ergriff eine dünne Birkenrute und zog einen imaginären Strich quer über das Papier.
»Hier verläuft die ungefähre Trennlinie zwischen ihrer und unserer Welt, die Grenzlande. Ingran liegt im Nordosten, Alcmona südlich davon. Der Ort, der uns interessiert, liegt nordöstlich am Rande des breiten Stroms, in der verbotenen Zone.« Sie tippte auf das Papier. »An dieser Stelle befindet sich ein großer Gebäudekomplex; in der Zeit vor dem Zusammenbruch wurden hier Benzin und andere Chemikalien aus Rohöl hergestellt. Aus alten Dokumenten haben wir erfahren, dass es über eine Rohrleitung von einer Pumpstation im Nordmeer herantransportiert und dort verarbeitet wurde. Die Quellen sind natürlich längst versiegt, und die Anlage ist nicht mehr in Betrieb, doch angeblich befinden sich noch riesige Speichertanks auf dem Gelände. Tanks, in denen genug Treibstoff für die nächsten Jahrzehnte gelagert ist. Wenn es uns gelänge, diese Tanks zu zerstören, hätten wir einen entscheidenden Sieg errungen. Spähtrupps haben mir berichtet, dass die Anlage streng gesichert ist. Es dürfte also schwierig sein, dort einzudringen. Andererseits wäre es ein sträfliches Versäumnis, wenn wir es nicht wenigstens versuchen würden. Mein Vorschlag lautet: Wir nehmen einige Männer gefangen und zwingen sie dazu, uns zu sagen, wie wir am besten in die Anlage eindringen können. Ist das erledigt, werden wir einen gezielten Angriff starten und die Tanks zerstören.«
Zustimmendes Gemurmel erfüllte den Saal. Juna hielt Norei-

as Vorschlag für einen guten Plan. Natürlich war es wieder ihre Mutter, die das Haar in der Suppe fand.

»Was geschieht mit den Männern, nachdem wir sie dem Verhör unterzogen haben?«, fragte Arkana. »Wir werden sie wohl kaum gehen lassen.«

»Natürlich nicht«, sagte Noreia. »Die Gefahr, dass der Inquisitor von unserem Plan erfährt und Gegenmaßnahmen ergreift, ist viel zu groß. Wir werden zu einem späteren Zeitpunkt entscheiden, wie wir mit ihnen verfahren. Jetzt müssen wir uns erst mal darauf einigen, ob wir den Plan überhaupt weiterverfolgen sollen. Ich bitte um Handzeichen. Wer ist dafür?«

Alle Hände, mit Ausnahme Arkanas, schossen in die Höhe.

16

Der Himmel im Osten wurde immer düsterer. Dunkle Regenwolken waren heraufgezogen und tauchten den Horizont in trübes Grau. Die Türme der schwarzen Kathedrale ragten in die Höhe wie die Finger einer verkrüppelten Hand. Ein Schwarm von Krähen umkreiste die Zinnen.
David steuerte das Fahrzeug um einen umgekippten Laster herum und fuhr dann ein kurzes Stück über den Bordstein. Vor ihnen lag ein großer Platz, auf dem ein steinernes Tor stand, vermutlich aus römischer Zeit. Wenn man den Erzählungen glauben durfte, gab es davon einige in dieser Stadt. Metallstränge kreuzten die Fahrbahn, links ragte ein großes Gebäude in die Höhe, auf dem das Wort *Kaufhof* zu lesen stand. Die Achsen des Allradfahrzeugs quietschten und rumpelten. Grimaldi stieß ein Jaulen aus und suchte unter dem Fahrersitz Schutz.
»Großer Gott, David!« Amon hielt sich mit beiden Händen am Überrollbügel fest, was für ihn nicht einfach war. Sein Arm steckte noch immer in einer Schlinge. Die Waffen auf der Ladefläche rutschten polternd übereinander.
»Ich habe das Gefühl, dass du absichtlich über jeden Stein fährst. Meinst du nicht, das ginge auch anders?«
David biss die Zähne zusammen und fuhr wieder vom Gehweg herunter. »Die Strecke ist nun mal uneben. Was soll ich machen? Außerdem hat es doch vorhin ganz gut geklappt. Vor der Unterführung.«
»Ja, weil es da durch den Park ging. Seit wir durch die Un-

terführung sind, ist es eine mittlere Katastrophe. Ich weiß, dass die Strecke schwierig ist, aber schau mal dort hinüber. Auf der rechten Seite liegt viel weniger Schutt. Warum fährst du nicht da entlang?«
David schaltete einen Gang herunter und wechselte mit einem geschickten Schlenker nach rechts. Sofort beruhigte sich das Fahrzeug.
Amon nickte. »Du musst in Gedanken immer ein bisschen vorausfahren, aber das wirst du schon lernen. Dafür, dass du zum ersten Mal fährst, machst du es besser als jeder andere, den ich gesehen habe.« Er klopfte David auf den Rücken. »Und jetzt tritt aufs Gas. Der Himmel sieht aus, als würde es noch einen Wolkenbruch geben. Ich würde gerne trockenen Fußes ankommen.«
David entspannte sich. Schade, dass Amon es so eilig hatte. Für ihn war alles neu. Es gab so viel zu entdecken. Doch Amon hatte gesagt, dass es zu gefährlich sei, unterwegs anzuhalten. Besonders im Grüngürtel, einem ehemaligen Naherholungsgebiet, das die Innenstadt wie einen Ring umklammerte, wimmele es nur so von Wildhunden und Plünderern. Manche seien Clanmitglieder und den Warlords unterstellt, so wie die Männer, die sie im Wald getroffen hatten, aber das waren nur Gerüchte. In Wirklichkeit sah alles ganz friedlich aus. Rechts war ein kleiner Weiher, auf dem ein paar Enten schwammen; links erhob sich hinter den Bäumen die gewaltige Silhouette eines nadelförmigen Gebäudes, dessen Spitze in eine Krone aus Glas und Stahl auslief. Amons Beschreibung zufolge handelte es sich um einen *Fernsehturm*, wobei David nie erfahren hatte, was das eigentlich war, *Fernsehen*. Bilder und Töne lautlos durch die Luft zu transportieren, das war doch Hexerei, oder?

Eine rote Ziegelfassade deutete an, wo einmal eine Schule gestanden hatte. Die Wege dorthin waren zwar überwuchert, aber man konnte noch erkennen, dass der Park einmal sehr schön gewesen sein musste. Seit sie die Innenstadt erreicht hatten, waren die Straßen zunehmend schlimmer geworden. Das Rumpeln ihrer Reifen wurde von den blinden Fensterfronten zurückgeworfen. Der Platz rund um das alte Tor war ein einziges Trümmerfeld. Über den zerbrochenen Scheiben eines ebenerdigen Lokals war ein großes gelbes M zu sehen. Umgestürzte Stühle und Tische lagen im Inneren. Halb zerstörte Schriftzeichen wiesen an anderer Stelle auf Schuh- und Kleiderläden hin, deren Verkaufsräume genauso nackt und kahl waren wie die Eingangsbereiche sogenannter *Kinos* und *Banken* – wobei David keine Ahnung hatte, was sich hinter diesen mysteriösen Namen verbarg. Alles, was nicht niet- und nagelfest war, war entweder von Plünderern gestohlen oder zu Feuerholz verarbeitet worden. Was übrig geblieben war, hatte die Natur zurückerobert. Farne, Brennnesseln und Brombeerranken überwucherten die breiten Straßen, und aus dem zerborstenen Asphalt spross das Gras.
Sie umrundeten das Tor, überquerten eine weitere breite Straße und kamen nun ins Stadtzentrum. Vereinzelt waren Menschen zu sehen. Sie hockten unter den Bäumen und machten einen verwahrlosten und verhärmten Eindruck. Männer mit grauen Bärten und traurigen Gesichtern. Manche saßen an Lagerfeuern, andere schoben Einkaufswagen mit Holz oder Gerümpel vor sich her, und fast alle blickten sie feindselig an. David war mulmig zumute. Der Gestank, der von den Haufen angezündeter Gummireifen zu ihnen herüberwehte, verschlug ihm den Atem.

»Kümmere dich nicht um sie«, sagte Amon, der seine Gedanken erraten hatte. »Das sind nur Penner. Zu faul zum Arbeiten und zu stur, um sich der Heiligen Lanze anzuschließen. Erst haben sie die Vorstädte leer gefressen, jetzt rücken sie immer weiter in die Innenstadt vor. Aber die Kirche ist kein Wohltätigkeitsverein. Nur wer arbeitet, bekommt zu essen. Das war schon immer so.«
David versuchte, die zerlumpten Gestalten nicht anzustarren, und schaute krampfhaft nach vorne.
»Wo lang?«, fragte er.
»Immer geradeaus, über den nächsten Platz und dann links durch die Unterführung«, sagte Amon. »Wenn wir den Kontrollpunkt passiert haben, sind wir in Sicherheit.«
Am tiefsten Punkt des Tunnels stand kniehoch das Wasser. Das Fahrzeug musste sich durch einen Sumpf aus Algen, Wasser und Gerümpel quälen, ehe es auf der anderen Seite wieder herauskam. David atmete auf.
Ein weiter Platz öffnete sich vor ihnen. Mächtige Buchen warfen ihre Schatten auf ein seltsames Gebäude, das völlig von Efeuranken überwuchert war. Das musste die Oper sein, von der Meister Stephan ihm erzählt hatte. Wo früher Mozart und Verdi zu hören gewesen waren, regierten jetzt Moose, Farne und Flechten.
Quer über die Straße war eine Mauer aus umgestürzten Fahrzeugen errichtet worden, in deren Mitte ein Schlagbaum nebst Holzbaracke stand: der Grenzposten.
Amon wies David durch Handzeichen an, langsam zu fahren. Kaum hatte David seinen Fuß vom Gas genommen, als ein Mann aus dem Schatten der Baracke trat und ihnen die Mündung seines Sturmgewehrs entgegenhielt. Er war nicht mehr der Jüngste, vielleicht vierzig oder fünfundvierzig

Jahre alt. Er trug eine Schiebermütze auf dem Kopf und einen Patronengurt quer über die Schulter.

»Halt! Wer seid ihr und was wollt ihr?«

»Bruder Amon von der Heiligen Lanze, auf dem Weg zum Inquisitor.«

»Und euer Fahrer?«

»Bruder David vom Kloster zum heiligen Bonifazius. Wir sind in Eile, also lasst uns durch.«

Der Wächter musterte Amons Verletzungen, dann warf er einen kurzen Blick auf die Ladefläche. »Gehört ihr zu der Gruppe, die vor einer Woche ins Grenzland aufgebrochen ist?«

»So ist es.«

»Wir haben schon fast nicht mehr mit euch gerechnet.« Er spuckte auf den Asphalt. »Schwierigkeiten gehabt?«

»Das ist nicht Eure Angelegenheit. Macht jetzt auf, oder soll ich beim Inquisitor Beschwerde einreichen?«

»Ist ja schon gut.« Der Mann drückte die Schranke hoch. »Man wird ja wohl noch fragen dürfen.«

Kaum hatten sie den Wall passiert, als die Schranke wieder heruntersauste. »Viel Spaß im Heiligen Bezirk, und richtet dem Inquisitor einen schönen Gruß von mir aus.« Sein dreckiges Lachen hallte hinter ihnen her.

»Söldner«, zischte Amon. »Ein verkommenes Pack, aber als Kanonenfutter gut geeignet.«

David trat aufs Pedal und setzte seine Fahrt fort. Wie anders hier alles aussah! Die Straßen waren sauber und aufgeräumt. Keine ramponierten Autos, kein Müll und keine wahllos brennenden Feuer. Stattdessen bewaffnete Patrouillen an jeder Ecke. Junge Männer zwischen zwanzig und dreißig, die, auf ihre Waffen gestützt, herumstanden und irgendwelches Sumpfkraut rauchten. David versuchte krampfhaft, die Kerle nicht anzustarren. Viele von ihnen waren tätowiert, einige trugen Metallschmuck in Ohren und Nase, und fast alle hatten kahlrasierte Schädel. Ganz gewiss keine Mitglieder der Kirche.

»Was sind das für Männer?«, fragte er.

»Stadtwachen«, erwiderte Amon. »Die neue Einheit des Inquisitors, mit der er den Frieden im inneren Kreis aufrechterhält.«

»*Stadtwachen?* Woher ...?«

»Clanmitglieder. Marcus Capistranus arbeitet jetzt mit den Warlords zusammen. Nur die besten und kräftigsten werden als Rekruten angenommen. Zunächst nur auf Probe. Wenn sie sich bewähren, wird es zu einer dauerhaften Allianz kommen.«

»Zu welchem Zweck? Haben wir denn nicht genug eigene Kämpfer?«

»Eben nicht. Woher sollen die denn kommen? Ist dir nicht aufgefallen, wie wenig Kinder es noch gibt? Aber jetzt still. Wenn du Mitglied der Heiligen Lanze werden willst, solltest du nicht so neugierig sein. Hier müssen wir übrigens abbiegen.«

Hinter einem Betonbau, der auch schon bessere Zeiten erlebt hatte, steuerte David das Fahrzeug nach rechts. Mit einem bangen Gefühl in der Magengrube blickte er geradeaus. Da war sie: die Kathedrale. Ein gewaltiges Monstrum aus Glas und Stein, dessen Fassaden vom Rauch und von den Abgasen der letzten hundert Jahre schwarz angelaufen waren. David hatte gehört, dass der Stein früher einmal hell gewesen sein soll, doch es fiel ihm schwer, das zu glauben. Wenn man das Bauwerk so ansah, bekam man das Gefühl, das Gemäuer müsse durch und durch schwarz sein. Wie Teer oder Obsidian. Die beiden Türme ragten so hoch empor, dass sie Löcher in die Wolken zu stoßen schienen. Die ersten Tropfen fielen.

»Dort, der Tunnel.« Amon deutete auf eine Stelle, wo die Straße neben dem ehemaligen Bahnhof im Untergrund verschwand. »Da sind unsere Abstellplätze und Werkstätten. Dort gibt es einen Treppenaufgang, über den wir direkt zur Kathedrale gelangen. Beeil dich.«

Kaum hatte David die schützende Unterführung erreicht, als der Himmel seine Schleusen öffnete und ein Schauer von biblischen Ausmaßen auf die Erde prasselte. Der Regen verwandelte die Straße in einen rauschenden Fluss. Die Welt sah aus, als würde sie hinter einem grauen Schleier verschwinden.

»Preiset den Herrn«, sagte Amon und klopfte seinem Freund auf den Rücken. »Fünf Minuten später und wir hätten schwimmen müssen.« Er zog den Schlüssel ab und drückte ihn jemandem vom Wartungspersonal in die Hand. Der kleine gebeugte Mann mit dem grauen Kittel und der Schweißerbrille auf der Stirn sah aus, als bestünde er nur aus Staub und Schmierfett. »Sauber machen und auftanken«, befahl Amon. »Die Waffen entladen und dann zurück ins Arsenal.«

»Sehr wohl.« Der Mann machte kehrt und ging sofort daran, die Befehle auszuführen.

»Siehst du, das nenne ich Respekt«, sagte Amon, als sie außer Hörweite waren. »Das wird dir auch so gehen, wenn du erst die Uniform der Heiligen Lanze trägst. Mit dieser Kleidung und diesem Abzeichen ...«, er tippte auf das Symbol der Kathedrale an seiner Brust, »... bist du der unein-

geschränkte Herrscher der Stadt. Nur noch dem Inquisitor verpflichtet. Komm, lass uns gehen.«
David nahm Grimaldi, ließ ihn in die lederne Umhängetasche hüpfen und folgte seinem Freund.
Über Treppenstufen und Betonschächte, deren Decken und Wände mit merkwürdigen Bildern und Symbolen beschmiert waren, ging es hinauf zur Kathedrale. Es schüttete immer noch wie aus Kübeln. Der Vorplatz stand unter Wasser, und ein Ende des Wolkenbruchs war noch lange nicht abzusehen. David und Amon zogen ihre Kapuzen tiefer und rannten hinüber zum Haupteingang. Unter dem schützenden Torbogen waren sie erst einmal in Sicherheit. David blickte über den weiten Platz. Der Regen tauchte alles in tristes Grau. Dies war früher einmal das Herz der alten Stadt gewesen. Tausende von Menschen mussten sich hier an sonnigen Tagen versammelt haben. Vielleicht hatte es Stände gegeben, an denen Zuckerwerk verkauft wurde, oder Straßenmusikanten, die die Leute für ein wenig Geld mit selbstkomponierten Stücken oder akrobatischen Einlagen unterhielten. Kinder waren lachend über den Platz gerannt, während die Eltern versuchten, ihren Nachwuchs nicht aus den Augen zu verlieren. Jetzt wuchsen hier nur noch Farne und Gras.
»Komm«, sagte Amon. »Die Tür ist offen.«

17

Die Kälte und die Dunkelheit im Inneren der Kathedrale umhüllten David wie ein Grabestuch. Es war, als befände man sich im Inneren einer Gruft. Die Luft war gesättigt von Weihrauch und Myrrhe, und aus der Höhe war das Geräusch des fallenden Regens zu hören. Ihre Schritte wurden von den steil aufragenden Wänden zurückgeworfen. Von den Säulen starrten die steinernen Gesichter längst vergessener Heiliger auf sie herab, während Gemälde, die bis zur Unkenntlichkeit nachgedunkelt waren, biblische Szenen zeigten. Abbilder von Frauen gab es keine. Selbst das Antlitz der Jungfrau Maria war aus den Darstellungen getilgt worden. Ihr Name war aus der kirchlichen Lehre verschwunden, einer Lehre, die Jesus als makellosen Mann beschrieb, von Gott gesandt, ohne von einer sündhaften Frau geboren zu sein.

David hielt den Atem an. Dies war das Zentrum ihres Glaubens, der Mittelpunkt dessen, was einst ein erdumspannendes Machtgefüge war. Doch nun gab es nur noch wenige von ihnen. Ein sterbender Glaube in einer sterbenden Welt.

Von der Seite näherte sich eine Gestalt in einem roten Umhang. Der Mann war schlank und besaß eine Nase, die einem Falkenschnabel nicht unähnlich war. »Wie kann ich euch dienen, meine Brüder?« Er musterte sie über den Rand seiner Brille hinweg. Plötzlich schossen seine Brauen in die Höhe.

»Bruder Amon, seid Ihr das?«
»Ich bin's, Meister Sigmund«, sagte Amon. »Gerade zurückgekehrt vom Kloster des heiligen Bonifazius.«
Der Mann faltete die Hände und rief zum Kuppelgewölbe empor: »Gelobt sei der Herr in der Höhe. Wir hatten die Hoffnung schon fast aufgegeben. Der Herr scheint seine schützende Hand über Euch gehalten zu haben. Lasst Euch anschauen.« Er zog Amon ins Licht und stockte. »Mein Gott, Ihr seid ja verwundet.«
Amon hob die Augenklappe an. Beim Anblick der leeren Höhle zuckte der Mann zurück. »Ich muss mit dem Inquisitor sprechen. Ist er da?«
»Ja ...«, erwiderte Sigmund. »Natürlich ... ich bin sicher, er ist begierig darauf, mit Euch zu sprechen. Aber was um Himmels willen ist denn geschehen?«
Amon presste die Lippen zusammen, bis sein Mund nur noch ein schmaler Strich war. David konnte sehen, wie er seine Hände zu Fäusten ballte. »Es ... es war schrecklich«, murmelte er. »Ich werde diese Minuten nie vergessen. Um Euer Seelenheil willen möchte ich Euch die Schilderung dessen, was uns widerfahren ist, ersparen. Nur so viel: Es ist ein Wunder, dass ich mit fünf meiner Männer lebend dieser Hölle entronnen bin.«
Sigmund wurde bleich. »Nur fünf? Was ist mit den anderen?«
»Tot. Dahingemordet von den Brigantinnen.«
Für einen Moment war Meister Sigmund sprachlos, dann flüsterte er. »Das sind wahrlich fürchterliche Neuigkeiten. Was sind diese Hexen nur für Kreaturen? Nach dem, was Ihr mir erzählt habt, kann ich kaum glauben, dass es Menschen sind. Nun gut, ich werde Euch gleich beim Inquisitor

anmelden.« Sein Blick fiel auf David. »Und wer seid Ihr, mein junger Freund?«
»Mein Name ist David. Ich arbeite als Kopist im Skriptorium des Klosters zum heiligen Bonifazius.«
»Er war so nett, mich zu fahren«, sagte Amon und legte seinen Arm auf Davids Schulter. David konnte spüren, wie er zitterte.
»Schön, dass du dich deines verletzten Freundes angenommen hast, David«, sagte Sigmund. »Herzlich willkommen in unseren heiligen Hallen. Darf ich euch beiden etwas zur Stärkung bringen, ihr hattet gewiss eine anstrengende Fahrt?«
»Nein danke, wir wollen nur zum Inquisitor«, sagte Amon.
»Gut, dann wartet hier. Ich werde fragen, ob er Zeit für euch hat.« Sigmund eilte in östlicher Richtung davon und verschwand mit schnellen Schritten hinter dem Hochaltar.
David schaute ihm hinterher. »Was war das für ein Mann?«
»Er ist Domschweizer. Er schaut in der Kathedrale nach dem Rechten und sorgt während der Liturgie für Ruhe und Ordnung.«
»So eine Art Hausmeister also?«
»Lass ihn das bloß niemals hören. Aber im Grund hast du recht. Ein Hausmeister für die größte Kathedrale der Welt.«
»Ich kenne mich mit den Abläufen in einem solchen Gotteshaus nicht gut aus«, sagte David und kraulte Grimaldis Kopf. Sein Freund saß mucksmäuschenstill in seiner Umhängetasche. »Ich habe mein ganzes Leben im Kloster verbracht. Dort scheint mir alles eine Spur einfacher und überschaubarer zu sein.«
»Das stimmt schon«, sagte Amon. »Und genau deswegen ist es höchste Zeit für dich, dass du mal rauskommst und

deinen Horizont erweiterst. Wusstest du zum Beispiel, dass sich schon während der Römerzeit heimlich Christen an dieser Stelle versammelt haben? Hinter der Kathedrale wurde ein großes Taufbecken gefunden, das aus uralten Zeiten stammt.«

»Nein, wusste ich nicht«, gestand David.

»Soviel ich weiß, ist die Glocke, die oben im Turm hängt, die größte, die jemals gegossen wurde. Sie wiegt vierundzwanzig Tonnen, wurde aber während des Zusammenbruchs so stark beschädigt, dass sie nicht mehr funktioniert. Ihre Inschriften und Bilder sind jedoch immer noch erhalten.

St. Peter bin ich genannt, schütze das deutsche Land. Geboren aus deutschem Leid, ruf ich zur Einigkeit.

Wenn wir irgendwann mal Zeit haben, werde ich dich in den Glockenstuhl führen. Von dort oben hat man einen phantastischen Blick über die Stadt.«

»Irgendwann mal.« David wurde langsam kühl. »Wo wohnt denn der Inquisitor?«

»Drüben, im angrenzenden Museum«, sagte Amon. »Es war früher mal ein Ausstellungsgebäude für römische und germanische Kunst. Nach dem Zusammenbruch wurde es zum Hauptquartier umfunktioniert. Aber schau: Ich glaube, Sigmund kommt zurück.«

Der Domschweizer war völlig außer Atem, als er bei ihnen ankam. »Ich soll euch zum Inquisitor bringen, *sofort*«, keuchte er. »Er sagt, die Sache hat höchste Dringlichkeit. Er hat alle weiteren Termine abgesagt, um euch zu sehen. Bitte folgt mir.«

Mit langen Schritten eilte er voraus.

David und Amon tauschten vielsagende Blicke aus.

Als sie den Hochaltar umrundet hatten, fragte Sigmund:

»Dein Name ist David, richtig?« Seine schmale Nase und seine wasserblauen Augen waren nur noch wenige Zentimeter von ihm entfernt. David nickte.
»Und wie alt bist du?«
»Achtzehn, mein Herr. Gerade vor zwei Monaten geworden.«
»Achtzehn ...«, die Stimme das Domschweizers verebbte zu einem Flüstern. »Wie bist du in die Gemeinschaft des Klosters gekommen?«
»Als Säugling, Euer Ehren. So wie alle anderen auch.«
»Im Kreis der Verlorenen, oder ...?« Sigmund ließ die Frage unausgesprochen. David runzelte die Stirn. Irgendetwas in der Stimme des Mannes riet ihm, vorsichtig zu sein. Eigentlich durfte er die Geschichte seiner Herkunft gar nicht kennen. Meister Stephan hatte sie ihm mit der Auflage größter Verschwiegenheit anvertraut.
»Ich weiß nicht, Euer Ehren ...«
Der Domschweizer stieß ein leises Seufzen aus. »Natürlich nicht, wie solltest du auch? Ist ja schon so lange her. Na egal. Da wären wir.«
Das Gebäude war flach und eckig. Vor seinem Eingang stand auf einer halbüberwucherten Bronzeplatte zu lesen *Römisch-Germanisches Museum*. Die Außenfassade, die über die Jahre von Efeu und Brombeerranken überwuchert worden war, bestand aus roh zusammengezimmerten Betonplatten, die das Gebäude düster und abweisend aussehen ließen.
»Seid bitte vorsichtig«, sagte Sigmund, »die Trittsteine am Eingang sind locker.«
Beim Eintreten zog David unwillkürlich den Kopf ein.
Abgesehen von einigen Fackeln war es hier drinnen stockdunkel. Es gab weder Fenster noch andere Öffnungen, durch

die Tageslicht hätte hereinfallen können. Die wenigen Büsten, Vasen und Schmuckstücke wurden von Fackeln oder kleinen Ölfeuern angestrahlt, die aber kaum genügten, um die Innenräume ausreichend zu beleuchten.
Sie hatten gerade die Eingangshalle durchquert, als David die Wachposten im Raum bemerkte. Es mussten mindestens dreißig oder vierzig sein, und allesamt trugen sie die Insignien der Leibgarde. Sie standen an den Treppen oder in der Nähe der Eingänge und unterhielten sich leise, während sie jeden ihrer Schritte beobachteten.
Meister Sigmund nahm die Treppe zum ersten Stock und wandte sich dann nach rechts. Hier oben war es ein wenig heller. Es gab ein paar kleine Fenster, durch die man einen Blick auf die schwarze Kathedrale erhaschen konnte, doch David bezweifelte, dass es selbst an einem sonnigen Tag hier drinnen richtig hell werden würde. Er sehnte sich zurück nach seinem Kloster.
Vor einer dunklen, schmiedeeisernen Tür hielt der Domschweizer an. Zwei Wachposten flankierten den Eingang mit ihren automatischen Gewehren. Keiner von ihnen sagte ein Wort.
»Wir sind da«, sagte Meister Sigmund. »Ich muss dich bitten, noch draußen zu warten, David. Marcus Capistranus möchte zuerst von Amon über die Vorfälle in Alcmona informiert werden. Danach will er dich sehen. Nimm doch einfach auf der Holzbank Platz. Ich werde dich dann rufen lassen.«
Mit diesen Worten betraten Amon und Sigmund das Zimmer und schlossen die schwere Metalltür hinter sich. Das Geräusch, mit dem sie ins Schloss fiel, hallte wie Kanonendonner durch den Gang.

18

Juna zog einen Pfeil aus dem Köcher und legte ihn auf die Sehne. Etwa fünfundzwanzig Meter voraus, unter einem Felsvorsprung, hatte sich etwas bewegt. Braun, mit weißen Tupfen. Das konnte nur ein Reh sein, doch die Tarnung war so gut, dass sie näher heranmusste, um sicherzugehen. Vorsichtig schlich sie auf Zehenspitzen näher.
Die Ratssitzung war vor einigen Stunden zu Ende gegangen. Entscheidungen waren getroffen und Befehle erteilt worden. In wenigen Stunden sollte eine Gruppe von Brigantinnen zu einem der waghalsigsten Einsätze aufbrechen, die es jemals in der Geschichte Glânmors gegeben hatte. Die Frauen sollten tief in die Verbotene Zone eindringen, um dort Gefangene zu machen, die Informationen für den bevorstehenden Angriff liefern konnten.
Juna gehörte trotz ihrer Fußverletzung mit zum Einsatztrupp. Im Leben nicht hätte sie sich eine solche Gelegenheit entgehen lassen. Und nach ihrem tapferen Einsatz in Alcmona stand sie ohnehin ganz oben auf der Liste. In Windeseile waren die Vorbereitungen beendet, und seitdem wartete sie auf das vereinbarte Signal. Sie hatte ihr Pferd gesattelt, ihre Waffen überprüft und den Proviant in Taschen am Sattel verzurrt. Von ihr aus konnte es losgehen. Doch der Rat hatte entschieden, dass es besser wäre, die Dunkelheit abzuwarten, um eventuelle Späher zu täuschen. Nichts wäre schlimmer, als wenn der Inquisitor von ihren Plänen Wind bekäme. Sie würden also erst am Abend losreiten und kurz

vor der Grenze ein Nachtlager aufschlagen. Bis zur Raffinerie war es dann noch ein halber Tagesritt.

Natürlich war Juna zuerst zu Gwen geeilt und hatte ihr freudestrahlend von ihrer Ernennung erzählt. Doch ihre Freundin hatte enttäuscht reagiert. Gwen war noch nie begeistert von Junas Leben gewesen. Umso verwunderlicher, dass sie bereits so lange zusammen waren. Mittlerweile fast zwei Jahre. Doch ihr Verhältnis war momentan nicht das beste. Gwen hatte das Gefühl, Juna würde ihr nicht genügend Aufmerksamkeit schenken; Juna wiederum spürte, dass ihr die Enge dieser Beziehung die Luft zum Atmen nahm. Sie war es gewohnt, allein zu entscheiden, doch nach ihrem Einzug bei Gwen ging das nicht mehr. So schön es war, abends heimzukommen und ein warmes Haus und eine liebevolle Freundin vorzufinden, an manchen Tagen hatte sie das Gefühl, in einem Käfig zu leben, eingesperrt wie ein wildes Tier. Dann sehnte sie sich wieder nach der Einsamkeit der Wälder, nach der Sonne auf ihrer Haut und dem Wind in ihrem Haar. Gwen konnte das nicht verstehen. Sie ließ sich gerade zur Heilerin ausbilden und genoss die Gesellschaft von Menschen. Für sie gehörte es zu einer Partnerschaft, möglichst viel Zeit miteinander zu verbringen, Freud und Leid miteinander zu teilen, abends zusammen einzuschlafen und morgens Arm in Arm aufzuwachen. Es war absehbar, dass ihre Beziehung schwierig werden würde.

Juna hatte sich mit der Ausrede, sie müsse noch Proviant besorgen, davongestohlen; sie hatte zu Pfeil und Bogen gegriffen und war in die Wildnis aufgebrochen. Hier konnte sie in Ruhe über ihre Gefühle nachdenken.

Sie hob den Kopf und lauschte. Wie einsam und still es hier war. Niemand da, der einen mit irgendwelchen Belanglosigkeiten zutextete. Nur sie und die scheuen Geschöpfe des Waldes.

Die Nachmittagssonne warf schräge Strahlen durch das Dickicht und zauberte eine Stimmung, die an das Land der Sagen und Legenden erinnerte. Juna richtete ihre Konzentration wieder auf ihre Beute, doch das braune Fell und die weißen Punkte waren verschwunden. Das Reh war fort.

Mist!

Leise und vorsichtig schlich sie näher. Ihre Lederschuhe hinterließen nicht das geringste Geräusch auf dem weichen Waldboden. Als sie die Stelle erreichte, wo das Tier gestanden hatte, ging sie in die Hocke. Das Laub war an einer Stelle leicht verrutscht. Direkt daneben lagen ein paar kleine dunkle Kügelchen. Sie waren noch warm.

Vielleicht hatte das Reh doch etwas gehört. Oder der Wind hatte ungünstig gestanden und ihre Witterung hinübergeweht. Weit konnte es nicht sein, Juna hätte seine Flucht bemerkt. Ganz langsam stand sie wieder auf. Der Griff des Bogens lag geschmeidig in ihrer Hand, die Sehne summte erwartungsvoll. Das Tier war hier irgendwo, das spürte Juna. Vorsichtig spähte sie in die Runde. Die Geräusche wurden leiser. Ganz so, als hielte der Wald selbst den Atem an.

Ein leises Rascheln. Ein Zweig bewegte sich, ein Blatt fiel.

Da war es! Etwa fünfzehn Meter vor ihr auf dem leicht abschüssigen Hang. Nur zu erkennen an den schlanken Läufen und den schwarzen Augen, die durch das Blattwerk schimmerten.

Das Reh sah genau in ihre Richtung. Vermutlich beobachtete es sie. Doch diesmal stand der Wind günstig für Juna.

Sie hob den Bogen, zog die Sehne mit zwei Fingern bis ans

Kinn und blickte den Pfeil entlang bis zur Spitze. Das Holz gab ein leises Knarren von sich. Noch immer schaute das Reh zu ihr herüber. Es schien unschlüssig, was es von der Situation halten sollte. Juna bereitete sich innerlich auf den Schuss vor. Ein meditativer Vorgang, der beinahe an eine Trance erinnerte. Sie hätte das Tier jetzt sogar mit geschlossenen Augen getroffen. Sie atmete tief ein und hielt die Luft an. Obwohl sie das Tier nur als kleinen Ausschnitt sah, entstand vor ihrem geistigen Auge ein Bild. Kopf, Hals, Brust, Vorder- und Hinterläufe, Rücken und Bauchregion. Die Spitze des Pfeils deutete genau auf die Stelle, wo das Schulterblatt saß. Dahinter lagen Herz, Lunge, Arterien. Ein schneller und gnädiger Tod. Für den Bruchteil einer Sekunde überlegte sie, ob sie das Tier wirklich töten sollte. Eigentlich bestand keine Notwendigkeit, Proviant hatte sie genug, aber es wäre natürlich schön, ein wenig Frischfleisch dabeizuhaben. Sie konnte es heute Abend am Lagerfeuer rösten und hätte am nächsten Tag noch etwas für den Weg. Abgesehen davon: Sie war eine Jägerin. Es war ihre Bestimmung, Wild zu erlegen. Die Göttin der Jagd wäre enttäuscht, wenn sie es nicht täte. Was also ließ sie zögern? Hatte sie Angst, das Töten eines unschuldigen Tieres könnte ein schlechtes Omen für die bevorstehende Reise sein? Absurde Vorstellung.

Wie von Geisterhand berührt, erschien plötzlich das Gesicht des Jungen mit dem Baby vor ihren Augen. Statt des Rehs sah sie auf einmal *ihn* hinter den Zweigen stehen. Dunkle Augen, kurze dunkle Haare, gekleidet in seine seltsame Kutte. Er lächelte zu ihr herüber und hob die Hand zum Gruß. Was tat er da? Wusste er nicht, wie gefährlich es war, sich vor einen gespannten Bogen zu stellen?

In diesem Moment schnellte der Pfeil mit einem Zischen von der Sehne.

Dann war ein dumpfer Aufprall zu hören, ein Röcheln erklang, und etwas Schweres fiel zu Boden. Juna konnte nicht glauben, was eben geschehen war. Fast hätte sie geschrien. Was hatte sie getan? Sein Gesicht war so deutlich zu sehen gewesen, dass sie es hätte berühren können. Aber wie war das möglich?

Es konnte nur eine Vision sein. Langsam ging sie auf ihr Ziel zu. Etwas Dunkles lag hinter dem Busch. Einen schrecklichen Moment lang glaubte sie, eine Kutte zu sehen, zwei Füße in Lederschuhen. Dann bemerkte sie die weißen Tupfen und den langen Hals. Der Kopf war zur Seite gedreht, und die Zunge hing heraus. Ein Seufzer der Erleichterung stieg aus ihrer Kehle. Sie spürte, wie ihre Beine zitterten. Es war das Reh, nichts weiter. Und sie hatte es sauber getroffen, ganz so, wie sie es in der Jagdschule gelernt hatte. Ein Blattschuss, der einem Meister zur Ehre gereicht hätte. Der Pfeil steckte mindestens zwanzig Zentimeter tief im Fell, genau an der Stelle, an der sich das Herz befand. Das Tier war sofort tot gewesen. Sie konnte stolz sein. Wieso liefen ihr jetzt Tränen über die Wangen? Trotzig wischte sie mit dem Handrücken darüber und putzte ihre Nase an einem Blatt. Was war bloß los mit ihr?

Sie zog den Pfeil aus dem Körper, wischte ihn am Waldboden ab und steckte ihn zurück in den Köcher. Dann holte sie einen Strick aus ihrer Tasche. Sie band ihn zweimal um die Hinterläufe, schlang einen Knoten hinein und warf ihn über den nächsten tiefhängenden Ast. Mit einem kräftigen Ruck zog sie das Tier hoch, band den Strick am Baum fest und setzte ihr Jagdmesser an. Sie hatte das schon hundertmal

gemacht. Kehlschnitt, ausbluten lassen, das Fell an den Läufen, kurz oberhalb des Fußgelenks, rundherum durchtrennen, die Bauchhöhle öffnen und die Innereien in einen speziellen Beutel füllen; zuletzt das Fell wie einen Handschuh abziehen. Einfache, routinierte Handgriffe.
Doch heute war alles anders.
Das Gesicht dieses Jungen wollte ihr einfach nicht aus dem Kopf. Ihre Mutter hatte ihr einmal gesagt, dass sie vermutlich die Gabe des Zweiten Gesichts besaß. Die Fähigkeit, Dinge zu sehen, die bereits geschehen waren oder die erst noch geschehen würden. Es sei ein Talent, das in langer Tradition von der Mutter an die Tochter weitergegeben wurde. Auch ihre Großmutter habe diese Gabe besessen. Wenn das so war und sie tatsächlich in die Zukunft sehen konnte, was hatte die Vision dann zu bedeuten? Dass der Junge in Gefahr war? Dass er bald sterben würde? Durchaus möglich, schließlich waren es gefährliche Zeiten. Aber was hatte das alles mit ihr zu tun?
Die Sonnenstrahlen waren mittlerweile verschwunden. Zwischen den Bäumen war es dunkler geworden. Der Wald schien nur noch aus vertikalen Schattenfeldern zu bestehen. Das einsame Zwitschern einer Nachtigall drang durch die Zweige. Juna legte das Fell in eine Ledertasche, befestigte den ausgebluteten Körper mit Stricken hinter ihrem Sattel und schwang sich auf ihr Pferd. Der Schecke wieherte leise. Er spürte ihre Nervosität. Vermutlich fragte er sich, wann es endlich losgehen würde. Sie schnalzte mit der Zunge. Langsam trat sie den Rückweg an, den Kopf voller Gedanken.

19

Die Tür ging auf, und Meister Sigmund erschien.
»Er wird dich nun empfangen, folge mir.«
David stand auf, öffnete seine Tasche und ließ Grimaldi hineinhüpfen. Dann folgte er dem Domschweizer mit bangem Gefühl ins Arbeitszimmer des Inquisitors.
Der Raum war mit dunklem Holz getäfelt. Durch ein schmales Fenster im rückwärtigen Teil fiel diffuses Licht, das sich auf Böden, Wänden und Holztäfelungen spiegelte. An den Wänden standen Regale, doch es befanden sich keine Bücher darin. Stattdessen konnte David allerlei Kruzifixe, Reliquien und Heiligenbilder ausmachen. Auch einige Gegenstände aus der Zeit vor dem Zusammenbruch waren dort zu sehen, hauptsächlich Handfeuerwaffen und Messer. Einzige Ausnahme bildete ein hölzerner Sekretär an der linken Wand, auf dessen geneigter Oberseite ein aufgeschlagenes Buch lag. Ein mächtiger Foliant mit ledernem Einband und messingbeschlagenen Kanten. Unzweifelhaft ein Exemplar des berüchtigten *Malleus Maleficarum,* des »Hexenhammers«, wie das Buch umgangssprachlich genannt wurde. Ein flackerndes Ölfeuer, dessen Lichtschein von einem gehämmerten Silberspiegel auf die Buchseiten reflektiert wurde, spendete ausreichend Helligkeit, um trotz der Düsternis darin lesen zu können.
Meister Stephan hatte von diesem Werk immer nur mit Abscheu gesprochen. Angeblich enthielt es detaillierte Beschreibungen von Praktiken, wie Frauen dazu gebracht werden

sollten, Geheimnisse zu verraten oder dem Teufel abzuschwören. Anwendungen, die an Grausamkeit und Perversität alles in den Schatten stellten, was Menschen je erdacht hatten. David hatte vor langer Zeit versucht, Einblick in dieses Werk zu nehmen, doch Meister Stephan hatte es ihm verboten. Er sagte, wenn David an seinem eigenen Seelenheil gelegen sei, solle er die Finger davon lassen. Und hier lag es vor ihm, keine drei Meter entfernt. David konnte den Blick nur mit Mühe abwenden.
Das hintere Drittel des Raums füllte ein gewaltiger Tisch aus. Die Kirschholzplatte, die auf massigen Holzfüßen ruhte, musste mehrere Zentner wiegen. Sie war so blank poliert, dass man jeden Fingerabdruck und Staubfussel darauf sehen konnte. Einige Bögen Papier, ein Schreibfederhalter sowie ein Tintenfass standen darauf. David entdeckte einen Brieföffner sowie einen Kerzenhalter nebst dazugehörendem Siegelwachs.
Der Mann auf der anderen Seite warf ein unheilvolles Spiegelbild auf die glänzende Holzplatte. Kopf und Schultern waren von der tiefsitzenden Kapuze verborgen, die ihn wie einen mächtigen Raben mit ausgebreiteten Schwingen aussehen ließ. Es saß auf einem Stuhl, dessen Rückenlehne in zwei Spitzen endete, die wie Hörner in die Luft ragten.
»Tritt näher, mein Sohn.«
David zwinkerte gegen das diffuse Licht. Dies war das erste Mal, soweit er sich erinnern konnte, dass der Inquisitor ihn nicht mit *Diener*, *Trampel* oder *Idiot* anredete. Zögernd folgte er der Aufforderung.
Im Dämmerlicht stand Amon, gerade noch zu erkennen an seinem Verband und der Augenbinde. Er hielt den Kopf gesenkt und schien auf etwas zu warten. Eine bedrückende

Stille lastete im Raum. David hörte sein eigenes Blut in den Ohren rauschen.

Er ließ sich auf die Knie sinken und neigte seinen Kopf.

»Eminenz.«

Der Inquisitor stand auf und umrundete den Tisch. Seine geflochtenen Ledersandalen hinterließen quietschende Geräusche auf dem blanken Boden.

»Erhebe dich, mein Sohn.« Er streckte David den Siegelring entgegen. David presste seine Lippen darauf, wobei er es vermied, auf die vernarbten Hautpartien zu starren.

»Sieh mich an.« Der Inquisitor umfasste Davids Kinn. David nahm seinen ganzen Mut zusammen und schaute seinem Gegenüber fest in die Augen. Eine ganze Weile hielt er dem Blick stand, dann musste er ihn abwenden. Die Verletzungen waren einfach zu schrecklich. Der Inquisitor schien trotzdem zufrieden zu sein. Mit einem unmerklichen Kopfnicken kehrte er an seinen Platz zurück. »Dein Freund Amon schwärmt in den höchsten Tönen von dir«, sagte er. »Er behauptet, du habest das Zeug zu einem Ritter der Heiligen Lanze. Ich wüsste gerne, wie du selber darüber denkst.«

David blickte überrascht zu seinem Freund hinüber. Amon stand immer noch reglos in der Ecke. Nicht die kleinste Gemütsbewegung war in seinem Gesicht zu erkennen.

»Ich bin nicht seiner Meinung«, sagte er leise. »Ich halte mich nicht für geeignet, eine solch heilige Aufgabe zu erfüllen.«

Auf Marcus Capistranus' Gesicht erschien kurz ein Lächeln, das aber ebenso schnell verschwand, wie es gekommen war. Fast so, als wären die dafür zuständigen Muskeln verkümmert. »Das ist das erste Mal, dass wir beide einer Meinung sind«, sagte er. »Ich glaube, dass du unter den Rittern des

Ordens der Heiligen Lanze nichts verloren hast. Trotzdem kann ich Amons Empfehlung natürlich nicht unberücksichtigt lassen, er ist einer meiner besten Männer. Und dass er vom Kampf gezeichnet wurde, schweißt uns noch enger zusammen. Er ist wie ein Sohn für mich.« Er schenkte Amon einen liebevollen Blick, wenn das bei ihm überhaupt möglich war, und verschränkte die Arme hinter dem Rücken.

»Ich bin sicher, dass viele Gerüchte über mich im Umlauf sind. Gerüchte darüber, woher ich stamme, was ich früher getan habe und wie es zu meiner Entstellung kam. Das meiste dürften haltlose Spekulationen sein, deshalb möchte ich ein paar Dinge klarstellen. Tatsache ist, ich war kaum älter als du, als ich der Heiligen Lanze zugeteilt wurde. Ich war jung, ich war stark, und ich verfügte über genügend Ehrgeiz, um die harten Prüfungen mit Auszeichnung zu bestehen. Ebenso wie mein Freund Claudius, mit dem ich die schönste Zeit meiner Kindheit verbracht hatte. Wir beide waren unzertrennlich, wie Pech und Schwefel, genau wie Amon und du. Claudius war der Gebildetere von uns beiden. Er verfügte über umfangreiches Wissen in den schönen Künsten und der Literatur, doch war er ebenso bewandert im Umgang mit Waffen und in den Techniken der Selbstverteidigung. Ich stand immer in seinem Schatten, doch ich litt nicht darunter, im Gegenteil. Sein Vorbild war für mich stets ein Ansporn.« Er lächelte. »Claudius meldete sich als Erster zur Heiligen Lanze. Erst später wurde mir klar, warum er dies getan hatte. Es ging ihm nicht um Krieg. Er hatte auch kein Interesse an Landernten, Schandkreisen oder Hexenverfolgung, alles Dinge übrigens, die es damals in dieser Form noch nicht gab. Nein, er suchte das Abenteuer. Er wollte das

Land kennenlernen und seine Geheimnisse enthüllen. Er suchte nach Antworten auf die Frage, wie es zu dem Unglück gekommen war. Er wollte wissen, wie die Welt ausgesehen haben mochte, ehe sie des Teufels schwefeliger Atem verpestet hatte. So gesehen war er ein echter Entdecker. Meine Bewunderung für ihn war grenzenlos. Auf einem Einsatz in den wilden Landen gerieten wir in einen Hinterhalt. Wir wurden gestellt, aufgerieben und vernichtend geschlagen. Claudius wurde vor meinen Augen niedergeprügelt, gefesselt und als Gefangener abtransportiert. Ich selbst konnte mich nur mit Mühe retten. Trotz meiner Verletzungen gelang es mir, mich ins Kloster zurückzuschleppen, wo meine Wunden verarztet wurden. Die schlimmste Wunde aber konnte nicht geheilt werden: die Frage nach dem Verbleib meines Freundes. Ich konnte nicht erkennen, warum man uns so behandelt hatte, denn wir hatten uns völlig harmlos verhalten. Damals erfuhr ich am eigenen Leib, dass die Hexen durch und durch böse sind und dass kein Gesetz der Welt sie je dazu bringen kann, ihrer schwarzen Seele zu entsagen. Worte nützen nichts. Feuer und Stahl – das ist die einzige Sprache, die sie verstehen.«

»Und euer Freund?«

Der Inquisitor hustete. »Ich habe lange versucht, ihn wiederzufinden. Immer wieder bin ich in die wilden Lande geritten, in der Hoffnung, ein Lebenszeichen von ihm zu entdecken. Eine Fährte, eine Spur, einen Hinweis, möge er noch so klein sein. Ohne Erfolg. Der damalige Inquisitor gab die Suche auf und ermahnte mich, Abschied von meinem Freund zu nehmen. Er sagte, die Hexen machten keine Gefangenen. Sie folterten ihre Opfer, sie quälten sie, dann raubten sie ihnen ihr Leben. Noch nie sei einer von uns unversehrt aus

ihrem Reich zurückgekehrt. Doch ich wollte nicht auf seinen Rat hören und zog weiterhin auf eigene Faust los.« Seine Stimme wurde leise. »Bei einer dieser Suchaktionen wurde ich gefangen genommen und in ein Haus gesperrt. Ich hörte, wie sie sich an meinem Motorrad zu schaffen machten, dann roch ich Benzin. Im nächsten Moment stand das Haus in Flammen. Die Wände, der Dachstuhl, der Boden, alles brannte. Irgendwann fingen meine Kleider Feuer. Ich sprach ein letztes Gebet und machte meinen Frieden mit Gott. Plötzlich öffnete sich die Tür, und ein Engel erschien. Er sah aus wie Claudius, doch er trug Flügel auf dem Rücken und hielt ein flammendes Schwert in der Hand. Er packte mich, zog mich aus dem Feuer und übergoss mich mit Wasser. Ich wurde ohnmächtig. Als ich wieder erwachte, war ich zurück in der Obhut des Klosters.«
»Das klingt fast wie ein Wunder«, sagte David.
Marcus Capistranus nickte. »Das war es in der Tat. Und mehr als das; es war ein Zeichen des Herrn. In den folgenden Monaten, während meiner langen Phase der Heilung, hatte ich viel Zeit, um mir über die Bedeutung der wundersamen Rettung Gedanken zu machen. Und ich kam immer wieder zu demselben Ergebnis: Unser strenger Vater wollte mich zu Seinem Werkzeug machen, zu einem Werkzeug Seines Zorns und Seiner Rache. Seitdem ist nicht ein Tag vergangen, an dem ich mich nicht bemüht hätte, Seinem Willen zu gehorchen.« Er zog den Ärmel zurück und hielt seinen vernarbten Arm in die Höhe. Auf der bleichen, knotigen Haut waren einige Worte eingraviert. »Lies das«, befahl er. »Es stammt aus der Bibel, Hesekiel 25, 16–17, aus den Drohreden gegen die Ammoniter, Moabiter, Edomiter und Philister.«
David spürte Widerwillen in sich aufsteigen, doch seine Neu-

gier überwog seine Abscheu. Die Worte waren klein und in einer merkwürdig altertümlichen Schrift geschrieben.

»*Denn darum spricht der Herr*«, las er mit leiser Stimme, »*siehe, ich will meine Hand ausstrecken über die Philister und die Krether ausrotten und will die übrigen am Ufer des Meeres umbringen.*« Der Inquisitor erhob seine Stimme. »*Und ich will große Rache an ihnen üben und mit Grimm sie strafen, dass sie erfahren sollen, ich sei der Herr, wenn ich meine Rache an ihnen geübt habe.*« Er schob den Stoff zurück an seinen Platz. »Unser Gott ist ein zorniger Gott. Er liebt die Gewalt, er ist durchdrungen von ihr. Genau wie wir.« Seine Stimme wurde leiser. »Sie steckt in uns, sie durchdringt uns, sie macht uns zu dem, was wir sind.«

»Ich halte unseren Gott für barmherzig«, sagte David.

Er wusste, dass er eigentlich nicht widersprechen sollte, aber er konnte eine solche Aussage nicht stehenlassen. Besonders, wenn sie vom Oberhaupt der Kirche, *seiner* Kirche, stammte.

Erstaunlicherweise schien der düstere Mann ihm das nicht übelzunehmen. Ein dünnes Lächeln umspielte seine Lippen.

»So, glaubst du?«, fragte er. »Und woher stammt dann die Wut und die Gewalt in uns? Haben wir sie selbst erschaffen, glaubst du das? Wie anmaßend. Wir alle sind Seine Geschöpfe, Er trägt die Verantwortung für uns, und nur Er ist stark genug, damit umzugehen. Entmündige Ihn nicht dadurch, dass du behauptest, wir hätten uns selbst zu dem gemacht, was wir sind. Genau wie das Werkzeug der Güte, so hat Er uns das Werkzeug der Rache in die Hände gegeben, damit wir Sein Werk verrichten. Und Rache geübt, das habe ich.«

Er trat ans Fenster und blickte hinaus auf die überwucherte

Stadt. »Nachdem der scheidende Inquisitor mich zu seinem Nachfolger ernannt hatte, ging ich ans Werk. Ich machte die Hexen ausfindig, die meinen Freund entführt hatten, nahm ihre Stadt ein und machte sie dem Erdboden gleich. Ich verbrannte ihren Tempel, nahm ihre Hohepriesterin gefangen und ließ sie am höchsten Turm unserer Kathedrale aufhängen, auf dass ihr verrottender Leib für all diejenigen als Abschreckung diene, die das Gesetz des Herrn missachten. So fürchterlich waren meine Taten, dass die Kunde davon bis ins ferne Glânmor drang. Die neue Hohepriesterin, eine Frau namens Arkana, machte mir daraufhin ein Angebot. Alle männlichen Nachkommen sollten unserer Obhut anvertraut werden. Darüber hinaus sollte uns der zehnte Teil jeder Ernte gehören. Wir durften ihn in regelmäßigen Abständen und unter Einhaltung der ausgehandelten Bedingungen abholen. Im Gegenzug sollte eine Grenze eingerichtet werden, die eine klare Trennlinie zwischen der Welt der Frauen und unserer Welt bildete. Dieser Pakt besteht nun schon seit über fünfzehn Jahren. Patrouillen sorgen zu beiden Seiten für die Einhaltung der Grenzen und garantieren einen reibungslosen Ablauf der ausgehandelten Vereinbarungen. Die Ernten werden eingefahren und die Kinder in den grenznahen Steinkreisen abgelegt. Alles verläuft reibungslos, doch nun zwingt uns eine Rattenplage, unsere Ernten auszuweiten. Zuerst dachte ich, die Hexen würden Verständnis für unsere Situation aufbringen, doch dann erfuhr ich von ihrer unversöhnlichen Haltung. Nach allem, was Amon mir berichtet hat, ist die Lage wieder so, wie sie vor über zwanzig Jahren schon einmal gewesen ist. Meine Spione berichteten mir, dass die Hohepriesterin an Macht verloren hat und dass es Stimmen im Hohen Rat gibt, die offen von Krieg sprechen. Vor diesem Hintergrund muss ich zusehen, dass die Grenzlinien ausgebaut und die Patrouillen verstärkt werden.«

Marcus Capistranus kam um den Tisch herum.

»Amon hat mir von deinen Taten im Wald erzählt. Was du getan hast, war sehr tapfer. Vielleicht habe ich mich geirrt, und in dir steckt doch mehr, als es den Anschein hat. Um das herauszufinden, werde ich Amons Bitte stattgeben.«

Er machte eine rhetorische Pause.

»Was habt Ihr mit mir vor?« David hatte das Gefühl, der Boden würde ihm unter den Füßen weggezogen.

»Ich werde dir eine Aufgabe zuweisen, in deren Verlauf du mir, Amon und dir selbst beweisen kannst, was wirklich in dir steckt. Natürlich kann ich dich nicht einfach so der Heiligen Lanze zuteilen, aber du wirst in ein grenznahes Gebiet versetzt und dort einer Einheit zur Verteidigung unserer wichtigsten Rohstoffquelle zugeteilt. Die Raffinerie hat für uns oberste Priorität. Ohne sie sind unsere mobilen Einsatzkräfte wirkungslos. Weder Motorräder noch Aufklärungsfahrzeuge, noch Transporter können ohne das Benzin, das dort lagert, betrieben werden. Das wissen natürlich auch unsere Feinde. Du wirst dort einen einjährigen Dienst ableisten. Entwickelt sich alles zu meiner Zufriedenheit, können wir noch einmal über eine Aufnahme in die Heilige Lanze sprechen. Es ist eine hohe Ehre, der Kirche unter Einsatz deines Lebens dienen zu dürfen. Was sagst du dazu?«

David wusste nicht, was er antworten sollte, also schwieg er. Er war verwirrt, das Gefühl nebelte ihn ein wie eine giftige Wolke. Verteidigung der Raffinerie? Sollte das etwa heißen, er durfte nicht in sein geliebtes Kloster zurückkehren? Was würde aus den Büchern werden, wenn er nicht mehr da war, was aus Meister Stephan? Er konnte doch nicht einfach fortbleiben. Ausgeschlossen.

Er wollte gerade zum Widerspruch ansetzen, als sein Blick den des Inquisitors kreuzte. Was er in den Augen des düsteren Mannes sah, ließ ihn zu dem Schluss kommen, dass es besser wäre, zu schweigen und erst später nach einer Lösung zu suchen. Alles andere würde unweigerlich in eine Katastrophe münden.

»Na gut«, murmelte er. »Einverstanden.«

»Schön«, sagte der Inquisitor. »Dann ist es also entschieden. Ihr beide werdet morgen zur Raffinerie aufbrechen. Treffen ist um acht Uhr in der Früh draußen auf dem Vorplatz. Ihr werdet euch der zweiten Kompanie der Stadtwache anschließen, die zur Verteidigung der Treibstofftanks abkommandiert wurde. Der Wachhabende ist bereits informiert. Zieht euch jetzt zurück und trefft eure Vorbereitungen.«

»Wie Ihr wünscht.« Amon verbeugte sich und berührte David am Arm. »Komm«, flüsterte er.

David warf seinem Freund einen giftigen Blick zu. Amon tat so, als könne er kein Wässerchen trüben. Dabei war er an allem schuld. Er hatte ihm diese Suppe eingebrockt. Hätte er geschwiegen, dann wäre das alles nicht passiert. Mit zusammengepressten Lippen drehte sich David um und ging hinter Amon aus dem Zimmer.

20

Am nächsten Tag ...

Der Truppentransporter bewegte sich mit gemächlichen dreißig Stundenkilometern auf der gut ausgebauten Straße Richtung Süden. Sie verlief im inneren Bezirk einspurig, wurde aber nach Passieren der Stadtgrenze breiter und führte schließlich in zwei Fahrspuren aufs offene Land hinaus.
Die Raffinerie lag am Rande der *Verbotenen Zone;* dabei handelte es sich um einen Streifen unbewohnbaren Landes, der die Stadt wie ein Ring umschloss und verhinderte, dass sich Bauernhöfe und Gärtnereien weiter ausbreiten konnten. Hier hatten die Kämpfe während des Zusammenbruchs am heftigsten gewütet. Niemand konnte mehr genau sagen, was dazu geführt hatte, dass hier nicht einmal mehr Pflanzen wuchsen, doch die Vermutung lag nahe, dass es eine besondere Art von Bombe gewesen sein musste. Angeblich existierten hier Krater, die groß genug waren, ganze Ortschaften zu verschlingen. Selbst jetzt, nach über sechzig Jahren, wuchs hier kein grüner Halm. Vögel gab es keine, und selbst Hunde und Ratten, die sonst überall zu finden waren, mieden diese Gegend.
David ließ seinen Blick in die Ferne schweifen und erschauerte. Das Land war braun und öde. Feldwege und vertrocknete Hecken zeigten an, wo die ehemaligen Gemarkungsgrenzen verlaufen waren. Hin und wieder sah man Bauernhäuser, die ihnen aus dunklen Augenhöhlen hinterherstarrten. Ein paar

Bäume standen noch, ihre kahlen Äste skelettartig in den Himmel gereckt. Die wenigen Blätter klammerten sich hartnäckig an die Zweige und schaukelten im trockenen Wind, der aus Westen heranwehte. Aufgewirbelter Staub peitschte in gelben Schleiern über das Land.
Was für eine trostlose Gegend! Zum Glück schien der Streifen nicht sehr breit zu sein. Am Horizont wurde es wieder grüner. Der Fahrtwind wehte den Geruch von Feuer und Asche heran. David presste den Stoff seiner Kutte vor Mund und Nase und berührte dabei versehentlich seine verborgene Innentasche. Seine Finger ertasteten etwas Eckiges. Das Buch! Er hatte es ganz vergessen. Er sah sich um. Die anderen waren in Gespräche vertieft oder blickten hinaus auf das Land. Niemand beachtete ihn.
Vorsichtig, damit die anderen es nicht merkten, zog er das Buch heraus und schlug es auf. Die Seiten flatterten im Fahrtwind.
Sie stellt sich unter den Gespielen dar
Als weiße Taub in einer Krähenschar.
Er strich die Seiten mit seinen Fingern glatt.
Schließt sich der Tanz, so nah' ich ihr: Ein Drücken
Der zarten Hand soll meine Hand beglücken.
»Eh, zeig mal her. Was hast 'n da?«
Eine haarige Pranke schoss vor und riss David das Buch aus der Hand. Sein Nachbar war etwa 1,90 Meter groß; trotz des Fahrtwinds stank er nach Schweiß. Seine Haare trug er zu einer Irokesenfrisur hochgebürstet, und seine Schultern waren bis zum Hals tätowiert. »Is' das 'n Buch?«
»Gib es mir sofort zurück.«
»Eh, schaut mal, Leute, der Typ hat 'n Buch.«
Fünfzehn Köpfe drehten sich in ihre Richtung.

»Was'n für 'n Buch?«
»Ich glaub, 'ne Liebesgeschichte.«
»Ich dachte, die sind verboten.«
»Sind sie auch«, sagte der Wachhabende, ein Kerl mit Halbglatze und goldener Brille. Er war etwas älter als die anderen und wirkte von dem ganzen Haufen noch am intelligentesten. »Wirf mal rüber.«
Der Irokese schleuderte das Bändchen auf die gegenüberliegende Seite. Mit einer geschickten Bewegung fischte der Mann das Buch aus der Luft. Seine Finger waren dunkel von Schmieröl. »Romeo und Julia, he?« Er lachte trocken. »Wo hast 'n das her, Junge?«
»Aus unserer Bibliothek«, antwortete David. »Es ist ziemlich wertvoll. Ich wäre euch dankbar, wenn ihr damit etwas achtsamer umgehen würden. Darf ich es jetzt bitte wiederhaben?«
Der Mann ignorierte ihn und blätterte weiter. Er schlug das Buch in der Mitte auf und begann laut zu lesen.
Höhnt meiner Augen frommer Glaube je
Die Wahrheit so, dann, Tränen, werdet Flammen!
Und ihr, umsonst ertränkt in manchem See,
Mag eure Lüg' als Ketzer euch verdammen!
Ein schön'res Weib als sie? Seit Welten stehn,
Hat die allsehnde Sonn' es nicht gesehn.
Er blätterte weiter und kam auf die Seite mit Davids Lieblingsbild. Nachdem er es eine Weile durch seine schmutzige Brille betrachtet hatte, tippte er darauf. »Ist das Julia?«
David nickte. Er wusste, dass es keinen Sinn haben würde, sich mit diesen Leuten über Literatur zu unterhalten, also schwieg er. Sie würden es nicht verstehen. Er verstand es ja selbst kaum.

»Wovon handelt das denn?«, fragte der Irokese.
»Von der reinen Liebe zwischen Mann und Frau«, sagte der Kerl mit der Brille. »Es ist eine der bekanntesten Liebesgeschichten überhaupt.«
»Nie von gehört.«
»Das wundert mich nicht, bei deinem IQ.«
»Auf die Leiber der hübschesten Weiber«, brüllte einer von hinten, und ein anderer stimmte mit ein: »Bist du nach dem Kotzen blind, war zu stark der Gegenwind.«
Grölendes Gelächter erfüllte die Ladefläche.
»Männer, die Frauen lieben«, sagte der Irokese. »Was für 'n perverser Scheiß. Bei der Vorstellung dreht sich mir der Magen um. Kein Wunder, das die Dinger verboten sind.«
»Zeig mal her.« Ein anderer Kerl grapschte nach dem Buch. Er hatte ein Froschgesicht und wulstige Lippen.
»Oh, Junge, ist die hässlich«, sagte er mit Blick auf das Bildnis der Julia. »Seht euch nur diese Visage an. Wenn alle Weiber so aussehen, dann gute Nacht.« Er fuhr ungeschickt durch die Seiten. Der Brillenträger funkelte ihn streng an.
»Komm schon, gib ihm das Buch zurück.«
»Ich hab aber noch nicht alle Bilder gesehen.«
»Mach schon.«
Widerwillig reichte der Frosch David das Buch. Der Brillenträger schien unter den Clanmitgliedern besonderen Respekt zu genießen. Als David es in seiner Brusttasche verstaute, beugte er sich vor und sagte im Flüsterton: »Wenn ich du wäre, würde ich das nicht so offen rumzeigen. Sonst denken die, du wärst nicht ganz richtig hier oben ...« Er ließ seinen Finger über der Schläfe rotieren. »Mein Name ist übrigens Sven vom Clan der *Grabräuber*. Falls du mal Schwierigkeiten kriegen solltest, wende dich ruhig an mich.«

»Ich heiße David.«
»Schön, dich kennenzulernen, David.« Sven streckte ihm die Hand hin, und David schlug ein. Zumindest einer von dem Verein schien halbwegs in Ordnung zu sein. Der Irokese hingegen gehörte zu der Art Männer, die sich selbst gerne reden hörten. »Sind Weiber nicht eklig?«, fragte er zustimmungheischend in die Runde. »Ich meine, schon allein diese Brüste. Die schlabbern da so rum und sind eigentlich zu nichts nütze.«
»Die säugen damit ihre Babys, du Dödel«, sagte Sven.
»Echt?« Die Brauen des Irokesen hüpften nach oben. »Du meinst, da kommt Milch raus? Wie beknackt ist das denn?«
»Wie bei jedem Tier auch«, erklärte Sven. »Oder hast du noch nie gesehen, wie eine Hündin ihre Welpen säugt?«
»Doch, schon, aber …« Er schüttelte den Kopf. »Trotzdem seltsam. Und da unten, was ist da?« Er griff sich in den Schritt.
»Nichts«, antwortete Sven mit einem Grinsen.
»Nichts? Erzähl keinen Scheiß.«
»Sogar weniger als nichts. Eine Spalte, da kannst du dann dein Ding reinstecken.«
»Oh Junge, hör auf.« Der Irokese saß sprachlos und mit offenem Mund da. David war mittlerweile klar, dass dieser Typ zu der besonders dummen Sorte gehören musste. Offenbar hatte er nie eine Schulbildung oder etwas Ähnliches genossen.
»Du willst mich verschaukeln.«
»Ich schwöre es, so wahr ich hier sitze.«
Der Irokese schwieg. Anscheinend musste er erst mal verdauen, was er gehört hatte. Dann, nach einer Weile, sagte er: »Das ist doch nicht normal. Ich wusste ja, dass Frauen irgendwie

anders sind, aber dass sie *so* anders sind, ist mir neu. Ich versteh nicht, wie die Jungs von der Heiligen Lanze im Schandkreis einen hochbekommen.« Er schaute David mit besorgtem Blick an.

Dieser zuckte nur mit den Schultern. »Kann ich dir auch nicht sagen. Ich gehöre nicht dazu.«

»Aber du bist doch 'n Frischling. Ich erkenn's an deiner Kutte.«

»Ich bin ein ganz normales Klostermitglied«, sagte David. »Vielleicht kommt es später mal dazu, aber im Moment bin ich nur für Patrouillengänge eingeteilt. Wenn ihr mehr wissen wollt, da drüben im Begleitfahrzeug sitzt mein Freund. Er war bei einem der letzten Angriffe dabei.« Er deutete zum Jeep hinüber.

»Was denn, der mit dem Verband?«

David nickte. Amon saß im hinteren Teil des Fahrzeugs und starrte in die Landschaft. Nach dem Streit gestern hatten sie nicht mehr miteinander gesprochen. Ob sich das jemals wieder ändern würde, hing von Amons Verhalten in den kommenden Wochen ab. Im Moment sah es aber nicht danach aus.

»Der sieht aber ziemlich ramponiert aus.«

David nickte grimmig. »Die Hexen haben ihn und seine Truppe gehörig aufgemischt. Er ist nur knapp mit dem Leben davongekommen.«

»Heiliger Strohsack.« Sven wirkte ehrlich erschrocken. »Die scheinen keinen Spaß zu verstehen. Ehe du dich versiehst, schneiden sie dir – schnipp – deinen Willi ab.«

»Ohne mich«, rief der Irokese. »Da zünde ich mir doch lieber 'ne Shisha an oder lass mich volllaufen. Da bin ich mir wenigstens sicher, dass am nächsten Morgen noch alles dran ist.« Wieder Gelächter. So ging es noch eine Weile weiter. Der Mönch und sein komisches Buch waren schon wieder vergessen.

David verhielt sich still. Wenigstens ließen sie ihn jetzt in Ruhe. Nachdenklich kraulte er Grimaldi am Kopf. Sein kleiner Begleiter schaute aufmerksam in die Ferne. Am Horizont waren ein paar riesenhafte Gebäude aufgetaucht. Tonnenförmige Gebilde, die die umliegenden Waldstücke zwergenhaft klein aussehen ließen. Die Dinger wirkten nicht wie Wohnhäuser, zumindest konnte er keine Türen oder Fenster entdecken. Seine Augen waren vielleicht nicht scharf genug, aber alles, was er sah, waren Kräne, Leitern und Aufzüge.

Was in Gottes Namen war das?

Dann fiel es ihm wie Schuppen von den Augen. Das mussten die Treibstofftanks sein, von denen der Inquisitor berichtet hatte. Es konnte nichts anderes sein.

Junge, waren die *groß*.

David hätte nicht für möglich gehalten, dass es solch riesige Vorratsgebäude gab.

Auch die anderen drehten jetzt ihre Köpfe. Nach und nach erstarben die Gespräche, und selbst die beiden größten Spaßvögel, der Irokese und der Frosch, denen eigentlich zu allem ein blöder Spruch einfiel, hielten den Mund. »Riesig die Dinger, nicht wahr?« Sven hatte ein gelassenes Lächeln aufgesetzt. »Als ich sie das erste Mal gesehen habe, war ich genauso erstaunt wie du, aber die meisten davon stehen leer.«

»Wie oft wart Ihr schon hier?«, fragte David.

»Schon oft.« Sven entblößte einen Goldzahn. »Ich kenne die Anlage wie meine Westentasche. Die Pumpen machen nachts einen höllischen Lärm, und auch der Gestank ist nicht zu verachten. Er dringt in jede Ritze und jede Pore. Nach einer

Woche bist du so von Schmierfett überzogen, dass du das Zeug nie wieder abgewaschen kriegst. Da nützt auch ein Vollbad mit Kernseife nichts.«
»Was ist denn Eure Aufgabe?« David war nicht wirklich interessiert, aber er hatte das Gefühl, dass Sven es ihm ohnehin gleich erzählen würde.
»Ich bin Konstrukteur«, lautete die Antwort. »Fahrzeuge aller Art, Schweißerarbeiten, Wartung von Motoren und Verstärkung von Panzerung. Ich glaube, ich bin schon mit einem Schraubenschlüssel in der Hand zur Welt gekommen.« Er lachte. »Doch mittlerweile erscheint mir das alles wie Kinderkram. Alles nur Fingerübungen, verglichen mit dem, woran ich gerade arbeite.«
»Und was ist das?«
Sven legte verschwörerisch seinen Finger auf die Lippen.

21

Juna blickte zum Himmel empor. Hoch über ihr zog Camal seine Kreise. Wie gern hätte sie jetzt mit ihm getauscht. Dort oben hätte sie sich weniger Sorgen machen müssen. Sie wäre einfach auf und davon geflogen. Doch sie war nun mal kein Vogel, und nur aus einem frommen Wunsch heraus wuchsen ihr so schnell keine Flügel.

Seit sie das Ende des Grenzlandes erreicht hatten und sich der Verbotenen Zone näherten, wurde die Situation zunehmend schwieriger. Die Wälder waren zurückgewichen und hatten Weiden und Ackerflächen Platz gemacht, auf denen meterhoch Gras und Unkraut wuchsen. Das Gestrüpp war schwer zu durchqueren, bot aber trotzdem zu wenig Schutz, um nicht entdeckt zu werden. Eine gefährliche Kombination. Sie mussten zusehen, dass sie schnell hier herauskamen und eine Straße fanden, die halbwegs vor den Blicken der Aussichtsposten – von denen es hier sicher einige gab – geschützt war.

Fern, hinter einer Reihe von Pappeln, ragten die Türme der Raffinerie auf. Monströse, klobige Töpfe, in denen Tausende und Abertausende Liter Treibstoff lagerten. Wie viel davon tatsächlich noch übrig war, ließ sich schwer einschätzen, doch es würde garantiert ausreichen, um ein hübsches Feuerchen zu geben.

Erneut musste die Gruppe anhalten, um sich den Weg mit Schwertern freizuschlagen. Eine schier unüberbrückbare Dornenbarriere stoppte ihren Weiterritt.

»Verdammtes Grenzland«, fluchte Kendra und schüttelte missmutig den Kopf. »Seit ich das letzte Mal hier gewesen bin, ist das Gestrüpp noch höher geworden. Irgendwann wird die Gegend komplett unpassierbar werden.«
»Was ja nicht das Schlechteste wäre«, erwiderte Juna. »Je dichter es zuwächst, desto schwieriger wird es für die Teufel werden, uns zu überfallen.«
»Das wird sie nicht aufhalten«, sagte Kendra. »Die fackeln einfach alles ab, dann fahren sie mit ihren Lastern drüber.«
»Umso wichtiger, dass wir unseren Auftrag erledigen und ihre Treibstoffvorräte zerstören«, sagte Maren, die abgestiegen war und Kendra dabei half, den Weg freizuschlagen. Juna nickte. Sie wusste, dass ihre Gefährtin recht hatte. Klagen half nichts, sie mussten weiterkommen. Sie stieg ebenfalls ab und zog ihr Schwert.
Ein paar Minuten später hatten sie eine Schneise durch den Dornenwald geschlagen und konnten weiterreiten. Die Stimmung war gedrückt. Niemand wusste, was sie bei der Raffinerie erwartete. Vielleicht würden sie so lange ausharren müssen, bis einer der Wachmänner seinen Posten verließ. Das konnte Tage, vielleicht sogar Wochen dauern. Andererseits musste ja wenigstens hin und wieder ein Tanklastzug ein- oder ausfahren. Wie sonst sollte der Treibstoff aus der Raffinerie in die Stadt geschafft werden? Es bestand natürlich die Möglichkeit, dass er über den breiten Strom transportiert wurde. Laut Karte lag die Raffinerie dicht genug am Wasser. Wenn das der Fall war, hätten sie ein Problem. Auf einen Kampf zu Wasser war niemand vorbereitet, und die wenigsten Brigantinnen konnten schwimmen.
Juna kehrte zu ihrer jetzigen Aufgabe zurück. Sie musste sich zwingen, positiv zu denken. Sie ritt ein paar Meter

weiter und hielt dann an. Inmitten des braunen Grases hatte sie ein paar Sprenkel von Grün entdeckt. Als sie näher ritt, sah sie, dass es ein ganzes Band war. Vor ihr lag ein Graben, von dessen Grund ein leises Plätschern an ihr Ohr drang. Juna sprang aus dem Sattel und stieg hinunter. Er war ganz schön tief. Kühl und schattig ragte das Gras über ihr auf. Es bildete eine Art Baldachin über ihrem Kopf. Ein kleines Rinnsal schlängelte sich vor ihren Füßen, die Ufer zu beiden Seiten waren mit Löwenzahn, Ackerwinde und Sumpfdotterblumen überwuchert. Der Graben war tief genug, um die Pferde vor neugierigen Blicken zu schützen. Es handelte sich um einen alten Bewässerungskanal, und das Beste daran war, er führte genau in die Richtung, in die sie wollten. Sie überlegte kurz, dann steckte sie zwei Finger in den Mund und stieß einen Pfiff aus.

*

Der Transporter verließ die mehrspurige Straße und fuhr über eine zerborstene, zugewucherte Betonpiste in Richtung Osten. Von einem sanften Hügel aus konnte man die gesamte Anlage überblicken. Zwischen den zylinderförmigen Speichertürmen standen unzählige Häuser und Fabrikgebäude; ihre rußigen und mit Efeu bewachsenen Fassaden erinnerten an Tempelruinen, die den Kampf gegen die Vegetation verloren hatten. Schornsteine ragten in die Höhe, während verrostete Rohrleitungen das Gelände wie eine Ansammlung monströser Ranken überzogen. Der größte Teil der Anlage schien nicht mehr intakt zu sein, aber ein Abschnitt im nordwestlichen Sektor war noch in Betrieb. Die Gebäude wirkten, als wären sie bewohnt, und auch die

Speichertürme sahen halbwegs gepflegt und funktionstüchtig aus. Zwischen den Ziegelhäusern sah David Menschen herumlaufen, auf der Straße fuhren Tanklaster. Umgeben war die Anlage von einem meterhohen Wall, auf dessen Krone Wachposten patrouillierten. Das sollte ein Jahr lang seine Arbeit sein: monotone Rundgänge im Schatten der Treibstofftanks.
Schöne Aussicht.
»Siehst du das Gebäude dort drüben, außerhalb der Raffinerie?« Sven deutete hinüber zu einem Gebäudekomplex, der etwas abseits und außerhalb der Umgrenzungsmauer stand.
David kniff die Augen zusammen. Er sah einen Turm, eine Werkshalle mit gewölbtem Dach und ein Stück breite, asphaltierte Straße, die irgendwo anfing und ebenso abrupt endete. Vielleicht ein aufgegebenes Straßenbauprojekt?
»Das ist mein Reich«, sagte Sven. »Mein ganz eigener Spielplatz. Der Ort, an dem ich tun und lassen kann, was ich will. Die wenigsten wissen, was ich da treibe, und das ist gut so. Was ich überhaupt nicht brauchen kann, sind Schaulustige, die alle naslang vorbeikommen und mich von der Arbeit abhalten.« Er warf David einen Blick von der Seite zu. »Ich suche allerdings einen Assistenten. Jemanden, der mir zur Hand geht, Botengänge für mich erledigt und mir beim Schreibkram hilft. Du bist nicht zufällig interessiert?«
»Ich? Nein.« David schüttelte den Kopf. »Ich verstehe nichts von Motoren und Maschinen.«
»Das brauchst du auch nicht, dafür bin ich ja da. Aber du kannst lesen, zumindest entnehme ich das deinem Buch. Was genau hast du im Kloster gemacht?«
»Ich war im Skriptorium beschäftigt. Buchbinderei, Schrift-

setzerei, kopieren, sortieren und archivieren. Nichts, was für einen Konstrukteur von Nutzen sein könnte.«
»Im Gegenteil, mein Junge. Genau das suche ich. Ich brauche jemanden, der alte Konstruktionspläne für mich entziffert. Man sieht es mir vielleicht nicht an, aber ich bin schon über vierzig. Mein Augenlicht ist nicht mehr das beste, und ich habe oft Schwierigkeiten, die winzigen Zahlen und Symbole zu entziffern. Außerdem sollte mein Assistent gut zeichnen können. Meine Skizzen sind so unbeholfen wie die eines Fünfjährigen.«
»Zeichnen kann ich«, erwiderte David. »In der Restaurationswerkstatt musste ich öfter Zeichnungen kopieren oder ergänzen. Viele der Bücher aus der Zeit vor dem Zusammenbruch sind stark beschädigt und müssen repariert werden. Mein Meister hat immer gesagt, er kenne niemanden, der eine so ruhige Hand hat wie ich.«
»Siehst du? Genau das meine ich.« Sven entblößte einige verfärbte Zähne. »Wie wär's? Hättest du Lust, bei mir anzufangen? Ich habe einen guten Draht zum Inquisitor. Wenn ich ihn darum bitte, wird er bestimmt nicht ablehnen.«
David blickte skeptisch. Erstens hatte er keine Ahnung, an was Sven da arbeitete, zweitens glaubte er nicht, dass Amon ihn so einfach gehen lassen würde. Ihr Verhältnis hatte sich so weit abgekühlt, dass er sich auf nichts einlassen würde. Oder doch?
»Ich weiß nicht ...«, sagte er zögernd.
»Nun komm schon. Oder willst du unbedingt oben auf dem Wall Wache schieben? Ich kann dir sagen, was dich erwartet. Vier Stunden wachen, vier Stunden schlafen – und das rund um die Uhr. Es dauert keine drei Tage, dann ist deine biologische Uhr komplett durcheinander. Ich kenne Jungs – gute

Jungs, die fitter waren als du –, die nach drei Wochen zusammengeklappt sind. Und denk nicht, sie wären danach vom Dienst befreit worden. Im Gegenteil. Die Ausbilder sind in diesen Dingen alles andere als verständnisvoll. Glaub mir, für jemanden wie dich ist das die Hölle. Bei mir hingegen hättest du geregelte Zeiten, gute Verpflegung und eine Arbeit, die dir Spaß macht. Du könntest tun, was du auch schon im Kloster getan hast. Vorausgesetzt, du bist bereit, religiöse Texte mit Maschinenbauplänen zu vertauschen.« Er grinste. David blickte empor zu den Türmen, die wie die Zinnen einer mächtigen Burg vor ihnen aufragten. Was sollte er hier? Was war nur geschehen, dass die Dinge so aus dem Ruder gelaufen waren? Er fühlte sich wie ein Staubkorn, das vom Wind der Zeit gepackt und davongeweht wurde. Als er seinen Kopf drehte, bemerkte er, dass Sven ihn aufmerksam musterte. Er zuckte die Schultern. »Wir können es ja mal versuchen«, sagte er ohne rechte Überzeugung.

*

Eine knappe Stunde später hatten die Brigantinnen die Raffinerie erreicht. Der Bewässerungsgraben hatte sich als wahrer Segen erwiesen. Er führte in einem langgezogenen Bogen um die Raffinerie herum und kam dicht bei einer Stelle heraus, wo der Westwall auf den Nordwall traf. Der Haupteingang war höchstens fünfzig Meter von ihnen entfernt. Juna zog unwillkürlich den Kopf ein. Die riesigen Tanks ragten wie Felswände neben ihnen auf. Sie fühlte sich wie ein Zwerg im Angesicht einer Stadt, die von Riesen beherrscht wurde. Die Stimmung war angespannt. Allen war klar, dass die Aufgabe schwieriger zu lösen sein würde als vermutet.

Der Wall war knappe fünf Meter hoch und wies weder Tore noch Durchbrüche auf, sah man vom Haupttor ab, das aber gut bewacht wurde. Die Mauer war aus massivem Beton erbaut und schien unüberwindbar.
Als der Graben so schmal wurde, dass sie die Pferde nicht mehr gefahrlos weiterführen konnten, verließen sie ihn und tauchten in ein kleines Wäldchen direkt neben der Mauer ein. Im Schatten der mächtigen Buchen waren sie sicher. Vorerst.
Juna war unruhig. Während sich die anderen eine kleine Pause gönnten, schlich sie zum nördlichen Rand des Wäldchens. Mit geschickten Bewegungen kletterte sie auf einen Baum und spähte durch die Zweige nach draußen.
Sie befand sich an der nordwestlichen Ecke der Raffinerie. Die Einfahrt war mit einem etwa vier Meter hohen Eisentor verschlossen, das an der Oberkante zusätzlich mit Stacheldraht gesichert war. Unmöglich, da hinüberzukommen. Die ganze Anlage schien unüberwindbar.
Junas Aufmerksamkeit wurde von einem anderen Gebäude angezogen. Es lag schräg gegenüber dem Haupttor, vielleicht hundert Meter entfernt. Seltsam, dachte Juna. Sieht aus wie eine Lagerhalle oder so. Es war ungefähr zwanzig Meter lang und zehn Meter breit und besaß ein tonnenförmig gewölbtes Dach. Den Eingang bildeten zwei große Schiebetüren, und nebenan stand ein alter, mit roten und weißen Quadraten bemalter Turm mit Glaskuppel. Ein breiter, asphaltierter Streifen, auf dem etliche weiße Markierungen angebracht waren, befand sich daneben. Er sah aus wie ein breites Stück Straße, das irgendjemand in die Landschaft gebaut hatte. Die Anlage war nicht besonders groß und verfügte über keine nennenswerten Sicherheitsvorkehrungen, sah man mal von einem

Maschendrahtzaun, einem Tor und einigen Rollen Stacheldraht ab, die man mit etwas Geschick und einer Drahtzange leicht überwinden konnte.

In diesem Moment näherte sich von Westen ein Fahrzeug. Es schien ein Truppentransporter zu sein, jedenfalls war die hintere Ladefläche gerammelt voll mit Leuten. Ziemlich rabiat aussehende Burschen, wie Juna mit einem Blick durch ihr Fernglas feststellte. Nachschub für die Wachen vermutlich. Der Laster hielt vor dem Tor an, und ein paar Soldaten kamen aus dem Wachraum und sprachen mit dem Fahrer. Dann wurden die Leute hinten angewiesen, abzusteigen und sich aufzustellen. Mit gezogener Waffe wurden die Leute durchsucht und ihre Personalien festgestellt. Dann gab einer der Soldaten ein Zeichen, und das Tor ging auf. Der Lastwagen fuhr hinein, dicht gefolgt von den Neuen. Mit einem metallischen Dröhnen fiel das Tor ins Schloss.

Juna kletterte von ihrem Aussichtsposten herunter. Höchste Zeit, den anderen Bericht zu erstatten.

22

Später am Abend lag Juna erneut auf Beobachtungsposten. Camal war neben ihr gelandet und hatte den Kopf unter die Federn gesteckt. Die Sonne war hinter dem Horizont verschwunden. Die Nacht breitete ihre Schwingen aus. Der Wald versank in tintenblauen Schatten, die zwischen den Stämmen hervorkrochen und alles mit Dunkelheit überzogen. Hoch oben auf dem Wall waren Fackeln entzündet worden, in deren Schein schwarze Silhouetten patrouillierten.

Juna hatte die letzten Stunden auf Posten gelegen, und was sie herausgefunden hatte, war nicht gerade ermutigend. Die Anlage wurde besser bewacht als der Tempel von Glânmor. Alle vier Stunden fand eine Wachablösung statt. Erst nachdem die eine Gruppe eingetroffen war, verließ die andere den Wall. Nie entstand eine Lücke. Der Wachwechsel funktionierte so reibungslos, dass immer mindestens zwei Posten anwesend waren. Durch ihr Netz könnte nicht mal eine Maus schlüpfen. Der anfängliche Plan, mit Haken und Seilen die Mauerkrone zu erklettern, war aussichtslos. Auch das Tor war gut bewacht. Die wenigen Fahrzeuge, die hier hinein- oder herausfuhren, wurden immer von mindestens vier schwerbewaffneten Wachposten begleitet. Ein offener Angriff würde einen hohen Blutzoll fordern und obendrein sofort die ganze Einrichtung alarmieren. Man brauchte keine fünf Finger, um sich auszurechnen, was dann geschehen würde. Mehr Männer, mehr Waffen, schärfere Kontrollen.

Nein, ihre einzige Chance lag in der Überraschung. Schnell vorstoßen, Gefangene nehmen, verschwinden und darauf hoffen, dass der Zustand der Verwirrung so lange anhielt, bis sie über alle Berge waren. *Fix rein und fix raus,* wie ihre Ausbilderin immer gesagt hatte.

Doch dafür waren sie hier an der falschen Stelle. Vielleicht sah es auf der anderen Seite der Anlage besser aus? Wenn ihre Schicht in einer Stunde zu Ende ging, wollte sie vorschlagen, die Dunkelheit zu nutzen und ihre Position zu verändern. Vielleicht hatten sie ja drüben mehr Glück.

Ein Quietschen holte sie zurück in die Gegenwart. Drüben am Haupttor tat sich etwas. Juna richtete ihre Konzentration auf die mächtigen Schiebetüren. Einige Personen waren herausgekommen und blieben dann stehen. Gesprächsfetzen wehten zu ihr herüber. Juna zog ihr Fernglas aus der Tasche, setzte es an die Augen und justierte die Schärfe. Es waren drei. Zwei Männer in Arbeitskleidung und ein bewaffneter Posten. Sie redeten eine Weile miteinander, dann ging der Posten wieder hinein und verschloss die Tür. Die beiden Arbeiter sahen sich um, dann eilten sie mit schnellen Schritten hinüber zu der Werkshalle. Leider war das Licht zu schwach, um Details zu erkennen. Der eine von ihnen schien deutlich jünger zu sein als der andere. Die Art, wie er sich bewegte – wo hatte sie das schon einmal gesehen? Sie beobachtete, wie der Ältere an den Zaun trat, einen Schlüssel herauszog und das Vorhängeschloss öffnete. Dann marschierten die beiden in Richtung Halle und gingen hinein. Wenige Augenblicke später flammte im Inneren ein Licht auf.

*

David hörte ein Husten, dann ein Tuckern; plötzlich wurde es hell. Sven hatte ihn vorgewarnt, aber entweder hatte David nicht richtig zugehört, oder er war mit seinen Gedanken woanders gewesen. Jedenfalls musste er schnell die Augen zusammenkneifen. Wie hätte er ahnen können, dass es so hell sein würde? Das Licht entsprang einem kleinen birnenförmigen Gegenstand, der an einem Kabel von der Decke baumelte. Das Licht war anders als das, was er von zu Hause gewöhnt war. Kalt und hart.

»Künstliches Licht«, sagte Sven. »Gespeist durch einen Generator – einen Motor –, der die Lampe mit Strom versorgt. Im Kloster habt ihr so etwas nicht, oder?«

David schüttelte den Kopf. Er kannte nur Kerzen, Fackeln und Petroleumlampen. Immer noch verwundert nahm er seine Tasche von der Schulter und setzte Grimaldi auf den Boden. Der Hund beschnupperte erst Sven und fing dann an, die Halle zu erkunden. Schon nach wenigen Sekunden war er im hinteren Teil verschwunden. Sven blickte skeptisch. »Dein kleiner Freund wird doch nichts anstellen, oder? Hier liegen einige Sachen herum, die ihn auf der Stelle tot umfallen lassen würden, wenn er sie berührte. Wenn ich du wäre, würde ich ihn lieber zurückpfeifen.«

David blinzelte gegen das grelle Licht und sah ein, dass es wohl besser sei, auf Sven zu hören. Er steckte zwei Finger in den Mund und stieß einen Pfiff aus. »Komm her, Grimaldi. Komm bei Fuß.« Der kleine Hund kam angetrottet und setzte sich erwartungsvoll aufblickend neben ihn. Sven kratzte über seine Stirn. »Wo waren wir? Ach ja, der Generator. Er stinkt zwar und macht Lärm, aber an sich ist es keine schlechte Erfindung, vorausgesetzt, man verfügt über das nötige Benzin.« Sven klopfte auf den Kasten. »Mit dieser

Art von Licht ist es möglich, auch in der Nacht oder während der dunklen Zeit des Jahres, wenn die Sonne schon um sechs Uhr verschwindet, zu arbeiten. Früher gab es das in jedem Haus und in jeder Wohnung. Strom, Wasser, Wärme, es muss ein Paradies gewesen sein. Ich begreife nicht, wie das alles zerstört werden konnte. Na, egal. Komm her, ich zeige dir, woran ich arbeite.«

Der Konstrukteur ging zu einem Schaltpult an der Wand, aus dem Dutzende von Kabeln und Drähten hervorquollen, die sich anschließend über den Boden verteilten. Das Schaltpult selbst bestand aus einer unübersehbaren Anzahl von Schaltern und Knöpfen, die in verschiedenen Farben leuchteten. Unter ihnen hingen kleine Zettel mit kryptischen Symbolen oder einfachen Anweisungen. Vermutlich wusste nur Sven allein, wozu das alles diente. Unter einem großen roten Kippschalter hing ein gelber Zettel: *Hauptsicherung*.

»Achtung, mein junger Freund, ich schalte jetzt die gesamte Beleuchtung ein. Mach lieber die Augen zu.« Wieder flammte Licht auf, diesmal aus mindestens einem Dutzend Quellen gespeist. Es war, als wäre die Sonne aufgegangen. Die Augen halb geschlossen, blinzelte David hinaus in die Helligkeit.

In der Mitte der Halle stand ein Ding. Es war groß, größer als ein Auto oder ein Lastkraftwagen. Es besaß einen langgezogenen Körper mit Augen aus Glas, eine stumpfe Schnauze sowie zwei breite, übereinanderstehende Dächer, die quer zum Hauptkörper angebracht und mittels Streben untereinander verbunden waren. Zwischen diesen *Dächern* hingen zwei Gondeln, die an der Vorderseite eine Art Schnurrbart besaßen. Das Holz, aus dem sie gefertigt waren, war schichtverleimt und in sich verdreht. Beide Schnurrbärte standen

durch drehbar gelagerte Achsen mit den Gondeln in Verbindung. Das Fahrzeug lief nach hinten in eine Art Schwanz aus, dessen Funktion sich Davids Vorstellungsvermögen entzog. Dicke Reifen unter dem Hauptkörper rundeten den merkwürdigen Gesamteindruck ab.
Irgendwie erinnerte das Ding an einen Vogel, auch wenn es ein plumper und missgestalteter Vogel war. Immerhin: Diese Dächer könnten Flügel sein, die Platten hinten ein Schwanz und die Glasaugen eine Art Sichtschutz. Die Maschine war rot angepinselt, wobei man nicht wirklich sagen konnte, wo die rote Farbe aufhörte und der Rost anfing. Die meisten Teile schienen aus Holz zu bestehen, das mit irgendetwas bespannt war. David berührte eines der Dächer mit den Fingern, und das Material gab etwas nach. *Stoff.*
Plötzlich fiel David ein, dass er so etwas schon einmal gesehen hatte. Vor langer Zeit, in irgendeiner Zeitschrift.
»Mein Gott«, murmelte er. »Das ist eine Flugmaschine.«
Sven grinste bis über beide Ohren. »Ganz recht, mein junger Assistent. Das ist der *Donnervogel,* ein Doppeldecker. Soll ich dir erklären, wie er funktioniert?«
David nickte. Er war viel zu überrascht, um ein klares Wort herauszubringen.
»Das hier sind die Tragflächen. Sie sind für den Auftrieb zuständig und halten den Apparat in der Luft. Rechts und links dazwischen befinden sich die Motorgondeln nebst Propeller«, er deutete auf die *Schnurrbärte.* »Bei genügend hoher Drehzahl erzeugen sie so viel Vortrieb, dass die Maschine auf ein hohes Tempo beschleunigen kann und dann vom Boden abhebt. Zumindest in der Theorie.« Er grinste. »Bisher habe ich es noch nicht getestet. Klar, die Motoren und auch der Rest funktionieren einwandfrei, aber ich habe

noch nicht den Mut aufgebracht, mich ins Cockpit zu setzen und eine Runde zu drehen.« Er deutete auf eine Leiter, die hinauf zum Kopf dieses Flugwesens führte. »Man kann sich übrigens wunderbar reinsetzen. Magst du es mal versuchen?« Ohne eine Antwort abzuwarten, packte er die Stufen und kletterte hinauf.

David, der nicht als Feigling dastehen wollte, folgte ihm. Das Cockpit war klein und roch nach Lack und Schmierfett. Ein Dach gab es nicht, und die Sitze waren so schmal, dass man Füße und Ellbogen anziehen musste, um nicht anzustoßen.

Sven zwängte sich auf den zweiten Stuhl und klopfte auf den ersten. »Komm schon, setz dich«, sagte er. »Es ist herrlich bequem, vorausgesetzt, man hat keine all zu langen Beine.«

David folgte der Einladung und ließ sich auf den Ledersitz gleiten. Neugierig sah er sich um.

»Was ist denn das hier?« Er deutete auf die Stange zwischen seinen Knien.

»Das ist der Steuerknüppel«, sagte Sven. »Er dient dazu, die Richtung im Flug zu verändern. Rauf, runter, rechts, links. Ich habe auch so einen, siehst du? Falls also der eine von uns ausfällt, kann der andere übernehmen. Hier ist der Anlasser.« Er zeigte auf einen Knopf. »Wenn du den drückst, springen die Motoren an. Auf der Batterieanzeige kannst du sehen, ob noch genügend Strom für einen Start vorhanden ist. Hier ist der Schubhebel, mit dem du Gas gibst, und hier sind die Bremsen, die du lösen musst, um überhaupt losrollen zu können. Der Rest braucht dich nicht zu kümmern. Tankanzeige, Öldruck, Motortemperatur, alles Schnickschnack. Fliegen ist simple Mechanik, einfache Physik. Willst du es mal versuchen?«

David versuchte, die Aktionen Svens exakt zu imitieren, und fand, dass es tatsächlich recht einfach war. Mit Stolz erinnerte er sich an seine erste Fahrstunde.
»Was ist das hier?« Er deutete auf einen Knopf, auf dem groß und deutlich *Warnung* stand.
»Den solltest du auf keinen Fall drücken«, sagte Sven. »Das ist der Auslöser für die Bomben. Sie liegen dort hinten, siehst du?« Er lenkte Davids Aufmerksamkeit auf den hinteren Teil der Halle; dort lagen, auf einem Rollwagen übereinandergestapelt, etliche eiförmige schwarze Behälter.
»Bomben?«
»Na klar.« Sven grinste. »Oder dachtest du, dieses Schmuckstück dient nur dazu, Rundflüge für Ordensritter und Mönche zu veranstalten? Ich sagte doch, das Projekt steht unter dem besonderen Schutz des Inquisitors. Er sieht darin so etwas wie eine Geheimwaffe. Die Bomben werden unter die Tragflächen gehängt und mit diesem Knopf ausgelöst. Man fliegt einfach über das jeweilige Ziel, drückt drauf und … bumm.« Sein Grinsen wurde breiter. »Theoretisch wäre es damit sogar möglich, bis nach Glânmor zu fliegen. Stell dir vor, was die Hexen für Augen machen, wenn wir über die Hügel schweben, vollbeladen wie eine schwangere Ente, und ihnen dann – zack – ein paar Eier in ihr Nest legen. Ihr hübscher Tempel – einfach weg. Gib zu, die Vorstellung hat etwas.«
David nickte zwar, doch er konnte den Optimismus des Konstrukteurs nur bedingt teilen. Das war doch nur ein Haufen Schrott, zusammengebastelt aus ein paar Metallrohren, Holzlatten und fadenscheinigem Stoff. Nie im Leben würde es sich in die Lüfte erheben, geschweige denn zu irgendwelchen Einsätzen fliegen. Wenn das die Geheimwaffe sein

sollte, von der Amon die ganze Zeit gesprochen hatte, dann hatten die Frauen nicht allzu viel zu befürchten.

David setzte einen interessierten Gesichtsausdruck auf, in der Hoffnung, Sven möge ihm seine Skepsis nicht anmerken. Er wollte seinen neuen Meister schließlich nicht beleidigen.

»Und Ihr glaubt wirklich, dass man sich damit in die Lüfte erheben kann? Ich meine, es sieht alles noch ein bisschen unfertig aus.«

»Das täuscht.« Sven schaute ihn über den Rand seiner Brille scharf an. »Der Donnervogel ist fertig, und er wird fliegen. Ich habe die alten Pläne genau studiert, und meine Berechnungen waren gründlich. Aber wenn du mir nicht glaubst, dann halt dich jetzt gut fest.« Er drehte an einem Schalter. Es gab ein Donnern und ein Husten, dann sprangen die Motoren an. David wäre vor Schreck beinahe aus dem Cockpit gehüpft. Kreischend setzten sich die Propeller in Bewegung. David spürte, wie die Flugmaschine erzitterte. Aus den Abgasrohren quoll Rauch, der die Halle binnen weniger Sekunden vernebelte. Alles vibrierte, angefangen von den Bodenplatten bis hinauf zu den Tragflächen. Schrauben und Muttern hüpften auf den Bodenblechen herum. Der Lärm war ohrenbetäubend.

»Ist das nicht herrlich«, schrie Sven. »Jeder dieser Motoren hat 420 Pferdestärken. Man kann richtig spüren, wie sie losbrettern wollen. Noch etwas mehr Schub, und die Bremsen könnten uns nicht mehr halten. Dann würden wir mitten durch das Tor katapultiert werden. Ich glaube, ich werde sie jetzt besser wieder ausschalten.«

»Ja, gerne.« David nickte vehement. Er ertappte sich dabei, wie er krampfhaft den Haltebügel an der rechten Seite umklammerte. Sven zog den Schubhebel wieder zurück, und

die Motoren wurden leiser. Schließlich fingen sie an zu stottern und gingen aus. David schlug im Geiste drei Kreuze.
»Wenn der Donnervogel seinen ersten Testflug absolviert hat, werden wir weitere Fluggeräte bauen«, sagte Sven mit leuchtenden Augen. »Größere. Bessere. Maschinen, die nicht nur Bomben, sondern auch Personen transportieren können. *Truppen*. Damit könnten wir bis tief ins Feindesland vordringen und unsere Gegner in ihren eigenen Heimatstädten angreifen. Stell dir vor, welchen Vorteil uns das verschaffen würde. Wir wären die Herren der Welt.« Er lächelte versonnen, doch dann wurde er wieder ernst. »Na ja, eigentlich darf ich dir das ja gar nicht erzählen; aber ich freue mich nun mal, dass ich endlich jemanden gefunden habe, der mir bei der Entzifferung der alten Pläne helfen kann. Außerdem bin ich ein altes Waschweib mit einem Hang zu billigem Fusel. Es würde mich erleichtern, wenn ich einen Copiloten mit an Bord habe.« Er zog ein silbernes Fläschchen aus der Innentasche seiner Weste und nahm einen Schluck. »Auch einen?«
David schüttelte den Kopf.
Sven haute den Stöpsel wieder drauf und steckte die Flasche zurück. »Na ja, jedenfalls hast du jetzt gesehen, was wir hier planen, und dass ich dabei deine Hilfe brauche. Ich habe vor, in den nächsten Tagen ein paar Tests zu machen, und dann geht's auf in die Lüfte. Wenn ich abstürze und mir den Hals breche, habe ich ja jetzt einen, der meine Arbeit fortsetzen kann.« Er lachte, doch so richtig unbeschwert klang es nicht. Umso besser, dachte David, dann war er wenigstens vorsichtig.
Sven streckte sich und gähnte herzhaft. »Komm, essen wir noch eine Kleinigkeit und hauen uns dann aufs Ohr.«

David wartete, bis Sven die Leiter hinabgeklettert war, und folgte ihm dann. Der Konstrukteur war eigentlich ganz in Ordnung. Er schien so etwas wie ein moderner Leonardo da Vinci zu sein, ein Mann, der mit Liebe und Leidenschaft bei der Sache war und der Visionen und Träume hatte. Und was er da baute, war tatsächlich in höchstem Maße interessant. So gesehen, hätte es David weitaus schlechter treffen können. Wenn es ihm jetzt noch gelang, Meister Stephan von den neuesten Ereignissen zu berichten und ihn über seinen Verbleib zu informieren, würden sich die Dinge vielleicht doch noch zum Guten wenden. Doch darüber wollte er sich erst morgen den Kopf zerbrechen. Der heutige Tag ging zu Ende, und es war weiß Gott genug geschehen. Müde folgte er Sven in den hinteren Teil der Halle.

23

Er war noch nicht weit gekommen, als ihn ein Knurren aufschreckte. Grimaldi stand da mit gekräuselter Nase, den Schwanz zwischen die Hinterläufe geklemmt. Sein Fell war gesträubt, und zwischen seinen Lefzen traten die Zähne hervor. David wollte schon eine spöttische Bemerkung loslassen, da fiel ihm urplötzlich das Erlebnis mit den Wolfshunden wieder ein. »Meister Sven?«
»Nicht *Meister*«, kam es von hinten. »Einfach Sven, das habe ich dir schon mal gesagt.«
»Ich glaube, hier stimmt etwas nicht.«
Das Klappern der Kochtöpfe verstummte. Hinter dem Herd tauchte der Kopf des Konstrukteurs auf. »Wieso? Ich wollte uns gerade ein schönes Stück Fleisch in die Pfanne hauen.«
»Ihr solltet lieber mal herkommen.«
»*Du.*« Sven wischte seine Hände an der Hose ab. »Du sollst mich doch duzen, auch das habe ich dir schon mal gesagt.« Er seufzte. »Na egal, was ist denn los?«
David deutete auf Grimaldi.
Sven betrachtete den Hund mit belustigtem Blick. »Der sieht aus, als hätte er einen Stromschlag bekommen. Ich hab doch gesagt, du sollst ihn von den Kabeln fernhalten.«
David schüttelte den Kopf. »Ich glaube, es ist etwas anderes. Er reagiert sehr empfindlich auf fremde Gerüche.«
»Ach so.« Sven zuckte die Schultern. »Das kann schon sein, manchmal liegen hier tote Ratten herum. Ich sollte wirklich von Zeit zu Zeit mal ...«

»Das ist es nicht.« David schüttelte den Kopf. »Grimaldi hat Nerven wie Drahtseile. Wenn er so aussieht, dann hat das einen Grund. Irgendetwas ist da draußen ...«
»Hm.« Sven strich über seinen Stoppelbart. »Könnte jemand von der Wachmannschaft sein, auch wenn das sehr ungewöhnlich wäre. Um diese Zeit lassen die sich normalerweise nicht mehr blicken. Ist wohl besser, wenn ich mal nachsehe.«
Er ging zu einem Schrank neben der Schiebetür, nahm ein Gewehr heraus, überprüfte, ob es geladen war, und öffnete die Tür. Das Licht warf einen hellen Streifen über den Vorplatz. Sven ging ein paar Schritte, dann verschwand er in der Dunkelheit.
Ein Schwall kühler Nachtluft schlug David ins Gesicht. Einen Moment lang blieb er stehen, dann schluckte er seine Angst hinunter und folgte dem Konstrukteur. Er wollte gerade nach ihm rufen, als Grimaldi mit wütendem Knurren an ihm vorbeischoss und ebenfalls in der Dunkelheit verschwand.
»Wirst du wohl hierbleiben? *Grimaldi* ...«
Weiter kam er nicht.
Kräftige Hände packten ihn und hielten seinen Mund zu. Er fühlte, wie er von den Füßen gerissen wurde und hart auf dem Boden aufschlug. Mehrere dunkle Gestalten umringten ihn. Er sah Waffen aufblitzen, dann hörte er einen Schrei. Dumpfes Keuchen ertönte. Irgendwo wurde gekämpft. Grimaldis Gebell zerriss die Nacht, endete jedoch in einem schrillen Winseln. David wollte sich aufrichten, wurde aber wieder brutal zu Boden gedrückt. Er versuchte zu schreien, doch sein Mund wurde mit eiserner Kraft zugehalten. Er hörte, wie Stoff zerrissen wurde, dann steckte man ihm

einen Knebel in den Mund. Er war so hart, dass er keine Luft bekam. David versuchte, durch die Nase zu atmen. Irgendjemand hob seinen Kopf an und zog ihm einen Sack darüber. Er konnte nichts mehr sehen, und rufen konnte er erst recht nicht. Blieben nur noch seine Ohren, und was er hörte, ließ ihm das Blut in den Adern gefrieren. Svens Grunzen und Stöhnen nach zu urteilen, hatte man ihm ebenfalls den Mund verbunden, aber immerhin war er am Leben. Von Grimaldi war nichts zu hören. Wehe, diese Bastarde hatten seinem Hund etwas angetan. David versuchte, seine Hände freizubekommen, aber es gelang ihm nicht. Sie hatten sie mit Ketten zusammengebunden. Wer waren *sie* überhaupt? David konnte nichts erkennen. Ein paar gezischte Laute, verhaltenes Gemurmel, das war alles. Wer immer diese Leute waren, sie gingen überaus brutal vor.
Ehe er einen weiteren Gedanken fassen konnte, wurde er gepackt und über den Boden geschleift. Sein rechter Schuh löste sich und fiel vom Fuß. Er spürte, wie das Gestrüpp seine Haut zerriss. Stöhnend vor Schmerz versuchte er, sein Bein anzuziehen, doch das gelang nur halb. Mit vor Schmerz zusammengebissenen Zähnen erwartete er das Schlimmste. Nach einer schmerzhaften Strecke über scharfkantige Steine wurde er hochgehoben und mit dem Bauch voraus auf einen warmen, gewölbten Untergrund geworfen. Animalischer Geruch stieg ihm in die Nase. Eine Mischung aus Schweiß und Heu. Ein dumpfes Schnauben erklang. Der Untergrund bewegte sich. Er hörte das Klappern von Hufen. Eine Kuh vielleicht oder … ein Pferd?
Wer benutzte denn heutzutage noch Pferde, außer bei der Feldarbeit? Seine Gedanken wirbelten durcheinander wie Blätter in einem Sturm. Plötzlich fuhr es ihm durch Mark

und Bein. Die Erkenntnis traf ihn mit der Wucht eines Vorschlaghammers. *Hexen!*
Nur sie ritten auf Pferden.
Seine Arme wurden in die Länge gezogen und irgendwo festgebunden, seine Beine ebenfalls. Wie ein Stück Vieh wurde er verladen und abtransportiert. Aber wohin? Was hatten sie mit ihm vor? Panik stieg in ihm auf. Die Worte des Inquisitors dröhnten in seinem Kopf: *Noch nie ist es einem von uns gelungen, zu fliehen.*
Er zog und zerrte an seinen Fesseln. Die Ketten schnitten in seine Haut, gaben aber auch nicht das kleinste bisschen nach. Von Wut und Verzweiflung getrieben, schlug und trat er um sich. Er spürte, dass sein Fuß etwas traf. Er hörte einen Schmerzenslaut, dicht gefolgt von einem Fluch. Eindeutig keine Männerstimme. Er hatte also recht. Ehe er seinen Befreiungsversuch fortsetzen konnte, spürte er, wie ihm jemand den Kopf nach unten drückte. Er hörte etwas durch die Luft sausen, dann explodierten tausend Sterne in seinem Kopf. Einen Moment lang glaubte er, es sei helllichter Tag geworden, dann sackte er vornüber und verlor das Bewusstsein.

Als er erwachte, war da nur Schmerz. Ein dumpfer, pochender Schmerz im Hinterkopf. Er versuchte sich aufzurichten, vergebens. Arme und Beine ließen sich nicht bewegen, sein Körper wurde wie durch ein Gewicht zu Boden gedrückt. Soweit er feststellen konnte, lag er auf dem Rücken, Körper und Gesicht nach oben gewandt. Sein Kopf fühlte sich an, als wäre ein Maulwurf darin, der versuchte, sich den Weg nach draußen zu graben. Bruchstückhaft fiel ihm wieder ein, was passiert war: der Überfall, die Entführung, der Schlag

auf den Hinterkopf. Sehen konnte er nichts, er hatte immer noch den Sack über dem Kopf. Aber er erkannte, dass es Tag sein musste. Durch den groben Stoff fiel Sonnenlicht. Ein schmaler Strahl passierte das grobmaschige Gewebe und stach ihm bis in die hintersten Hirnwindungen. Er stöhnte. Es war Nacht gewesen, als man ihn gefangen genommen hatte. Dem Gefühl in seinem Mund nach zu urteilen, mussten einige Stunden vergangen sein. Die Zunge klebte ihm am Gaumen, und seine Lippen fühlten sich trocken und rissig an. Immerhin war der Knebel verschwunden.
»Ich glaube, er ist wach.«
»Zieh ihm den Sack vom Kopf, Kendra. Ich will ihn sehen.«
Kendra, was war das für ein Name? Sehr christlich klang der nicht. David spürte, wie jemand eine Schlaufe um seinen Hals löste, dann wurde der Stoff von seinem Gesicht gerissen.
Die plötzliche Helligkeit ließ ihn die Augen zusammenkneifen. Als er sie wieder öffnete, bemerkte er, dass er von fünf schrecklich aussehenden Gestalten umgeben war, eine schlimmer als die andere. Die Weiber waren furchterregend. Gesichtsbemalung, Knochenketten, filzige Haare. Ihre Lippen waren schwarz bemalt, dazwischen blitzte eine Reihe totenbleicher Zähne auf. Um ihre Augen waren Zackenmuster gemalt, und über Hals und Schultern wanden sich diabolische Schlangen. Die, die ihm am nächsten stand, hielt immer noch den Sack in der Hand; doch da war noch etwas anderes. Eine etwa zwanzig Zentimeter lange Klinge schimmerte im Sonnenlicht. Ihre Spitze war genau auf seine Kehle gerichtet. Mit vor Entsetzen geweiteten Augen wich er zurück.
Die Hexe mit dem Dolch trat auf ihn zu, packte das Seil, das um seinen Hals geschlungen war, und beförderte ihn nach

vorne. Mit einem Ruck, dass er das Gefühl hatte, sein Genick würde brechen, landete er im Staub.
»Was für ein erbärmlicher Wurm«, sagte sie. »Der ist ja noch grün hinter den Ohren.«
»Der andere ist dafür älter«, sagte eine zweite Hexe. Der Frau konnte man ansehen, dass sie schon viele Winter erlebt hatte. Sie war kräftig und muskulös. Ihr Gesicht wies einige harte Linien auf, und in ihren Augen glomm ein dunkles Feuer. Offensichtlich die Anführerin.
»Ich bin sicher, dass er mit uns reden wird. Vorausgesetzt, er wacht irgendwann mal wieder auf.« Sie schaute nach rechts. David folgte ihrem Blick und sah einen schmutzigen Haufen am Boden liegen. Erst beim genaueren Hinsehen erkannte er, dass es der Körper des Konstrukteurs war.
»Meister Sven«, rief er entsetzt. »Was ist mit Euch? Geht es Euch gut?«
»Er macht nur ein kleines Nickerchen«, sagte die Kräftige. »Nichts, worüber du dir den Kopf zerbrechen müsstest.«
»Was habt ihr mit ihm gemacht? Wie könnt ihr …« Weiter kam er nicht. Ein trockenes Husten entrang sich seiner Kehle, und er konnte nicht weitersprechen. Sein Hals brannte wie Feuer. Mordra wedelte mit der Hand. Eine Frau, die eine Kräutertasche um den Hals trug, brachte einen Wasserschlauch. Sie war etwas fülliger und sah nicht ganz so furchterregend aus.
»Hallo«, sagte sie. »Mein Name ist Philippa. Ich bin die Heilerin. Hast du Verletzungen, um die ich mich kümmern sollte?« David schüttelte den Kopf, griff aber gierig nach dem Wasserschlauch. Er hatte kaum zwei Schlucke getrunken, da ging Mordra dazwischen und nahm ihm den Schlauch wieder weg.

»Das reicht. Wie heißt du?«
»David«, keuchte er.
»Und was machst du? Woher kommst du?«
»Vom Kloster des heiligen Bonifazius«, sagte David. »Ich arbeite im Skriptorium als Archivar und Buchhersteller. Wer seid ihr und was wollt ihr von uns?«
»Ich stelle hier die Fragen«, schnauzte Mordra ihn an. »Wie lautet der Name deines Begleiters?«
»Meister Sven«, stammelte David. Der Dolch war immer noch auf ihn gerichtet. »Er ... er ist Konstrukteur. Ich soll ihm dabei helfen, alte Pläne und Schriften zu entziffern.«
»Schön«, sagte Mordra. »Kennst du dich in der Raffinerie aus?«
»Die Raffinerie ...? Ich verstehe nicht, was Ihr meint ...«
Mordra holte aus und schlug ihm heftig ins Gesicht. Seine Wange glühte wie ein feuriger Schürhaken.
»Versuch nicht, mich mit deinem Gestammel hinzuhalten. Antworte, oder ich mache gleich hier und jetzt kurzen Prozess mit dir.«
»Ich ... nein. Ich kenne die Raffinerie nicht.« Er schüttelte den Kopf. Sein Mund schmeckte nach Blut. »Ich bin gestern erst mit einem Truppentransport angekommen.«
Einige der Hexen stießen Verwünschungen und zornige Rufe aus. »Ich habe dir gesagt, dass das ein Fehlgriff war«, sagte die mit dem Messer. »Jetzt müssen wir noch mal zurück.«
»Das ist unmöglich, und das weißt du«, erwiderte Mordra. »Es wimmelt dort jetzt von Wachposten. Außerdem: Wer sagt denn, dass er nicht lügt? Ich würde ihn erst einer ausgiebigen Befragung unterziehen, ehe wir die Hoffnung aufgeben. Außerdem haben wir ja noch den anderen. Vielleicht kennt er sich ja besser aus. Oder wie siehst du das, Junge?«

David blickte verständnislos zwischen den Frauen hin und her. Er hatte nicht die geringste Ahnung, was sie eigentlich von ihm wollten. Nur, dass es verdammt ernst war, das spürte er.
»Was ist los? Hat es dir die Sprache verschlagen? Du sollst antworten.« Kendra zog wieder an der Leine, heftiger noch als zuvor. Erneut landete er mit dem Gesicht voraus im Staub. Der Schmerz war atemberaubend. Tränen stiegen ihm in die Augen. Würgend und hustend blieb er liegen.
»Ist gut«, hörte er die Stimme von Philippa. »Lass ihn in Ruhe. Du siehst doch, dass er völlig verwirrt ist. Er hat Angst.«
»Na und? Soll er doch. Er wird in den nächsten Tagen noch viel mehr Angst bekommen. Hoch mit dir, Junge.« Das kräftige Weib packte ihn und zerrte ihn auf die Füße. »Wir müssen weiter. Legt den anderen wieder auf den Sattel. Diesen hier könnt ihr am Pferd festbinden, er kann laufen. Juna, kümmere dich um ihn. Sollte er Schwierigkeiten machen, zieh ihm eins mit der Gerte über.«
Davids Blick fiel auf die Frau namens Juna. Sie stand etwas abseits und war bisher recht schweigsam gewesen. Sie schien die jüngste unter den Frauen zu sein, auch wenn er ihr wahres Alter unter der geheimnisvollen Gesichtsbemalung nicht erkennen konnte. Das Besondere war, dass sie einen Falken auf der Schulter trug. Ein schönes Tier mit prächtig glänzendem Gefieder. Ihre Haare waren von einem goldenen Helm verdeckt, unter dem jedoch eine rote Locke hervorschaute. Auch der Rest ihres Körpers war schwer gepanzert. Von allen Hexen war sie die exotischste Erscheinung. Ein Geheimnis umgab sie, das schwer in Worte zu fassen war. Ihre unergründlich grünen Augen ließen keinen Schluss zu, was

sie dachte oder fühlte. Während die Frau seine Ketten auf seinem Rücken löste, würdigte sie ihn keines Blickes. Erst als sie vor ihn trat, um sie vor seinem Körper wieder zusammenzubinden, trafen sich ihre Blicke. David hatte das Gefühl, als schaue er in die Augen einer Sphinx.

24

Juna versuchte, sich ihre Überraschung nicht anmerken zu lassen. Hatte sie nicht gestern Abend schon das Gefühl gehabt, den Kerl zu kennen? Ihre Vermutung war jetzt zur Gewissheit geworden. Es war der junge Mönch, den sie am Kreis der Verlorenen beobachtet hatte. Der mit dem Baby.
Aber wie kam er hierher? Was war geschehen, dass er sich hier aufhielt, fünfzig Kilometer vom Steinkreis entfernt? In Anbetracht der zerstörten Straßen und der öden, überwucherten Gegend beinahe ein Ding der Unmöglichkeit. Und doch war er hier.
Was hatte er gesagt, woher er stammte? Das Kloster vom heiligen Bonifazius sagte ihr nichts; sie wusste aber, dass nicht allzu weit vom Steinkreis entfernt eine Niederlassung christlicher Mönche existierte. Seine Geschichte, dass er erst kürzlich in die Raffinerie gekommen sei, konnte also durchaus stimmen. Sie beschloss, der Sache auf den Grund zu gehen.
»Juna?«
»Hm?« Sie schrak aus ihren Gedanken auf.
»Bist du so weit?«
Juna nickte. »Natürlich. Klar. Verzeih, wenn ich gerade etwas abwesend war. Ich binde ihn nur schnell noch am Pferd fest.«
»Gut, aber beeil dich. Die Sonne steigt immer höher, und wir sind noch nicht aus der Gefahrenzone heraus. Also alle aufsitzen und dann nichts wie weiter.«

Juna schlang ein Seil um die Ketten und befestigte es an ihrem Sattel. Der Mönch beobachtete ihre Bewegungen mit hasserfülltem Blick. Wäre er ein Kämpfer gewesen, so hätte sie jetzt auf der Hut sein müssen. Aber sie spürte, dass dieser Junge noch nie in seinem Leben eine Waffe in der Hand gehabt hatte.

»Wie war noch mal dein Name?«

»David.«

»Meiner ist Juna. Also pass auf, David: Ich sage es nur einmal. Ich werde dich im Auge behalten. Mach mir keine Schwierigkeiten, sonst setzt es etwas hiermit.« Sie hob ihre Reitgerte. »Lauf einfach im selben Tempo wie ich. Wenn du anhalten möchtest, sag Bescheid und bleib nicht einfach stehen, verstanden?« Ein Nicken, mehr bekam sie nicht. Auch recht, ihr war sowieso nicht nach Reden zumute.

Sie schwang sich auf den Schecken und schnalzte mit der Zunge. Das Pferd setzte sich in Bewegung.

Juna kam der Weg durch den Bewässerungsgraben diesmal länger vor. Es lag etwas in der Luft, das sie nervös nach allen Seiten Ausschau halten ließ. Erst als sie die ersten Ausläufer der großen Wälder erreichten, entspannte sie sich allmählich. Im Schutze der Bäume ritt es sich bedeutend angenehmer.

Ihr brannte die Kehle. Sie stieg ab und nahm einen Schluck aus dem Wasserschlauch. Als sie ihn wieder absetzte, streifte sie den Blick ihres Gefangenen. »Auch etwas?«

Feindselige Blicke waren die Antwort. Sein Kopf war gerötet, seine Augen glänzten, und auf seiner Kutte waren Schweißflecken zu sehen. Ihm war anzusehen, dass er Durst hatte, doch sein Stolz schien ihm zu verbieten, ihr Angebot anzunehmen.

»Ich frage kein zweites Mal«, sagte Juna. »Ich weiß, dass du Durst hast. Also, was ist?«
Er blieb störrisch.
»Wie du willst.« Sie steckte den Korken zurück auf den Behälter.
»Was habt ihr mit meinem Hund gemacht?«
Juna hob überrascht die Brauen. Das war das erste Wort, das er seit über zwei Stunden mit ihr gewechselt hatte. Inzwischen war es Mittag geworden.
»Was hast du gesagt?«
»Mein Hund. Was habt ihr mit ihm gemacht?«
»Dein Hund? Ich erinnere mich an keinen Hund.«
»Er muss dir aufgefallen sein. Ein kleiner Mischling. Zerschlissenes Ohr, hinkte auf einem Bein.«
Juna kramte in ihrer Erinnerung. Ihr war kein Hund begegnet. Sie erinnerte sich jedoch undeutlich an ein Kläffen und Jaulen, unmittelbar nachdem sie den älteren Mann überwältigt hatten. Jetzt fiel ihr wieder ein, dass sie ja einen Köter im Steinkreis gesehen hatte. Ein hässliches Tier.
Sie pfiff auf zwei Fingern. Die anderen Brigantinnen hielten an. »Was ist los?« Mordra hatte ihr Pferd gewendet und kam zu ihr zurück.
»Hat eine von euch bei dem Angriff gestern Nacht einen Hund gesehen? So einen kleinen Kaninchenfänger mit stechendem Blick.«
»Meinst du diesen Köter mit dem kaputten Ohr und dem Hinkebein? Der hat mir fast die Wade zerrissen.« Sie deutete auf einen blutigen Kratzer unterhalb ihres Knies. »Kam angeschossen wie der Blitz. Ist einfach auf mich losgegangen. Ich dachte, ein Rudel Wölfe würde über mich herfallen. Ich hatte alle Mühe, ihn auf Abstand zu halten. Irgendwann

konnte ich ihn mit einem Fußtritt zur Seite schleudern. Ich hoffe, ich habe dem Vieh das Genick gebrochen.«
Juna blickte David an. »Frage beantwortet?«
David sagte kein Wort. Für einen kurzen Moment sah es so aus, als würde er aus seinem Schneckenhaus herauskommen, doch dann zog er sich wieder die Maske des Schweigens über. Der Blick, den er ihr zuwarf, drückte nichts als Verachtung aus. Juna seufzte. Es konnte ihr eigentlich egal sein, was er über sie dachte; dennoch wurmte es sie, dass er ihr das Gefühl gab, sie trage die alleinige Schuld an allem. Dabei war sie die Einzige, die in ihm nicht nur ein seelenloses Stück Vieh sah.
»Dann wollen wir mal«, sagte sie und ließ die Zügel schnalzen. Langsam trabte der Schecke an, und die Gruppe setzte ihren Weg fort.

Es war irgendwo zwischen Ingran und Alcmona, als Sven zu sich kam. Erst stieß er ein Stöhnen aus, dann fing er an, mit den Beinen zu zappeln. Wieder musste der Trupp anhalten. Sie waren mittlerweile kaum noch zwanzig Kilometer von Glânmor entfernt. Die Frauen wurden unruhig. Sie wären jetzt alle gerne weitergeritten, trotzdem mussten sie nachsehen, ob es dem Gefangenen gutging. Sven hatte sich während der vergangenen Nacht als außerordentlich unkooperativ erwiesen. Zweimal war er erwacht, zweimal musste er ruhiggestellt werden, weil er so einen Aufstand machte. Am Schluss hatten sie sich nicht anders zu helfen gewusst, als ihn zu knebeln und ihm ein paar Tropfen Schlafmohn zu verabreichen. Blieb nur zu hoffen, dass die Dosis nicht zu stark ausgefallen war.
»Helft ihm aus dem Sattel und gebt ihm etwas zu trinken«,

befahl Mordra. »Und seht nach, ob er die Betäubung unbeschadet überstanden hat.«

Juna sprang aus dem Sattel und half den anderen dabei, den Mann auf den Boden zu stellen. Seine Beine waren recht schwach, und sie mussten ihn stützen. Als sie den Knebel entfernten und ihm den Wasserschlauch reichten, begann er, gierig daran zu saugen. Danach wurde er gründlich von Philippa untersucht. Sie testete Augenreaktionen und Gehör, und was sie sah, schien sie zufrieden zu stimmen. »Alles in Ordnung«, sagte sie. »Er ist zwar angeschlagen, aber er hat es gut überstanden. Noch einmal würde ich ihn allerdings nicht betäuben. Die Dosis hätte ausgereicht, um eine Herde Kühe in Tiefschlaf zu versetzen. Vermutlich sind dabei einige Gehirnzellen auf der Strecke geblieben.«

»Selbst schuld«, sagte Mordra. »Was musste er sich auch wie ein Berserker aufführen? Wollen mal hoffen, dass noch genug Verstand übrig ist, um uns einige Fragen zu beantworten. Bei den wenigen Gehirnzellen, die solch eine Kreatur hat, kann ein Absterben natürlich dramatische Folgen haben.« Allgemeines Gelächter ertönte. Das Geräusch schien Sven vollends aufzuwecken. Er hustete, röchelte, dann übergab er sich vor Mordras Füße. Ein Schwall gelblicher, übelriechender Flüssigkeit klatschte vor ihr auf den Boden und spritzte über ihre Schuhe. Angewidert verzog sie das Gesicht. »Meinst du, er kann laufen?«

Philippa nickte. »Ich denke, es geht ihm gut. Ein paar Minuten noch, dann ist er wieder ganz der Alte.«

»Die Frage ist, ob das so erstrebenswert wäre.« Mordra schwang sich zurück in den Sattel und funkelte Sven an. »Wenn du wieder anfängst, Theater zu machen, kommt der Knebel ganz schnell wieder rein, hast du mich verstanden?«

Sven wischte sich über den Mund. Der Kampfeswillen war aus seinen Augen verschwunden. Sein Hemd war bedeckt mit Staub, Blut und Erbrochenem. Er bot einen bemitleidenswerten Anblick.
»Gut«, sagte Mordra. »Dann können wir ja jetzt vielleicht das letzte Wegstück ohne weitere Verzögerung zurücklegen.«

Wieder setzte sich die Gruppe in Bewegung. Juna beobachtete die beiden Gefangenen aus dem Augenwinkel. Der Alte schien ein harter Brocken zu sein. Seine Verachtung für das weibliche Geschlecht war ihm deutlich anzusehen. Und der Junge? Den konnte man genauso gut freilassen. Der wusste nichts, da war sie sich ziemlich sicher. Aber natürlich war das ausgeschlossen, er würde sofort zurücklaufen und die anderen informieren.
»Wie geht es dir, Sven?«, flüsterte David in ihrem Rücken. Vermutlich glaubte er, sie könne ihn nicht hören, doch da täuschte er sich. Juna verfügte über Ohren wie ein Luchs.
»Scheiß-Betäubungsmittel«, antwortete der Alte. »Ich komme mir vor wie ausgekotzt. Wüsste zu gerne, was die mir gegeben haben.«
»Eine der Hexen erwähnte etwas von Schlafmohn.«
»Schlafmohn? Na, dann wundert mich nichts mehr. Ich bin im Traum durch die sieben Kreise der Hölle gewandert. Verdammtes Teufelswerk.« Er spuckte auf den Boden. »Ich sage dir, das war erst der Anfang. Jetzt werden sie uns so lange durch die Mangel drehen, bis wir nicht mehr wissen, ob wir Männlein oder Weiblein sind.«
»Was meinst du, wohin bringen sie uns?«
»Vermutlich nach Glânmor.«
»Glânmor?«

»Ihre Hauptstadt. Wollte ich immer schon mal hin.« Er kicherte leise.

»Was wollen die überhaupt von uns?«, flüsterte David. »Eine von ihnen hat mich über die Raffinerie ausgefragt. Kannst du dir einen Reim darauf machen?«

»Die Raffinerie?« Sven hustete. »Vielleicht wollen sie einen Angriff darauf starten. Aber da werden sie bei mir auf Granit beißen. Nicht ein Sterbenswörtchen werden die aus mir herausbekommen.«

»Und was ist mit mir? Ich weiß doch gar nichts.«

»Tja, Pech, mein Junge«, flüsterte Sven. »Sie werden dir nicht glauben. Sie werden trotzdem versuchen, etwas aus dir herauszupressen, und ich kann dir jetzt schon versprechen, dass das sehr unangenehm wird. Ich will dir nichts vormachen: Die Chancen, dass wir lebend zurückkehren, sind denkbar schlecht. Aber lass den Kopf nicht hängen. Solange wir noch bei klarem Verstand sind, besteht noch Hoffnung.«

25

Glânmor wurde von einem mächtigen Wall geschützt, der die Stadt wie eine mittelalterliche Festungsanlage umschloss. Alle dreihundert Meter standen Wachtürme. Auf der Wallkrone patrouillierten bewaffnete Posten, und die vier Tore – eines in jede Himmelsrichtung – wurden rund um die Uhr bewacht. Angesichts dieser Vorsichtsmaßnahmen war es kein Wunder, dass es bisher noch niemandem gelungen war, die Stadt zu stürmen oder gar zu erobern. Viele hatten es versucht – David kannte die Geschichten –, aber alle waren sie gescheitert. Niemand wusste, wie die Stadt aufgebaut war, wo ihre Schwachstellen lagen und wie man vorgehen musste, um sie gegebenenfalls einnehmen zu können. Von weiblichen Gefangenen war keine Information zu erwarten. Die würden lieber sterben, als etwas zu verraten. Es lag wohl so etwas wie religiöse Inbrunst in der Art, wie sie das Geheimnis ihrer Stadt schützten. Glânmor war ein großes Fragezeichen, und es gab viele Leute, die ihren gesamten Besitz geopfert hätten, um dieses Geheimnis zu lüften.

Je näher der Trupp dem großen Nordportal kam, desto bewusster wurde David, dass er gleich Zeuge von etwas werden würde, das nur wenige Männer vor ihm zu sehen bekommen hatten. Er stand im Begriff, ein Rätsel zu lösen, an dem sich viele Generationen vor ihm die Zähne ausgebissen hatten.

Ihm wurde unbehaglich zumute. Die dunklen Torflügel sahen aus wie die Pforten zur Unterwelt. Ob dahinter wohl die neun Kreise der Hölle auf ihn warteten?

»Na, mein Junge, freust du dich schon auf den großen Augenblick?« Sven hatte seinen Mund zu einem grimmigen Lächeln verzogen. »Was immer sich hinter diesen Wällen verbirgt, eines steht mal fest: Die Hexen sind mindestens so gut ausgerüstet wie wir. Schau dir nur diese Ballistas an. Sie sind mit Pfeilen bewaffnet, die einen ausgewachsenen Mann wie einen Schmetterling aufspießen könnten. Und erst die Armbrüste und die Holzbögen: In der Hand eines geübten Schützen stellen sie eine absolut tödliche Waffe dar. Und dass diese Brigantinnen etwas von ihrem Handwerk verstehen, daran hege ich nicht den geringsten Zweifel.« Er schüttelte den Kopf. »Tja, mein Lieber, ich will dir nichts vormachen. Wenn wir erst mal drin sind, werden wir nicht mehr herauskommen. Dann sitzen wir wie Ratten in der Falle.«

»Ich habe euch gesagt, ihr sollt schweigen.« Juna hatte sich zu ihnen umgedreht und funkelte sie böse an. »Noch eine Bemerkung, und ich ziehe euch eins mit der Gerte über. Wenn euch euer Leben lieb ist, solltet ihr jetzt den Blick senken und den Mund halten. Ich habe erlebt, wie Gefangene wegen Herumschreiens oder anderer Kleinigkeiten gesteinigt wurden, noch ehe sie ihre Kerker erreicht hatten. Also seid auf der Hut.«

David schwieg. Sven murmelte noch ein paar Verwünschungen, doch dann wurde auch er still. Sie spürten beide, dass es keine Schikane, sondern ein wohlgemeinter Ratschlag war. Überhaupt war Juna von allen Brigantinnen diejenige, die ihnen so etwas wie Respekt entgegenbrachte. Sie war zwar schroff und streng, aber wenigstens höflich. Wenn die anderen wieder mal Spott und Häme über sie ausgossen, hielt sie sich zurück oder versuchte auf sanfte Art zu verhindern, dass die Wellen höher schlugen.

David hätte etwas darum gegeben, sie einmal ohne Gesichtsbemalung zu sehen. Die Muster und Zeichen schienen ein Standessymbol zu sein. Ein Hinweis darauf, dass die Trägerin zur Kaste der Kriegerinnen gehörte. Und als sei das nicht faszinierend genug, besaß sie ja auch noch diesen Falken. Immerzu kreiste er irgendwo am Himmel und kam ab und zu herunter, um sich ein Stückchen Fleisch aus dem Futterbeutel zu holen. Ein wunderbares Tier mit weißem Bauch, hellbraunem Deckgefieder und braunen Augen. David hatte mitbekommen, dass sein Name Camal war und dass Juna ihn über alles liebte.

David hatte eine Theorie, was Tiere betraf. Seiner Meinung nach konnte jemand, der fähig war, einem Tier Liebe entgegenzubringen, nicht von Grund auf schlecht sein. Tiere waren nicht in der Lage, sich zu verstellen. Die Lüge war ihnen fremd. Sie waren offen und ehrlich, und deswegen spürten sie, wenn ein anderer sich verstellte oder falsch war. So gesehen ist jedes Tier immer auch ein Spiegel seines Herrn.

Als Camal wieder einmal angeflogen kam und sich auf Junas Schulter setzte, musste er an seinen Freund Grimaldi denken. Er erinnerte sich an die wunderbare Zeit, die sie miteinander verbracht, und an die Abenteuer, die sie erlebt hatten. Eine Woge von Trauer brandete über ihn hinweg. Ob er ihn wohl jemals wiedersehen würde? Für einen Moment schloss er die Augen und sprach ein stilles Gebet.

Die mächtigen Türflügel öffneten sich mit einem tiefen Knarren. Mordra und die anderen ritten voran, dicht gefolgt von Juna und Philippa mit dem Lastmaultier. Gesenkten Hauptes gingen die beiden Männer durch das Tor, misstrauisch beäugt von den Wachposten rechts und links des Weges. Ihr Schweigen verfolgte sie wie eine stumme Anklage.

Dann waren sie durch. Die erste Hürde war genommen. Vorsichtig wagte David, den Kopf zu heben. Vor ihnen erstreckte sich ein weites Tal, dessen Flanken mit Hunderten von seltsamen Gebäuden bedeckt waren. Die meisten bestanden aus Holz und waren entweder mit Riedgras oder verschiedenfarbigen Schindeln bedeckt, was jedem von ihnen ein unverwechselbares Aussehen verlieh. Da gab es schmale schlanke Häuser mit spitzen Giebeln, längliche Versammlungshallen mit geschnitzten Säulen, kirchenähnliche Türme, die steil in die Höhe ragten, sowie mehrstöckige Gebäude, in deren bogenförmigen Fenstern buntes Glas schimmerte. Fahnen, Banner und Sonnensegel flatterten im Wind, und zwischen den Markthallen und Tempeln stieg der Rauch vieler Dutzend Herdfeuer auf. Schmale Straßen schlängelten sich strahlenförmig die Hänge empor, unterbrochen von Gärten und baumbestandenen Plätzen. Das Zentrum der Stadt nahm ein kreisförmiger See ein, aus dessen Fluten ein kegelförmiger Berg aufragte. Auf seiner Spitze befand sich das wohl erstaunlichste Gebäude der ganzen Stadt: der große Tempel.

David merkte, wie er den Atem anhielt. Das Bauwerk war mit Abstand das schönste, das er je in seinem Leben gesehen hatte. Eine perfekte Symbiose zwischen Mensch und Natur. Architektur und Landschaft bildeten eine Einheit. Wer immer den Tempel geplant und gebaut hatte, musste ein Genie gewesen sein. Wie düster und trostlos wirkten dagegen die Ruinen der alten Stadt, wo Ratten und Fledermäuse regierten.

»Beeindruckend, nicht wahr«, flüsterte Sven. »Hätte nie gedacht, dass die Weiber so etwas auf die Beine stellen können. Hat man uns nicht immer gesagt, wir hätten es mit primitiven Wilden zu tun?«

David nickte. So manches, was man ihnen über die Hexen erzählt hatte, schien falsch zu sein.

»Vielleicht hat man uns aber auch bewusst belogen«, sagte Sven.

»Warum?«, fragte David. »Das gibt doch keinen Sinn.«

»Nicht für uns«, sagte Sven.

»*Nicht für uns,* was soll das heißen?«

»Ach gar nichts. Vergiss einfach, was ich gesagt habe.«

David dachte ein paar Sekunden über diese seltsame Bemerkung nach. »Wollt Ihr damit etwa andeuten, der Inquisitor …?«

Sven sagte nichts. Stattdessen verzog er den Mund zu einem grimmigen Lächeln. David hob überrascht die Brauen. Solche subversiven Gedanken hätte er dem Konstrukteur gar nicht zugetraut. »Seid bloß vorsichtig, was Ihr da sagt«, sagte er. »Solche Bemerkungen können Euch leicht auf den Scheiterhaufen bringen.«

»Ich habe doch gar nichts gesagt.«

»Aber gedacht, und das ist genauso schlimm. Seid bloß froh, dass ich keiner von diesen fanatischen Ordensrittern bin, die gleich zurückrennen und allen erzählen, was sie gehört haben.«

»Das dürfte dir im Moment auch schwerfallen.« Sven deutete auf eine Ansammlung wütender Frauen, die etwa hundert Meter weiter den Hügel hinunter die Straße blockiert hatten. Es sah so aus, als würden sie auf sie warten.

»Was hat das zu bedeuten?«, fragte Sven die Wächterin.

Juna drehte sich um und warf ihnen einen warnenden Blick zu. »Verhaltet euch ruhig«, sagte sie. »Und behaltet eure Köpfe unten. Ich habe befürchtet, dass so etwas passieren könnte.«

26

Mordra machte ein ernstes Gesicht. »Das sieht nicht gut aus. Sie haben die Straße komplett gesperrt. Es sind an die hundert Frauen, viele von ihnen tragen Waffen.«
»Meinst du, sie haben uns erwartet?« Juna öffnete den Verschluss ihres Schwerts. Sie hatte den Befehl erhalten, das Leben der Gefangenen zu schützen, und genau das hatte sie vor.
»Sieht fast so aus«, entgegnete die Anführerin. »Das ist keine zufällige Zusammenkunft. Irgendjemand will verhindern, dass wir die Gefangenen wohlbehalten in ihre Arrestzellen bringen.«
Wie auf ein Stichwort trat aus der Menge eine einzelne Gestalt hervor. Juna erkannte sie sofort.
»Edana.«
Die Ratsherrin blieb stehen und verschränkte die Arme vor der Brust. An ihrer Seite waren zwei Kriegerinnen, die sich links und rechts von ihr postierten. Ihre entschlossenen Gesichter ließen Schlimmes erahnen.
Mordra ritt auf sie zu und zog dann die Zügel. »Gebt den Weg frei, Edana. Wir sind auf dem Weg zu den Gefangenenquartieren.«
»Wir wissen, wohin ihr wollt«, sagte Edana mit einer Stimme wie frisch geschärfter Stahl. »Doch ihr habt da etwas bei euch, das uns gehört. Liefert uns die Gefangenen aus, dann könnt ihr ungehindert passieren.«
»Was soll das?«, fauchte Mordra. »Ist euch der Honigwein

zu Kopf gestiegen? Wir haben den Auftrag, die Gefangenen unversehrt in ihren Quartieren abzuliefern.«

Edana schüttelte den Kopf. »Euer Auftrag lautete, Gefangene zu machen und sie nach Glânmor zu bringen. Das habt ihr getan. Übergebt uns die beiden Teufel, damit wir uns um sie kümmern können.«

»Das entspricht nicht den Befehlen der Vorsitzenden Noreia. Wollt Ihr einen Aufstand anzetteln?«

»Es muss nicht dazu kommen, wenn ihr uns die Gefangenen überlasst«, sagte Edana. »Ich bin sicher, dass wir die Befragung schneller und effektiver durchführen können als ihr. Mir stehen die geeigneten Mittel zur Verfügung, sie zum Sprechen zu bringen.«

»Da bin ich sicher. Genauso, wie ich sicher bin, dass sie die erste Nacht nicht überleben werden. Ich kenne Euren Hass auf die Männer, Edana. Doch der Tod dieser Männer wird Euch Eure Tochter nicht zurückbringen, geschweige denn Euren Schmerz lindern.«

»Was wisst Ihr schon von meinem Schmerz, Mordra.« Die Ratsherrin trat einen Schritt vor. »Ich musste mit ansehen, wie meine Tochter geschändet und dann getötet wurde. Es waren Bilder, die sich in mein Gedächtnis gebrannt haben. Damals habe ich erkannt, dass die Männer durch und durch böse sind. Sie haben es nicht verdient zu leben.« Sie hob ihr Kinn. »Und jetzt genug geredet. Tretet zurück, oder wir werden uns die Gefangenen mit Gewalt holen.«

Mordra zog am Zügel. Sie schien mit sich zu ringen, ob es nicht tatsächlich das Beste wäre, den aufgebrachten Frauen die Gefangenen auszuliefern. Wütende Stimmen erhoben sich, erste Steine wurden geworfen. Die Situation stand auf Messers Schneide.

Juna hatte genug. Mit klarer, heller Stimme drängte sie nach vorne. »Volk von Glânmor, hört mich an! Ihr alle kennt mich, ich bin die Tochter unserer Hohepriesterin Arkana.« Bewunderndes Gemurmel erklang.

»Ich war dabei, als Alcmona überfallen wurde, und ich habe geholfen, die Stadt gegen den Angriff der motorisierten Horden zu verteidigen. Ich habe nie einen Hehl daraus gemacht, dass ich die Gemeinschaft der Männer für heruntergekommen und ihren Anführer, den Inquisitor, für den Teufel in Menschengestalt halte. Doch das hier geht zu weit.« Sie deutete auf die beiden Männer. »Die Gefangenen werden verhört, und sie werden ihre Strafe erhalten, aber so, wie das Gesetz es fordert. Nicht aus Rache, sondern aus dem Wunsch nach Frieden und Gerechtigkeit. Ihr wisst, dass ich auf eurer Seite stehe, doch wenn ihr euch die Männer mit Gewalt holen wollt, macht ihr mich zu eurem Feind. Jede von uns Brigantinnen hat einen Eid geschworen, den Befehlen des Hohen Rates zu folgen. Und bei allem, was uns heilig ist, das werden wir tun.«

Die wütenden Rufe wurden leiser, irgendwann verstummten sie ganz. Auch wenn sich Juna selbst nicht für eine große Rednerin hielt, ihre Worte schienen Eindruck gemacht zu haben. Einige der Frauen schüttelten die Köpfe und schickten sich an, nach Hause zu gehen. Doch noch hatte Edana nicht aufgegeben.

»Bleibt stehen«, rief sie. »So lassen wir uns nicht abspeisen.« An Juna gerichtet fuhr sie fort: »Das sind tapfere Worte, junge Kriegerin. Aber können wir sicher sein, dass die Befragungen wirklich stattfinden? Wir wissen, wie sanftmütig und nachgiebig deine Mutter gegenüber unseren Feinden ist. Sie predigt Mitgefühl und Nachsicht und rührt uns Honig in

den Wein mit ihrem Geschwätz von der gottgegebenen Verbindung zwischen Mann und Frau. Ich würde gerne wissen, wie du als ihre Tochter darüber denkst.«
Aller Augen richteten sich auf Juna.
Sie hob ihr Kinn. »Die Ansichten meiner Mutter stehen hier nicht zur Debatte«, sagte sie. »Meine Loyalität gilt nicht dem Priesteramt, sondern dem Hohen Rat. Seine Entscheidungen sind für mich maßgeblich, selbst wenn ich dabei gegen die Interessen meiner Mutter handeln sollte. Die Befragungen werden stattfinden, und zwar mit aller gebührenden Härte. Darauf gebe ich euch mein Wort. Doch wenn ihr uns weiter den Weg versperrt, kann ich für nichts garantieren. Ich fordere euch zum letzten Mal auf: Lasst uns unseren Auftrag zu Ende führen und behindert uns nicht länger.«
Eine Weile herrschte Schweigen, dann nickte Edana.
»Ihr seid eine Frau von Ehre, Juna, und ich vertraue Euch. Es gibt nicht viele, zu denen ich das gesagt hätte, also missbraucht mein Vertrauen nicht. Wir erwarten dann Euren Bericht.« An die anderen gewandt, rief sie: »Kehrt in eure Häuser zurück. Es gibt hier nichts mehr zu tun.«
Die Menge löste sich auf und zerstreute sich in alle Winde. Die Enttäuschung stand vielen Frauen ins Gesicht geschrieben. Offenbar hatten sie mit einem anderen Ausgang gerechnet.
»Danke«, kam eine Stimme von hinten. Es war David. »Danke, dass du uns das Leben gerettet hast.«
»Das Leben gerettet?« Juna schüttelte den Kopf. »Ich habe es bestenfalls um ein paar Stunden verlängert.« *Und meinen eigenen Hals mit in die Schlinge gesteckt,* dachte sie.

*

Die Gefängniszellen waren nicht viel mehr als zwei Käfige, die am Rande des Sees auf hölzernen Stegen über dem Wasser ruhten. Sie waren nach allen Seiten hin offen und wurden nur von einem kleinen hölzernen Dach geschützt. Es gab keine Seitenwände, kein Bett und keine sanitären Einrichtungen. Seine Notdurft musste man, über einem Loch hockend, in den See verrichten, und wenn Wind wehte, war man völlig ungeschützt. Der einzige Ein- und Ausgang führte vom Ufer aus über eine schmale hölzerne Rampe, die direkt bis an die Käfigtür reichte.
David schauderte.
Juna löste seine Ketten und anschließend die von Sven.
»Willkommen in eurem neuen Zuhause«, sagte Mordra von ihrem Pferd herunter. »Hier werdet ihr die nächsten Tage verbringen. So lange, bis wir entschieden haben, wann der Tag der Befragung gekommen ist.«
David massierte seine Handgelenke, während er auf die Kriegerinnen starrte, die mit gezogenen Waffen Wache hielten.
»Zu essen gibt es zweimal am Tag, zusammen mit einer Schüssel Wasser, damit ihr euch waschen könnt«, fuhr Mordra fort. »Die Zellen werden rund um die Uhr bewacht. Es ist euch gestattet zu reden, aber solltet ihr Lärm machen oder anderweitig unangenehm auffallen, wird man euch körperlich züchtigen, ist das klar?«
»Verstanden«, sagte David. Sven schwieg. Er schien sich entschlossen zu haben, nichts mehr zu sagen.
»Gut«, erwiderte Mordra. »Dann rein jetzt in eure Zellen. Ich lasse euch etwas zu essen bringen. Schlaft gut, und mögen die Göttinnen euch gnädig sein.«
David humpelte die Treppen hinauf. Seine Füße waren

wundgelaufen, und seine Knöchel schmerzten immer noch von den Dornen, durch die man ihn geschleift hatte. Wenigstens waren seine Hände wieder frei. Unbemerkt tastete er nach der Brusttasche auf der Innenseite seiner Kutte. Als seine Finger einen flachen, eckigen Gegenstand berührten, durchströmte ihn ein Gefühl des Glücks. Sein Buch, es war noch da. Sie hatten es nicht gefunden. Er schickte ein Dankgebet gen Himmel.
Der Holzboden der Zelle war mit dunklen Flecken übersät. In einer Ecke lag ein wenig Stroh, das aber kaum ausreichte, um darauf bequem schlafen zu können. Obwohl der Käfig nach allen Seiten offen war, stieg David ein unangenehmer Gestank in die Nase. Hilfesuchend blickte er Juna an.
In ihren Augen lag keine Wärme. »Was ist?«
»Können wir nicht wenigstens etwas mehr Stroh haben?«, flehte er. »Es gibt hier keinen Schutz, und die Nächte sind zurzeit recht kühl.«
»Sieh zu, dass du reinkommst. Ich werde versuchen, ob sich etwas machen lässt, aber versprechen kann ich dir nichts.«
Sie schob ihn unsanft nach vorne und stieß die Tür hinter ihm zu. Das Geräusch hallte wie ein Pistolenschuss in Davids Ohren.

27

Juna blickte zum Himmel empor. Die Sterne waren hervorgekommen, und in den Häusern brannten die Feuer. Der Geruch nach Essen lag in der Luft. Von irgendwoher erklang leiser Gesang.
Sie streckte sich. Gott, war sie müde. Sie spürte, wie anstrengend die letzten Tage gewesen waren. Sie sehnte sich nach einer Mahlzeit, einem warmen Bad und der Behaglichkeit ihres Bettes. Und vor allem sehnte sie sich danach, die Rüstung abzulegen und sich endlich zu waschen.
Warmes Licht drang aus Gwens Haus.
Sie klopfte an und ging hinein. Gwen war gerade dabei, einen Strauß Blumen auf den Tisch zu stellen. Ein Lächeln ließ ihr hübsches Gesicht erstrahlen.
»Juna!«
Sie eilte auf sie zu und schloss sie in die Arme. »Sie haben gesagt, dass ihr eingetroffen seid, aber ich wusste nicht, wann du kommen würdest. Du warst sicher erst noch bei Noreia und deiner Mutter, stimmt's?«
»Stimmt.« Juna und drückte Gwen einen Kuss auf die Stirn. »Ich bin so was von erledigt, du kannst es dir nicht vorstellen.«
»Komm, lass mich dir helfen, deine Sachen auszuziehen. Wozu brauchst du dieses ganze Zeug überhaupt, das muss ja mindestens zwanzig Kilogramm wiegen. Hast du das etwa die ganze Zeit angehabt?«
»Bis auf den Helm und die Knieschoner.«

»Puh.« Gwen wedelte mit der Hand, als sie den Brustpanzer löste. »Du kannst ein Bad gebrauchen, weißt du das?«
»Das glaube ich gerne«, grinste Juna. »Drei Tage ohne Wasser, ich stinke sicher wie ein Iltis.«
»Wie ein ungewaschener Iltis«, lachte Gwen. »Ich lasse dir sofort ein Bad ein. Danach gibt es etwas zu essen. Als ob ich deine Rückkehr geahnt hätte, habe ich heute Mittag Kanincheneintopf gemacht. Rühr dich nicht vom Fleck, ich bin gleich wieder da und helfe dir beim Ausziehen.«
Eine Viertelstunde später saß Juna in der Wanne und schloss genießerisch die Augen. Es ging doch nichts über ein warmes Bad, einen weichen Schwamm und etwas Duftöl. Wie sehr hatte sie sich danach gesehnt! Der Stress und die Anspannung fielen von ihr ab wie Blätter von einem Herbstbaum; zurück blieb nichts als Wohlbefinden und Behaglichkeit. Eine warme Decke aus Müdigkeit hüllte sie ein, und sie musste aufpassen, dass sie nicht einschlief. Irgendwann, als das Wasser nur noch lauwarm war, verließ sie die Wanne und trocknete sich ab. Dann zog sie ihr weißes Leinengewand über, band die Haare zurück und ging zurück ins Esszimmer. Gwen hatte die Zeit genutzt und Öllampen unter die Deckenbalken gehängt, die ihr goldenes Licht verschwenderisch über den gedeckten Tisch verteilten. Juna musste sich sehr zusammenreißen, um nicht wie ein hungriger Wolf über den Eintopf herzufallen. Erst als sie das Tischgebet gesprochen und mit Gwen angestoßen hatte, legte sie los. Die nächste halbe Stunde verlief sehr einseitig: Gwen plauderte, und Juna aß. Es gab nicht viel Neues aus Glânmor zu berichten, doch das war egal. Gwen verstand es wie keine zweite, über Belanglosigkeiten zu plaudern. Neuigkeiten aus den Häusern der Heilung, der neueste Klatsch, die spannendsten

Gerüchte. Bei ihr bekamen Dinge eine Wichtigkeit, über die Juna sonst mit einem Gähnen hinweggegangen wäre. Doch heute war es genau das Richtige. Gwens Worte strömten wie ein beruhigender Wasserfall über sie herein und bewirkten, dass ihr noch bei Tisch die Augen zufielen. Sie spürte, wie ihre Freundin ihr unter die Arme griff und sie zu ihrem Bett führte. Juna ließ sich hineinfallen und schlief noch in derselben Sekunde ein.

Irgendwann tief in der Nacht erwachte sie wieder. Sie war schweißgebadet. Gwens Arm lag über ihr wie eine Metallklammer. Die Luft im Zimmer roch salzig und abgestanden.
Vorsichtig löste sich Juna aus Gwens Würgegriff, schlug die Decke beiseite und setzte sich auf die Bettkante. Die Zunge klebte ihr am Gaumen, und ihr Hals war rauh. Leise stand sie auf und schlich in die Küche, wo sie einen Krug mit Wasser fand. Nachdem sie den ersten Becher geleert hatte, war sie hellwach. Sie wusste, dass sie etwas Seltsames geträumt hatte, aber sie konnte sich nicht erinnern, was. Nur, dass David darin eine Rolle gespielt hatte.
Für die Gefangenen war die erste Nacht immer die härteste. Die meisten weinten und jammerten oder wanderten unruhig auf und ab, ehe sie dann im Morgengrauen wie gerädert zu Boden fielen. Manche versuchten es mit Radau, aber dann kamen zu der Gefangenschaft noch die Prügel hinzu. Am Ende knickten alle ein. Das war der Grund, warum man sie erst nach drei oder vier Tagen befragte; sobald ihr Wille gebrochen war, waren sie bereit zu kooperieren.
Wie David sich wohl verhalten würde?
Aus einer plötzlichen Anwandlung heraus entschied sie, ihm

einen Besuch abzustatten. An Schlaf war jetzt sowieso nicht mehr zu denken. Erfahrungsgemäß konnte sie besser einschlafen, wenn sie sich ein bisschen die Beine vertreten hatte. Sie warf ein Schaffell über die Schultern, zog ihre Ledersandalen an und schlüpfte hinaus in die Nacht. Der kühle Wind fuhr durch ihr Kleid. Nach dem Stand des Mondes musste es zwei Uhr sein. Noch drei Stunden, dann würde die Sonne aufgehen.

Die Stadt lag in tiefem Schlummer. Selbst die Grillen hatten ihr Lied beendet und warteten auf die ersten wärmenden Sonnenstrahlen. Alles war von einer dünnen Schicht Tau überzogen. Glânmor sah aus, als gehöre es nicht in diese Welt.

Juna zog das Fell enger um die Schultern und eilte zum See hinab. Der Kies knirschte unter ihren Schuhen, als sie hinter der Schmiede abbog und den Weg zu den Gefangenenquartieren einschlug. Sie konnte die Käfige bereits aus einiger Entfernung sehen, direkt neben einem kleinen Wäldchen, an dem der Steg hinüber zur Tempelinsel begann.

Junas Blick wanderte hoch zum Tempel. Auch dort waren die Lichter erloschen. Dunkel und drohend zeichnete sich das Gebäude gegen den sternenübersäten Himmel ab. Früher hatte sie der Anblick mit Hoffnung erfüllt, aber heute Nacht empfand sie ihn als bedrohlich.

Sie hatte die Käfige fast erreicht, als eine leise Stimme an ihr Ohr drang. Eindeutig eine männliche Stimme. Juna schaute sich um. Die Kriegerin, die für die Nachtwache eingeteilt war, saß schräg gegenüber der Holzleiter und schlief. Im Käfig von Sven war alles ruhig, sah man einmal davon ab, dass der Mann auf der Seite lag und leise schnarchte. Die Stimme kam eindeutig aus Davids Käfig.

Der Mond zeichnete harte Schatten auf den Kies. Sie konnte

nicht genau erkennen, was im Käfig des Gefangenen vor sich ging, nur, dass er an den Gitterstäben lehnte und ihr den Rücken zuwandte.
Sie verließ den Kiesweg und betrat den Rasen. Geräuschlos näherte sie sich. Mit wem redete er da? Seine Stimme hatte einen seltsam monotonen Tonfall, so als würde er ein Gebet sprechen.
»Oh, sie nur lehrt die Kerzen, hell zu glühn!
Wie in dem Ohr des Mohren ein Rubin,
So hängt der Holden Schönheit an den Wangen
Der Nacht; zu hoch, zu himmlisch dem Verlangen.«
Juna runzelte die Stirn. Was waren das für Worte? Sie konnte nicht behaupten, auch nur die Hälfte dessen verstanden zu haben, was er sagte. Das Wort *Mohr* zum Beispiel hatte sie noch nie gehört. Trotzdem besaß der Text eine ungewöhnliche Kraft und Faszination. Es schien um Liebe zu gehen.
Leise schlich sie näher.
Nur wenige Schritte trennten sie noch von der Holztreppe. Wenn nur der Posten nicht aufwachte! Auf Zehenspitzen näherte sie sich der untersten Stufe und setzte vorsichtig ihren Fuß darauf. Alles blieb leise.
»Sie stellt sich unter den Gespielen dar
Als weiße Taub in einer Krähenschar.
Schließt sich der Tanz, so nah ich ihr: ein Drücken
Der zarten Hand soll meine Hand beglücken.«
Auch die nächsten Stufen machten keine Geräusche. Sie war jetzt fast oben. Der Körper des Jungen war nur noch eine Armlänge entfernt. Sie sah, dass er etwas in seinen Händen hielt. Etwas Bleiches, Dünnes.
Ein Buch.
»Liebt ich wohl je? Nein, schwör es ab, Gesicht!

Du sahst bis jetzt noch wahre Schönheit nicht.«
Sie konnte hören, dass David beim Lesen leise schluchzende Geräusche von sich gab, so, als würde er weinen. Ein Geräusch der Scham und der Reue. Seltsam.
Vorsichtig hob sie ihren Fuß. Sie wollte ihn gerade auf die nächste Stufe setzen, als ein gotterbärmliches Knarren ertönte. Wie von einer Tarantel gestochen fuhr David herum und sah sie an. Ihre Blicke trafen sich. Niemand sagte ein Wort. Sie konnte sehen, dass seine Wangen nass waren. In seinen Augen lag etwas, das sie wie ein Messer durchdrang und mitten ins Herz traf.
Es lag keine Angst in seinen Augen, nur Verzweiflung. Eine Weile hielt er ihrem Blick stand, dann ließ er das Buch schnell unter seiner Kutte verschwinden. Fast im selben Moment war vom unteren Ende der Brücke eine Stimme zu hören.
»Was ist denn da oben los? Wer ist da?«
Juna fuhr herum.
Die Wache. Sie stand da, die Lanze auf sie gerichtet.
»Ich bin's, Juna, Tochter der Arkana.«
»Juna? Tatsächlich?« Die Frau trat vor. Es war Mildred aus dem Haus der Wasserfrauen.
»Jetzt erkenne ich dich«, sagte Mildred. »Verzeih, dass ich dich nicht gleich erkannt habe. Was tust du da oben bei dem Gefangenen?«
»Ich habe nur einen kleinen Routinegang gemacht. Was fällt dir ein, auf deinem Posten zu schlafen?«, fauchte Juna sie an. Sie hatte keine Lust, peinliche Fragen zu beantworten.
»Weißt du denn nicht, welche Strafen dich erwarten, wenn du deinen Dienst vernachlässigst? Der Gefangene ist wach, die Wache schläft. Wer weiß, was hätte passieren können, wenn ich nicht zufällig vorbeigekommen wäre.«

»Aber ich ...« Mildred war zu verblüfft, um zu protestieren. »Es tut mir leid. Ich habe wohl zu viel und zu schwer gegessen, und dann diese monotone Stimme. Aber ich konnte ihm ja schlecht verbieten, mit sich selbst zu reden, nicht wahr?« Sie reckte ihr Kinn vor. »Wird nicht wieder vorkommen.«
»Nein, das wird es nicht«, sagte Juna. Und dann, aus einer unerklärlichen Anwandlung heraus, sagte sie: »Morgen Abend werde ich selbst Dienst tun. Dann kann ich wenigstens sicher sein, dass die Gefangenen auch wirklich bewacht und nicht durch Schnarchen vom Schlafen abgehalten werden.«
Mit diesen Worten verließ sie das Podest und eilte schnellen Schrittes zurück nach Hause.

28

Die Sonne stand bereits hoch am Himmel, als David erwachte. Erst kurz vor Anbruch des Tages war er in einen tiefen, bleiernen Schlaf gefallen, doch wirklich erholt fühlte er sich nicht. Sein Nacken schmerzte, und seine Hand war eingeschlafen. Er fühlte sich, als hätte ihn ein Lastkarren überrollt. Stöhnend richtete er sich auf.
»Guten Morgen, mein Junge«, ertönte eine Stimme.
Sven saß am Boden seines Käfigs und kaute auf einem Stück Brot herum. »Willkommen zurück unter den Lebenden.«
Auf Davids fragenden Blick sagte er: »Du hast auch eins, dort drüben.« Er deutete nach rechts. Da waren ein Brot, ein Stück Käse und eine Karaffe mit Wasser. Daneben stand eine große Schüssel mit Wasser, auf dem einige Blätter Minze schwammen. Vermutlich zum Waschen.
»Du hast ja geschlafen wie ein Murmeltier«, sagte Sven. »Hast nicht mal bemerkt, wie die Hexen reingekommen sind und alles hingestellt haben.« Er schüttelte den Kopf. »Was war denn los letzte Nacht? Ich erinnere mich undeutlich an einen Streit.«
David runzelte die Stirn.
Streit?
Tatsächlich, da war etwas gewesen. Nach und nach fiel ihm alles wieder ein. Der Mond hatte so hell geschienen, dass er nicht schlafen konnte. Er hatte sein Buch hervorgeholt und darin gelesen. Offenbar war ihm dabei völlig die Zeit abhandengekommen, dann auf einmal hatte er ein Geräusch

gehört. Er hatte sich umgedreht und – da stand sie: *Julia.* Als wäre sie seinem Buch entstiegen. Als hätten Tusche und Farbe einen Körper geformt, den der Mond zum Leben erweckt hatte. Sie war in ein langes helles Kleid gehüllt, über das schulterlang ihre rotbraunen Haare fielen. Das kalte Licht hatte auf den Strähnen geschimmert und einen überirdischen Glanz erzeugt. Die Ähnlichkeit mit dem Bild in seinem Buch war verblüffend. Die gleichen feinen Brauen, die gleiche gerade Nase, die gleichen geschwungenen Lippen. Sogar das winzige Grübchen am Kinn war vorhanden. Sagte man nicht, ein Gesicht sei eine Landschaft? Wenn dem so war, so kannte David jeden Zentimeter davon. Er erinnerte sich, dass er vor Verblüffung kein Wort herausgebracht hatte. Wie konnten zwei Menschen, die durch so viele Jahrhunderte voneinander getrennt waren, die in unterschiedlichen Epochen und Ländern gelebt hatten, so eine Ähnlichkeit besitzen? Aber vielleicht war es gar keine reale Person, sondern ein Idealbild, geformt durch die Phantasie eines Künstlers? Und doch hatte sie dort gestanden, keine zwei Meter von ihm entfernt.
Er erinnerte sich, dass Streit ausgebrochen war. Die Wache hatte etwas mitbekommen und war plötzlich vor dem Käfig aufgetaucht. Wie hatte sie die wundersame Erscheinung genannt? *Juna?*
Aber doch nicht die Juna, die ihn entführt und an ihr Pferd gebunden hatte – die Kriegerin mit den Muskeln und dem schroffen Wesen.
Und doch, während er so darüber nachdachte ...
»Willst du mir nicht erzählen, was du erlebt hast?« Sven schaute ihn neugierig an. »Du siehst aus, als hättest du ein Gespenst gesehen.«

»Letzte Nacht …«, begann David und verstummte dann wieder.

Sven presste sein Gesicht zwischen die Gitterstäbe. »Nun komm schon. Lass dir nicht jedes Wort aus der Nase ziehen.«

David schüttelte den Kopf. Das Ganze war so unwirklich. Und wenn es nur ein Traum war, der sich auflöste, sobald er davon erzählte?

»Du machst es aber verdammt spannend«, sagte Sven.

»Ich habe in meinem Buch gelesen«, fing David zögernd an. »Ihr wisst schon: Romeo und Julia.« Er konnte nicht verhindern, dass ein roter Schimmer über seine Wangen huschte.

Doch wenn Sven von den seltsamen Neigungen seines Assistenten erstaunt war, ließ er es sich nicht anmerken. Ihn interessierte etwas ganz anderes. »Du hast das Buch dabei?«

David klopfte auf die Brusttasche seiner Kutte.

»Wie ist es dir gelungen, das hier hereinzuschmuggeln?«

»Die Tasche ist von außen nicht zu erkennen«, sagte David. »So eine Art Geheimversteck.«

»Dann war es also doch kein Traum, als ich letzte Nacht gehört habe, wie du daraus gelesen hast«, sagte der Konstrukteur. »Erzähl, was ist dann geschehen?«

David berichtete ihm, was sich letzte Nacht zugetragen hatte. Dass er fortwährend in einem Buch las, in dem von der Liebe zwischen Mann und Frau die Rede war, schien Sven nicht zu interessieren. In dieser Hinsicht war er sehr viel toleranter als seine Mitbrüder im Kloster. Als David seine Geschichte beendet hatte, schwieg der Konstrukteur.

»Glaubt Ihr, ich habe mir das nur eingebildet, oder war es wirklich die Juna, die uns entführt hat? Ich meine, kann

es sein, dass ein und dieselbe Person so unterschiedlich wirkt?«
Sven zuckte die Schultern. »Da fragst du mich zu viel. Bei uns wurde nie viel Wert auf Äußerlichkeiten gelegt. Doch die Frauen sind mehr als nur in einer Hinsicht anders als wir.«
»Da hast du wohl recht«, sagte David, und wechselte dabei zum ersten Mal zum vertrauten *Du*.
»Viel erstaunlicher, dass sie hier mitten in der Nacht aufkreuzt und dich beim Lesen stört«, sagte Sven. »Oder hat sie das Buch vielleicht gar nicht gesehen?«
»Sie muss es gesehen haben, sie stand direkt hinter mir.«
»Und warum hat sie es nicht konfisziert? Du sagst, sie habe der Wache nichts davon gesagt.«
»Kein Sterbenswörtchen.«
Sven strich nachdenklich mit Daumen und Zeigefinger übers Kinn. »Tja, mein Junge. Keine Ahnung, was das zu bedeuten hat, aber es ist in jedem Fall bemerkenswert. Warten wir mal ab, was noch geschehen wird.«

Die Stunden bis zum Abend vergingen mit zermürbender Langsamkeit. Es schien, als wolle der Tag überhaupt kein Ende nehmen. David aß, schlief und unterhielt sich leise mit Sven. Sein Buch herauszuziehen wagte er nicht, aus Angst, man könne es ihm wegnehmen. Doch irgendwann begann die Sonne im Westen unterzugehen, und die wundersame Stadt Glânmor erstrahlte in goldenem Licht. Sie hatten an diesem Tag kaum etwas von den Bewohnerinnen gesehen oder gehört. Vereinzelt waren Frauen vorbeigekommen, hatten ihre Gesichter mit Stoff verhüllt und leise Verwünschungen gesprochen, doch es war zu keinerlei Ausschreitungen

oder Übergriffen gekommen. Das Versprechen, das Juna Edana gegeben hatte, schien gefruchtet zu haben.
Irgendwann wurde das Abendessen gebracht, das sie hastig in sich hineinschaufelten. Es gab mit Butter angeröstetes und mit Milch aufgegossenes Getreide. Darüber lag eine dünne Schicht von Honig und Nüssen. David leckte seine Finger. Das war besser als alles, was sie im Kloster je bekommen hatten.
Als sie sich gewaschen und für die Nacht bereitgemacht hatten, wurden die Teller weggeräumt. Dann hieß es wieder warten.
Irgendwann verschwand die Sonne hinter den Hügeln. Blaue Schatten krochen aus den Winkeln der Häuser, und hinter den Fenstern wurden Lampen entzündet. Vom Tempel wehten geheimnisvolle Gesänge zu ihnen herüber. David dachte an die Bibliothek und daran, wie sehr er Meister Stephan vermisste. Er sehnte sich nach den Gebeten und der Arbeit im Skriptorium. Das Buch, an dem er gearbeitet hatte, lag sicher immer noch ungebunden auf seinem Arbeitstisch. Ob die Nachricht von seiner Entführung bereits bis zum Abt gedrungen war? Ob man nach ihm suchte und ihn vermisste? Er stellte sich vor, wie Gruppen von Mönchen die Wälder durchkämmten und unverrichteter Dinge wieder heimkehrten. Seit dem Vorfall mit dem Säugling schienen Jahre vergangen zu sein.
Unten bei den Wachen tat sich etwas. Der Posten, der den Tag über Dienst geschoben hatte, räumte seine Sachen zusammen und bereitete sich auf die Ablösung vor. David sah einen Neuankömmling den Hügel herabkommen. Die Frau war noch zu weit entfernt, als dass man Einzelheiten hätte erkennen können. Sie trug Rüstzeug, Waffen und einen

breiten Schild. Als sie eintraf, sprachen die beiden Frauen miteinander, dann betrat die Fremde das Wachhaus. Sie breitete ihre Sachen aus, entzündete ein kleines Licht und fing an zu essen. David sah ihren Schatten über die Innenseite des Wachhäuschens huschen. Sie hatte ihre Armschienen abgelegt und zog nun den Umhang aus. Den Helm behielt sie auf.

David hätte zu gerne gesehen, ob Haarlänge und Farbe zu der Erscheinung der letzten Nacht passten, aber so konnte er nichts sagen.

»Und, ist sie es?«, flüsterte Sven.

»Keine Ahnung«, erwiderte David. »Ich kann nichts erkennen.«

»Abwarten. Sie ist jetzt mit essen fertig.«

Die Frau räumte die Sachen weg, stand auf und trat vor das Häuschen. Eine Weile sah sie sich um, dann kam sie gemächlichen Schrittes zu ihnen herüber. In ihrer Hand hielt sie eine Laterne, doch das Licht reichte nicht aus, um ihr Gesicht zu erkennen. Mittlerweile war es dunkel geworden. Die ersten Sterne leuchteten bereits am Himmel, doch der Mond war noch hinter den Hügeln verborgen. Vielleicht noch eine halbe Stunde, bis er aufging.

Die Frau kam auf Davids Käfig zu, betrat die Leiter und setzte sich nur wenige Meter von ihm entfernt auf die Stufen. Dann nahm sie ihren Helm ab.

David hielt den Atem an.

29

Juna fuhr mit den Fingern durch ihr Haar. Die neugierigen Blicke des Mönchs amüsierten sie. Sie spürte förmlich, wie seine Augen jeden Quadratzentimeter ihres Körpers abtasteten. Sein Mienenspiel verriet Abscheu und Faszination zugleich.
Als er sprach, war seine Stimme leise und vorsichtig.
»Bist du Juna, die Kriegerin?«
»Glaubst du denn, dass ich es bin?«
»Ja, das tue ich. Auch wenn du anders aussiehst.«
Sie nickte. »Meine Bemalung trage ich nur außerhalb der Stadt.«
»Und gestern Nacht, die Frau in dem hellen Kleid, warst du das auch?«
»Schon möglich.« Sie lächelte. Es war faszinierend, wie sehr der Mönch darauf brannte, mehr über sie zu erfahren. »Warum fragst du?«
David wandte seinen Blick ab. »Ich war nur erschrocken. Ich hatte dich nicht bemerkt.« Zaghaft hob er den Kopf. »Was wolltest du denn?«
Juna zuckte die Schultern. »Ich konnte nicht schlafen. Der Mond schien so hell, und ich hatte zu viel gegessen. Es passiert mir öfters, dass ich mitten in der Nacht aufwache und mir ein paar Minuten die Beine vertreten muss.« Sie verstummte. Ihr fiel auf, dass sie mit dem Gefangenen wie mit einer Freundin sprach. Schon, dass sie hier mit ihm saß und redete, war ein Verstoß gegen das Gesetz. Doch auch sie

hatte einige Fragen. »Was waren das für Worte, die du letzte Nacht gesprochen hast?«

»Worte …?«

»Du weißt schon, das mit den Kerzen, dem Rubin und der weißen Taube.« Mit leiser Stimme fügte sie hinzu: »Es klang sehr schön.«

»Ach das.« Sie konnte seine Anspannung hören. Wie jemand, der ein Geheimnis zu verbergen suchte.

»Nichts Besonderes. Nur Worte.«

»*Deine* Worte?«

»Meine?« Er schüttelte den Kopf. »Nein, sie gehören einem Dichter, der schon lange tot ist.«

»Wie ist sein Name?«

»William Shakespeare.«

Sie runzelte die Stirn. »Nie gehört.«

»Du kennst Shakespeare nicht?« Seine Überraschung war nicht gespielt.

»Ist das so schlimm?«

»Er war einer der größten Dichter aller Zeiten. Er hat im England des 16. Jahrhunderts gelebt und über dreißig Theaterstücke geschrieben. Jedes einzelne ist weltberühmt geworden.«

»Und das da ist von ihm?« Juna deutete auf Davids Brusttasche.

Er zuckte zusammen. »Wovon redest du?«

»Lass die Spielchen, ich bin nicht blind. Den anderen mag es entgangen sein, aber mir nicht. Während du ohnmächtig warst, habe ich einen Blick daraufgeworfen. Es schien mir zu harmlos, um es dir wegzunehmen.«

Stille.

»Darf ich es sehen?«

Es dauerte eine Weile, dann raschelte es, und eine Hand kam

zwischen den Gitterstäben hindurch. Sie hielt ein in roten Stoff eingebundenes Buch, dessen Ecken leicht abgestoßen waren. Juna nahm es an sich und hielt es ins Licht.
»Wie ist sein Titel?«
»Romeo und Julia.«
Sie drehte und wendete es; dann fing sie an, es durchzublättern. Der Text war für sie nicht zu entziffern, aber an manchen Stellen waren Bilder eingefügt. Farbige Stiche von Menschen, Gebäuden und Marktplätzen, alle wunderhübsch ausgearbeitet. Die Personen trugen seltsame Gewänder, die zwar altmodisch, aber dennoch interessant aussahen. Frauen in langärmeligen Blusen mit Spitzenbesatz und Rüschen, kunstvoll bestickte Kleider, zu denen sowohl Über- und Unterröcke als auch Haarbänder und Hauben gehörten. Die Männer sahen nicht minder eindrucksvoll aus. Sie trugen aufgeplusterte Hosen mit Kniestrümpfen, Schuhe mit auffälligen Schnallen und enganliegende Westen mit goldenen Knöpfen. Auf den Köpfen thronten Hüte mit Goldborte, und an den Gürteln hingen Säbel und Dolche. Insgesamt erinnerten sie Juna an Fasane, die mit ihrer prächtigen Erscheinung und ihrem Balzgehabe die Weibchen zu beeindrucken versuchten.
»Haben die Leute damals wirklich so ausgesehen?«, fragte sie und deutete auf einen Mann mit mächtigem Backenbart. Sie hielt das Buch gegen das Licht, damit David erkennen konnte, was sie meinte.
»Ich weiß nicht«, erwiderte er. »Das Buch ist alt, gewiss, aber es ist sicher keine Originalausgabe. Shakespeare war Engländer, folglich muss es eine Übersetzung sein. Ich glaube aber, dass der Stil der Bilder beibehalten wurde und dass sie die damalige Mode ziemlich genau wiedergeben.«

»Eigenartig«, sagte Juna, als sie auf das Gemälde einer jungen Frau stieß. Lächelnd hielt sie das Buch hoch.
»Sieh mal, sie sieht fast so aus wie ich.«
»Stimmt.« Davids Stimme wurde plötzlich leiser. »Das ist Julia.« Es war kaum mehr als ein Flüstern.
Juna betrachtete das Bild noch eine Weile, dann gab sie David das Buch zurück. Eilig streckte er die Hände aus und nahm es in Empfang. Für einen kurzen Moment berührten sich ihre Finger. Juna empfand ein Gefühl von Wärme. Eigentlich hätte es sie mit Widerwillen und Abscheu erfüllen müssen. Wieso verspürte sie nicht den dringenden Wunsch, sich die Hände zu waschen und auf Abstand zu gehen? Eigenartig. Seine Finger waren warm und sanft gewesen. Sie verspürte ein leises Kribbeln, dort, wo er sie berührt hatte – wie von einer elektrischen Auflagung, wie man sie manchmal verursachte, wenn man mit einem Kamm über Wolle strich. Verunsichert hob sie ihr Kinn.
»Lies mir etwas vor. Egal, was.«
»Ich soll was?«
»Mir vorlesen. Du kannst doch lesen, oder?«
»Ja ... ich ...« Er verstummte. »Das Licht ist zu schlecht. Ich kann nichts erkennen.«
»Hier, nimm meine Lampe.«
»Möchtest du es denn nicht lieber selbst lesen?«
Sie schwieg einen Moment, dann sagte sie: »Ich habe es nie gelernt.«
»Oh.«
Sie knabberte wütend auf ihrer Unterlippe. Warum hatte sie ihm das gesagt? Sie hätte ihm genauso gut befehlen können, etwas vorzulesen. Jetzt würde er sicher die Augen verdrehen und fragen: *Was, du kannst nicht lesen? Bist du denn nie in*

der Schule gewesen? Oder etwas Ähnliches. Aber nichts davon geschah.

Stattdessen ließ er sich einfach die Lampe reichen.

»Verona. Ein öffentlicher Platz«, las er vor. »Simson und Gregorio, zwei Bediente Capulets, treten auf.

SIMSON: Auf mein Wort, Gregorio, wir wollen nichts in die Tasche stecken.

GREGORIO: Freilich nicht, sonst wären wir Taschenspieler.

SIMSON: Ich meine, ich werde den Koller kriegen und vom Leder zieh'n.

GREGORIO: Ne, Freund! Deinen ledernen Koller mußt du bei Leibe nicht ausziehen.

SIMSON: Ich schlage geschwind zu, wenn ich aufgebracht bin.

GREGORIO: Aber du wirst nicht geschwind aufgebracht.

SIMSON: Ein Hund aus Montagues Hause bringt mich schon auf.

GREGORIO: Einen aufbringen, heißt: ihn von der Stelle schaffen. Um tapfer zu sein, muß man standhalten. Wenn du dich also aufbringen läßt, so läufst du davon.

SIMSON: Ein Hund aus dem Hause bringt mich zum Standhalten. Mit jedem Bedienten und jedem Mädchen Montagues will ich es aufnehmen.

GREGORIO: Der Streit ist nur zwischen unseren Herrschaften und uns, ihren Bedienten. Es mit den Mädchen aufnehmen? Pfui doch! Du solltest dich lieber von ihnen aufnehmen lassen.

SIMSON: Einerlei! Ich will barbarisch zu Werke geh'n. Hab' ich's mit den Bedienten erst ausgefochten, so will ich mir die Mädchen unterwerfen. Sie sollen die Spitze meines Degens fühlen, bis er stumpf wird.

GREGORIO: Zieh nur gleich vom Leder: Da kommen zwei aus dem Hause Montagues.«
David verstummte. »Willst du noch mehr hören?«
Juna schüttelte den Kopf und blickte zum anderen Käfig hinüber. Sven hing an den Gitterstäben und lauschte. Ein schmales Lächeln umspielte seinen Mund. Er sagte nichts, und Juna fand, dass es das Beste war, was er tun konnte.
»Und um was geht es in der Geschichte?«
»Die Tragödie spielt in Italien in einer Stadt namens Verona«, sagte David. »Dort leben Romeo und Julia, die Kinder der Montagues und der Capulets. Die Familien sind erbittert miteinander verfeindet. Romeo und Julia halten ihre Liebesbeziehung vor ihren Eltern verborgen und lassen sich heimlich von Pater Lorenzo trauen. Romeo wird wegen einer Straftat aus Verona verbannt und muss nach Mantua fliehen. Julia soll währenddessen mit einem anderen Mann verheiratet werden. Pater Lorenzo rät ihr, einen Trick anzuwenden. Um der Hochzeit zu entrinnen, soll sie einen Schlaftrunk einnehmen, der sie in einen todesähnlichen Zustand versetzt. Romeo soll an ihrer Seite stehen, wenn sie erwacht. Doch der Brief erreicht ihn nicht. Stattdessen erhält er die Nachricht vom angeblichen Tod Julias. Er bricht sofort nach Verona auf. Als er sie in dem offenen Sarg liegen sieht, beschließt er, sich zu vergiften. Im diesem Augenblick erwacht Julia. Als sie sieht, was geschehen ist, ergreift sie Romeos Dolch und tötet sich ebenfalls. Die verfeindeten Elternhäuser erfahren von der tragischen Liebesbeziehung und versöhnen sich am Grab ihrer Kinder.«
»Und das soll eine Liebesgeschichte sein?« Juna konnte nicht behaupten, verstanden zu haben, was der Dichter ihr damit sagen wollte. Sie fand nur, dass er schrecklich traurig klang.

»Allerdings«, erwiderte David. Er machte eine Pause, um einen Schluck Wasser zu trinken.
Der Mond war mittlerweile aufgegangen und verströmte silbernes Licht auf dem See. Irgendwo in weiter Ferne erklang der Ruf einer Eule.
»Aber sie sterben doch«, sagte Juna. »Für sie gibt es keine Zukunft, keine Hoffnung. Was hat das mit Liebe zu tun?«
»Das ist es doch gerade«, erwiderte David. »Ihre Liebe ist größer als der Wille zu leben. Sie können sich nicht vorstellen, in einer Welt zu leben, in der es den anderen nicht gibt. Lieber nehmen sie sich selbst das Leben.« Seine Augen schimmerten im Licht des Mondes. »Liebe über den Tod hinaus. Kann es etwas Größeres geben? Und abgesehen davon: Die beiden vollbringen durch ihre Tat das Unmögliche. Es gelingt ihnen, die miteinander verfeindeten Familien zu versöhnen und den ewigen Krieg beizulegen. Durch ihren Tod kehrt wieder Friede ein.«
Juna strich mit den Fingern durch ihr Haar. So, wie er ihr es erklärte, klang es einfach und schön. Sie blickte David an, der in Gedanken versunken mit den Fingern über den Buchrücken strich. Das Licht des Mondes ließ sein Antlitz plastisch hervortreten. Seine Haut war hell, beinahe durchscheinend, seine Haare schwarz und strubbelig. Die buschigen Augenbrauen waren wie mit einem Lineal gezogen. Neben seinen markanten Wangenknochen und dem leicht vorspringenden Kinn war es vor allem seine Nase, die dem Gesicht einen besonderen Ausdruck verlieh. Sie war schmal und spitz, doch auf ihrem Rücken befand sich ein Höcker, als wäre sie einmal gebrochen gewesen. Sein Mund, der beim Anblick des Babys so herzhaft gelacht hatte, wirkte schmal und bekümmert.

Ganz versunken in ihre Betrachtung, bemerkte sie gar nicht, dass sein Blick nicht mehr auf dem Buch, sondern stattdessen auf ihr ruhte. Sie schlug die Augen nieder und spürte, wie ihr das Blut ins Gesicht schoss. Ihre Wangen fühlten sich mit einem Mal heiß und fiebrig an.
»Möchtest du noch mehr hören?«, fragte er sanft.
»Nein.« Sie räusperte sich. »Ich denke, es ist genug für heute. Ich werde jetzt besser wieder auf meinen Posten gehen, sonst wird unser Gespräch noch von jemandem bemerkt.« Als sie sein enttäuschtes Gesicht sah, sagte sie: »Vielleicht morgen wieder.«
Ehe sie aufstehen konnte, schoss seine Hand zwischen den Gitterstäben hindurch und packte sie am Handgelenk. Die Finger waren nicht mehr sanft, sondern warm und kräftig. Sie wollte aufspringen und ihren Dolch ziehen, als sie erkannte, dass es keineswegs Wut oder Verschlagenheit war, die David antrieb, sondern Angst. Nackte, kalte Angst.
»Wann werden sie uns abholen?«, fragte er.
»Vielleicht in ein paar Tagen«, sagte sie. »Vielleicht schon morgen. Der Zeitpunkt wird aus den Knochen gelesen.«
»Was wird mit uns geschehen? Wird man uns foltern?«
Juna war versucht, zu lügen, dann schüttelte sie den Kopf. »Auch das kann ich dir nicht sagen. Kriegerinnen dürfen bei den Befragungen nicht zugegen sein, das ist Aufgabe der Erinnyen. Sie verfügen über eine Vielzahl von Mitteln, um Gefangenen ein Geständnis zu entlocken. Ich kann dir nur einen Rat geben: Lüge sie nicht an. Sie merken es sofort, wenn jemand etwas verheimlicht. Und jetzt erzähl weiter. Erzähl mir von dir. Woher du kommst, was du getan hast und welche Kunde du über die Dunklen Jahre und den großen Zusammenbruch hast. Ich will alles wissen.«

30

Der nächste Tag begann mit einer bösen Überraschung. Juna war gerade dabei, ihre Sachen zu packen, als Edana mit einigen Leibgardistinnen eintraf und die Gefangenen aus ihren Verschlägen holte. Sven und David leisteten keinen Widerstand, doch die Angst war ihnen anzusehen. Juna versuchte herauszufinden, warum der Hohe Rat zu solcher Eile drängte, doch Edana verweigerte jegliche Antwort. Es war jedoch auch so klar, was geschehen sollte. Sven und David wurden zum Verhör gebracht. Der letzte Blick, den David Juna zuwarf, war so voller Resignation, dass es einem das Herz brach. Doch was hätte sie tun können? Ihr waren die Hände gebunden. Ein falsches Wort, und der Konflikt zwischen Edana und ihr wäre sofort wieder aufgeflammt. So blieb ihr nicht anderes übrig, als tatenlos dazustehen und Edanas triumphierendes Grinsen zu ertragen.
Nachdem die Gefangenen abtransportiert waren, ging Juna nach Hause, wusch sich, aß etwas und legte sich schlafen. Gwen war noch bei der Arbeit und würde nicht vor fünf Uhr heimkommen. Juna passte das gut. Ihr war ohnehin nicht nach Gesellschaft zumute. So viele Dinge gingen ihr im Kopf herum, dass sie es als tröstlich empfand, nicht reden zu müssen. Eine ganze Weile wälzte sie sich unruhig hin und her, dann fiel sie in einen bleiernen, traumlosen Schlaf.
Als sie erwachte, war es früher Nachmittag. Federwolken zogen über den Himmel, und Lachen und Gesang drangen durch das Fenster zu ihr herein. Die Leute saßen im Freien,

die Kinder spielten auf den Straßen, und die Wäsche flatterte im Wind.

Juna konnte bei diesem Anblick keine Freude empfinden. Der Gedanke an das Schicksal von David und Sven belastete sie. Sie stellte ein paar Erkundigungen an, doch die brachten kein Ergebnis. Niemand hatte etwas gehört oder gesehen. Juna ging ins Hauptquartier und ließ sich erneut für die Nachtwache einteilen. Bis Dienstantritt waren es noch einige Stunden, also ging sie los, um die Patrouillen auf dem Wall zu verstärken. Sie musste etwas tun.

Sie durchquerte den Bezirk der Weberinnen, ging an der alten Mühle und den Fischteichen vorbei und blieb kurz vor der Anhöhe stehen. Ihr war plötzlich etwas eingefallen.

Rasch öffnete sie ihre Tasche und schaute in das Seitenfach. Tatsächlich, da steckte es: das Buch mit dem roten Einband. *Romeo und Julia.*

David hatte es ihr in den frühen Morgenstunden übergeben, mit der Bitte, darauf aufzupassen. Er sagte, ihm wäre wohler, wenn sie es bei sich trüge. Ob er geahnt hatte, dass er nur wenige Stunden später abgeführt würde?

Sie strich mit ihren Fingern über den rauhen Leineneinband. Die Worte kamen ihr in Erinnerung. Simson und Gregorio. Sie erinnerte sich an das Gefühl, wie es war, als David ihr vorgelesen hatte.

Keine Frage, die Kunst des Lesens war etwas, um das sie ihn beneidete. Was musste das für ein Gefühl sein, in fremde Welten einzutauchen, nur mit den Augen und durch das Zusammensetzen einiger kryptischer Zeichen? Buchstaben wurden zu Worten, Worte zu Sätzen, und auf einmal befand man sich in einer fremden Stadt oder in einem fremden Land. Ganze Welten ließen sich so binnen eines Wimpernschlags durchqueren. Juna spürte, welche Macht bedrucktes Papier besaß, welche Möglichkeiten, aber auch welche Versuchungen. Kein Wunder, dass das Lesen nur bestimmten Kasten vorbehalten war. Dabei war es so schön. Man konnte Abenteuer erleben, in ferne Gebiete reisen, an der Seite großer Heldinnen in die Schlacht ziehen – und etwas über die Liebe erfahren.

Juna setzte sich unter einen schattigen Baum und begann, in dem Buch zu blättern.

Liebe, was wusste sie eigentlich davon? Bisher hatte sie immer geglaubt, dass das, was sie und Gwen verband, Liebe sei. Gemeinsame Interessen, Tisch und Bett miteinander teilen, abends zusammen einschlafen, morgens miteinander aufwachen. Das gute Gefühl, jemanden an seiner Seite zu haben, nicht allein zu sein. Doch jetzt war sie nicht mehr so sicher. Was hier in diesem Buch geschrieben stand, entsprach so gar nicht der Vorstellung von Liebe, wie sie in Schulen und Erziehungshäusern gelehrt wurde. Da war nur die Rede davon, einen geeigneten Partner zu finden, mit dem man die tägliche Arbeit teilte und dem man sich anvertrauen konnte. Dass Liebe ein seelisches Bedürfnis war, das einen die Sekunden zählen ließ, bis der geliebte Partner zurückkehrte, das Herzklopfen und Schweißausbrüche verursachte und das einen wünschen ließ, mit jeder Faser seiner Existenz dem anderen nah zu sein – davon war nie die Rede gewesen. Und doch schien es so etwas zu geben, das Buch handelte schließlich davon. Gut, Juna hatte sich oft eingeredet, dass es ohne Gwen nicht gehen würde, aber stimmte das wirklich? War es nicht vielmehr so, dass sie sich einfach aneinander gewöhnt hatten, dass anstelle von Leidenschaft Bequemlichkeit getreten war, anstelle von Neugier Routine? Und wenn man

schon bei den unangenehmen Fragen war, musste sie sich dann nicht selbst fragen, ob sie überhaupt jemals in ihrem Leben das Gefühl von echter, wahrer Liebe verspürt hatte?
Rastlos und verwirrt blätterte sie zwischen den Seiten hin und her, als ob sie durch bloßes Anstarren den unverständlichen Zeichen irgendwelche Geheimnisse entlocken konnte. Auch die Personen auf den Bildern schienen heute verschlossener zu sein. In ihren Blicken lagen Spott und Verachtung. *Was, du kannst nicht lesen? Was willst du dann hier?*, schienen sie zu sagen. Vielleicht sollte sie sich jemandem anvertrauen. Einer Vertrauensperson, mit der sie über die Unsicherheit, die dieses Buch in ihr auslöste, reden konnte. Nur wem? Man würde sie auslachen, verspotten, eventuell sogar für standeswidriges Verhalten anzeigen.
Sie konnte es drehen und wenden, wie sie wollte: der Schlüssel zu diesem Buch war David. Wenn ihm etwas zustieß, würde sie nie verstehen, warum Romeo und Julia freiwillig in den Tod gegangen waren.
Doch es war nicht nur das Buch. Es war David selbst. Er entsprach so gar nicht dem Bild, das sie von den Männern hatte. Im Gegensatz zu diesem Teufel Amon, der den Überfall auf Alcmona geleitet hatte, war David sanft und sensibel. Er konnte lesen und schreiben und wusste über Dinge Bescheid, die ihr verschlossen waren. Dinge aus der Zeit vor dem Zusammenbruch. Er hatte ihr erzählt, dass er daheim im Kloster für die Bibliothek verantwortlich war und dass sie dort Hunderte, nein, Tausende von Büchern aufbewahrten.
Außerdem war er nett.
Sie musste an das Baby denken. Der Kleine hatte instinktiv gespürt, dass ihm von dem Mönch keine Gefahr drohte. Sie

nahm sich vor, David nach dem Baby zu fragen, sobald sie ihn wiedersah. Das hieß, *falls* sie ihn wiedersah.
Die Tempelglocke schlug vier, und sie wurde oben auf dem Wall erwartet. Höchste Zeit aufzubrechen.
Juna klappte das Buch zu, steckte es wieder ein und machte sich auf den Weg.

Nachdem sie ihren Dienst auf dem Wall abgeleistet hatte, kehrte sie zu den Käfigen zurück. Es war kurz nach acht. Rhona, eine zierliche Frau mit kurzen blonden Haaren, hielt Wache. Bei Junas Anblick stand sie auf und packte ihre Sachen zusammen.
»Ein Glück, dass du endlich kommst«, sagte sie. »Ich habe ja schon manchen langweiligen Tag erlebt, aber noch nie einen wie diesen. Leere Käfige bewachen, wie dämlich ist das denn?«
Juna blickte erschrocken nach oben. »Die Gefangenen sind noch nicht wieder zurück?«
Rhona deutete auf die leeren Verschläge. »Siehst du hier irgendjemanden? Ein paar Ratten, ein paar Krähen, sonst nichts. Genauso gut hätte ich heute einen freien Tag genießen und mich auf die Wiese legen können, aber mit Rhona kann man's ja machen. Na, sei's drum, ich mach mich jetzt vom Acker. Viel Spaß noch.« Sie pfefferte ihre Trinkflasche in den Rucksack, schnürte ihn zu und nahm ihren Speer. »Ich wünsche dir eine ruhige Nacht. Oder lieber nicht. Wenn ich mir vorstelle, wie zur Langeweile auch noch die Dunkelheit kommt ... ich würde wahrscheinlich sofort einschlafen. Und du weißt ja, was dir blüht, wenn du beim Schlafen erwischt wirst. Also, mach's gut, wir sehen uns.« Mit diesen Worten marschierte Rhona davon.

Besorgt betrat Juna das Wachhäuschen. Mit ein paar Handgriffen räumte sie den Inhalt ihres Proviantbeutels auf den Tisch, prüfte ihre Waffen und stellte sie griffbereit neben die Tür. Draußen fing es bereits an, dunkel zu werden. Wo blieben nur die Gefangenen? Sie füllte Öl in die Lampe und entzündete den Docht. Das Licht schimmerte heimelig und tauchte die Hütte in warmes Licht. Juna wollte sich gerade zum Essen niedersetzen, als sie aus der Ferne Geräusche hörte. Das Knirschen von Kies, Schritte, vereinzelte Stimmen. Sie trat aus der Hütte und sah, wie sich ein Lastkarren näherte. Zwei Maultiere waren davorgespannt, und etliche Gardistinnen begleiteten ihn. Sie sah Edana. Ihr Gesicht wirkte ernst.

Mit bangem Gefühl eilte Juna dem Trupp entgegen. Die Gefangenen lagen auf dem Karren. Sie waren bei Bewusstsein, aber ihre Augen starrten ausdruckslos in den Himmel.

»Da hast du deine Schutzbefohlenen wieder«, sagte Edana. »Lass sie in ihre Zellen bringen und gib ihnen etwas zu essen.«

»Was ist geschehen?«

»Was geschehen ist? Nichts ist geschehen. Wir haben versucht, Informationen aus ihnen herauszubekommen, aber genauso gut hätten wir mit einem Stein sprechen können. Kann sein, dass der Junge tatsächlich nichts weiß, der Alte hingegen ist einfach nur störrisch.«

»Was habt ihr mit ihnen gemacht?« Selbst bei diesen schlechten Lichtverhältnissen konnte Juna die blauen Flecken und Blutergüsse erkennen.

Edana zuckte die Schultern. »Das übliche Verfahren. Wahrheitsdrogen, Entzug von Wasser und Nahrung, Dunkelheit.«

Juna bezweifelte, dass das alles gewesen war. Die Verletzungen sprachen eine andere Sprache.
»Und was habt ihr jetzt vor?«
Edana verzog den Mund. »Wir werden die Verhöre natürlich fortsetzen, allerdings mit anderen Mitteln. Die Erinnyen sind sehr erfinderisch. Finger, Arme und Beine, Augen. Die beiden werden vermutlich bleibende Schäden davontragen, aber so genau will ich es gar nicht wissen. Mich interessieren nur die Ergebnisse.«
»Ist das wirklich nötig?«, Juna spürte, wie die Wut in ihr aufflammte. »Muss das sein, dass die Befragungen gleich mit solcher Härte geführt werden? Ich dachte, der Rat hat entschieden, erst mal sanft vorzugehen.«
Edanas Blick bekam etwas Bohrendes. »Natürlich ist es nötig, was soll die Frage? Ohne die Informationen kommen wir nicht in die Raffinerie. Du warst doch bei der Ratsversammlung dabei.«
Juna verstummte. Es hatte keinen Sinn, mit Edana zu diskutieren. Besser, sie tat so, als würde sie einknicken. »Bitte verzeiht meine Neugier«, sagte sie. »Ihr habt natürlich recht.«
»Man könnte fast den Eindruck bekommen, du würdest mit diesem Pack sympathisieren«, sagte Edana. »Bist du sicher, dass du dich deiner Aufgabe mit der nötigen Hingabe widmen wirst?«
Juna senkte unterwürfig den Kopf. »Ja. Es ist nur so, dass ich heute wenig Schlaf gefunden habe. Die Müdigkeit ...«
»Müdigkeit?« Edana sah sie scharf an. »Das ist das Letzte, was eine Wache auf Nachtschicht brauchen kann. Ich denke, es ist am besten, wenn ich dich ablösen lasse. *Cynthia!*« Ehe Juna protestieren konnte, hob Edana ihren Arm und winkte eine der Gardistinnen zu sich. Die Frau war hochgewachsen

und durchtrainiert. Eine Absolventin des Elitecorps der Leibwache. Ihre Arroganz war beinahe mit Händen zu greifen.
»Herrin?«
»Ich möchte, dass du für Juna die Nachtschicht übernimmst. Sie ist augenscheinlich nicht in der Lage, ihrem Auftrag die nötige Aufmerksamkeit zu schenken.«
»Aber ich ...«, fuhr Juna dazwischen.
»Was? Zweifelst du meine Entscheidung an? Cynthia wird hier für dich übernehmen. Du darfst dich dann im Hauptquartier melden.« Ihre Augen funkelten im Schein der Lampen. Juna erwiderte den Blick, dann wandte sie sich ab und ging hinüber zum Lastkarren.
»Halt. Was hast du vor?« Edana versperrte ihr den Weg.
»Ich will einen Blick auf sie werfen. Meine Mutter wird es sicher interessieren zu erfahren, in welchem Zustand die Gefangenen sind.«
Edana packte Juna an der Schulter. »Es ist dir verboten, mit diesen Leuten zu reden.«
Blitzschnell ergriff Juna Edanas Handgelenk. Ihr Griff war wie aus Eisen. Die Frau stöhnte vor Schmerz auf und sackte in die Knie.
»Wagt es nicht noch einmal, mich anzufassen, Ratsherrin. Ich habe diese Leute unter Einsatz meines Lebens hierhergeschafft und ich werde sie mir ansehen, ob Euch das nun passt oder nicht.«
»Wie kannst du es wagen ...?« Edana hockte im Staub und hielt sich die Hand. »Das wird ein Nachspiel haben, das verspreche ich dir.«
Juna ignorierte sie. Sie ging zum Wagen und beugte sich über die hölzerne Seitenbegrenzung. Behutsam zog sie den Stoff

von Davids Kutte hoch. Er war in einem schlimmen Zustand. Viel schlimmer, als sie befürchtet hatte. Seine Haut war von Schürfwunden und Schnitten überzogen. Ein Finger schien gebrochen zu sein, und ein Fingernagel fehlte. Am schlimmsten aber sah seine Schulter aus. Juna erkannte auf den ersten Blick, dass sie ausgekugelt war. Wie es dem anderen Gefangenen ging, konnte sie nicht sagen, doch schien sein Zustand keinen Deut besser zu sein.

»Nur Wahrheitsdrogen, hm?« Der Blick, den sie Edana zuwarf, war voller Verachtung. Die Ratsherrin gehörte zur Rechenschaft gezogen. »Die beiden Gefangenen müssen medizinisch behandelt werden«, sagte sie. »Es ist ungeheuerlich, wie Ihr mit den Gefangenen umgeht. Ich werde sofort nach Gwen schicken. Danach werde ich meine Mutter aufsuchen und eine Ratsversammlung einberufen. Was Ihr hier tut, ist gegen das Gesetz.«

»Bleib stehen.« Edana hatte sich wieder hochgerappelt und blickte Juna an. Unverhohlener Hass loderte in ihren Augen. »Gardistinnen, nehmt diese Brigantin fest und eskortiert sie nach Hause. Es ist ihr nicht erlaubt, das Heim ohne Anordnung des Rates zu verlassen. So lange, bis wir Klarheit in dieser Sache gewonnen haben. Es mag dir nicht bewusst sein, Juna, aber du hast gerade eine Grenze überschritten. Meine Autorität anzuzweifeln hat schon manchem das Genick gebrochen.«

Juna sah, dass mehrere Speerspitzen auf sie gerichtet waren. »Wie könnt Ihr es wagen? Ich bin die Tochter der Hohepriesterin Arkana ...«

»Und wenn du die Ratsvorsitzende persönlich wärst«, schrie Edana. »Mein Befehl ist eindeutig. Los, packt sie, worauf wartet ihr noch?«

In diesem Moment spürte Juna eine Berührung. David hatte ihr Hemd gepackt und blickte hilfesuchend zu ihr auf.
»Bitte«, flüsterte er. »Lass mich nicht allein mit denen.«
Juna presste die Lippen zusammen und schüttelte den Kopf. Ihr waren die Hände gebunden, sie musste sich der Übermacht fügen. Doch das letzte Wort in dieser Sache war noch nicht gesprochen!

31

Juna öffnete die Tür und wurde unsanft ins Innere ihres Hauses gestoßen. Sie wollte sich gerade umdrehen und der Anführerin der Garde die Meinung sagen, als Gwen aus dem Nebenraum hereingestürzt kam. Offenbar war sie gerade erst nach Hause gekommen. Sie trug ihre Arbeitskleidung, und ihre Sachen standen auf dem Tisch.

Verblüfft blickte sie zwischen Juna und der Gardistin hin und her. »Was hat das zu bedeuten, Juna? Warum richtet diese Frau eine Waffe auf dich?«

Die Gardistin reckte ihr Kinn vor. »Die Brigantin Juna darf das Haus nicht verlassen. Befehl der Ratsherrin Edana. Wir haben Anweisung, dafür zu sorgen, dass dieser Befehl eingehalten wird.«

»Hausarrest?« Gwen warf Juna einen scharfen Blick zu.

»Die Dinge sind etwas aus dem Ruder gelaufen«, sagte Juna mit einem Schulterzucken.

»Das ist die Untertreibung des Jahres«, sagte Gwen. »Na ja, komm erst mal rein. Du kannst mir alles bei Tisch erzählen. Und Ihr macht gefälligst, dass Ihr von meiner Tür wegkommt«, fauchte sie die Gardistin an. »Ihr könnt Wache schieben, soviel Ihr wollt, aber tut das gefälligst draußen.« Mit einem Knall flog die Tür zu.

Juna musste schmunzeln. Gwen konnte ausgesprochen spröde reagieren, wenn man unangemeldet ihr Haus betrat.

»Zieh deine Schuhe aus und setz dich schon mal an den Tisch. Ich habe noch ein Hefebrot und etwas Butter.«

Kurz darauf saßen die beiden zusammen und aßen. Gwen biss mit grimmigem Gesicht in ihr Brot, während Juna erzählte, was vorgefallen war. Sie berichtete von dem Verhör, von Edana und von dem Zustand, in dem die Gefangenen waren. Natürlich verschwieg sie die Sache mit dem Buch. Es war nicht nötig, noch ein weiteres Fass aufzumachen.
Sie berührte Gwens Hände. »Ich fürchte, ich brauche deine Hilfe«, sagte sie.
Gwen wischte sich den Mund ab. »Hilfe?«
Juna nickte. »Ich muss hier verschwinden.«
»Aber du stehst unter Arrest.«
»Das weiß ich. Eben darum brauche ich ja deine Hilfe.«
»Was hast du vor?«
»Kann ich dir nicht sagen. Ich will dich da nicht mit hineinziehen, es ist so schon schlimm genug. Aber glaub mir, ich würde dich nicht fragen, wenn es nicht wirklich wichtig wäre. Ich bin da in eine dumme Sache hineingeraten, und alleine schaffe ich es nicht.«
Gwens Augen verengten sich. »Was hast du angestellt?«
»Bitte, dräng mich nicht. Ich kann es dir nicht sagen, selbst wenn ich wollte. Es hat etwas mit Edana zu tun und ihrem Plan, meine Mutter zu stürzen.«
»Edana will deine Mutter stürzen?«
Juna legte ihren Finger an die Lippen. »Leise.« Sie deutete nach draußen und machte ein Zeichen, dass sie belauscht wurden. »Es ist von größter Wichtigkeit, dass ich unbemerkt von hier wegkomme«, flüsterte sie. »Bis Sonnenaufgang bin ich wieder da.«
Gwen warf ihr einen durchdringenden Blick zu. »Das ist eine schwerwiegende Sache, die du da von mir verlangst.

Wenn sie heute Nacht kommen und du nicht da bist, dann steckt mein Hals mit in der Schlinge.«
»Das weiß ich«, flüsterte Juna. »Aber du bist die Einzige, der ich vertrauen kann. Bitte hilf mir.«
»Ich habe Edana noch nie leiden können.« Gwen schaute Juna eine Weile prüfend an, dann nickte sie. »Na gut, ich werde es tun. Aber nur aus einem Grund. Nicht, weil ich etwas für deine Mutter übrighätte. Sie hat mich immer nur mit Herablassung behandelt. Auch nicht, weil mir das Heil der Gefangenen am Herzen liegt. Von mir aus können diese beiden Teufel auf dem Scheiterhaufen brennen. Ich tue es, weil ich dich liebe, weil du für mich der wichtigste Mensch auf der Welt bist.«
Juna ergriff ihre ausgestreckte Hand. Sie kam sich in diesem Moment richtig schäbig vor.

Es war kurz nach Mitternacht, als Juna so weit war, ihren Plan in die Tat umzusetzen. Neben dem Haus stand eine mächtige Atlaszeder, deren Äste zum Teil bis über das Dach reichten. Gwens Großmutter, eine Tischlerin, hatte das Haus direkt neben den Baum gebaut. Im Sommer spendete er wohltuenden Schatten, im Winter hielt er größere Schneemengen ab. Natürlich bestand die Gefahr, dass irgendwann einmal einer der Äste abbrechen und ein Loch in das strohgedeckte Dach reißen könnte, aber noch war der Baum stark und gesund. Vom Dachboden aus konnte man über eine kleine Luke einen der Äste erreichen und auf den Baum gelangen. Juna hatte schon öfter mit dem Gedanken gespielt, auf den Baum zu klettern, doch die Gelegenheit hatte sich bisher noch nicht geboten.
Bis jetzt.

Sie hatte eine Umhängetasche mit Proviant, Medizin und Verbandszeug gefüllt, außerdem waren ein Messer und Werkzeug dabei. Sie wusste, dass ihr Plan verrückt war, aber sie musste es wenigstes versuchen. Ihr blieben noch fünf Stunden bis zur Rückkehr. Ging irgendetwas schief, würde man sie für vogelfrei erklären.

Rasch kletterte sie über eine Leiter auf den Dachboden. Hier oben war es eng und stickig. Staub kitzelte ihre Nase. Sie musste sich beherrschen, um nicht zu niesen, aber die Anspannung und das Adrenalin verhinderten das Schlimmste. Ihre Sinne waren aufs äußerste geschärft. Sie konnte sehen, wie eine Maus in panischer Eile davonrannte. Vorsichtig öffnete Juna die Luke einen Spalt. Kühle Luft schlug ihr ins Gesicht. Sie lauschte eine Weile. Alles war ruhig. Sie nahm ihren ganzen Mut zusammen und öffnete die Luke ganz. Zuerst stopfte sie ihre Tasche hindurch, dann quetschte sie sich selbst hinterher. Der Mond schien von einem wolkenlosen Himmel herab. Die Zweige der Zeder zeichneten schwarze Scherenschnitte in den Himmel. Einer der Äste sah stabil genug aus, um sie zu tragen. Allerdings befand er sich gute zwei Meter über dem Giebel. Unmöglich, ihn von hier aus zu erreichen. Gewissenhaft prüfte sie den Untergrund. Das Stroh, mit dem das Dach gedeckt war, bot den Füßen keinen guten Halt. Wenn sie jetzt abrutschte, würde sie direkt vor den Füßen der Wache landen. Sie hängte sich die Tasche über die Schulter, packte eine der Hanfschnüre, mit denen das Stroh zusammengebunden war, und zog sich mit aller Kraft nach oben. Das Seil schnitt ihr in die Finger, aber sie biss die Zähne zusammen und machte weiter. Der Ast rückte in hoffnungsvolle Nähe. Noch zwei Griffe, dann war sie oben. Keuchend blickte sie sich um. Sie saß hier oben wie auf dem Präsentierteller. Zeit, dass Gwen loslegte.

Fast wie aufs Stichwort hörte sie, wie unten die Tür aufging.

»Stehen bleiben. Wer ist da?« Die Wache hatte Gwen sofort bemerkt.

»Ich bin's, die Hausherrin. Ich muss zum Brunnen, einen Eimer Wasser holen.«

»Niemand darf das Haus verlassen.«

»Soll das ein Witz sein? *Ich* bin doch keine Gefangene. Der Befehl galt Juna, oder nicht?«

»Ich habe gesagt niemand.«

Juna musste sich ein Lachen verkneifen. Sie konnte förmlich sehen, wie Gwen der Kamm schwoll. Wenn sie etwas hasste, dann war es, Vorschriften zu bekommen. Und tatsächlich: Gwen fing an zu toben, dass ringsum die Lichter angingen. Höchste Zeit. Juna stellte sich breitbeinig auf den Dachfirst, ging in die Knie und stieß sich ab. Es war ein schwieriger Sprung, und sie hatte nur einen Versuch.

Der Ast sauste heran. Juna packte ihn und klammerte sich mit Armen und Beinen daran fest. Der Ast schwankte bedenklich, doch Gwen machte so ein Spektakel, dass niemand etwas mitbekam. Juna schöpfte Atem, dann kletterte sie wie ein Eichhörnchen nach oben. Sie ergriff den über ihr hängenden Zweig und balancierte Richtung Stamm. Mittlerweile hatten die ersten Leute ihre Häuser verlassen. »Was ist denn hier los?«, rief jemand. »Was soll der Lärm mitten in der Nacht?«

»Diese Schlampe verbietet mir, mein Haus zu verlassen«, wetterte Gwen. »Dabei stehe nicht ich unter Arrest, sondern Juna. Was ist jetzt, darf ich Wasser holen oder nicht?«

Die Wache wirkte verunsichert. Nach einer kurzen Bedenkzeit rief sie ihre Kollegin auf der anderen Seite des Hauses zu Hilfe. Genau wie Juna gehofft hatte. Der Platz unter dem Baum war jetzt unbesetzt. »Also gut«, hörte sie die Stimme der ersten Wache. »Ich werde Euch begleiten, also macht keine Dummheiten. Hauptsache, Ihr hört endlich mit diesem Geschrei auf. Ihr weckt ja die ganze Nachbarschaft.«
Der Brunnen lag etwa zwanzig Meter von der Haustür entfernt. Die empörten Anwohner taten ein Übriges, um Junas Flucht perfekt zu machen. Die Gardistinnen galten im Allgemeinen als hochmütig und genossen keinen besonders guten Ruf. Juna kletterte von Ast zu Ast, schwang sich hinunter und vergaß nicht, für den Rückweg ein Seil zu befestigen, an dem sie wieder emporklettern konnte. Dann verschwand sie ungesehen in der Nacht.

32

Die Schmerzen in der Schulter hinderten David am Einschlafen. Jeder Atemzug wurde mit einem qualvollen Brennen quittiert. Es fühlte sich an, als würde jemand mit einem glühenden Schürhaken in sein Gelenk bohren. Egal ob im Liegen, Stehen oder Sitzen, der Schmerz war allgegenwärtig. Er überstrahlte alle anderen Verletzungen wie ein grollendes Gewitter, dessen Wolkenmassen den letzten Sonnenschein auslöschten.
Dabei war er so müde, dass er im Stehen hätte einschlafen können. Die Wirkung der Drogen war verflogen, sie hatten nichts als Müdigkeit und Verwirrung zurückgelassen.
Was war geschehen? In seinem Hirn schwirrten Fragmente von Bildern und Stimmen herum. Nachdem sie abgeholt worden waren, hatte man ihn auf eine Bahre geschnallt und in einen Raum gebracht, der mit irgendwelchen Dämpfen gesättigt war. Er erinnerte sich, dass er sich die Seele aus dem Leib gehustet hatte. Tränen waren über seine Wangen geströmt. Dann waren *sie* gekommen.
Die Erinnyen. Das Unheimlichste, was David je in seinem Leben gesehen hatte. Drei alte, runzelige Weiber, vollkommen nackt bis auf die Masken vor ihren Gesichtern. Und was für Masken das waren! Im Rausch der Drogen, die er einatmete, erschienen sie lebendig, und David glaubte zu sehen, wie sie sich bewegten. Runzeln, Warzen, Fühler. Wie Schlangen krümmten und wanden sich die Tentakel auf ihrer Oberfläche, während sich die Münder mit ihren zuge-

spitzten Zähnen zu einem höhnischen Grinsen verzogen. Am schlimmsten waren die Augen. Wie feurige Kohlen hatten sie geleuchtet, wie die Augen des leibhaftigen Teufels. An das, was folgte, erinnerte sich David nur undeutlich. Er glaubte, Gesang gehört zu haben, während ihn die schrecklichen alten Weiber der Befragung unterzogen. Sie hatten ihn geschlagen, gekratzt, bespuckt. Wie Furien waren sie auf ihn losgegangen. Er glaubte, sich an Folterwerkzeuge zu erinnern, Zangen, Sägen, Hämmer, Äxte. Doch ob das wirklich stimmte, konnte er nicht mit Gewissheit sagen. Ab diesem Punkt waren seine Erinnerung nur noch Fragmente. Vielleicht hatten ihn die Drogen betäubt, vielleicht hatte ihm der liebe Gott eine gnädige Ohnmacht geschenkt. Als er erwachte, hatte er zuerst geglaubt, er läge immer noch in diesem schrecklichen Raum. Doch dann hatte er den Wind in den Weiden und das Plätschern zu seinen Füßen gehört, und ihm wurde klar, dass er wieder in seinem Käfig war. Der Herr sei gepriesen! Dann musste er erneut in Ohnmacht gefallen sein, denn als er erwachte, war der Mond aufgegangen.

Sein Licht lag wie Silber auf dem Wasser. Er spähte hinüber zu Sven, doch im anderen Käfig war keine Regung zu sehen. Er hätte zu gerne gewusst, wie es seinem Freund ergangen war, doch er konnte nicht sprechen. Seine Kehle war wie ausgetrocknet; seine Zunge fühlte sich an, als habe er einen trockenen Schwamm im Mund. Die Kanne mit dem Wasser schien unerreichbar weit weg. Selbst die kleinste Bewegung ließ ihn vor Schmerz beinahe schreien. Was war nur mit seiner Schulter? Er hatte versucht, sein Heil im Schlaf zu finden, doch ein dumpfes Brennen ließ ihn sofort wieder wach werden.

Irgendwann drang ein seltsames Geräusch an sein Ohr. Erst ein Plätschern, dann ein Klappern. Es kam von unterhalb des Käfigs und klang, als würde sich jemand an der Luke zu schaffen machen. Zwei Metallzähne kamen zwischen den Holzplanken zum Vorschein und packten den Bügel des Schlosses. Dann bissen sie zu. David hörte ein unterdrücktes Schnaufen. Es gab ein trockenes Schnappen, dann fiel der Bügel in zwei Hälften zu Boden.
Eine Stimme erklang. »David?«
»Wer ist da?«
»Kannst du dich bewegen? Kommst du an das Schloss?«
War das Juna? Wenn es ein Traum war, dann ein guter. Er beugte sich vor und verfluchte sich sofort für seine Vergesslichkeit. Schmerzgepeinigt biss er die Zähne zusammen. Vielleicht doch kein so guter Traum. Er streckte sein Bein aus, berührte den Riegel mit der Fußspitze und schob ihn zur Seite. Die Luke war offen.
Sofort ging die Klappe auf.
Junas Gesicht erschien in der Öffnung. Bis auf Gesicht und Haare war sie klatschnass. Tropfend und zitternd kletterte sie in seinen Verschlag. Er wollte etwas sagen, aber sie legte ihm den Finger auf die Lippen.
»Kannst du dich bewegen?«, flüsterte sie.
Er deutete auf seine Schulter und schüttelte den Kopf.
»Verstehe«, sagte sie. Sie öffnete ihre Tasche und holte einen mit Stoff umwickelten Stock heraus. »Hier, nimm das. Beiß darauf«, flüsterte sie. »Es wird gleich sehr weh tun.«
Sie legte ihm das Beißholz in den Mund und beugte sich dann über ihn. Er konnte ihr Haar riechen. Es duftete wie eine frisch gemähte Wiese. »Ich zähle bis drei, einverstanden?«

Er nickte.

»Eins ... zwei ...« Sie lehnte sich mit ihrem ganzen Gewicht gegen seine Schulter. Ein furchtbares Knacken ertönte. Davids Zähne fuhren in den Stock. Ein qualvoller Schrei stieg aus seiner Kehle. Seine Finger ballten sich zur Faust. »Was war denn mit drei?«, stöhnte er.

»'tschuldigung. Muss ich wohl vergessen haben.« Ein kurzes Lächeln huschte über ihr Gesicht. Er sah Sterne flimmern und wäre bestimmt erneut in Ohnmacht gefallen, wenn nicht plötzlich eine Stimme aus der Dunkelheit ertönt wäre.

»He, Ruhe da oben. Hör sofort mit dem Gewinsel auf, sonst komme ich hoch und mach dir Beine.«

Juna ließ sich blitzschnell auf den Boden fallen. David sah den Wachposten aus dem Augenwinkel.

Er musste handeln. *Schnell.*

»Hab schlecht geschlafen«, stöhnte er. »War nur ein Alptraum. Wird nicht wieder vorkommen.«

»Sieh zu, dass du deinen Mund hältst, sonst wirst du Bekanntschaft mit meinem Stock machen. Verdammte Nervensäge.« Die Gardistin drehte sich um und ging zur Hütte zurück.

»Schnell«, flüsterte Juna. »Nutzen wir die Situation und verschwinden von hier. Wie geht es deiner Schulter?«

Er prüfte vorsichtig die Beweglichkeit und tatsächlich: Es tat zwar immer noch höllisch weh, aber wenigstens ließ sich die Schulter wieder bewegen. Er reckte den Daumen nach oben. Zufrieden mit der Antwort kroch Juna zurück zur Bodenluke.

»Komm schon, beeil dich.« Geschmeidig wie ein Fisch glitt sie ins Wasser. David kroch an den Rand der Luke und blickte hinunter. Der See war schwarz wie die Seele des Inquisitors.

»Komm runter, aber leise.«
David ließ die Füße über die Kante baumeln, stützte sich mit den Ellbogen ab und ließ sich hinuntergleiten. Juna half ihm ins eisige Wasser. Der Schock presste ihm die Lunge zusammen. Er schnappte nach Luft und ruderte mit den Armen. Nach einer Weile ging es besser.
»Los, weiter«, flüsterte Juna. »Wir müssen das andere Ufer erreichen, ehe uns jemand sieht.«
»Was ist mit Sven? Den müssen wir doch auch befreien.«
Juna schüttelte den Kopf. »Er schläft wie ein Murmeltier. Keine Chance, ihn wach zu bekommen. Ich hab schon alles versucht.«
»Dann lass es uns noch einmal versuchen.«
»Und damit alles aufs Spiel setzen? Viel zu riskant. Zuerst muss ich dich in Sicherheit bringen. Ich komme später noch einmal zurück und hole ihn.«
David konnte hören, dass es eine Lüge war, aber in diesem Moment hatte er nicht die Kraft, dagegenzuhalten. Jetzt ging es erst mal ums eigene Leben. Er spürte, dass er einen weiteren Tag bei den Erinnyen nicht überleben würde.
Er biss die Zähne zusammen und folgte Juna durch das schwarzglänzende Wasser. Neben ihnen ragte bedrohlich der Tempel auf; im obersten Stock leuchtete ein einsames Licht.

33

Arkana blickte auf den See hinaus. Ein leichter Wind wehte zum Fenster herein und fuhr ihr durch die Haare. Der Mond überzog das Land mit blauschwarzem Licht. Die ganze Welt schien zu schlafen. Nur hier und da flackerten kleine Feuer hinter den Fenstern. Vereinzelt sah man Schafe auf den Weiden, während sich die Kühe in die Unterstände zurückgezogen hatten. Wie friedlich Glânmor bei Nacht aussah! Dabei waren gerade in diesem Moment Kräfte am Werk, die die Einheit ihrer Gemeinschaft auf immer zerstören konnten. Gerüchte von Junas Verhaftung waren bis zu ihr gedrungen und hatten sie tief beunruhigt. Ihr erster Gedanke war, ihrer Tochter zu Hilfe zu kommen und ihre Macht einzusetzen, um den Arrest rückgängig zu machen, doch im selben Augenblick wurde ihr klar, dass sie das auf keinen Fall tun durfte. Edana wartete vermutlich nur darauf, dass sie diesen Fehler beging. Als Priesterin war sie dem ganzen Volk verpflichtet, nicht nur einer einzigen Seele, mochte dies auch ihre eigene Tochter sein. Sie musste warten, wie der Hohe Rat entschied. Aber wenn sie Edanas Befehl schon nicht aufheben konnte, so konnte sie wenigstens versuchen, den Vorgang zu beschleunigen. Ihre Finger umklammerten das Fensterbrett. Sie kam sich so machtlos vor.

Ihr Blick wanderte über die schlafende Stadt. Laut Zeugenaussagen hatte Juna für einen Gefangenen Partei ergriffen. Warum hatte sie das getan? Arkana kannte ihre Tochter gut genug, um zu wissen, dass sie felsenfest hinter den Plänen

des Rates stand. Noch vor kurzem hatte sie sich für Krieg ausgesprochen, und jetzt sollte sie sich für ein paar Männer einsetzen, deren Leben ohnehin verwirkt war? Das klang nicht logisch. Was hatte sie bewogen, das zu tun?
Noch ehe sie den Gedanken zu Ende denken konnte, hörte sie nebenan ein Geräusch. Zuerst ein Rascheln, dann Schritte. Ein Schatten erschien in der Tür. »Was ist mit dir, Arkana? Kommst du nicht wieder zurück ins Bett?« Die Stimme klang schläfrig.
Sie wandte den Kopf zur Seite. »Mach dir um mich keine Gedanken«, sagte sie. »Ich musste nur kurz frische Luft schnappen. Ich bin gleich wieder da.«
Der Schatten verschwand.
Einen kurzen Moment lang schaute sie in die mondhelle Nacht hinaus, dann drehte sie sich um und ging zurück in ihr Schlafgemach.

*

David war völlig ausgekühlt. Er kroch das gegenüberliegende Ufer hoch und schlang die Arme um seinen Leib.
»Keine Zeit, sitzen zu bleiben«, sagte Juna. »Wir müssen den Wall überqueren, solange der Mond noch so niedrig steht. In etwa einer halben Stunde kommen die neuen Wachen.«
David nickte. »Gut. Lauf voran, ich folge dir.« Er versuchte, das Klappern seiner Zähne zu unterdrücken.
Juna prüfte kurz den Sitz ihrer Waffen, dann drehte sie sich um und verschwand im Gebüsch.
Der Wall war nicht weit entfernt. Die Brigantin kannte sich offenbar gut aus, denn sie fand auf Anhieb eine Stelle, an der eine Leiter nach oben führte.

»Warte einen Moment. Ich sehe nach, ob die Luft rein ist.«
Blitzschnell kletterte sie hoch, dann winkte sie ihm zu. »Komm.«
Er folgte ihr, wenn auch nicht ganz so schnell. Er fühlte sich immer noch schwach, und seine malträtierte Hand bereitete ihm Schwierigkeiten. Dort, wo man ihm den Nagel ausgerissen hatte, sickerte Blut aus der Wunde. Auf der anderen Seite des Walls tauchte ein mindestens zwei Meter breiter Graben auf. Er stand voll Wasser und war an manchen Stellen mit Seerosen zugewachsen.
»Und da sollen wir runter?«
Statt einer Antwort zog Juna ein Seil aus der Tasche. Sie verknotete es an einem der hölzernen Begrenzungspfähle und hakte es in einer speziellen Halterung an ihrem Gürtel ein.
Sie zog Lederhandschuhe über, dann trat sie dicht an ihn heran. »Leg deinen Arm um mich.«
David zögerte kurz, doch dann fasste er sich ein Herz. Das Gefühl war seltsam, doch nur für einen kurzen Moment. Schon trat sie an die Kante und ließ sich hinuntergleiten. Das Seil wurde straff und sauste durch die Öse. Die Handschuhe bremsten ihren Fall, während Juna sich geschickt mit den Füßen von der Wand abstieß. So schnell die Reise begonnen hatte, so schnell endete sie auch. Sie standen bis zur Hüfte im morastigen Wasser. David watete ans Ufer und sank zu Boden. Er konnte sich kaum noch auf den Füßen halten.
Juna rannte voraus in die Dunkelheit. Nach einer Weile kam sie mit einem Pferd an der Leine zurück. Der Schecke schnaubte leise.
David blickte misstrauisch auf das Pferd. Er erinnerte sich noch gut, wie er auf dem Bauch über dessen Rücken gelegen hatte. »Wo hast du den denn her?«

»Man muss nur die richtigen Stellen kennen, dann kann man selbst aus Glânmor ein Pferd hinausschaffen«, lautete die Antwort. »Ich werde dich wegbringen, weg von dieser Stadt. Es ist zu gefährlich für dich. Ich kenne ein Versteck, wo dich niemand findet. Etwa eine halbe Stunde von hier entfernt. Dort werde ich dich hinbringen und deine Wunden verarzten.«

»Warum tust du das?«

Juna schwieg einen Moment, dann sagte sie: »Ich habe meine Gründe.« David sah sie aufmerksam an und wartete darauf, ob noch etwas kommen würde. Doch Juna schwieg. Ganz so, als würde sie die Antwort selbst nicht kennen.

»Gut«, sagte er. »Dann los, solange es noch geht.«

Juna faltete die Hände zu einer Art Räuberleiter und half ihm hoch. Dann schwang sie sich selbst in den Sattel und brachte das Tier mit einem leisen Schnalzen dazu, sich in Bewegung zu setzen.

David merkte sehr schnell, wie schwierig es war, sich auf einem glatten Pferderücken zu halten. Die ständige Bewegung machte es schier unmöglich. Er tastete nach dem Sattel, versuchte, einen sicheren Griff zu finden, aber mit seinem verletzten Finger schaffte er es nicht.

»Leg deine Arme um mich«, sagte sie.

»Ich soll was?«

»Deine Arme um mich legen. Oder willst du herunterfallen?«

David räusperte sich. »Natürlich nicht.«

Er löste seine Hände vom Ledergurt und umfasste ihre Taille. Sie war schlanker, als er vermutet hatte. Ohne Brustschutz, Rückenpanzer und Waffengehänge wirkte sie viel zierlicher. Vorsichtig umschloss er sie mit seinen Fingerspitzen. Ein seltsames Gefühl durchströmte ihn. Er fühlte sich ... wie? Schuldig, befreit? Was er hier tat, war eigentlich eine Todsünde. Setzte er mit einer solchen Aktion nicht sein Seelenheil aufs Spiel? Andererseits: Es fühlte sich nicht an wie eine Todsünde. Hier war ein Mensch, der ihm half. Ein solcher Mensch konnte nicht von Grund auf böse sein. Vielleicht hatten sich die Kirchenoberen doch geirrt, als sie das Weib zur Ursache aller Sünde erklärten?

Juna versteifte sich bei der Bewegung. Auch ihr schien diese plötzliche Nähe unangenehm zu sein. Doch sie ließ es geschehen und trat dem Pferd sanft in die Flanken.

Der Schecke trug sie in den dunklen Wald. David spürte eine überwältigende Müdigkeit in sich aufsteigen. Die Folter hatte ihn so geschwächt, dass er seinen Kopf an ihre Schulter lehnen musste. Nach wenigen Metern fiel die Anspannung von ihm ab. Die Wärme von Junas Körper und das monotone Wippen des Pferdes machten ihn schläfrig.

Irgendwann musste er eingenickt sein, denn als er das nächste Mal die Augen aufschlug, lag er auf dem Boden. Er war in einer Art Höhle, nur wenige Meter entfernt vom Eingang. Juna saß neben ihm. Ein Lächeln umspielte ihren Mund.

»Du hast es geschafft.« Sie deutete in den Wald hinaus, hinter dessen Bäumen sich zaghaft das erste Morgenlicht abzeichnete. »Ich habe dich an einen geheimen Ort gebracht. Diese Höhle kennt außer mir niemand, also bleib hier und versuche nicht, auf eigene Faust etwas zu unternehmen. Sie würden dich kriegen. Ich habe dir Wasser und etwas zu essen dagelassen, damit solltest du ein paar Tage durchhalten.« Sie deutete auf seine Hand. »Deine Wunden sind gereinigt und verbunden. Alles, was du jetzt brauchst, ist Ruhe. Ich komme zurück, sobald ich kann, versprochen. Doch jetzt

muss ich mich beeilen. Für den Fall, dass du dich einsam fühlst, habe ich noch das hier.« Sie legte einen schmalen roten Band auf seine Brust.
Er hob den Kopf. »Du hast mein Buch aufgehoben?«
»Aber natürlich. Ich weiß doch, was es dir bedeutet.«
Sie nickte ihm zu, dann verschwand sie wie ein Schatten in der Dämmerung.

34

Irgendjemand pochte heftig an der Tür. »Aufmachen!«
Juna schlug die Augen auf. Für einen schrecklichen Moment glaubte sie, im Wald eingeschlafen und von Gardistinnen umstellt zu sein, doch dann fiel ihr ein, dass es der nächste Morgen sein musste und sie sich in Gwens Haus befand. Sie war im Bett, und ihre Freundin lag neben ihr und schlief tief und fest.
»Im Namen des Hohen Rates, öffnet die Tür!«
Wildes Gepolter. Jetzt war Juna endgültig wach. Mühsam bewegte sie sich in eine aufrechte Position. Die Anstrengungen der letzten Nacht steckten ihr noch in den Knochen. Als es ein drittes Mal klopfte, fuhr Gwen wie von der Tarantel gestochen in die Höhe. »Zum Teufel noch mal, hat man denn keine Ruhe in diesem Haus. Wer ist da?«
»Hier ist Edana. Ich verlange, dass diese Tür geöffnet wird. Sofort!«
»Edana?« Gwen strich ihre verstrubbelten Haare aus dem Gesicht. »Einen Moment, ich komme.« An Juna gewandt sagte sie: »Du rührst dich nicht vom Fleck.« Sie stand auf, zog ihr weißes Schlafgewand nach unten und schlurfte zur Tür. Juna sah sie um die Ecke biegen und hörte, wie der Riegel von der Tür weggezogen wurde. Dann gab es ein Krachen. Das Geräusch von schweren Schuhen war zu hören.
»Wo ist Juna?«
»Im Bett natürlich, wo sonst?«, antwortete Gwen. »Wir waren beide noch im Bett.«

»Ich will zu ihr.«
»Könnt Ihr nicht in zehn Minuten wiederkommen? Ich sagte doch, wir sind noch im Bett.«
»Sehe ich aus wie eine Bittstellerin, die man vor der Türschwelle warten lässt?« Ein Schatten huschte über den Boden, dann stand Edana im Türrahmen. Misstrauisch blickte sie ins Schlafgemach. »Juna.«
»Was für ein unerwartetes Vergnügen.« Juna gähnte herzhaft. »Ich hatte nicht erwartet, Euch so bald wiederzusehen.«
Edana zögerte einen Moment, dann zischte sie mit zusammengepressten Lippen. »Wo warst du letzte Nacht?«
Juna rieb sich die Augen. Dann stand sie auf. Nackt. Edana sollte ruhig merken, wie unwillkommen sie hier war. Sie ließ sich Zeit mit dem Anziehen. »Ich verstehe nicht. Ihr habt mir doch Hausarrest verordnet, schon vergessen? Ich muss gestehen, ich habe seit langer Zeit nicht mehr so gut geschlafen.«
»Ich weiß, was ich getan habe, und ich will eine Antwort auf meine Frage: Wo warst du letzte Nacht?«
Juna hatte Hose und Oberteil angezogen und band jetzt den Gürtel um. »Blöde Frage, ich war hier, in meinem Bett. Ich habe geschlafen wie ein Murmeltier. Ihr könnt Euch bei Gwen erkundigen, sie war die ganze Zeit bei mir. Oder fragt doch Eure Wachen.« Ein Lächeln huschte über ihr Gesicht. »Sie werden doch wohl nicht eingenickt sein?«
Edanas Gesicht lief rot an. »Hör auf, Spielchen mit mir zu spielen, Juna«, fauchte sie. »Ich weiß genau, dass du heute Nacht nicht in deinem Bett warst.«
»Da wisst Ihr mehr als ich.« Juna zog ihre Schuhe an und stand auf. »Was ist denn passiert, dass Ihr so aus dem Häuschen seid?«

Statt einer Antwort fing Edana an, in Junas Kleiderschrank herumzuwühlen. Sie nahm die Sachen und warf sie in einem unordentlichen Stapel zu Boden. Juna schaute dem Treiben mit einem grimmigen Lächeln zu. Am liebsten hätte sie dieser eingebildeten Ratsherrin an Ort und Stelle eine Lektion erteilt, doch diese Blöße würde sie sich nicht geben. Vermutlich wartete Edana geradezu darauf, um sie ins Gefängnis werfen zu lassen. So schwer es ihr auch fiel, sie musste ruhig bleiben. »Kann ich Euch beim Suchen helfen?«
»Rühr dich nicht von der Stelle.« Edana hatte die Untersuchung des Kleiderschranks beendet und stürmte nun zum Wäschekorb hinüber. Juna wusste, wonach die Ratsherrin suchte. Sie wollte Beweise für ihre Theorie. Sie suchte nach einer Bestätigung, dass Juna letzte Nacht das Haus verlassen und den Gefangenen befreit hatte. Doch da konnte sie lange suchen. Juna hatte wohlweislich alle Kleidungsstücke mit Steinen im Brunnen versenkt. Die Spur konnte man nicht zurückverfolgen. So blöd, sich mit nassen, schmutzigen Sachen erwischen zu lassen, war sie nicht. Das merkte nach einer Weile wohl auch Edana, die dazu überging, nach Spuren rund ums Haus zu suchen. Sie war noch nicht weit gekommen, als Hufgetrappel die Ankunft einiger weiterer Personen ankündigte.
Juna blinzelte durch das geöffnete Küchenfenster.
»Wer ist das?«, fragte Gwen.
»Die Ratsvorsitzende Noreia und …«, Juna stutzte, »… meine Mutter.«
»Meine Güte. Die beiden obersten Frauen. Und ich habe das Haus nicht geputzt.«
Juna lächelte. »Glaub mir, ein bisschen Staub ist jetzt unser geringstes Problem.«

Draußen vor der Haustür entspann sich ein kurzer Wortwechsel, dann kam der Besuch herein. Edana, die sich nicht traute, in Anwesenheit der beiden Vorsitzenden weiter ums Haus herumzuschnüffeln, folgte den Frauen ins Haus. Draußen war inzwischen ein wahrer Volksauflauf entstanden. Wachen, Leibgardistinnen, aber auch eine Menge Bürgerinnen, die wissen wollten, was da vorging. Und von Minute zu Minute wurden es mehr.
»Juna?« Arkana trug ein feuerrotes Kleid, auf dem silberne und goldene Perlen funkelten. Ihre Haare wurden von einer schmalen Krone geziert, Zeichen ihrer priesterlichen Würde. Juna, die immer noch im Schlafzimmer stand, hob die Hand zum Gruß. »Ich bin hier, Mutter.«
»Komm zu uns in die Wohnstube.«
Juna schenkte Gwen ein kleines Lächeln, dann folgte sie der Aufforderung. Sie durfte jetzt keinen Fehler machen. Jede noch so kleine Regung würde sie verraten. Sowohl Noreia als auch ihre Mutter waren Meisterinnen im Entlarven von Lügen.
»Edana behauptet, du wärst letzte Nacht ausgebrochen und habest einen der Gefangenen befreit. Ist das wahr?«
»Natürlich nicht. Ich ...«
»Ein einfaches Ja oder Nein genügt.«
»Nein.« Und dann: »Welcher von den beiden konnte denn entkommen?«
»Der Jüngere.«
»Wie kommt Ihr überhaupt darauf, dass er von jemandem befreit wurde? Vielleicht hat er es alleine geschafft zu entfliehen.«
»Der Bügel des Schlosses wurde zerstört«, sagte Arkana. »Wir haben die Bruchstücke im Käfig gefunden.«

»Und der andere? Ist der noch da?«
Ihre Mutter nickte. »Das Schloss ist unversehrt, auch wenn wir Spuren einer Zange gefunden haben.«
Noreia blickte Juna prüfend an. »Man sagte mir, du hättest dich am Abend zuvor mit einem der beiden unterhalten. Stimmt das?«
Junas Gedanken rasten in verschiedene Richtungen. Sollte sie lügen und alles abstreiten? Die Frage war heikel, schließlich wusste sie nicht, ob nicht vielleicht doch jemand Wind von ihrer Unterhaltung mit David bekommen hatte. Aus ihrem Augenwinkel bemerkte sie einen merkwürdigen Ausdruck in Edanas Gesicht. Es war ein mühsam unterdrücktes Grinsen.
»Ja«, sagte sie geradeheraus. »Ich habe mit ihm gesprochen.«
Das Grinsen verschwand.
»Du wusstest, dass es verboten ist, mit den Gefangenen zu sprechen?«, fragte Noreia.
»Ja.«
»Worüber habt ihr euch unterhalten.«
»Über Bücher.«
»Bücher?« Die Augen der Ratsvorsitzenden weiteten sich vor Erstaunen. »Erzähl mehr davon.«
»Der Gefangene trug eines davon bei sich. Eine Liebesgeschichte. Ein Theaterstück von einem Mann, dessen Name, glaube ich, Shakespeare war.«
»William Shakespeare?« Ihre Mutter zog die Brauen zusammen. »Doch nicht zufällig Romeo und Julia?«
»Keine Ahnung«, log Juna. »So genau habe ich nicht gefragt.«
»Kennst du dieses Werk?« Noreia sah Arkana aufmerksam an.

»Kennen ist zu viel gesagt«, erwiderte die Hohepriesterin. »Ich habe davon gehört. Es schien recht populär gewesen zu sein, damals, vor dem Zusammenbruch. Eine belanglose Geschichte über die Liebe zwischen Mann und Frau.«
Edana spuckte auf den Boden, als erfülle sie der Gedanke mit Ekel. Gwen stand eine Weile mit finsterem Blick daneben, dann holte sie Eimer und Lappen und wischte den Boden vor ihren Füßen. Die Blicke, die sie Edana dabei zuwarf, sprachen Bände. Die Ratsherrin schien das nicht zu bemerken.
»Wie konnte es dazu kommen, dass man das Buch nicht bei ihm gefunden hat? Habt ihr ihn etwa nicht untersucht?«
»Offenbar nicht gründlich genug«, sagte Juna. »Er muss es in einer geheimen Tasche dicht am Körper getragen haben. Um ehrlich zu sein, ich finde es nicht so dramatisch. Er hat mir daraus vorgelesen, und es war kein bisschen aufwieglerisch.«
»Du hast dir vorlesen lassen?« Edana trat näher, ihre Brauen zu einem schmalen Strich zusammengezogen.
Juna zuckte die Schultern. »Wie gesagt, ich sah nichts Verbotenes darin. Er las eigentlich mehr für sich selbst, und ich habe ihn dabei belauscht.«
»Und dass dich seine Worte verhexen könnten, daran hast du wohl nicht gedacht?«
»Verhexen?« Juna gestattete sich ein Lächeln. »Es waren nur *Worte*. Und der Junge machte auf mich nicht den Eindruck eines Hexenmeisters.«
»Das kann man nie wissen«, sagte Edana. »Er ist ein Mönch. Ein Mann der Kirche, genau wie der Inquisitor, und was das für ein Mensch ist, das wissen wir ja wohl zur Genüge.« Sie straffte die Schultern. »Nun ja, du hast ihm das Buch ja

sicher weggenommen. Gib es mir.« Sie streckte die Hand aus und wippte erwartungsvoll mit den Fingern.

»Ich ... nein.« Juna senkte den Kopf.

»Was heißt *nein?*«

»Ich habe es ihm gelassen.«

Edanas Brauen fuhren empor. »Wie konntest du das tun, du kennst doch die Regeln? Kein Gefangener darf persönliche Gegenstände bei sich führen. Und dann noch ein Buch.« Ihre Augen glommen wie zwei Kohlestücke. »Damit hast du dich noch eines zweiten Vergehens schuldig gemacht. Die Liste wird länger und länger.«

»Nur wenn man unterstellt, dass sie den Gefangenen tatsächlich befreit hat. Wofür es keinen Beweis gibt«, mischte sich die Ratsvorsitzende Noreia ein. »Dafür, dass sie gelauscht hat, kann man sie ja wohl schlecht verurteilen. Bei uns gilt nach wie vor jeder als unschuldig, bis sein Vergehen zweifelsfrei bewiesen wurde. Oder habt Ihr einen Beweis, der Eure Verdächtigung untermauern könnte?«

»Wozu? Es ist doch eindeutig, dass Juna verhext wurde. Der Kirchenmann hat sie mit Zauberworten aus seinem Buch eingelullt und ihr befohlen, ihn und den anderen aus seinem Gefängnis zu befreien. Dass ihm das nur zum Teil gelungen ist, haben wir nur einem ungeheuren Zufall zu verdanken. So ist uns wenigstens der eine Gefangene geblieben. Doch wir werden nicht aufhören, nach dem anderen zu suchen, da könnt Ihr sicher sein.«

»Wie verfahren wir denn jetzt mit Juna«, wollte Arkana wissen. »Wir müssen eine Entscheidung treffen.«

Edana reckte ihr Kinn vor. »Sie steht unter dringendem Verdacht, einen verurteilten Gefangenen begünstigt zu haben. Sie darf dieses Haus auf keinen Fall verlassen.«

»Das ist ungeheuerlich«, protestierte Juna. »Ich habe nichts getan. Ist das die neue Rechtsprechung, dass man Menschen einsperren darf, nur weil man sie irgendeiner Sache verdächtigt? Wenn das Euer Einfluss ist, Edana, dann ist es eine Saat des Bösen. Ihr wollt mich und meine Mutter gegeneinander ausspielen, um Eure Macht im Rat zu festigen.«
»Blasphemie!« Edana trat vor, als wolle sie Juna die Augen auskratzen. Sollte sie nur kommen. Juna würde ihr eine Lektion erteilen, die sie so bald nicht vergessen würde.
Doch sie schien es sich anders überlegt zu haben. »Wie kannst du es wagen, so mit mir zu sprechen? Ich bin ein angesehenes Mitglied des Hohen Rates.«
»Und wenn Ihr die Ratsvorsitzende persönlich wärt. Ich bin noch lange nicht fertig, *Ratsherrin.*« Juna spie das Wort aus, als bestünde es aus Gift und Galle. »Es ist eine Schande, wie mit den Gefangenen umgegangen wird, und es ist eine Schande, wie angesehene Bürgerinnen dieser Stadt verunglimpft werden. Habt Ihr vergessen, dass ich vor kurzem für mein heldenhaftes Verhalten in Alcmona ausgezeichnet wurde? Damals habt Ihr mich noch über den grünen Klee gelobt, und heute wollt Ihr mich einsperren, gerade wie es Euch beliebt. Ich war so dumm, mich vor Euren Karren spannen zu lassen, doch das ist nun vorbei, Edana. Ihr habt mir die Augen geöffnet.«
»Da hört Ihr's«, empörte sich Edana. »So kann nur jemand sprechen, der verhext wurde. Ich erweitere meinen Antrag auf eine Gefängnisstrafe von mindestens einer Woche. Dann sehen wir weiter.«
Die Ratsvorsitzende Noreia hob ihre Hände. »Würdet ihr wohl bitte beide schweigen. Es hat keinen Sinn, dass wir so weitermachen. Hier steht Aussage gegen Aussage. Ohne

Zeugin werden wir hier nicht weiterkommen.« Sie wandte sich nach rechts. »Gwen, würdest du bitte vortreten?«
Juna konnte sehen, wie schwer es ihrer Freundin fiel, vor die beiden mächtigen Frauen zu treten. Sie hielt den Kopf gesenkt, ihre Wangen glühten, und ihr Mund war zusammengepresst.
Juna war in diesem Augenblick nicht sicher, ob Gwen dem Druck standhalten würde. Sie kannte als Einzige die Wahrheit, und sie war schon immer eine schlechte Lügnerin gewesen. Juna war drauf und dran zu gestehen, als Gwen den Kopf hob und mit selbstbewusster Stimme sagte: »Ich habe nichts gesehen. Juna war die ganze Nacht bei mir.«
»Wie kannst du da so sicher sein? Hast du nicht geschlafen?«
»Doch, aber ich habe einen sehr unruhigen Schlaf. Ich werde beim kleinsten Geräusch wach. Als ich gestern Nacht das Haus verließ, um noch etwas Wasser zu holen, schlief Juna bereits fest. Das hat sich nicht geändert bis heute Morgen, ich hätte es bemerkt. Und jetzt würde ich mir wünschen, dass Ihr in dieser Sache endlich zu einer Einigung kommt und mein Haus verlasst. Ihr tragt böses Blut in diese vier Wände.« Sie trat einen Schritt zurück und senkte den Kopf.
Juna hielt den Atem an. Was Gwen gerade für sie getan hatte, war mehr, als sie ihr je vergelten konnte. In diesem Moment liebte sie sie wirklich, selbst wenn diese Gefühle vielleicht ein bisschen zu spät kamen.
Die Ratsvorsitzende Noreia nickte. »Gwen hat recht. Ich muss mich bei ihr für dieses Eindringen entschuldigen. Meine Entscheidung ist gefallen. Juna wird nicht eingesperrt. Sie ist eine Frau von Ehre und darf sich ungehindert bewegen. Juna, verzeiht unser Auftreten, es wird nicht wieder vorkommen.«

»Aber ...« Edana war knallrot angelaufen.
»Kein *Aber*. Ihr habt zu schweigen, Ratsherrin Edana. Eurem übertriebenen Eifer haben wir es überhaupt zu verdanken, dass wir hier stehen, mit nichts weiter in den Händen als haltlosen Verdächtigungen. Führt Eure Untersuchungen bezüglich der Flucht des Gefangenen weiter. Es befindet sich ein Verräter in unseren Reihen. Irgendjemand in dieser Stadt hat dem Mann zur Flucht verholfen, und ich will wissen, wer das ist. Beschafft mir Informationen, notfalls seinen Kopf, aber lasst Juna in Ruhe. Sie untersteht meinem persönlichen Schutz. Damit ist die Angelegenheit vorerst erledigt. Gehen wir.« Sie verbeugte sich knapp vor Juna und Gwen, dann verließ sie das Haus. Edana folgte ihr auf dem Fuß. Ihren geballten Fäusten war anzusehen, dass das Thema für sie noch lange nicht beendet war.
Arkana war die Einzige, die noch nicht gegangen war. Ihre smaragdgrünen Augen waren auf Juna gerichtet. Als das Schweigen nicht länger zu ertragen war, sagte Gwen: »Ich muss mich dann mal wieder an die Arbeit machen. Bitte entschuldigt mich, Hohepriesterin.«
»Danke«, sagte Juna. »Danke, dass du das für mich getan hast. Das werde ich dir nie vergessen.«
Gwen nickte knapp, dann verschwand sie in der Küche und fing an, mit Töpfen und Pfannen zu klappern.
Noch immer waren Arkanas Augen unverwandt auf Juna gerichtet. »Wir müssen reden«, sagte sie. »Jetzt gleich. Im Tempel.«

35

Die Höhle war zwar klein, dafür aber gemütlich und trocken. Sie lag am oberen Rand eines steil abfallenden Hügels, von unten nicht zu sehen. Ein aufmerksamer Beobachter hätte vielleicht bemerkt, dass die Wurzeln des darüberstehenden Baumes seltsam verkrümmt im Inneren der Erde verschwanden, doch die meisten hätten den Eingang vermutlich nur für einen Schatten gehalten, der von dem mächtigen Stamm auf die Flanke des Hanges geworfen wurde. David kroch nach vorne und steckte seinen Kopf aus der Öffnung. Der Wald war voller Leben. In den Zweigen saßen Vögel, die laut zwitschernd ihr Revier verteidigten, und an den Stämmen huschten Eichhörnchen entlang. Irgendwo raschelte eine Amsel im Laub, und weiter hinten glaubte David sogar ein Reh zu sehen. Kein Zweifel: Das Versteck war ausgezeichnet. Die Höhle konnte nur von oben erreicht werden, und auch nur dann, wenn man genau wusste, wonach man suchen musste. Sie machte nicht den Eindruck, als wäre sie zufällig entstanden. Irgendjemand oder irgendetwas hatte sie in die weiche Erde gegraben. Vielleicht ein Fuchs oder Dachs?
Der Boden war mit Heu ausgelegt, und es befanden sich Decken und ein paar Kalebassen mit Wasser darin. Juna hatte ihren Proviantbeutel zurückgelassen. David fand darin Brot, Käse und einige Trockenfrüchte. Wenn er sparsam war, konnte er durchaus ein paar Tage durchhalten. Irgendwann würde er jedoch den Heimweg antreten müssen.

Er konnte nur erahnen, in welcher Richtung die Stadt zu finden war. Zwischen ihm und dem Kloster lagen Dutzende Kilometer wildes, unerforschtes Grenzland.

David hatte genug gesehen. Er zog den Kopf wieder ein und robbte vorsichtig in den Stollen zurück. Der Morgen war noch kühl. Feuchte Luft kroch durch den Eingang herein und ließ ihn frösteln. Er trank einen Schluck und verzog sich dann zurück unter seine Decke. Nachdem er festgestellt hatte, dass ihm keine unmittelbare Gefahr drohte, konnte er ruhig noch mal die Augen schließen.

Er war schon halb eingeschlafen, als ein Geräusch an seine Ohren drang. Ein Rascheln, irgendwo außerhalb der Höhle. Zuerst leise und flüchtig, dann immer intensiver. Noch einmal hörte er es, und dann wieder. Jedes Mal schien es ein wenig lauter zu werden. Kein Zweifel: irgendetwas war da draußen. Etwas, das scharrte und schnüffelte. Eine Katze vielleicht oder ein Eichhörnchen? Nein, dafür war es definitiv zu laut. Vielleicht ein Hund.

An Schlaf war jetzt nicht mehr zu denken. Wie sollte er sich verhalten? Nach vorne kriechen und nachsehen, wer da war? Zu riskant. Am besten, er machte sich unsichtbar.

Rasch bedeckte er seinen Proviant mit Stroh, dann stemmte er die Beine in den Boden und rutschte nach hinten. Als er die Rückwand des Stollens erreichte, rieselte Erde von der Decke herab in seinen Kragen. Nur mit Mühe konnte er ein Niesen unterdrücken. Sein Herz schlug ihm bis zum Hals.

In diesem Moment schob sich ein dunkler Schatten vor den Höhleneingang. Er wirkte riesig. Unter Schnuppern und leisem Knurren zeichnete sich der Umriss einer Kreatur vor dem hellen Hintergrund ab. Ein Mensch war das nicht, so viel stand fest. Aber was dann?

Als das Wesen auf ihn zukam, schien es zu schrumpfen. War das ein Wolf? Nein, viel zu klein für einen Wolf. An seiner Bewegung war etwas, das David bekannt vorkam. *Es humpelte.*
David hielt den Atem an. Schlagartig wurde ihm klar, was das war. Seine Panik verwandelte sich in Freude. Es gab nur ein einziges Wesen auf dieser Welt, das sich in dieser Weise fortbewegte. Als er das Winseln hörte und die feuchte Zunge auf seinem Handrücken fühlte, schossen ihm die Tränen in die Augen. »Grimaldi«, flüsterte er. »Mein guter alter Grimaldi.«

*

Juna zog beim Eintritt in den großen Tempel unwillkürlich den Kopf ein. Die drei Göttinnen blickten heute strenger als sonst. Mit durchdringenden Augen starrten sie auf Juna herunter, so wie man auf ein unbedeutendes Insekt hinabschaut, das man mit den Füßen zertreten könnte. Vielleicht lag es am Licht, vielleicht aber auch an dem beißenden Räucherwerk, das ihre Sinne verwirrte – aber die Göttinnen wirkten heute geradezu feindselig.
Sie folgte ihrer Mutter durch die gewundenen Stollen, immer tiefer in das heiße Herz des Berges. Der Gestank nach Schwefel stach ihr in die Nase und betäubte ihre Sinne. Sie merkte, dass sie anfing zu schwitzen. Täuschte sie sich, oder war es hier unten heißer als beim letzten Mal? Als sie die Stollen verließen und die kühleren Abschnitte in der Flanke des Vulkans betraten, atmete sie erleichtert auf. Noch nie hatte sie den Besuch bei ihrer Mutter als so bedrohlich empfunden. Sie hätte viel darum gegeben zu erfahren, was die

Hohepriesterin von ihr wollte, aber Arkana sprach kein Wort. Seit sie Gwens Haus verlassen hatte, hüllte sie sich in Schweigen.
Nach einer Weile gelangten sie in die Privatgemächer. Zoe deutete eine Verbeugung an. »Darf ich Euch noch etwas bringen, verehrte Mutter?«
»Nein danke. Geh wieder nach oben und achte darauf, dass niemand hereinkommt. Wir wollen die nächste Stunde ungestört sein.«
»Wie Ihr befehlt.«
Die Dienerin warf Juna einen strengen Blick zu, dann verschwand sie in den Tiefen des Berges. Arkana holte ihren Schlüssel heraus, steckte ihn ins Schloss und öffnete die Tür. Goldenes Morgenlicht flutete durch den Raum. Hinter dem Fenster auf der gegenüberliegenden Seite konnte man den See erahnen. Nebelschleier lagen über dem Wasser.
»Tritt ein. Wir haben viel zu bereden.«
Juna ging ein paar Schritte, dann drehte sie sich um. Arkana verriegelte sorgfältig die Tür und steckte den Schlüssel wieder ein.
»Nun, was gibt es, Mutter? Ich habe nicht viel Zeit. Es wäre schön, wenn du direkt zur Sache kommen könntest.«
»Entspann dich und setz dich erst einmal. Zoe hat einen Hibiskustee gemacht. Möchtest du eine Tasse?«
Juna wollte erst ablehnen, besann sich dann aber eines Besseren. »Na gut«, lenkte sie ein. »Für eine Tasse Tee wird die Zeit wohl reichen.«
»Nicht nur für eine Tasse, fürchte ich.«
»Was soll das heißen?«
»Ich möchte, dass du eine Weile bei mir bleibst.«
»Was? Wieso denn?«

»Das liegt doch auf der Hand. Edana verdächtigt dich, den Gefangenen befreit zu haben; sie wird nicht ruhen, bis sie einen Beweis gefunden hat, der dich überführt. Und wenn sie keinen findet, dann wird sie einen erfinden. Glaub mir, es dauert keine zwei Tage, und du sitzt hinter Schloss und Riegel. Durch dich hat sie das perfekte Mittel, um an mich heranzukommen, und sie wird diese Chance nicht ungenutzt verstreichen lassen.«

»Und was ist mit meinen Sachen? Was ist mit Gwen?«

»Ich werde Zoe schicken, um deine Sachen holen zu lassen. Am besten schreibst du eine Liste, was du alles benötigst. Gwen wird Verständnis haben. Zoe wird ihr erklären, dass es für dich zu gefährlich ist, weiter in ihrem Haus zu wohnen.«

Juna stieß einen Seufzer aus. »Dass sich die Dinge so entwickeln, damit hätte ich nicht gerechnet.«

»Niemand hätte das. Aber es ist wichtig, dass du so wenig wie möglich draußen gesehen wirst«, fuhr ihre Mutter fort. »Zumindest so lange, bis sich die Situation wieder beruhigt hat. Edana wird den Tempel beobachten lassen, aber es gibt genügend Ein- und Ausgänge, durch die man ungesehen hinein- und herausgelangen kann. Sie bräuchte fünfzig Wachen, um eine lückenlose Bewachung zu garantieren, und das kann selbst eine Frau wie sie nicht verantworten. Ich hoffe, dass sich die Wogen in ein paar Tagen, spätestens in einer Woche wieder geglättet haben. Und jetzt versuche, dich zu entspannen. Hier kann dir nichts geschehen.«

Juna sträubte sich innerlich, doch sie musste einsehen, dass ihre Mutter recht hatte. Edana würde bestimmt einen Weg finden, um sie einsperren zu lassen, und was dann mit David geschehen würde, das mochten die Götter wissen.

Sie wählte einen bequem aussehenden Sessel und ließ sich hineinfallen. Das Leder war weich und geschmeidig. Ein feiner Duft von Lavendelöl stieg ihr in die Nase. Arkana klapperte nebenan mit Geschirr herum, dann kam sie zurück, in jeder Hand eine Tasse Tee und etwas Gebäck. Juna nahm ihr eine Tasse ab und stellte sie neben sich auf einen kleinen Tisch.
»Zucker?«
»Gerne.« Sie rührte mit dem Löffel um und probierte dann. Der Tee schmeckte wunderbar. Ein leichtes Aroma nach Preiselbeeren stieg in ihre Nase. Sie biss von dem Hafertaler ab und kaute erwartungsvoll darauf herum. Über was wollte ihre Mutter mit ihr reden? Juna wusste, dass das noch nicht alles gewesen sein konnte.
Doch Arkana ließ sich Zeit. Stattdessen fing sie an, über Tee zu plaudern. »Wusstest du, dass die Pflanze ursprünglich aus Südostasien stammt und über Nordafrika und Südamerika zu uns gekommen ist?«, fragte sie. »In vielen Ländern wurde sie wegen ihrer blutdrucksenkenden Wirkung sehr geschätzt. Ich glaube, in deiner jetzigen Situation würde dir das guttun.« Lächelnd nippte sie an der Tasse. »Schon verrückt, wenn man bedenkt, dass das Land, das diesen Tee früher in die ganze Welt verschifft hat, heute nicht mehr existiert. Wir wissen nichts von Ländern wie Burma, Java, dem Sudan oder Mexiko. Wir haben keine Ahnung, was in Schweden, England oder Norwegen passiert ist. Wurden sie ebenfalls Opfer der großen Dunkelheit?«
»Vermutlich«, murmelte Juna, die gerne gewusst hätte, was ihre Mutter mit dem Gerede bezweckte.
»Es besteht natürlich auch die Möglichkeit, dass es nur bei uns so schlimm ist«, sagte Arkana. »Vielleicht hat das Virus

die anderen Länder nicht erreicht, vielleicht hat es bereits aufgehört, zu wirken.«

»Glaubst du?«, entgegnete Juna. »Das halte ich für sehr unwahrscheinlich. Dann müsste doch mal jemand von außerhalb zu uns gekommen sein. Reisende, Botschafter, Händler.«

»Vermutlich hast du recht.« Arkana zuckte die Schultern. »Aber ich gebe die Hoffnung nicht auf. Viren mutieren. Sie können sich von einem harmlosen Erreger in den Auslöser einer todbringenden Seuche verwandeln und wieder zurück. Unser Problem ist, dass wir schon so lange in festen Gesellschaftsstrukturen leben! Eine mögliche Veränderung würde uns gar nicht bewusst. Wir würden einfach so tun, als wäre nichts geschehen.«

»Was ja nicht das Schlechteste wäre«, sagte Juna. »Die Gesellschaft, in der wir leben, funktioniert doch ganz gut.«

»Findest du?«

»Na ja, abgesehen von den Überfällen und den Plünderungen natürlich. Aber an denen sind nicht wir schuld, sondern die Männer.«

»Es geht nicht um *Schuld*. Es geht darum, dass wir Menschen nicht dazu geboren wurden, eingeschlechtlich zu leben. Es war ein Unfall, ein Unglück – vermutlich selbstverschuldet. Manche sagen, es war eine Strafe der Götter, doch mit solchen Äußerungen wäre ich vorsichtig. Wir sollten aufhören, die Verantwortung für unser Handeln immer den Göttern aufs Auge zu drücken.«

»Das sagst du als Priesterin?«

»Vor allem als Priesterin. Ich kenne die Götter besser als jeder andere, und ich weiß, dass sie nicht begeistert sind, wenn wir uns wie eine Herde unmündiger Schafe verhalten.« Sie

zuckte die Schultern. »Tatsache ist, dass tief in uns ein Mechanismus steckt, der dafür sorgt, dass wir uns zum anderen Geschlecht hingezogen fühlen. Bei den meisten wurde dieser Mechanismus durch das Virus außer Kraft gesetzt, doch es gibt auch andere Menschen, bei denen er noch funktioniert, die nicht von der Krankheit betroffen wurden und die nun in ständiger Angst leben müssen, dass sie von den angeblich Normalen getötet werden.«
Juna hob den Blick. »Du sprichst von der *Zuflucht*.«
Wie die meisten, hatte sie auch schon davon gehört. Es war ein Ort, an dem Männer und Frauen zusammenlebten. Angeblich gab es dort sogar Familien. Natürlich war das Unsinn. Wie immer bei solchen Geschichten beruhte das meiste auf Hörensagen. Irgendjemand kannte jemanden, der jemanden kannte, der schon einmal dort gewesen war. Doch wenn man dann genauer nachfragte, entpuppten sich alle diese Geschichten als heiße Luft.
»Das ist doch bloß ein Hirngespinst«, sagte Juna. »Männer und Frauen zusammen. Allein die Vorstellung ist absurd.« Sie schüttelte den Kopf. »Eine Geschichte, um kleine Kinder zu erschrecken. So etwas wie die Zuflucht gibt es nicht.«
»Bist du sicher?« Arkana warf ihr einen prüfenden Blick über den Rand ihrer Teetasse zu. »Ich dachte, du würdest vielleicht inzwischen anders darüber denken.«
Juna zögerte. »Warum sollte ich?«
»Nun, ich glaube – nein, ich *weiß*, dass du ein Geheimnis mit dir herumträgst, über das du nicht reden möchtest. Ein Geheimnis, das du sorgfältig vor allen anderen verborgen hältst, damit ja nichts davon nach außen dringt.«
Juna wollte protestieren, aber Arkana unterbrach sie mit einer knappen Handbewegung. »Glaub mir, ich verstehe dich

besser, als du ahnst. Mag sein, dass du Edana und Noreia täuschen konntest, mir machst du nichts vor. Du warst es, der den Jungen befreit hat. Du hast ihm zur Flucht verholfen und ihn irgendwo versteckt. Vermutlich ist er verletzt, und du willst ihm helfen.« Sie lächelte, als sie Junas erschrockenen Gesichtsausdruck bemerkte. »Keine Sorge, dein Geheimnis ist bei mir in guten Händen. Es gibt nur eine Sache, um die ich dich bitte: Sag mir, warum du es getan hast.«
Juna wusste nicht, was sie antworten sollte. Sie war schockiert, wie schnell ihre Mutter die Wahrheit erkannt hatte. Für den Bruchteil einer Sekunde spielte sie mit dem Gedanken, alles abzustreiten, aber sie spürte, dass Arkana diesen Betrug durchschauen würde. Sie hatte diese Frau unterschätzt, das wurde ihr jetzt bewusst.
»Es stimmt«, sagte sie, und ihre Stimme wurde leise. »Ich habe ihn befreit. Ich hätte auch den anderen befreit, wenn ich gekonnt hätte, doch leider ist es mir nicht gelungen, ihn zu wecken. Die Folter hatte ihn zu sehr geschwächt.« Sie senkte den Kopf. »Es ist eine Schande, wie mit diesen Gefangenen umgegangen wird. Man hat uns doch versichert, dass sie erst einmal auf die sanfte Tour befragt werden sollten. Stattdessen die Folter, und das gleich am ersten Tag. Edanas Macht wächst von Tag zu Tag. Inzwischen kann sie tun und lassen, was sie will.«
»Ist das der Grund, warum du David befreit hast? Um Edana zu schaden?«
»Nun ... ja.« Juna stockte. »Aber nicht nur.«
Arkana rückte ein Stück nach vorne.
»Sag es mir.«
Juna zögerte kurz, doch dann entschied sie, dass es sinnlos war, weiter zu schweigen. Sie erzählte von ihrer Begegnung

mit David, vom Kreis der Verlorenen und von seiner Entführung bei der Raffinerie. Als sie die erste Nacht erwähnte – die, in der sie sich angeschlichen hatte –, sprach sie von dem Buch und von der Magie, die es auf sie ausgeübt hatte. Dann kam die zweite Nacht. Die Nacht, die alles verändert hatte.

»Wir unterhielten uns«, sagte sie. »Lange und ausgiebig. Er las mir vor und erzählte mir von sich, dann sprachen wir über das, was vor dem Zusammenbruch geschehen war und wie die Menschen damals gelebt hatten. Er war ziemlich gut informiert und wusste einige Dinge, die mir unbekannt waren. Zum Beispiel, dass der oberste Hirte ihres Klosters, Abt Benedikt, so alt war, dass er die Welt vor dem Zusammenbruch noch gekannt hat. dass er mit einem Mädchen zusammen war, das ihn umbringen wollte. Ich habe zum ersten Mal begriffen, was für eine Katastrophe das für die Menschen gewesen sein muss. Nicht nur für die Gesellschaft, sondern für jeden Einzelnen. Ich habe versucht, mir vorzustellen, wie es wäre, wenn Gwen aus heiterem Himmel auf mich losgehen würde.«

»Ja, es muss schrecklich gewesen sein«, sagte Arkana. »Auch ich kenne noch einige Frauen, die das erlebt haben. Die alte Magdalena ist eine von ihnen, aber sie will nicht darüber sprechen.« Sie strich eine blonde Locke aus ihrem Gesicht. »Dein Mönch scheint ja sehr mitteilsam zu sein. Recht ungewöhnlich für einen Mann. Du scheinst sein Vertrauen gewonnen zu haben. Was hat er sonst noch erzählt?«

»Er hat mir berichtet, dass er nicht wisse, woher er stammt, und dass es seltsame Gerüchte über seine Herkunft gäbe. Angeblich sei er nicht im Kreis der Verlorenen gefunden, sondern direkt beim Kloster abgegeben worden. In einem

Körbchen, das mit einem wertvoll aussehenden Stoff abgedeckt war. Und er hat mir vom Inquisitor erzählt.« Juna schüttelte sich. »Dieser Mann scheint tatsächlich genauso wahnsinnig zu sein, wie alle glauben. David meint, es sei nur eine Frage der Zeit, bis er einen offenen Krieg gegen uns anzettelt.«
»Dieses Körbchen ...« Arkana schien ihre letzten Worte gar nicht gehört zu haben. »Was für eine Farbe hatte der Stoff?«
»Was für eine Farbe? Rot, glaube ich.«
»Und waren darauf irgendwelche Stickereien? Goldene Symbole oder etwas Ähnliches?«
»Keine Ahnung. Ich habe ihn nicht gefragt. Warum interessiert dich das so?«
»Nun, es gibt Gerüchte, dass meine Vorgängerin ...«
»... Silvana ...«
»Genau.« Arkana nickte. »Dass diese Frau ein Kind geboren habe. Du erinnerst dich: Sie wurde von Marcus entführt und gefangen gehalten, ehe er sie an der höchsten Kirchturmspitze aufknüpfen ließ, zur Abschreckung für alle Ungläubigen. Doch es gibt Vermutungen, dass sie vorher ein Kind zur Welt gebracht habe. Einen Jungen.« Juna bemerkte einen seltsamen Ausdruck im Gesicht ihrer Mutter.
»Seltsame Worte, ich weiß, aber so lauten die Gerüchte. Ich bin dieser Frage nachgegangen und tatsächlich: Die Zeichen waren eindeutig. Zeichen, dass der Welt in naher Zukunft ein Umbruch bevorsteht. Tatsächlich habe ich aber nie etwas Konkretes darüber erfahren. Weder ob dieser Junge tatsächlich geboren wurde, noch ob er überlebt hat, noch wo man nach ihm suchen solle. Nichts als Dunst und Rauch. Wenn es stimmt, was du erzählst, dann könnte da ein erster

Hinweis in dieser Sache sein. Es würde mich hoffen lassen, dass meine Gebete doch erhört wurden.«
Juna zog die Brauen zusammen. »Ich verstehe nicht …«
Seufzend stand Arkana auf. »Allmächtige Mutter, wenn ich gewusst hätte, wie schwierig das für mich sein würde, hätte ich vermutlich nicht den Mut gehabt, dich hierherzubestellen. Aber ich muss dich einweihen. Die Zeit drängt.«
»Du sprichst in Rätseln, Mutter.«
»Tue ich das?« Ein trauriges Lächeln huschte über das Gesicht der Hohepriesterin. »Nun, du hast sicher recht. Vielleicht sollte ich weniger reden und mehr handeln. Sei es drum, ich muss es riskieren, auch auf die Gefahr hin, dass du mir danach nie wieder in die Augen blicken willst.« Sie streckte die Hand aus. »Juna, ich möchte dir jemanden vorstellen.«
Juna hob den Kopf. Aus einer Seitentür war eine Erscheinung getreten. Sie hatte sich völlig unbemerkt genähert.
Sie war groß, von kräftiger Statur und schütterem Haar. Gekleidet war sie in eine Art Toga, ähnlich dem Gewand, das bei den Römern vor zweitausend Jahren üblich gewesen war. Das Gesicht dieser Person wirkte freundlich. Unzählige Lachfältchen umrahmten die Augen. Am auffälligsten aber war der Bart. Ein dunkler Vollbart mit Sprenkeln von Grau.
»Darf ich vorstellen?«, sagte Arkana. »Das ist Claudius. Dein Vater.«

36

Amon eilte mit gesenktem Kopf auf die mächtige Hauptpforte zu. Die schwarze Kathedrale wirkte heute bedrohlicher als sonst. Die Türme schienen alles Licht zu schlucken, trotz des Sonnenscheins hoben sie sich nur als hart begrenzte Scherenschnitte gegen den Himmel ab.
Sein Blick fiel auf die steinernen Figuren längst vergessener Heiliger, die von Efeu und Wein überrankt waren. Ob sie wohl vom Himmel aus beobachteten, was hier unten auf der Erde geschah? Oder hatten sie sich längst von den Menschen abgewandt und sie vergessen? Man hätte es ihnen nicht verübeln können. In den Augen des Schöpfers musste die Menschheit eine einzige große Enttäuschung sein. Was war geblieben vom früheren Glanz, von der Hoffnung auf ein irdisches Paradies? Feuer und Flamme, Trümmer und Trostlosigkeit. Und wer hatte das angerichtet? Natürlich die Frauen. Jene unreinen Wesen, die durch ihre bloße Existenz dem Antlitz des Herrn spotteten. Wie konnte ein Geschöpf, das sieben Tage im Monat mit blutigem Ausfluss beschmutzt war, jemals Gottes Gnade erlangen? Sie waren Verdammte, nicht würdig, die Bezeichnung *Mensch* zu tragen. Sie allein waren die Urheber allen Unglücks. Amons Blick verfinsterte sich. Sie hatten ihm alles genommen. Sein Auge, seinen Stolz und jetzt auch noch seinen Gefährten. Seine Wut und sein Hass bereiteten ihm schlaflose Nächte. Was hatten sie mit David gemacht? Weder gab es einen Gefangenenaustausch noch eine Lösegeldforderung, noch eine Rückgabe

der Leiche, so wie es sonst üblich war. Bei seinen Nachforschungen war er überall auf Granit gestoßen. Man hatte die beiden Männer in einer Nacht-und-Nebel-Aktion aus der Halle gelockt, sie überwältigt und fortgeschafft. Zu welchem Zweck, das blieb dunkel. Amon, der sich zum Zeitpunkt der Entführung auf dem Rückweg zum Inquisitor befunden hatte, war sofort umgekehrt und hatte mit den Nachforschungen begonnen. Die Hexen waren durch einen der alten Bewässerungskanäle bis zur Raffinerie vorgedrungen und hatten in einem Wald Position bezogen. Die Hufabdrücke waren überall zu sehen gewesen. Von einem Beobachtungsposten aus hatten sie sowohl den Haupteingang als auch die Halle ausgespäht und waren dann im Schutze der Nacht ans Werk gegangen. Amon hatte Reste von Schuhwerk und Blut gefunden. Das geknackte Schloss, die Fußabdrücke, die Schleifspuren – das alles sprach eine deutliche Sprache.
Warum hatte man sie entführt?
Amon war mitten in den Untersuchungen gewesen, als ihn der Ruf des Inquisitors erreichte. Der oberste Hirte hatte eine außerordentliche Sitzung einberufen, zu der auch Amon geladen war. Keine Ahnung, worum es gehen sollte, aber dass es wichtig war, daran bestand kein Zweifel. Punkt vierzehn Uhr sollte es losgehen.
Amon blickte auf die große Kirchturmuhr. Noch fünf Minuten.
Er strich sein Haar glatt, prüfte den Sitz seiner Kutte und betrat dann die Kathedrale.
Meister Sigmund, der Domschweizer, erwartete ihn bereits.
»Da seid Ihr ja endlich, Meister Amon. Ich dachte schon, Ihr würdet nicht mehr kommen. Beeilt Euch. Es sind schon alle versammelt, Ihr seid der Letzte.«

»Ich habe noch Zeit«, grummelte Amon. »Es gab wichtige Dinge, um die ich mich kümmern musste.«
»Ja, der Verlust Eures Freundes, ich hörte davon. So ein anständiger junger Mann. Eine Schande ist das.« Sigmund schüttelte betrübt den Kopf. »Wir werden ihn nie wiedersehen. Einmal in den Händen der Hexen, ist seine Seele auf immer verloren.«
Amon funkelte den Domschweizer wütend an. »Ihr solltet nicht so reden. Als Kind hat mir David einmal das Leben gerettet. Das ist etwas, was ich ihm nie vergessen werde. Wenn es eine Chance gibt, ihn lebend zu finden, so werde ich sie nutzen, das dürft Ihr mir glauben. Und jetzt entschuldigt mich.«
Er wandte sich ab und suchte seinen Platz. Ein Blick über die Anwesenden offenbarte, dass es tatsächlich ein Treffen auf höchster Ebene war. Alle Kirchenführer waren versammelt. Amon kannte nur die wenigsten beim Namen, aber es waren viele darunter, die er schon einmal gesehen hatte. Vorne sah er Abt Benedikt, den Prior des Klosters vom heiligen Bonifazius. Gramzerfurcht und alt sah er aus. Ein Relikt aus einer Zeit vor dem Zusammenbruch. Mürrisch blickte er hinüber zum Inquisitor, der in ebendiesem Moment die Stufen zur Kanzel erklomm. Amon beeilte sich, seinen Stuhl zu erreichen. In diesem Moment läuteten die Glocken. Die Gespräche erstarben, und die Männer senkten ihre Köpfe zum Gebet.
Mit dem letzten Glockenschlag erhob der Inquisitor seine Stimme. »Liebe Freunde, Männer Gottes! Ich habe euch einberufen, weil finstere Ereignisse ihre Schatten vorauswerfen.« Seine Stimme hallte durch den Chor bis zum Querschiff. Die Weite und Höhe der Kathedrale verliehen seiner Stimme Kraft.

»Vor nicht allzu langer Zeit glaubte ich, dass wir den Konflikt mit dem anderen Geschlecht friedlich beilegen könnten, dass Vernunft und der Glaube an das Gute ausreichen würden, um uns ein friedvolles Miteinander zu gewähren. Wie sehr habe ich mich doch getäuscht! Die Vorfälle in jüngster Zeit beweisen, dass nichts Gutes dabei herauskommt, wenn man dem Weib das Feld überlässt. Diebstähle, Sabotageakte, Nichteinhaltung der gesetzlich geregelten Landernten und zuletzt auch noch die Entführung und Verschleppung friedlicher Kirchenmitglieder. Ich habe mich lange genug in Geduld geübt, Gott ist mein Zeuge. Doch was genug ist, ist genug. Der letzte Schurkenstreich ist gleichzeitig der widerwärtigste. Vor wenigen Tagen fand ein heimtückischer Angriff auf unsere Forschungseinrichtung im Süden statt. Seit der Mensch denken kann, war es sein Traum, die Lüfte zu erobern. Wir wissen, dass dieser Traum in Erfüllung gegangen ist. Der Mensch hat das Fliegen erlernt, und mutige Männer durchkreuzten die Wolken wie Vögel den Himmel. Doch das Wissen um diese Kunst ging in den Dunklen Jahren verloren. Meister Sven war einer der wenigen, die das Geheimnis des Fluges lüften konnten. Dass gerade er und mit ihm sein Assistent entführt wurde, ist in meinen Augen kein Zufall. Es ist eine Tat von weitreichender Bedeutung.« Er machte eine dramatische Pause, während er seinen Blick über die versammelten Kirchenratsmitglieder schweifen ließ. »Die Hexen müssen auf teuflischen Pfaden Kunde von unserem Fortschritt erlangt haben, und nun versuchen sie, unseren Mitbrüdern dieses Wissen abzupressen. Sollte ihnen das gelingen, stehen wir einer Bedrohung gegenüber, wie wir sie seit dem Zusammenbruch nicht erlebt haben. Wir müssen etwas unternehmen, meine

Mitbrüder. Wir müssen unsere Stadt und unsere heiligen Stätten schützen. Die Lösung dieses Problems lässt nur eine Möglichkeit zu.« Er reckte seine Faust in die Höhe. »Den Heiligen Krieg.«
Einen Moment lang war es still in der Kathedrale, dann erschallte eine einzelne Stimme. »Ja, der Heilige Krieg.«
»Der Heilige Krieg«, stimmten jetzt auch andere mit ein. »Heiliger Krieg, Heiliger Krieg!« Viele standen auf.
Auch Amon hielt es nicht mehr auf seinem Stuhl. Voller Begeisterung reckte er die Faust in den Himmel und intonierte den Schlachtruf. Inquisitor Marcus Capistranus blickte mit zufriedenem Gesichtsausdruck von seiner Kanzel herab auf seine Herde. Seine Rede hatte ihre Wirkung nicht verfehlt.

Wie nicht anders zu erwarten, stimmten alle Ratsmitglieder für einen baldigen Angriff, und zwar mit allen zur Verfügung stehenden Mitteln. Die Großoffensive hatte zum Ziel, die Stadt Glânmor einzunehmen, den Hohen Rat zu stürzen und die Kontrolle der Grenzländer an sich zu reißen. Die Zeit – so der Inquisitor –, in der sich die Männer wie verängstigte Schafe hinter Mauern und Ruinen verkröchen, sei endgültig vorbei.
Der Applaus war ohrenbetäubend und hielt einige Minuten an. Offenbar hatte Marcus Capistranus genau den richtigen Ton getroffen. Er sprach nicht nur Amon, sondern vielen seiner Glaubensbrüder aus dem Herzen. Es war an der Zeit, den Hexen zu zeigen, wer Herr im Hause war.
Es dauerte einige Zeit, bis der Inquisitor die Traube von Bittstellern und Gratulanten abschütteln und zu Amon herüberkommen konnte. Seine scharlachrote Robe und sein Bußstab

ließen ihn wie einen zornigen Gott aussehen. Amon war so überwältigt von der Präsenz seines Meisters, dass er den Kopf senkte.
»Nun, mein junger Glaubensritter, hat dir meine Rede gefallen?«
Amon nickte.
»Das ist schön. Ich will, dass alle meine Schäfchen vom Geist der Hoffnung und der Zuversicht durchdrungen sind. Nur gemeinsam können wir die bevorstehende Aufgabe bewältigen.«
Amon hob seinen Blick. »Ich stehe Euch zur Verfügung, Meister.«
Unter der Kapuze zeichnete sich ein vernarbtes Lächeln ab. »Das weiß ich. Und deshalb möchte ich dich mit einer besonders schwierigen Aufgabe betrauen.«
Amon runzelte die Stirn.
»Da deine Verletzungen noch nicht verheilt sind und du auch noch nicht voll bei Kräften bist, sehe ich für dich im Moment keine Möglichkeit, wie du den Bodentruppen beitreten könntest. Ich selbst habe Jahre gebraucht, um mich vollständig zu erholen. Es sind ja nicht nur die äußeren Verletzungen, die einem zu schaffen machen. Außer dem Schmerz und der Demütigung ist es vor allem die Erkenntnis, dass man nicht unverwundbar ist. Glaub mir, ich kenne das. Wer den Geschmack der Niederlage einmal gekostet hat, der kann nie wieder so kämpfen wie zuvor. Er wird zögern, wenn sein Gegner zuschlägt, und er wird zurückweichen, wo sein Gegner vorstößt.« Er legte Amon seine Hand auf die Schulter. Die Haut sah aus, als wäre sie gekocht. »Ich weiß, was du jetzt sagen willst, aber Angst und Sorge werden von nun an deine ständigen Begleiter sein.«

»Vielleicht habt Ihr recht«, murmelte Amon. »Ich kann es spüren. Sein Gesicht verfolgt mich überallhin, sogar bis in den Schlaf.«

»David?« Der Inquisitor nickte. »Ich muss gestehen, sein Verlust geht mir ebenfalls nahe. Ich hätte nie gedacht, dass ich so empfinden würde, aber die Entführung hat mich berührt. Er war noch so jung ...«

»Ich fühle mich schuldig an seiner Entführung«, sagte Amon mit gepresster Stimme. »Wäre ich nicht so verbohrt gewesen, wäre es vermutlich nie so weit gekommen.«

Der Inquisitor neigte den Kopf. »Was soll das heißen?«

»Ich hätte ihn nicht drängen sollen. David war schon immer ein Eigenbrötler. Er war am liebsten allein mit sich und diesem hässlichen Köter. Ich dachte, es sei meine Aufgabe, ihn aus seiner Einsiedelei herauszuholen und ihn zum Mann zu formen. Vielleicht war das ein Fehler.«

»Nein.« Der Inquisitor schüttelte den Kopf. »Es war richtig, wie du dich verhalten hast. David war ein Kind im Körper eines Mannes. Ein Klumpen rohen, ungeformten Tons. Ich habe seine Entwicklung lange Zeit verfolgt, und es hat mir Kummer bereitet, ihn so verschlossen und weltfremd zu sehen. Dass du dich seiner angenommen und ihn zu mir gebracht hast, war das Beste, was ihm seit langer Zeit widerfahren ist. Dass es so enden würde, damit konnte niemand rechnen. Also gräme dich nicht. Hinter alldem steckt der Willen des Herrn.«

Amon runzelte die Stirn. Wie konnte es der Willen des Herrn sein, dass sein Gefährte in die Hände der Frauen gefallen war? Was konnte gut daran sein, dass er jetzt vermutlich tot war?

»Ihr spracht von einer Aufgabe, Herr.«

Marcus Capistranus lächelte erneut. Es schien ihm zu gefallen, dass Amon sich von seiner Trauer nicht übermannen ließ.

»Ganz recht«, sagte er. »Als ich sagte, du wärst nicht geeignet für den Bodenkampf, meinte ich nicht, dass du dich nicht nützlich machen kannst. Die Aufgabe ist wie geschaffen für dich. Du bist klug, ehrgeizig und pflichtbewusst. Als Erstes wirst du dich zu meinem Leibarzt begeben und dein Auge verarzten lassen. Danach stehen ein paar Tage Ruhe an. Du musst bei bester Gesundheit sein, wenn du deinen Dienst für mich antrittst.«

Amon hob den Blick. »Wovon sprecht Ihr, Herr?«

»Komm. Begleite mich nach draußen an die frische Luft. Ich werde dir erzählen, was ich im Sinn habe.«

37

Der Laut, mit dem Junas Welt zerbrach, klang wie Donnerhall. Wie das Bersten und Splittern von Glas, obgleich kein Ton zu hören war. Das Geräusch entlud sich in den Tiefen ihres Herzens.
Alles, woran sie geglaubt hatte, was ihr etwas bedeutet hatte, war weg. Fort, verschwunden, ausgelöscht. Es war, als würde ein Kartenhaus zusammenstürzen.
Entgeistert starrte sie auf den fremden Mann, als wäre er eine Erscheinung aus einem bösen Traum. Zahllose Gedanken rasten durch ihren Kopf, lähmten ihre Zunge und ließen ihre Hände zittern. Rasch stellte sie die Tasse ab.
Der Fremde trat auf sie zu und breitete seine Arme aus.
»Juna.«
Ihre Hand flog zum Knauf ihres Dolches. Sie riss die Klinge aus dem Halfter und richtete sie auf den Fremden. »Keinen Schritt weiter.«
»Juna!« Arkana stellte sich schützend vor den Mann. »Bitte steck deine Waffe weg. Dir droht keine Gefahr. Versuch, dich zu beruhigen. Es ist wichtig, dass du alles erfährst. Ich begebe mich in große Gefahr, dass ich dir überhaupt davon erzähle. Glaub mir, wenn es anders gegangen wäre, hätte ich dich verschont, aber es ist nun mal unumgänglich.«
Junas Blick huschte zwischen ihrer Mutter und diesem Kerl hin und her. Ihre Gedanken weigerten sich, die Worte zu akzeptieren. Wer, hatte sie gesagt, sollte das sein? *Ihr Vater?* Lächerlich. Es gab keine Väter. Nicht in Glânmor. Niemand

durfte seinen Vater kennen, es war gegen das Gesetz. Schon allein die Tatsache, hier einem Mann zu begegnen, war ungeheuerlich. Was tat er hier? Wie war er hier hereingekommen? Dies waren die heiligen Gemächer der Hohepriesterin.
Der Mann schien sich keines Vergehens bewusst zu sein; er stand nur da und lächelte. Juna spürte, wie der Dolch in ihrer Hand schwer wurde. Sie musste ihn sinken lassen.
Arkana stieß einen Seufzer aus. »Danke«, sagte sie. »Endlich kann ich dir die Wahrheit sagen. Du weißt nicht, was mir das bedeutet.«
»Die Wahrheit?«
Arkana nickte. »Die Tatsache, dass das Virus an Kraft verloren hat. Dass wir schon bald wieder frei sein können. Ungebunden, so wie es in unserer Bestimmung liegt. An der Seite der Männer.« Sie ergriff die Hand des Fremden und drückte sie. »Claudius und ich leben schon seit vielen Jahren im Verborgenen zusammen, hier in meinen privaten Gemächern.« Sie breitete die Arme aus. »Fünf Räume, 150 Quadratmeter. Und doch ist es die ganze Welt für uns. Niemand außer Zoe weiß etwas von seiner Existenz. Er ist ein Gefangener von eigener Hand. Er hat sich dieses Schicksal freiwillig ausgesucht.«
»Ich wollte nicht mehr so leben, wie es von uns verlangt wurde«, sagte der Mann. Er hatte eine tiefe, angenehme Stimme. »Ich konnte es nicht. Alles, was man uns erzählt hatte, woran ich geglaubt hatte … war falsch. Ich war einst ein Mitglied der Heiligen Lanze.« Er ließ sich auf einen Stuhl gleiten und deutete mit der Hand auf den Sessel. Arkana setzte sich neben ihn. Juna blieb eine Weile stehen, überlegte es sich dann jedoch anders.
»Meine Aufgabe war es, die Landernte einzufahren und

die Grenzregionen im Zaum zu halten. Furcht war unsere Waffe. Wer sich aufsässig zeigte, bekam die Macht unserer Waffen zu spüren. Dies, so sagte man uns, sei notwendig, um den Frieden aufrechtzuerhalten. Und ich war nicht allein. Mein bester Freund war stets an meiner Seite. Er war kühner, mutiger und ehrgeiziger als ich. Er wollte unseren Meister, den früheren Inquisitor Gabriel Varinius, beeindrucken und trieb die Landernten mit unmenschlicher Härte voran. Er übertrat Gesetze, beugte das Recht und verwischte seine Spuren. Nie konnte man uns etwas nachweisen, denn wir hatten die Masken eingeführt, um unerkannt zu bleiben. Die Frauen lebten in Angst und Schrecken vor uns. Eines Tages trafen wir auf eine Ortschaft, in der die Luft nach Widerstand roch. Die damalige Hohepriesterin Silvana hatte von unserem Plan erfahren und war zusammen mit einigen Brigantinnen – unter ihnen meine geliebte Arkana – angereist. Ihr Ziel war es, den Konflikt friedlich beizulegen. Sie wusste von der immer schwieriger werdenden Situation in den Städten und bot uns an, die Lebensmittelrationen zu erhöhen. Jeder normal denkende Mensch hätte eingewilligt, schließlich war doch unser oberstes Ziel, mit den Frauen in Frieden zu leben. Nicht jedoch mein Freund. Er wertete das Angebot als Schwäche und provozierte einen Kampf. Die Situation geriet außer Kontrolle. Er ließ das Dorf niederbrennen, schlug die Brigantinnen in die Flucht und nahm Silvana als Geisel. Viele von uns wurden getötet, ich selbst geriet in Gefangenschaft. Mir war klar, dass man mich nicht am Leben lassen würde, und ich befahl mich in Gottes Hände. Doch der Allmächtige hatte andere Pläne mit mir.« Er drückte Arkanas Hand. »Wir verliebten uns ineinander. Es traf uns wie ein Blitz aus heiterem Himmel. Einige nette

Worte, ein paar tiefe Blicke, eine erste Berührung – es war wie ein Wunder. Als deutlich wurde, dass man Silvana nicht freilassen würde und dass ich auf dem Scheiterhaufen enden würde, befreite mich Arkana. Sie stellte mich vor die Wahl, zurückzukehren oder bei ihr zu bleiben. Im Verborgenen und in einem Zustand, der dem Dasein eines Gefangenen sehr nahekommt. Ich entschied mich für Letzteres, und ich habe es nie bereut.« Er seufzte. »Hätte ich jedoch gewusst, welche Folgen meine Entscheidung hatte, dann hätte ich es mir vielleicht noch einmal überlegt.«

Juna beugte sich vor. Die Worte dieses Mannes waren von einer unwiderstehlichen Kraft. Ob sie es wollte oder nicht, sie musste seiner Geschichte weiter zuhören.

»Mein Freund nahm meinen Verlust zum Anlass, noch schlimmer zu wüten. Er durchkämmte die gesamte Gegend auf der Suche nach mir. Er plünderte und brandschatzte, schließlich ließ er Silvana hinrichten. Auf einem seiner letzten Feldzüge geriet er in einen Hinterhalt. Seine Männer wurden getötet, er selbst wurde in ein Haus gesperrt, das man in Brand steckte. Niemand hatte damit gerechnet, dass er das überleben könnte, und so zog man ab. Doch wie durch ein Wunder war er noch am Leben, als ich am Schauplatz des Geschehens eintraf. Das Haus brannte lichterloh. Ich hörte seine Schreie. Es war der schrecklichste Augenblick in meinem Leben. Ehe Arkana mich zurückhalten konnte, rannte ich den Hang hinab und trat die Tür ein. Das Wesen, das mir entgegentaumelte, sah kaum noch wie ein Mensch aus. Seine Verbrennungen waren furchtbar. Ich glaubte fest, dass es in kurzer Zeit mit ihm zu Ende gehen würde. Also ließ ich den vermeintlich Sterbenden zurück. Einige Zeit später erfuhr ich, dass der alte Inquisitor das Zeitliche gesegnet und ein

neuer Mann seinen Platz eingenommen hatte. Mein Freund. Marcus Capistranus.«
Junas Mund blieb vor Verblüffung offen stehen. »Der Inquisitor? Er ist Euer Freund?«
Claudius nickte. »Er *war* es. Damals, als wir noch jung waren, hat er mir einmal das Leben gerettet. Ich fühlte mich ihm verpflichtet. Ich stand an seiner Seite, wenn er mich brauchte. Doch er begann sich zu verändern. Er wurde hart, verbittert, unmenschlich. Er wurde zu einem Monstrum. Jetzt wirst du vielleicht verstehen, warum ich mich an der momentanen Situation mitschuldig fühle. Dass Marcus einen so erbitterten Hass empfindet, hat zum Teil mit mir zu tun. Immerhin glaubt er, ich wäre tot.«
»Das ist nicht sicher«, sagte Arkana. »Für mich klingt es so, als habe er schon immer einen furchtbaren Hass auf uns Frauen gehabt. Vielleicht war seine Trauer nur ein Vorwand, um ungehindert weiter plündern und morden zu können.«
Claudius legte grübelnd die Stirn in Falten. »Möglich. Jedenfalls war für mich damals Schluss. Ich wollte mit der ganzen Sache nichts mehr zu tun haben. Ich ... ich versteckte mich, zog mich zurück.« Seine Stimme wurde leiser. Es schien ihm schwerzufallen, darüber zu sprechen. »Arkana gab mir die Kraft, weiterzumachen. Irgendwann wurde sie schwanger. Sie schenkte einer gesunden und wunderschönen Tochter das Leben ... dir, Juna. Ich konnte mein Glück kaum fassen. Ich war Vater.« In seinen Augen glitzerte es verdächtig. Er schien es selbst zu bemerken und wischte schnell mit dem Handrücken darüber. »An diesem Tag fand ich meinen Glauben zurück. Ich entschied mich, hierzubleiben ... in deiner Nähe.« Er lächelte, auch wenn es ein trauriges Lächeln war. »Ich habe deine Entwicklung immer

mit großem Stolz verfolgt, auch wenn ich das natürlich nur aus der Ferne tun durfte. Wie gerne hätte ich dich in meinen Händen gehalten, dich geküsst, mit dir gespielt ...« Er deutete auf das große Fernrohr, das neben dem Fenster stand. »Ich habe dich manchmal beobachtet. Wie du Einkäufe erledigt hast oder am See spazieren gegangen bist. So konnte ich dir wenigstens für ein paar kurze Momente nah sein.« Er schwieg einen Moment, dann sagte er: »Du ähnelst deiner Mutter in so vielen Dingen. Mehr, als du vielleicht ahnst.«

Juna wusste nicht, was sie dazu sagen sollte. Seine Worte erreichten sie gar nicht, schienen aus weiter Ferne zu kommen. Wer sollte dieser Mann noch mal sein – ihr Vater? Das war ... nicht vorstellbar.

Sie versuchte, den Kopf wieder frei zu bekommen. »Aber ich dachte, alle Menschen seien von dem Virus befallen worden ...«

»Waren sie auch«, sagte Arkana. »Aber manche waren gegen seine Kraft immun, so wie wir. Doch das fiel uns erst auf, als wir uns begegneten. Es ist wie bei einem Blinden, der zum ersten Mal das Licht sieht. Wenn du etwas nie kennengelernt hast, dann weißt du nicht, dass es dir fehlt. Bis zu dem Zeitpunkt, an dem du es siehst oder in der Hand hältst. Ich bin mittlerweile überzeugt, dass es viele von unseresgleichen gibt. Menschen, die in ihrer Welt gefangen sind und die sich nicht vorstellen können, wie es sein könnte, so wie früher zu leben. Das Virus hat an Kraft verloren, aber es gibt Menschen, die verhindern wollen, dass das bekannt wird. Menschen wie Edana, die sich in ihrem Hass und ihrer Ignoranz wie in einem riesigen Spinnennetz verstrickt haben und die fürchten, es könne alles wieder so werden wie vor dem

Zusammenbruch. Denn machen wir uns nichts vor: Die Gefahr, dass Männer und Frauen erneut aufeinander losgehen, schwebt wie ein Henkersbeil über unseren Köpfen. Niemand kann dafür garantieren, dass es diesmal klappen wird. Das Virus hat vielleicht seine Zähne verloren, beißen kann es immer noch.«

»Doch die Chance und die Hoffnung auf Besserung wiegen alles auf«, widersprach Claudius. »Unsere Welt stirbt, wenn wir nichts unternehmen. Es ist ein Wunder, dass wir überhaupt so lange überlebt haben. Meinen Berechnungen zufolge wird die Menschheit in fünf bis zehn Jahren zu existieren aufhören. Dann werden so wenig Kinder geboren, dass der Prozess unumkehrbar ist. Kriege und andere Katastrophen, die den Vorgang beschleunigen, nicht mitgerechnet.«

Juna hörte nur mit halbem Ohr zu. Die Tatsache, dass dies ihr Vater sein sollte und dass ihre Mutter seit annähernd zwanzig Jahren hier im Verborgenen mit ihm zusammenlebte, erschien ihr immer noch unfassbar. Aber es passte alles zusammen. Das Geheimnis, das Arkana um ihr Privatleben machte, die verborgenen Gemächer, ihre versöhnliche Haltung dem männlichen Geschlecht gegenüber – all das ergab auf einmal einen Sinn. Genau wie ihr Interesse an Junas Verhältnis zu David. Wollte sie damit etwa andeuten, dass sie selbst – Juna – ebenfalls vom Virus verschont worden war? Oder dass seine Wirkung bei ihr nachgelassen hatte? Sie presste die Lippen aufeinander. Von allen Gedanken war dies der ungeheuerlichste.

Juna schüttelte benommen den Kopf. Es war alles zu viel für sie. Sie musste erst mal ihre Gedanken ordnen. Und das ging erfahrungsgemäß am besten allein. Sie stand auf.

Arkana hob überrascht die Brauen. »Wo willst du hin?«

»Zurück. Ich muss zurück zu David. Er wartet auf mich.«
»Aber das ist zu riskant. Du darfst nicht nach draußen gehen. Edana wartet nur darauf, dich wieder einsperren zu lassen.«
»Das Risiko muss ich eingehen.«
Arkana wechselte einen schnellen Blick mit ihrem Mann, dann sagte sie: »Wir können dir helfen. Es gibt einen verborgenen Gang. Er mündet jenseits des Walls im Wald. Durch ihn kannst du ungesehen hinaus- und wieder hereingelangen.« Mit einem Lächeln fügte sie hinzu. »Eigentlich ist er nur für Notfälle gedacht, aber Claudius und ich benutzen ihn manchmal, um für ein paar Stunden zu entfliehen und frische Luft zu atmen. Wenn du möchtest, zeige ich ihn dir.«
Juna nickte. »Gerne.«
»Trotzdem möchte ich dich bitten, noch etwas zu bleiben. Es gibt noch so vieles, worüber wir miteinander sprechen müssen.«
»Mutter, ich ...«
»Bitte«, sagte jetzt auch Claudius. »Wir würden dich nicht fragen, wenn es nicht wirklich wichtig wäre. Du könntest heute Nacht bei uns bleiben und morgen zu David zurückkehren.«
»Aber ...«
»Er wird schon klarkommen. Nach deiner Schilderung wird er ohnehin Ruhe brauchen und erst einmal schlafen. Und morgen früh führe ich dich persönlich durch den Gang. Also, was sagst du?«
Juna war drauf und dran, Claudius eine Abfuhr zu erteilen, doch dann fiel ihr Blick auf sein Gesicht und seine traurigen Augen. Es lag etwas darin, das sie auch schon bei David

gesehen hatte. Eine Verletzlichkeit, die es ihr unmöglich machte, ihm seinen Wunsch abzuschlagen.
»Na schön«, sagte sie mit einem Seufzen. »Aber wirklich nur bis morgen früh.«
»Einverstanden.« Arkana sah lächelnd zu ihrem Mann hinüber. »Das habe ich mir immer gewünscht«, flüsterte sie. »Eine richtige Familie.«
Claudius legte seine Hand auf ihren Arm.
Juna schwieg. Sie kam sich vor wie das fünfte Rad am Wagen. Das ging ihr alles viel zu schnell. Dieses Gerede von einer Familie war ihr einfach nur unangenehm.
»Sag mir eines, Mutter. Warum habt du und Claudius nicht versucht zu fliehen? Ihr hättet versuchen können, ein Leben ohne Angst zu führen.«
»Das hätten wir«, sagte Arkana. »Aber dann hätte ich hier alles zurücklassen müssen. Ich bin die Hohepriesterin von Glânmor, und das ist mein Volk. Ich darf es nicht im Stich lassen.«
»Verstehe.« Sie nahm noch einen Schluck aus ihrer Teetasse. Warum war es ihr nicht möglich, einfach aufzustehen und zu gehen? Hatte Mutter ihr etwa ein Beruhigungsmittel in den Tee gemischt? Nein, das traute sie ihr nicht zu. Wahrscheinlich war sie einfach nur müde.
»Du siehst bedrückt aus«, sagte Arkana und strich über Junas Arm. »Woran denkst du?«
Die Berührung war seltsam. Solange sie sich erinnern konnte, hatte ihre Mutter sie nicht berührt.
Sie zog ihre Hand weg.
»David …«, murmelte sie leise vor sich hin. »Ich habe da noch eine Frage.«
»Jede, die du nur willst. Darum sind wir hier.«

»Also gut. Was sollte diese Anspielung mit dem Körbchen und dem roten Tuch? Ich würde mir wünschen, du würdest nicht immer in Geheimnissen reden.«
Arkana nickte. »Das liegt daran, dass ich es dir nicht mit Gewissheit sagen kann, aber ich habe da einen Verdacht.«
»Und welchen?«
Als Arkana weitersprach, war ihre Stimme kaum mehr als ein Flüstern. »Wenn dieser Junge tatsächlich eingebettet in den Stoff der heiligen Mutter von Glânmor bei einem Kloster abgegeben wurde, dann ist das ein Hinweis, dass die Legenden stimmen und dass David tatsächlich Silvanas Sohn ist.« Arkana lächelte zaghaft. »In diesem Fall hätte deine Tat viel mehr bewirkt, als nur einem einzelnen Menschen das Leben gerettet zu haben. Sie könnte die Geschicke der Welt verändern.«

Teil 3
Vergeltung

Hallo Mama!
Wo bist du, Mama? Ich vermisse dich so sehr.
Papa hat gesagt, dass du weggegangen bist und dass du nicht wiederkommen wirst. Bitte sag, dass das nicht wahr ist. Wir brauchen dich doch hier. Papa braucht dich. Seit du weggegangen bist, ist es ganz komisch. Er sitzt ständig vor dem toten Fernseher und starrt auf den schwarzen Bildschirm. Und sein Atem stinkt ganz doll nach Bier. Bitte komm bald wieder heim und mach, dass alles wieder so wird wie früher.

Ich hab dich lieb,
Tim

38

Früh am Morgen des nächsten Tages kehrte Juna zurück. David hörte ein Rascheln und ein Knacken, dann erschien die vertraute Gestalt Junas am Eingang der Höhle. Sie trug ein Bündel über ihrer Schulter, einen Bogen sowie einen Köcher mit Pfeilen.
»David?«
»Ich bin hier«, antwortete er.
Aus Grimaldis Kehle stieg ein wütendes Knurren.
»Ruhig, Grimaldi, ganz ruhig. Das ist Juna. Sie wird uns nichts tun.« Er strich über den gesträubten Nacken seines Freundes.
Juna verharrte am Höhleneingang. »Wer ist da bei dir?«
»Mein Hund, Grimaldi. Ihr seid euch schon mal begegnet, weißt du noch? Komm ruhig rein, ich habe ihn angeleint, siehst du?«
Eine Weile blieb Juna stehen, dann legte sie das Bündel am Eingang der Höhle ab. In ihren Augen glomm Misstrauen.
»Wie kommt der hierher? Ich dachte, er wäre tot.«
David lächelte. »Das dachte ich auch. Er muss uns wohl gefolgt sein, auch wenn ich keine Ahnung habe, wie ihm das gelungen ist.« Eine rosige Zunge schlappte über seine Hand.
Juna blieb weiterhin auf Abstand.
»Grimaldi ist ein zäher Bursche«, sagte David. »Den bringt so schnell nichts um. Komm schon, er ist wirklich ungefährlich.«

»Wenn das derselbe Köter ist, mit dem wir es bei der Raffinerie zu tun hatten, dann ist er alles andere als ungefährlich.«
Langsam und vorsichtig kroch sie in die Höhle. Als sie drin war, holte sie ihre Sachen herein. »Wie ist es dir ergangen?«
David strich sein Haar glatt. Er sah vermutlich ziemlich zerrauft aus. »Ich habe viel geschlafen«, sagte er. »Geschlafen, nachgedacht und mit Grimaldi gespielt. Viel gab es für mich ja nicht zu tun.«
»Hast du dir keine Sorgen gemacht, dass ich vielleicht nicht wiederkomme?«
David schaute sie verwundert an. »Natürlich nicht«, sagte er. »Für mich war immer klar, dass du dein Wort halten würdest. Auch wenn ich nicht genau weiß, warum.«
Ein kurzes Lächeln huschte über ihr Gesicht. »Da geht es dir wie mir.«
Eine kurze Pause entstand, dann fragte David: »Was gibt es Neues aus Glânmor? Hast du etwas über Sven herausbekommen?«
Sie schüttelte den Kopf. »Keine Chance.«
»Was? Aber du hast doch gesagt …«
»Ich weiß, was ich gesagt habe, aber es war nun mal nicht möglich. Die Situation ist schwierig geworden. Alle glauben, dass ich etwas mit der Befreiung zu tun habe.«
»Was ja auch stimmt.«
»Das ist genau der Punkt. Es gibt zwar keine Beweise, dass ich dir geholfen habe, aber es gibt genug Leute, die mich verdächtigen. Edana traut mir keinen Meter und hält mich unter ständiger Beobachtung. Weil ich keinen anderen Weg wusste, lebe ich jetzt im Tempel bei meiner Mutter. Doch das ist bestenfalls eine Übergangslösung. Ich kann ihn nicht verlassen, ohne Gefahr zu laufen, verhaftet zu werden.«

»Das wusste ich nicht.« David senkte den Kopf.
»Die Situation ist wirklich verfahren. Ich sehe keine andere Möglichkeit, als eine Weile unterzutauchen. Einfach verschwinden, bis sich die Wogen geglättet haben.«
»Dann geht es dir wie mir«, sagte David. »Als ich gesagt habe, ich hätte viel Zeit zum Nachdenken gehabt, habe ich mir genau darüber Gedanken gemacht. Was wird geschehen, wenn ich zurückkehre?«
»Was meinst du?«
»Denk doch mal nach. Jeder wird wissen wollen, wie ich mich befreien konnte, wie es mir gelungen ist, zu entkommen. Was soll ich dann erzählen?«
»Behaupte doch einfach, du wärst geflohen.«
»Das ist seit den Dunklen Jahren keinem einzigen gelungen. Männer, hundertmal kampferprobter als ich, verschwanden und wurden nie wiedergesehen. Und ausgerechnet mir – einem Mönch und Buchbinder, einem Bibliothekar – soll die Flucht gelungen sein? Nicht sehr glaubwürdig.« Er schüttelte den Kopf. »Nein, ich fürchte, es geht mir wie dir. Das Beste wird sein, ich tauche für eine Weile unter. Und bitte entschuldige, dass ich dich wegen Sven so bedrängt habe, schließlich verdanke ich dir mein Leben.«
»Ja, das tust du.« Mit schnellen Handbewegungen fing sie an, den Rucksack auszupacken. Stangenbrot, Getränkeflaschen und Schuhe. »Probier die mal an«, sagte sie und warf ihm ein Paar Sandalen rüber. »Deine sind völlig durchgelaufen.«
Sie hatte recht. Seine Schuhe waren tatsächlich so zerschlissen, dass sie nur noch von ein paar losen Fäden zusammengehalten wurden. Er löste sie vom Fuß und probierte die neuen an. Sie passten wie angegossen. »Ich danke dir«, sagte

er. »Es ist wirklich nett von dir, dass du dich so um mich kümmerst.«
Juna schwieg. Irgendetwas schien sie zu bedrücken. David wusste nicht, was es war, und scheute sich, danach zu fragen. So gut kannten sie einander noch nicht. Allerdings konnte er auch nicht einfach so tun, als habe er nichts bemerkt.
»Wie ist es dir gelungen, aus der Stadt herauszukommen?«, fragte er. »War es schwierig?«
Juna schrak aus ihren Gedanken auf. »Hm? Ach so, nein. Nicht wirklich.« Sie verstummte.
David sah sie aufmerksam an. Offenbar gab es einen Weg, den sie ihm nicht verraten wollte. Auch gut. Vertrauen entstand erst mit der Zeit, man konnte es nicht einfordern. Aber waren das Tränen, die da in ihren Augenwinkeln glitzerten? Er wurde das Gefühl nicht los, dass bei Juna irgendetwas gründlich schiefgelaufen war.
»Was ist los?«, fragte er. »Du kannst es mir ruhig sagen. Im Kloster haben alle gesagt, ich könnte gut zuhören.«
Juna wischte sich mit dem Ärmel über ihre Augen. Dann schüttelte sie den Kopf. »Ein andermal vielleicht. Ich muss das erst einmal selbst verdauen, aber danke für das Angebot.« Sie lächelte tapfer. »Wie sieht's aus, meinst du, du kannst gehen? Ich glaube, etwas Bewegung täte dir gut.«
David stimmte ihr zu. »Warum nicht? Versuchen kann ich's ja mal. Was hast du vor?«
»Mir steht der Sinn nach Kaninchen. Ich habe ein paar Fallen aufgestellt. Wenn du magst, können wir sie gemeinsam kontrollieren.«
David nickte. Die Aussicht, den engen Stollen verlassen zu können, verlieh ihm neue Kraft. Und Kaninchen hatte er schon immer gemocht.

Eine Stunde später kehrten sie wieder zurück. In einer der Schlingen hatte sich tatsächlich ein junger, kräftiger Kaninchenbock verfangen. Das Tier hatte genau die richtige Größe. Mit geschickten Handgriffen zog Juna ihm das Fell über die Ohren und weidete es aus. Grimaldi bekam einen Anteil an den Innereien, Junas Falke ein paar Bissen Muskelfleisch. Den Rest spießte sie auf einen angespitzten Holzpflock und trug ihn über der Schulter in Richtung Höhle zurück. David spürte, dass er immer noch etwas schwach war. Der Ausflug war anstrengend gewesen, aber es hatte ihm gutgetan, wieder einmal frische Luft zu atmen.
In der Höhle entfachte Juna ein kleines Feuer und hängte das Kaninchen darüber. Grimaldi legte sich neben sie und beobachtete, wie die Kriegerin das Fleisch würzte und salzte.
»So«, sagte sie, nachdem sie fertig war. »Das wird jetzt mindestens eine Stunde benötigen.«
»Und was machen wir so lange?«
»Du könntest mir beibringen, wie man liest.«
David benötigte einen Moment, um die Bedeutung ihrer Worte zu erfassen. »Du möchtest *was?*«
»Lesen lernen. Und schreiben. Ich möchte Bücher lesen, so wie du. Meinst du, du könntest mir das beibringen?«
David war völlig überrascht. Mit dieser Bitte hätte er im Leben nicht gerechnet. Andererseits ... es gab nichts, was dagegen sprach. Abgesehen natürlich von der Tatsache, dass er so etwas noch nie gemacht hatte. »Ich weiß nicht«, sagte er zögernd. »Ich meine ... also gut, lass es uns versuchen. Allerdings gibt es hier nichts, worauf wir schreiben können.«
Juna brach von einem der herumliegenden Zweige ein Stück ab, befreite es von Blättern und Rinde und teilte es in zwei

Hälften. Eine davon gab sie David. Auf seinen verständnislosen Blick hin malte sie ein paar Kringel auf den sandigen Boden.
David blickte zweifelnd auf das Stöckchen, dann lächelte er. Patent war sie, das musste man ihr lassen.
»Ich glaube, das könnte klappen«, sagte er.
Sie nickte ernsthaft. »Gut, dann lass uns keine Zeit verlieren.«

39

Der Morgen kam mit silbrigem Glanz. Draußen hatte es geregnet, die Blätter waren feucht. Erste Sonnenstrahlen fielen durch die Baumkronen und ließen die Tropfen glitzern, als wären es Diamanten. Vogelgezwitscher drang durch den Höhleneingang.
David öffnete die Augen und richtete sich langsam auf. Er hatte herrlich geschlafen. Von der Überdehnung seines Schultergelenks war kaum noch etwas zu spüren.
Müde sah er sich um. In der Luft hing immer noch ein Duft nach Holzkohle und gegrilltem Kaninchen. Als er die Überreste ihres nächtlichen Gelages bemerkte, musste er lächeln. Er hatte seit langem nicht mehr so viel Spaß gehabt. Nicht nur, dass Juna eine ausgezeichnete Köchin war, sie hatte sogar in einem Winkel ihres schier unerschöpflichen Vorratsbeutels eine Amphore mit Met versteckt, die sie beide bis zum letzten Tropfen geleert hatten. Mit entsprechenden Folgen. In seinem Hinterkopf klopfte und rumorte es wie in einem Taubenschlag. David hatte Anekdoten aus dem Kloster zum Besten gegeben, und Juna hatte sich mit Geschichten aus Glânmor revanchiert. Besonders die Sache mit der verlorenen Wette, bei der ihre Gefährtin Gwen auf einer ausgewachsenen Sau quer durch den Schweinekoben reiten musste, hatte ihm gefallen. Gwen, die offenbar größten Wert auf ein gepflegtes Äußeres legte, war am Schluss kaum noch vom Schwein zu unterscheiden gewesen. Sehr zum Missfallen der obersten Heilerin, die just in diesem Moment vorbei-

gekommen war. Zum Abschluss las David Juna noch einen Akt aus Romeo und Julia vor, von dem Juna aber nicht mehr viel mitbekommen hatte, weil sie mittendrin in tiefen Schaf gefallen war.

David sah sich um. Der Höhlenboden war über und über mit schiefen Buchstaben bedeckt, die in ihrer Unvollkommenheit irgendwie rührend wirkten. Juna war eine bemerkenswerte Schülerin; sie war aufmerksam und lernte schnell. Nur beim Zeichnen feiner Linien hatte sie noch Nachholbedarf. Kringel, Schnörkel und Bögen waren nicht ihr Ding. Offenbar hatte sie noch nie einen Stift in der Hand gehalten. Ihr das Lesen beizubringen war hingegen recht einfach. David fuhr mit dem Finger über den Text, und Juna sprach ihm nach. Sie konnte bereits einige Passagen auswendig. Nicht die schlechteste Art, einen Text zu erlernen.

Ein leises Säuseln weckte ihn aus seinen Gedanken.

Juna schlief immer noch tief und fest. Ihr Kopf ruhte sanft auf seinem Schoß, und ihre roten Haare kitzelten seine Hand. Ihre Lippen waren leicht geöffnet. Ein kleiner Speicheltropfen glänzte in ihrem Mundwinkel. Ihre Schulter war entblößt, so dass man die Tätowierung sehen konnte. Eine abstrakte Darstellung, wohl ein Vogel, der aus einer Flamme emporstieg. Ein Phönix?

David zog die Decke höher und bedeckte ihre Haut. Junas Augen blieben fest geschlossen. Grimaldi gab ein leises Fiepen von sich. Er lag auf dem Bauch, die Schnauze zwischen den Pfoten vergraben, und blickte unter seinen buschigen Augenbrauen zu ihnen herüber.

»Ist sie nicht schön?«, flüsterte David und strich über Junas rotbraunes Haar. »Meinst du, es ist Zufall, dass sie so viel Ähnlichkeit mit Julia hat? Ist doch komisch, oder?«

Grimaldis Augenbrauen wanderten nach oben. Wenn er wollte, konnte er richtig nachdenklich aussehen.
»Ja, ich weiß auch, dass es unmöglich ist«, flüsterte David. »Aber vielleicht ist es ja mehr als nur ein Zufall.« Er vermied den Begriff *Gottesfügung*. Das Wort erschien ihm in diesem Zusammenhang unpassend. Trotzdem wurde er das Gefühl nicht los, dass eine höhere Macht ihre Finger im Spiel gehabt hatte.
Grimaldi stieß einen Laut aus, der irgendwo zwischen Seufzen und Stöhnen lag. Das Thema konnte ihn offenbar nur wenig begeistern.
David beugte sich über die Kriegerin. Wie friedlich sie aussah. Die steile Falte zwischen ihren Brauen war vollständig verschwunden. Um ihre Mundwinkel spielte ein Lächeln, so als würde sie sich im Schlaf über irgendetwas köstlich amüsieren. David fiel auf, dass sie ein Schmuckstück um den Hals trug. Einen dunkelgrünen Stein, eingefasst in einen Ring aus Bronze. Das Licht schien die Oberfläche zu durchdringen und in seinem Inneren tausend funkelnde Strahlen zu entfachen. Es war, als würde man in einen magischen See blicken. Er ging dichter heran. In diesem Moment schlug Juna die Augen auf. Ihr Gesicht war kaum eine halbe Armlänge von ihm entfernt.
David erstarrte.
Er vergaß zu atmen, sein Herz schien stillzustehen.
Juna sagte kein Wort. Sie lag einfach nur da und blickte zu ihm auf. In ihren Augen war keine Furcht, keine Ablehnung und keine Überraschung. Sie sah entspannt aus, fast so, als erwarte sie irgendetwas von ihm. War sie tatsächlich wach oder schlief sie noch? Nein, sie musste wach sein. Aber warum sagte sie nichts? David spürte ein seltsames Kribbeln. Es

begann irgendwo in seinem Nacken und breitete sich von dort über den ganzen Rücken aus. Was wollte sie von ihm? Etwa einen Kuss? Das war ... nein. Das war nicht möglich. Es war verboten.
Mehr noch, es war eine Sünde.
Davids Gedanken wirbelten durcheinander wie die Funken eines Lagerfeuers. Langsam wich er zurück. Sein Herz flatterte, als wäre er gerade auf einen hohen Berg gestiegen. Juna wirkte wesentlich gefasster, auch wenn in ihren Augen ein Ausdruck von Überraschung lag. Ihr Mund formte Worte, doch es war kein Laut zu hören. Sie griff nach ihrem Amulett, steckte es zurück in den Hemdausschnitt und richtete sich auf.
»Hallo«, sagte sie. »Gut geschlafen?«
»Äh ... ja. Und du?«
»Auch gut. Ein bisschen hart, aber das war ja nicht anders zu erwarten.« Sie schaute in die Runde, um sich zu orientieren. Dann fiel ihr Blick auf das gestrige Gelage. »Haben wir gestern tatsächlich den ganzen Met ausgetrunken?«
»Ich fürchte ja. Ich spüre immer noch ein leichtes Hämmern im Kopf.«
»Ich auch.« Sie ließ ihren Kopf leicht von einer Seite zur anderen kreisen. »Ist doch komisch«, sagte sie. »Ich habe geträumt, du wolltest mich küssen.«
»Echt?« Es war nicht viel mehr als ein Krächzen.
»Echt.« Sie berührte ihre Lippen mit den Fingerspitzen. »Dein Gesicht war so nah, dass ich es mit den Händen hätte berühren können. Aber ich war wie gelähmt. Mein Herz ...« Sie ergriff Davids Hand und drückte sie an ihre Brust. »Hier. Kannst du das spüren?«
Er nickte. Es fühlte sich an wie ein Kaninchen, das man in

einem Sack gefangen hatte. Ganz weich und aufgeregt. Bummbumm, bummbumm, bummbumm.
»Oder war das gar kein Traum?«
Rasch zog er seine Hand zurück. Sein Hals fühlte sich seltsam trocken an.
»Was ist denn?«, fragte Juna. »Du siehst aus, als hättest du dir die Finger verbrannt.«
»Fühlt sich ein bisschen so an, ja.« Er lachte verlegen und deutete dann auf ihren Hals. »Mich hat dein Stein fasziniert.«
Sie zog ihr Amulett heraus. »Der hier?«
Er nickte. »Was ist das?«
»Ein Amulett aus einem Stein, den man in der Nähe von Vulkanen finden kann. Ich glaube, er heißt Olivin. Er ist das Symbol der Brigantinnen. Jede von uns trägt so einen. Es sind Runen darauf eingeritzt, siehst du?« Sie hielt ihm den Stein hin. Er konnte feine Linien erkennen. »Was bedeuten sie?«
Sie zuckte die Schultern. »Das Übliche: den Segen der Götter, Glück, Tapferkeit, all so was.« Sie ließ den Stein wieder unter ihrem Hemd verschwinden. Ihm schoss der Gedanke durch den Kopf, dass er jetzt genau zwischen ihren Brüsten ruhte. Der Stoff des Hemdes war an dieser Stelle so dünn, dass er ihre Brustwarzen erahnen konnte. Wie kleine Knöpfe standen sie in die Höhe. David musste sich von dem Anblick losreißen. Über Junas Gesicht huschte ein Lächeln.
»Was ist los?«
»Du hast gestarrt.«
»Habe ich nicht.«
»Und ob«, sagte sie. »Ich habe es genau gesehen.«
»Und wennschon. Ich war fasziniert von dem Stein.«

»Nur von dem Stein?«
David spürte, wie ihm der Schweiß ausbrach. Wollte sie ihn in die Enge treiben? Juna tat immer so, als könne sie kein Wässerchen trüben, dabei hatte sie es faustdick hinter den Ohren.
»Bitte entschuldige, wenn ich dich angestarrt habe. Das hätte ich nicht tun dürfen. Es ist verboten.«
»Sagt *wer*?«
»Alle sagen das«, erwiderte er. »Mein Lehrer, mein Meister, mein Abt. Sogar die Novizen. Männer dürfen Frauen nicht anstarren … es ist widernatürlich.«
Sie deutete auf den roten Leineneinband. »In deinem Buch steht aber etwas anderes.«
Er klaubte seinen Schatz von der Erde, staubte ihn ab und legte ihn sorgfältig zur Seite. Es stimmte, was sie sagte. Shakespeare hatte etwas anderes geschrieben.
»Vielleicht ist das ja der Grund, warum du es ständig mit dir herumschleppst?« Juna schaute ihn neugierig an. »Vielleicht spürst du, dass es noch eine andere Wahrheit gibt?«
David schluckte. »Ich weiß nicht …«, murmelte er. Warum nur war sein Hals schon wieder so verdammt trocken?
»Hast du nie versucht, dir vorzustellen, wie es wohl wäre, eine Frau zu küssen?«
Himmel! David wäre am liebsten auf und davon gerannt, doch seine Beine schienen nicht länger Teil seines Körpers zu sein. Langsam schüttelte er den Kopf. Wenigstens der gehorchte seinen Befehlen noch.
»Nicht?« Junas Augen spiegelten Enttäuschung. »Also ich schon. Also, ich meine nicht mit Frauen … du weißt schon.«
Sie wirkte vollkommen ernst. Worauf lief dieses Gespräch hinaus?

Juna richtete sich auf. Sie war jetzt nur noch einen Wimpernschlag von ihm entfernt. »Ich bin im Moment ein bisschen durcheinander«, sagte sie. »Alles, was ich neulich erfahren habe, der Traum von eben ...« Sie lächelte. »Es gibt da ein paar Dinge, über die ich mir Klarheit verschaffen muss. Ich würde es gerne mal versuchen.«

»Was versuchen?« War das wirklich seine Stimme? Sie klang viel zu hoch. Geradezu schrill.

Ihr Gesicht kam näher. Jetzt trennten sie nur noch wenige Zentimeter. Er konnte bereits ihren Atem auf der Wange spüren.

»Was willst du versuchen?«

»Das.« Ihre Lippen senkten sich auf seine.

David ballte seine Hände zu Fäusten. Er erwartete, dass sich jeden Augenblick die Erde unter ihm auftun und ihn verschlucken würde. Höllenfeuer würden emporlodern und ihn in die Tiefe reißen. Seine Ohren lauschten gespannt auf das Donnergrollen, auf die sieben Trompeten der Offenbarung, auf die peitschenden Winde und die Stimme des Allmächtigen.

Aber nichts geschah.

Sein Herzschlag beruhigte sich. Und von einer Sekunde auf die andere waren Angst und Schrecken wie weggeblasen.

Er spürte seinen Herzschlag, doch der wurde von Sekunde zu Sekunde langsamer.

Als Juna ihre Lippen von seinen löste, hatte er das Gefühl, doch nicht im Höllenfeuer versinken zu müssen. Im Gegenteil. Es war, als habe er gerade die selbstverständlichste Sache der Welt getan. So selbstverständlich, wie seinen Durst zu löschen oder seinen Hunger zu stillen. Und er spürte noch etwas anderes. Es begann in seinem Bauch, setzte sich

in seinen Lenden fort und endete an dem Ort, mit dem er am allerwenigsten gerechnet hätte. Erschrocken wich er ein Stück zurück und senkte die Augen. Er fühlte sich ertappt.
»Was ist mit dir?« Juna neigte den Kopf. »Hat es dir nicht gefallen?«
»Doch, schon.« Er versuchte, nicht schon wieder rot zu werden. »Und dir?«
Juna strich mit den Fingern über ihre Lippen.
»Es war ... überraschend«, sagte sie. »Nicht ganz das, was ich erwartet hatte.«
»Was hast du denn erwartet?«
»Irgendetwas Eindeutiges. Eindeutig eklig oder eindeutig sensationell. Stattdessen war es einfach nur ... schön.«
David nickte. Er wusste, wovon sie sprach. »Vielleicht sind wir noch nicht so weit«, sagte er. »Vielleicht müssen wir uns erst daran gewöhnen?«
Juna schien ernsthaft über diesen Gedanken nachzudenken, dann sagte sie: »Ich glaube, du hast recht. Versuchen wir es noch einmal.«

40

Zwei Tage später ...

Von dem Augenblick an, als er erwachte, wusste David, dass heute der Tag der Entscheidung angebrochen war. Die Schmerzen waren wie weggeblasen, er fühlte sich frisch und erholt. Seine Schulter bereitete ihm keine Probleme mehr, und selbst sein Finger hatte aufgehört, ihn mit pochendem Schmerz daran zu erinnern, was die Erinnyen während des Verhörs mit ihm angestellt hatten. Juna hatte ihm zwar gesagt, dass der Verband noch ein paar Tage dranbleiben müsse, aber das änderte nichts an der Tatsache, dass er wieder gesund war.
Während der letzten Tage hatte er genug Zeit gehabt, über alles nachzudenken. Er war zu einem Entschluss gekommen, er wusste nur noch nicht, wie er es Juna sagen sollte.
Die Stunden mit ihr gehörten zu den schönsten seines Lebens. Zwar war es bei den beiden Küssen geblieben, aber dafür gab es andere Dinge, die diesen Verlust wettmachten. Dinge wie den gemeinsamen Unterricht, die Geschichten und das Jagen und natürlich die nächtlichen Stunden, in denen sie dicht aneinandergeschmiegt in der Höhle lagen und die Welt um sich herum vergaßen. Sie schmiedeten Pläne, sprachen darüber, was sie danach machen würden, und kamen überein, gemeinsam zu fliehen und die Zuflucht zu suchen. Sie wollten nach Westen aufbrechen und ihr Glück

versuchen. Vielleicht gab es diesen sagenumwobenen Ort ja wirklich, und vielleicht lagen dort die Antworten auf ihre Fragen. Hauptsache aber war, dass sie ein gemeinsames Ziel hatten und eine Weile untertauchen konnten. Was anfangs wie ein verrückter Plan klang, nahm nach und nach Gestalt an.

David zählte jedes Mal die Stunden, wenn Juna aufbrechen und nach Glânmor zurückkehren musste. Dann wurde er fast wahnsinnig vor Sorge, wusste nichts mit sich anzufangen und bekam kein Auge zu. Doch kaum war sie wieder zurück, war es, als wäre sie nie fortgewesen. Sie erzählte ihm von einem Geheimgang, der am Fuße des Vulkans begann, unter dem See hindurchführte und bei einer uralten, ausgehöhlten Eiche herauskam, so dass sie schnell und ungesehen hinein- und wieder herauskam. Er revanchierte sich dafür mit einem neuen Abschnitt aus ihrem Buch.

Romeo und Julia war mittlerweile zu einem wichtigen Bestandteil ihres Lebens geworden. David hatte keine Vorstellung, wie sich die Dinge entwickelt hätten, wenn es das Buch nicht gegeben hätte. So verbrachten sie die Abende miteinander, lasen und träumten von einer Welt, die fern im Westen lag und die dennoch mit einem Mal so erschreckend wirklich geworden war. Immer öfter ertappte David Juna dabei, wie sie mit dem Buch am Höhleneingang saß und allein für sich las. So auch jetzt. Die Sonne war gerade eben aufgegangen und schickte ein schwaches Licht durch die Bäume. Trotzdem war Juna schon wieder in die Worte vertieft. Sie fuhr mit den Fingern über die Buchstaben und bewegte dabei leise die Lippen. Sie hatte inzwischen so viel gelernt, dass sie einfache Sätze verstehen konnte. Nicht mehr lange, und sie würde ganz ohne Hilfe lesen können.

Auf ihrer Stirn war eine schmale Falte entstanden, und ihre Wangen waren vor Anstrengung leicht gerötet. David konnte seinen Blick nicht von ihr abwenden.
Plötzlich drehte sie sich um.
»Dachte ich mir doch, dass ich etwas gehört habe.«
»Ja«, sagte er. »Bin eben erst aufgewacht.«
»Gerade rechtzeitig, um mir bei einer Sache behilflich zu sein.« Sie tippte mit dem Finger auf eine Seite. »Was heißt das hier? Ich verstehe das nicht.«
»Lass mich mal sehen.« David rückte näher und beugte sich vor.
»*Aufrührerische Vasallen, Friedensfeinde, die ihr den Stahl mit Nachbarblut entweiht! Wollt ihr nicht hören? Männer, wilde Tiere, die ihr die Flammen eurer schnöden Wut im Purpurquell aus euren Adern löscht!* Stimmt, die Stelle ist wirklich schwierig.« Er überlegte kurz, dann sagte er: »Das heißt so viel wie, dass sich die Aufrührer und Unruhestifter besser schnell verziehen sollen, ehe noch mehr Unglück geschieht.«
»Das ist alles?«
»Ich glaube schon, ja.«
»Warum schreibt er es dann nicht so? Warum drückt er vieles so kompliziert aus?«
David zuckte die Schultern. »Das ist eben die Kunst des Dichters. Er muss einfache Dinge in bildhafte und wohlklingende Worte verpacken. Ich weiß, Romeo und Julia ist für einen Anfänger ziemlich schwierig, aber wir haben leider nichts anderes.«
»Ich will nichts anderes. Entweder das hier oder keins.« Sie vertiefte sich wieder in ihre Lektüre.
Davids Lächeln verblasste. Was er zu sagen hatte, konnte

nicht länger warten. Er schluckte den Kloß in seinem Hals hinunter. »Juna, ich muss dir etwas sagen.«
»Mmh?« Ihre Augen blieben weiter auf den Text gerichtet.
»Es ist wichtig.«
Sie hob den Kopf. »Was ist denn los?«
»Ich muss fort. Heute noch.« Jetzt war es raus.
Juna sah ihn eine Weile verständnislos an, dann klappte sie das Buch zu. »Was meinst du mit *fort*? Willst du ein Stück durch den Wald? Kein Problem, ich begleite dich.«
Er schüttelte den Kopf. »So habe ich das nicht gemeint. Ich muss noch einmal zurückkehren – zu meinem Meister.« Er seufzte. »Ich schleppe diesen Gedanken schon eine Weile mit mir herum. Ich habe mir eingeredet, dass die Frage ohnehin nicht im Raum stünde, solange meine Verletzungen nicht verheilt waren. Aber dank deiner guten Pflege fühle ich mich jetzt kräftig genug.«
In Junas Gesicht mischte sich Unglauben mit Empörung. »Ich dachte, du wolltest mit mir nach der *Zuflucht* suchen.«
»Ja, das will ich. Aber vorher muss ich noch einmal zurück. Ein einziges Mal. Ich muss meinem Meister Bescheid geben, dass alles in Ordnung ist und dass er sich keine Sorgen zu machen braucht.«
»Bist du noch bei Trost?«, sagte sie. »Die Patrouillen sind immer noch da draußen. Der Wald wimmelt von ihnen. Alleine hast du keine Chance. Ehe du dich versiehst, bist du wieder in dem Käfig. Willst du das?«
»Dann begleite mich doch …«
»Ich soll was? Du bist ja nicht bei Trost. Weißt du, was geschieht, wenn deine Leute mich schnappen?«
»Vermutlich das Gleiche wie andersherum«, murmelte er.

»Der ganze Plan ist Schrott«, sagte sie. »Du willst alles opfern, nur um deinem Meister zu sagen, dass es dir gutgeht? Ehrlich, so etwas Dummes habe ich schon lange nicht mehr gehört.«

»Vielleicht bin ich nicht der Klügste, aber ich lasse meine Freunde nicht im Stich. Stephan ist wie ein Vater für mich. Als ich ihn verließ, ging es ihm sehr schlecht. Ich muss wissen, ob er wieder gesund ist. Ich könnte doch schnell vorbeigehen, ein paar Sachen holen und ihm sagen, dass mit mir alles in Ordnung ist; dann komme ich zurück, und wir brechen gemeinsam auf.«

Juna schüttelte den Kopf. »Du bist so naiv. Glaub mir, du hast keine Ahnung, was da draußen los ist.«

»Ich weiß sehr wohl, was draußen los ist. Man hat mich entführt, geschlagen, gefoltert und verhört, schon vergessen? Aber deswegen gebe ich doch nicht alles auf, was mir lieb und teuer ist. Mag sein, dass du mit deiner Familie Probleme hast, doch ich weiß immer noch, was gut und was böse ist. Und sich einfach davonzumachen und Menschen, die einen lieben, leiden zu lassen, das ist keine Art. Die Zeit, in der ich von dir wie ein Schoßtier behandelt wurde, ist vorbei.«

David verstummte. Er wusste, dass seine Worte verletzend waren, aber er hasste es, wie ein kleines Kind behandelt zu werden. Es erinnerte ihn daran, wie der Inquisitor mit ihm umgesprungen war.

»Ein Schoßtier?« Junas Gesichtszüge waren hart geworden. »Ist es das, was du empfindest?«

»Das war vielleicht ein bisschen übertrieben ausgedrückt. Bitte entschuldige, wenn ich …«

»Ich hatte eine Freundin und einen ehrenwerten Beruf«, unterbrach sie ihn. »Ich wurde in meiner Stadt als Heldin gefeiert und von vielen bewundert. Jetzt bin ich eine Ausgestoßene – und das alles deinetwegen. Niemand traut mir mehr, ich werde verfolgt und öffentlich beschimpft. Glaubst du, ich hätte das alles nur getan, weil ich ein Schoßtier wollte?«

»Es tut mir leid …«

»Ich glaube nicht, dass dir klar ist, was da draußen vor sich geht. Die Welt ist im Umbruch. Alles rüstet sich zum Krieg. Die Brigantinnen warten auf den Befehl, auszurücken und einen vernichtenden Schlag gegen die Männer zu führen. Sie könnten damit etwas in Gang setzen, was vielleicht nicht mehr zu stoppen ist. Und während die Zeichen auf Sturm stehen, hört meine Mutter nicht auf, mir zu erzählen, du wärst etwas ganz Besonderes und dass ich gut auf dich aufpassen solle. Doch, doch, schau nicht so erstaunt! Anscheinend gibt es eine uralte Geschichte, dass eine frühere Hohepriesterin einen Sohn entbunden haben soll, der den Lauf der Geschichte verändern wird.« Sie schüttelte den Kopf. Auf ihren Wangen waren rote Flecken erschienen. »Ich hatte gedacht, du wolltest bei mir bleiben. Ich dachte, uns würde etwas verbinden …« Juna war den Tränen nah. »Mir doch egal, was meine Mutter sagt oder all die anderen«, fuhr sie fort. »Ich wollte dir die Folter ersparen. Ich wollte verhindern, dass du auf dem Scheiterhaufen endest und dass dir dasselbe Schicksal blüht wie deinem Freund. Hätte ich gewusst …«

David kniff die Augen zusammen. »Redest du von Sven?«

Juna verstummte. Offenbar war ihr etwas herausgerutscht, das sie vor ihm hatte verbergen wollen.

»Was ist mit ihm?«

Sie öffnete den Mund, doch die Worte waren so leise, dass er

sie kaum verstehen konnte. »Er wurde ... er ist ...« Ihre Stimme sank zu einem Flüstern ab.
»Er ist *was*?« David spürte, wie sein Herz von einer eiskalten Hand zusammengepresst wurde. »Tot?«
Juna griff nach ihrem Stock und malte kleine Zeichen in den Sand. Schließlich nickte sie. »Vorletzte Nacht.«
»Nein!«
»Ich wollte es dir später erzählen ...«
David saß kerzengrade auf seinem Lager. Die Nachricht war so unfassbar, dass er es einfach nicht glauben konnte. »Er ist gestorben? Wie?«
»Das kann ich dir nicht mit Gewissheit sagen. Meine Mutter sprach nur in Andeutungen. Offenbar hatte er ein schwaches Herz. Es muss sehr schnell gegangen sein ...« Sie räusperte sich.
David wollte noch etwas sagen, doch ihm versagte die Stimme. Es war zu schrecklich, was er eben gehört hatte.
Grimaldi blickte mit großen Hundeaugen zu ihm herauf. Er schien zu spüren, dass mit seinem Herrn etwas nicht stimmte.
Sven – tot? Der Gedanke war unfassbar. David konnte nicht behaupten, den Mann gut gekannt zu haben, dennoch war er ihm in der kurzen Zeit sehr ans Herz gewachsen. Ein fröhlicher, gutmütiger Mann. Einer der wenigen, die nicht ständig an ihm herummäkelten. Er hatte David so genommen, wie er war, und seine Talente zu nutzen gewusst. Außerdem teilte er Davids Interesse für Bücher und alte Karten, und das war mehr, als man von irgendjemandem in dieser düsteren Zeit erwarten konnte. Und jetzt sollte er nicht mehr da sein?
David stand auf und klopfte den Staub von seiner Kutte.
Juna sah ihn groß an. »Was hast du vor?«

»Das habe ich dir gesagt. Ich muss gehen. Ich muss meinem Meister berichten, was vorgefallen ist.«

Junas Brauen rutschten so eng zusammen, dass sie beinahe eine durchgehende Linie bildeten. »Willst du ihm auch von den Plänen bezüglich der Raffinerie erzählen?«

»Darüber habe ich noch nicht nachgedacht. Aber ja ... das muss ich wohl.«

»Du weißt, dass du damit ein Gemetzel heraufbeschwörst.«

»Aber ich kann doch nicht zusehen, wie ihr Frauen unsere Hauptenergieversorgung lahmlegt. Ohne das Benzin können unsere Autos nicht mehr fahren. Wir können uns nicht mehr verteidigen.«

»Verteidigen?« Sie lachte. Es war ein bitteres Lachen. »Du meinst angreifen. Ich bin eine Frau, und ich stehe zu meinem Volk. Mag sein, dass ich mit manchem, war gerade passiert, nicht zufrieden bin, aber deswegen verrate ich doch nicht mein gesamtes Volk.«

David spürte, wie sich etwas in ihm verkrampfte. »Und ich dachte, du würdest zu mir halten. Besonders nach dem, was deine Leute meinem Freund angetan haben.«

»Es war ein Unfall ...«

»Ein Unfall?« David spuckte das Wort aus. »Das ist doch nicht dein Ernst. Er wurde umgebracht, das weißt du genauso gut wie ich. Ich habe am eigenen Leib erfahren, was deine sogenannten *Freunde* mit uns machen. Es hat ihnen sogar Spaß bereitet. Und solchen Leuten willst du die Treue halten? Ich kann es nicht glauben.«

»Und der Geheimgang? Wirst du deinen Leuten auch davon erzählen?«

»Natürlich nicht. Versprochen.«

»Spar dir deine Versprechungen.« Ihre Augen blitzten wie

zwei Dolche. »Du weißt, dass ich dich nicht gehen lassen kann.«
»Dann versuche doch, mich aufzuhalten. Mein Entschluss steht fest. Komm, Grimaldi.« Er packte die Leine seines Freundes und marschierte los. Ohne Wasser, ohne Proviant, ohne eine klare Vorstellung, wohin er eigentlich gehen musste.
Er war bereits den Abhang zur Hälfte hinunter, als er ein Rascheln hinter sich vernahm. Juna rannte leichtfüßig an ihm vorbei und stellte sich ihm in den Weg. »Halt.«
»Lass mich gehen.«
»Ist das der Dank dafür, dass ich dich gerettet und aufgepäppelt habe?«, schrie sie wutentbrannt. »Genauso gut hätte ich dich in deinem Käfig verrotten lassen können.«
»Ja, hättest du. Warum hast du es nicht getan?«
Er wollte an ihr vorbeigehen, doch sie stieß ihn so hart vor die Brust, dass er rücklings im Laub landete. Grimaldi wollte sich auf die Kriegerin stürzen, doch David bekam ihn gerade noch zu fassen. Ein Angriff auf Juna hätte vermutlich tödlich geendet. Kommentarlos stand er auf und marschierte in einer anderen Richtung davon. Wieder stellte Juna sich ihm in den Weg. »Wir können dieses Spiel noch ewig spielen«, sagte sie schwer atmend und mit zusammengepressten Zähnen. »Spätestens in einer Stunde weiß alle Welt, dass wir hier sind.«
»Dann hör doch damit auf. Wenn man mich schnappt, wird es dir auch nicht besser ergehen.«
»Nicht, wenn ich dich vorher Edana übergebe.«
Er stieß ein geringschätziges Schnauben aus und wandte sich nach links, doch auch dieser Weg endete im Laub. Mittlerweile begann seine Schulter, wieder zu schmerzen.
»Lass mich doch einfach gehen«, sagte er. »Es hat keinen

Sinn, mich aufhalten zu wollen. Ich muss zurück zu meinem Meister. Er wird wissen, was zu tun ist.«
»*Er wird wissen, was zu tun ist*«, äffte sie ihn nach. »Träum weiter.« Er versuchte, seitlich an ihr vorbeizukommen.
Ein harter Schlag, diesmal gegen seinen Kiefer, brachte ihn erneut zu Fall. Er schmeckte Blut.
»Ich … kann … dich nicht gehen … lassen«, stieß sie hervor.
Grimaldi knurrte und bellte und gebärdete sich wie ein Verrückter. Bald würde es der ganze Wald wissen, dass sie hier waren. David musste ihn mit aller Kraft festhalten.
Juna stand breitbeinig vor ihm. Inzwischen war ihr Falke von irgendwoher herangesegelt und hockte auf ihrer Schulter. Seine Schreie klangen wie das Fauchen einer Katze. Die Situation drohte zu eskalieren.
»Ich verspreche dir, dass ich nur meinem Meister davon erzähle«, sagte er. »Er ist ein besonnener und kluger Mann. Ich kann ihm vertrauen, und das solltest du auch. Es ist wichtig, dass ich mit ihm spreche. Warum lässt du den Dingen nicht einfach ihren Lauf? Hat deine Mutter nicht gesagt, dass sie mich für etwas Besonderes hält? Was, wenn sie recht hat?«
»Das glaubst du doch selbst nicht«, zischte Juna. »Komm wieder runter. Du bist nur ein ganz normaler Junge, der das Pech hatte, zur falschen Zeit am falschen Ort zu sein.«
»Bist du sicher? Und was, wenn du dich irrst? Vielleicht ist es Gottes Wille.«
»Gottes Wille, dass ich nicht lache. Dein Gott hat uns immer nur Unglück gebracht.« Ihre Stimme klang immer noch wütend, aber David glaubte, eine gewisse Milde herauszuhören. So, als wäre sie es langsam leid, mit ihm zu streiten.
»Bitte lass mich gehen«, versuchte er es noch einmal. »Was

kann es denn schaden? Vermutlich ist ohnehin schon überall bekannt, dass ein Überfall bevorsteht. Der Inquisitor mag ein Teufel in Menschengestalt sein, dumm ist er nicht. Er wird längst über unsere Entführung informiert worden sein. Er braucht nur eins und eins zusammenzuzählen, um zu wissen, dass etwas im Busch ist. Vielleicht kann ich den Spieß umdrehen. Sobald ich in Erfahrung gebracht habe, was der Inquisitor vorhat, und mit meinem Meister gesprochen habe, werde ich zurückkehren. Und dann können wir gemeinsam von hier aufbrechen. Versprochen.«

Juna schwieg. In ihrem Gesicht mischten sich Trotz und Trauer.

»Vertrau mir«, sagte er. »Nur dieses eine Mal.«

Junas Blick war so reglos wie der einer Sphinx. Sie sagte nichts. Sie stand einfach da und schwieg.

David rappelte sich hoch. Sie schien ihn nicht daran hindern zu wollen. Er griff nach Grimaldis Leine und setzte seinen Weg fort.

Als er etwa zwanzig Meter zurückgelegt hatte, sah er aus dem Augenwinkel, wie Juna nach ihrem Bogen griff. Seelenruhig legte sie einen Pfeil ein, spannte die Sehne und zielte auf ihn. Das war's also, dachte er. Jetzt stirbst du. Getötet von der Hand, die dich gerettet hat. Er schloss die Augen.

Er hörte, wie der Pfeil von der Sehne schnellte. Für einen Sekundenbruchteil glaubte er, getroffen zu sein, doch dann hörte er einen dumpfen Knall, ein paar Meter entfernt. Er öffnete seine Augen und sah den Pfeil im Stamm einer benachbarten Buche stecken. Der Schaft vibrierte mit leisem Summen.

»Du gehst in die falsche Richtung.« Juna deutete auf den Pfeil. »Du musst da lang.«

41

Juna wartete, bis David vom Grün des Waldes verschluckt worden war, dann drehte sie um und kehrte in ihr Geheimversteck zurück. Die Höhle wirkte auf einmal leer und ausgestorben. Überall waren Davids Spuren zu sehen – wo er geschlafen, wo er gegessen und sein Buch abgelegt hatte. Sie sah die Überreste seiner zerfetzten Schuhe, die Verbände und den Stock, mit dem er geschrieben hatte. Und sie erkannte ihre eigenen Zeichen im Staub. Buchstaben, Kringel, Schleifen und Bögen. Mühevolle Versuche, das Schreiben zu erlernen. Sie waren erst bei K angekommen. Ob sie wohl jemals den Rest lernen würde? Erneut spürte sie, wie ihr die Tränen in die Augen schossen. Mit trotzigen Fußtritten tilgte sie die erbärmlichen Schreibversuche, zertrat die Glut des Feuers, packte ihre Sachen und brach auf.
Der Einstieg zum Geheimgang lag einen knappen Kilometer südlich der Höhle. Sie verabschiedete sich von Camal. Dann entzündete sie eine Fackel und tauchte in die Dunkelheit ein.
Der Weg war lang und verwinkelt. Hin und wieder zweigte ein Gang ab, doch Arkana hatte Juna eingeschärft, worauf sie zu achten hatte, um sich nicht zu verlaufen. Mittlerweile hätte sie den Weg sogar blind gefunden. Der Geruch nach Schwefel leitete sie durch die Dunkelheit. An der tiefsten Stelle tropfte Wasser von der Decke, ein sicheres Zeichen dafür, dass sie sich unterhalb des Sees befand. Jetzt nur noch den steilen Anstieg bewältigen, die roh in den Stein gehaue-

ne Treppenflucht erklimmen und die letzten paar Kurven nehmen, dann hatte sie das Innere des Tempelberges erreicht.
Die Hitze hatte deutlich zugenommen.
Schwitzend und keuchend hielt sie an. Der Weg vor ihr war versperrt. Sie tastete die Wand entlang, bis sie den verborgenen Schalter fand, und drückte ihn. Die mächtige Felsplatte schwenkte zur Seite.
Vorsichtig trat sie ein.
Die Gemächer der Hohepriesterin wirkten wie ausgestorben. Das Licht des frühen Morgens schien durch das Fenster.
»Hallo?« Juna blieb im Eingang stehen und wartete. Erst als sie ein zweites Mal rief, war aus dem Nebenzimmer ein Geräusch zu hören.
Claudius erschien in der Tür. Er war nur mit einer hellen Hose bekleidet, die von einer Kordel zusammengehalten wurde. Sein Oberkörper war nackt. Offenbar hatte er noch im Bett gelegen. Seine Brust war behaart, seine Arme wirkten muskulös und durchtrainiert. Eine lange Narbe zog sich vom rechten Schlüsselbein quer über die Brust.
»Juna.« Er lächelte. »Ich hatte dich nicht so bald erwartet.«
»Wo ist Mutter?«
»Sie ist noch im Bad. Soll ich sie rufen?«
»Bitte.«
Claudius schnappte sein Hemd und streifte es im Gehen über. Obwohl er nicht mehr der Jüngste war, wirkten seine Bewegungen kraftvoll und geschmeidig. Er musste ein furchterregender Kämpfer gewesen sein, früher. Vielleicht hatte Juna mehr von ihm geerbt, als ihr bewusst war.
Fünf Minuten später tauchte Arkana auf. Sie war in einen weiten weißen Mantel gehüllt und hatte ihre Haare mit einem

Badetuch hochgebunden. »Juna, so früh schon wieder zurück? Ist etwas geschehen?«
»Allerdings. Und genau darüber muss ich mit dir sprechen.«
»Soll ich gehen?«, fragte Claudius.
»Nein, bitte bleib«, sagte Juna und zwang sich zu einem Lächeln. »Was ich zu sagen habe, geht euch beide an.«
»Du machst es aber spannend«, meinte Arkana. »Komm, setz dich. Möchtest du einen Tee und etwas zum Frühstück?«
Diesmal nahm Juna das Angebot gerne an.
»Dann erzähl mal«, sagte Arkana, als Juna eine Tasse getrunken und eine Scheibe Weizenbrot mit Honig gegessen hatte.
»Er ist fort. Er ist heute Morgen gegangen.«
»David?«
Juna nickte. »Er sagte, er müsse zurück, um sich von seinem Meister zu verabschieden. Ich habe versucht, ihn aufzuhalten, aber es war sinnlos. Jetzt fürchte ich, dass ich ihn niemals wiedersehe.«
»Dann ist er also vollständig gesund geworden?«
Juna nickte. »Wir hatten so große Pläne. Wir wollten gemeinsam fortgehen, einfach für eine Weile untertauchen. Wie konnte er mir das nur antun?« Sie spürte schon wieder, wie ihre Augen feucht wurden.
»Ihr wolltet fortgehen?« Arkana runzelte die Stirn. »Aber wohin denn?«
Juna zuckte die Schultern. »Du wirst mich sicher auslachen, aber wir sprachen davon, die *Zuflucht* zu suchen. Ich weiß, das klingt naiv – immerhin ist es ja nur eine Legende –, aber der Glaube daran hat uns Mut und Hoffnung gegeben. Jetzt, wo David weg ist, habe ich nicht mal mehr das.«
Arkana blickte zu Claudius hinüber, nur für einen winzigen

Moment, aber Juna bemerkte es sofort. Der Ausdruck im Gesicht ihres Vaters sagte ihr, dass es sich um etwas Wichtiges handeln musste.
»Ist irgendetwas?«
»Wir wissen, wo die *Zuflucht* zu finden ist«, sagte Arkana. Ihre Stimme klang ganz ruhig. »Wenn ihr das wirklich wollt, könnten wir euch verraten, wo ihr danach suchen müsst. Aber ihr müsst euch wirklich sicher sein, denn es ist ein weiter und gefährlicher Weg. Claudius und ich, wir haben auch schon darüber nachgedacht, aber wir haben uns dagegen entschieden. Glânmor braucht uns. Für euch hingegen wäre es tatsächlich eine Chance. Zumindest so lange, bis sich hier alles wieder beruhigt hat.«
Juna blickte zwischen ihrem Vater und ihrer Mutter hin und her. Für einen kurzen Moment dachte sie, die beiden würden sich einen Scherz mit ihr erlauben, doch ihre Gesichter blieben vollkommen ernst.
»Du ... du willst mir doch nicht erzählen, dass an den Legenden tatsächlich etwas dran ist?«
Auf Arkanas Blick hin verschwand Claudius kurz in einem der Nebenzimmer und kam dann mit einer dunklen Rolle zurück. Sie war braun und fleckig, offenbar aus Leder, das mit einem Band zusammengehalten wurde. Claudius legte die Rolle auf den Tisch und löste die Abdeckung am einen Ende. Das Leder roch alt und muffig und gab knarrende Geräusche von sich, als Claudius ein aufgerolltes Pergament aus seinem Inneren zog.
»Das ist die einzig existierende Karte, auf der die *Zuflucht* vermerkt ist«, sagte Arkana und strich das Dokument glatt. »Sie ist wertvoller als Gold. Ich kenne Dutzende von Frauen, die dafür töten würden. Sei es, um sie zu benutzen,

sei es, weil sie sie vernichten wollen. Also gib gut darauf acht.«
»Ich verstehe nicht ...«
Arkana rollte das Pergament zusammen, steckte es wieder in die lederne Röhre und brachte den Deckel an. »Ich schenke sie dir. Du und David, ihr werdet euch auf den Weg machen und die *Zuflucht* suchen. Ihr müsst sie finden, verstehst du? Erzählt den Menschen dort draußen, dass es uns gibt und dass wir ihre Hilfe benötigen. Wenn die Dinge sich weiter so schlecht entwickeln, dann, fürchte ich, wird von unserer Welt nicht mehr viel übrig bleiben.«
»Wovon sprichst du, Mutter?«
»Edana.«
Arkana sagte nur dieses eine Wort, aber es genügte, um zu beschreiben, dass die Lage ernst war.
»Was ist geschehen?«
Ihre Mutter seufzte. »Edana hat den Hohen Rat davon überzeugt, ihr die Befehlsgewalt über den bevorstehenden Angriff zu übertragen. Ihr Plan ist es, mit einer schlagkräftigen kleinen Einheit durch die Kanalisation in die Raffinerie einzudringen und die Tore von innen zu öffnen.«
»Das klingt nach einem guten Plan.«
»Ist es auch«, sagte Arkana. »Das Problem ist nur, dass sie diesen Angriff selbst anführen wird. Sollte ihr der Vorstoß gelingen, wird ihr das ungeheure Sympathien im Rat verschaffen. Sie wird als Kriegsheldin gefeiert und bei den nächsten Wahlen mit Sicherheit den Platz der Ratsvorsitzenden Noreia übernehmen. Und was das bedeutet, kannst du dir vorstellen.«
»Allerdings«, murmelte Juna. »Es wäre ein Sieg für die Hardliner.«

»Selbst wenn sie dabei sterben würde, wäre meine Position geschwächt. Sie würde dann als Märtyrerin gelten und heiliggesprochen.« Arkana lächelte traurig. »Wie man es auch dreht und wendet, die Tage der Sanftmütigkeit und Toleranz sind gezählt. Es wird Krieg geben, so oder so, und es ist besser, wenn ihr beide, du und David, dann weit weg seid.«

»Wenn ich ihn überhaupt je wiedersehe«, sagte Juna.

»Das wirst du, ich weiß es, aber du darfst keine Zeit verlieren. Das Kloster des heiligen Bonifazius liegt im Südwesten der Stadt, ich kann dir den Weg dorthin zeigen. Am besten folgst du David unauffällig und beobachtest, was geschieht. Du wirst wissen, wann der Zeitpunkt gekommen ist, mit ihm zu reden.« Sie stand auf. »Ich wünschte wirklich, wir könnten dich begleiten, aber ich darf hier nicht weg. Lass dich ein letztes Mal umarmen, Juna. Ich weiß nicht, ob und wann wir uns wiedersehen. Die Zeichen stehen auf Sturm, und es ist möglich, dass er uns alle vom Antlitz dieser Welt fegen wird. Aber eines ist sicher: Was du auch tust, was immer auch geschehen wird, dein Vater und ich werden dich immer lieben.«

42

Es war kurz nach Prim, als Vater Benedikt durch verhaltenes Klopfen an der Tür aus seiner morgendlichen Andacht gerissen wurde. In der letzten Nacht hatte Regen eingesetzt. Der Abt des Klosters des heiligen Bonifazius spürte den Wetterwechsel in allen Knochen. Ein dunkler Schatten lag über der Abtei. Die Schicksalsschläge der letzten Zeit lasteten schwer auf seiner Seele. Unter Schmerzen erhob er sich von seinen Knien und stand auf. »Ja bitte.«
Die Tür ging einen Spalt weit auf, und das verwitterte Gesicht von Bruder Eckmund, dem Torwächter, erschien.
»Vater?«
»Was gibt es, Eckmund? Komm doch herein.«
»Es wäre besser, Ihr würdet mich nach draußen begleiten.«
»Ist etwas passiert?«
»Am besten Ihr seht es euch selbst an.«
Die Stimme des Torwächters klang angespannt. Benedikt hob erstaunt die Brauen. Eckmund war kein Mann voreiliger Worte. Ihn so besorgt zu sehen weckte die schlimmsten Befürchtungen. Er schlüpfte in seine Sandalen und warf seine Kutte über die Schultern. Dann folgte er seinem Bruder nach draußen. Im Klostergarten war es noch dunkel, und es regnete in Strömen. Der Blick zum Kirchturm war von tiefhängenden Wolken versperrt. Es sah aus, als habe jemand den Himmel mit grauen Tüchern verhängt. Von Zeit zu Zeit sahen sie den schattenhaften Umriss eines Klostermitglieds über den Hof rennen, die Kapuze tief ins Gesicht

gezogen. Verwischte Schatten in einem Flickenteppich aus grauen Schlieren. Überall waren kleine Pfützen, und sie mussten hüpfen, um halbwegs trockenen Fußes auf die andere Seite zu kommen. Eckmund verließ den Kreuzgang und eilte hinüber zum Pförtnerhäuschen. Er öffnete die Tür und ging ins Innere. Benedikt war froh, den himmlischen Fluten entkommen zu sein.
»Brrr, was für ein Sauwetter.« Er schüttelte sich wie ein nasser Hund. Regentropfen landeten auf dem Holzboden.
Der Raum war dunkel bis auf eine kleine Lampe, in der eine Kerze schwach vor sich hin funzelte. Ihr Licht fiel auf einen Stuhl in der Ecke.
Der Abt erschrak. Auf dem Stuhl saß jemand. Eine klatschnasse Erscheinung, der der Stoff am Körper klebte. Ein Wanderer.
»Wer seid Ihr?«, fragte Benedikt.
In diesem Moment war eine Bewegung unter dem Stuhl zu erkennen. Ein kleiner missgestalteter Hund mit gelbem Fell und krummen Zähnen tauchte auf. Benedikt blickte über den Rand seiner Brille. Seine Sehkraft war nicht mehr die beste, und bei diesem Licht schon gar nicht. Trotzdem erkannte er diesen Hund sofort. Einen wie ihn vergaß man nicht.
Grimaldi!
Ein warmes Gefühl durchströmte den Abt. »David?«
»Ich grüße Euch, Meister.«
Der Junge zog seine Kapuze vom Kopf.
»Der Herr sei gepriesen«, stieß Benedikt aus. »Du bist es wirklich. Es ist ein Wunder.«
»Ja, das ist es ...«
»Was ist geschehen? Ach egal, das wirst du uns sicher erzählen. Ich werde gleich das Kloster informieren.«

»Nein«, widersprach David. »Bitte kein Aufsehen. Es soll niemand wissen, dass ich zurück bin. Vielleicht später.«
»Ich verstehe nicht ...«
»Es ist ...« David blickte kurz zu Meister Eckmund, dann flüsterte er Benedikt zu: »Können wir unter vier Augen sprechen?«
»Wenn du das möchtest. Du hast es gehört, Eckmund, kein Wort zu irgendjemandem. Ich nehme David mit zu mir. Bring uns etwas Warmes zu essen und zu trinken, am besten einen Kakao. Geh zu Meister Ignatius, er bewahrt noch ein kleines Kontingent dieser seltenen Bohnen für besondere Anlässe auf. Der Junge braucht etwas zur Stärkung.«
Es schaute David an. Der arme Kerl schien eine harte Zeit hinter sich zu haben. Ganz dürr und ausgemergelt sah er aus.
»Komm, mein Junge.« Er half David beim Aufstehen und hakte sich bei ihm unter. »Drüben in meinen Gemächern ist es trocken und hell.« Langsam und vorsichtig geleitete er den Besucher durch die Tür und hinaus in den Regen. Wie seltsam, dachte er. War es nicht eigentlich Aufgabe der Jüngeren, die Älteren zu stützen? Doch sie lebten in einer verkehrten Welt und unter verkehrten Vorzeichen. Alles war irgendwie verdreht. Und weshalb sollte dann ein alter Mann nicht einen jüngeren stützen?

*

David sah zu, wie der Abt die Tür aufschloss. Er wurde hineingeführt, bekam einen Stuhl angeboten, dann erschien Eckmund und brachte einen Korb mit warmem Brot, Käse und einer Kanne voll heißem Kakao. Der Duft stieg ihm in die Nase und ließ ihm das Wasser im Mund zusammenlaufen. Wie lange war es her, dass er echten Kakao getrunken hatte? Es mussten Jahre sein.

Nachdem Eckmund sich wieder entfernt hatte, machte sich David darüber her. In Windeseile schlang er Brot und Käse in sich hinein und leerte zwei Becher mit dem süßen dampfenden Trunk. Danach ging es ihm wieder besser.

Benedikt sprach während der ganzen Zeit kein Wort. Er saß nur da und beobachtete David. Als dieser fertig war, lächelte er. »Meine Güte, du warst wirklich hungrig. Wann hast du das letzte Mal etwas gegessen?«

»Ist lange her«, sagte David. »Ich habe versucht, ein paar Beeren, Wurzeln oder Nüsse zu finden, aber ich bin kein Jäger.«

»Das ist wahr.«

David lächelte unsicher. Er hatte erwartet, der Abt würde über ihn herfallen und ihn mit Fragen löchern, aber er saß einfach nur da und schaute ihn an.

»Wollt Ihr nicht wissen, Meister, was mir widerfahren ist?«

Noch immer dieses feine Lächeln. »Ich dachte, du wirst es mir erzählen, wenn du bereit dazu bist. Zuallererst aber möchte ich dir sagen, wie sehr ich mich freue, dass du bei guter Gesundheit bist. Ich hätte nicht damit gerechnet, dich noch einmal lebend wiederzusehen. Nicht nach all dem, was man mir über deine Entführung durch die Hexen erzählt hat.«

»Das kann ich mir denken. Noch nie ist jemand aus ihrer Gefangenschaft zurückgekehrt, heißt es nicht so?«

»So sagt man, ja.«

»Mir ist es gelungen.«

»Ich sehe es, und es klingt fast wie ein Wunder.«

David nahm noch einen Schluck von dem wundersamen Getränk. Die bittere Süße ließ seine Lebensgeister zurückkehren.
Benedikt rückte ein wenig nach vorne. »Wo warst du?«
»In ihrer Hauptstadt.«
»Du warst in Glânmor?«
David nickte. »Zusammen mit einem Mann namens Sven. Er war Konstrukteur drüben bei der Raffinerie.«
»Der Mann, der die Flugmaschine baut, ja, ich habe von ihm gehört. Was ist mit ihm geschehen? Konnte er auch entkommen, so wie du?«
David schüttelte bekümmert den Kopf. »Er war nicht gesund und überstand die Befragung nicht.«
»Die *Befragung*?«
»Die Folter.«
Benedikt sog zischend die Luft ein. »Dann ist es also wahr, was man sich über die Hexen erzählt?«
»Ich fürchte ja.« David verstummte. Die Erinnerung an die Erinnyen war noch sehr lebendig. Immer, wenn er die Augen schloss, konnte er sie sehen. Ihre faltigen Gesichter, ihre bleiche Haut, ihre schrecklichen Brüste ...
Benedikt presste die Lippen zusammen, was sein altes Gesicht noch runzeliger erscheinen ließ. »Die Folter ist das Schlimmste, was sich Menschen je ausgedacht haben«, sagte er. »Eine Sünde, für die es keinen Namen gibt.« Er hob den Kopf. »Wie ist es dir gelungen zu fliehen?« Er deutete auf Davids Hand. Der Finger steckte immer noch in einem kleinen Verband. »Mir scheint, du hattest Hilfe.«
David zögerte einen Moment. Konnte er dem Abt trauen? Er entschied, dass es außer Meister Stephan niemanden gab, dem er sich lieber anvertraut hätte. Der Abt war ein

besonnener und kluger Mann. Wenn jemand Rat wusste, dann er.

Also fing er an zu erzählen.

Er berichtete vom Beginn seiner Entführung bis zu dem Moment, als er und Juna sich getrennt hatten. Es dauerte eine ganze Weile, bis er alles erzählt hatte, und als er fertig war, musste er sich erschöpft zurücklehnen. Benedikt strich nachdenklich über sein Kinn. »Eine wahrhaft unglaubliche Erzählung. Wüsste ich es nicht besser, ich würde glauben, du wolltest mich zum Besten halten. Aber ich kenne dich gut genug, um zu wissen, dass jedes Wort der Wahrheit entspricht.« In seinen Augen war ein seltsamer Glanz zu sehen. »Das Buch, hast du es noch?«

David war überrascht, dass Benedikt ausgerechnet danach fragte. Er griff in die Innentasche seiner Kutte und zog es heraus. Der Einband hatte einiges abbekommen und sah inzwischen nicht mehr so frisch und sauber aus wie zu Beginn des Abenteuers. Den Abt schien das nicht zu stören. Er blätterte, bis er zum Abbild der Julia kam, und betrachtete es genau. »Du sagtest, sie sah so ähnlich aus?«

»Nicht nur so ähnlich. Es war, als wäre sie diesem Buch entstiegen und zum Leben erwacht.«

»Dann hast du dich also in ein Abbild verliebt.«

David schüttelte den Kopf. »Vielleicht anfangs. Später nicht mehr. Juna ist so ganz anders als Julia. Sie ist eine Kämpferin, durch und durch.«

Lächelnd klappte der Abt das Buch zu und gab es David zurück. »Sieh an, sieh an«, murmelte er. »Wer hätte das gedacht? Ich hätte es nicht für möglich gehalten, dass ich diesen Tag noch erleben würde. Unfassbar, dass die Hohepriesterin dieses Spiel seit zwanzig Jahren spielt. Aber das ist

eben die Liebe. Nur sie kann das vollbringen. Du sagtest, der Name des Mannes, mit dem sie zusammenlebt, sei Claudius?«
»So wurde es mir berichtet, ja. Kennt Ihr ihn etwa?«
»Kennen wäre zu viel gesagt, ich bin ihm einmal begegnet. Ein intelligenter und aufgeschlossener Mann mit einem Hang zum Risiko. Er war der beste Freund des jetzigen Inquisitors, Marcus Capistranus, und vermutlich ist er auch der Grund, warum dieser den Frauen immerwährende Feindschaft geschworen hat. Ich frage mich, was geschehen würde, wenn er erführe, dass sein Freund noch am Leben ist und dass er obendrein noch mit einer Frau zusammenlebt.«
»Es würde ihn mit noch mehr Hass erfüllen.«
Benedikt nickte nachdenklich. Er griff nach einem Krug und goss ein Glas Wasser ein. David beobachtete, wie sich sein Adamsapfel bewegte, während er es austrank. Als er es abgestellt und über seinen Mund gewischt hatte, glaubte David eine Veränderung in seinem Ausdruck zu bemerken.
»Vermutlich hast du recht«, sagte Benedikt. »Er würde den Krieg noch schneller vorantreiben, als er es ohnehin schon tut.«
»Krieg?«
Benedikt zögerte kurz, dann sagte er: »Ich war kürzlich in der Kathedrale auf einer Versammlung der Kirchenführer. Marcus Capistranus hielt eine flammende Rede, in deren Verlauf er zum Heiligen Krieg aufrief. Der Vorschlag wurde mit großer Mehrheit angenommen. Während wir hier sprechen, bewegen sich große Truppenverbände in Richtung Raffinerie. Von dort aus soll die Invasion starten.«
»Mein Gott. Wann?«

»Ich weiß es nicht genau, aber vermutlich noch vor Ende des Monats.«
»Aber das ist ja schrecklich.«
Benedikt nickte. »Das ist es. Und es bringt mich auch gleich zum nächsten Problem. *Dich.*«
»Mich?«
Benedikt blickte ihn ernst an. »Du hattest ganz recht, dass du so vorsichtig warst. Wir müssen entscheiden, was wir mit dir machen. Hierbleiben kannst du nicht. Amon und der Inquisitor dürfen auf keinen Fall herausbekommen, dass du wieder da bist. Kannst du dir vorstellen, was passieren wird, wenn sie erfahren, dass du wieder im Lande bist?«
»Nun ja, vermutlich wären sie sehr überrascht.«
»Überrascht?« Der Abt stieß ein zynisches Lachen aus. »Das ist noch milde ausgedrückt. Anfangs wären sie das vielleicht, dann wären sie neugierig und dann misstrauisch. Du weißt zu viel. Du dürftest gar nicht hier sein. Man wird glauben, die Hexen hätten dich absichtlich entkommen lassen, um uns falsche oder irreführende Informationen zuzuspielen. Man würde dich verdächtigen, mit ihnen zu paktieren. Ich weiß, dass das alles Unfug ist. Du bist eine ehrliche Seele, das kann ich in deinen Augen sehen, aber andere vermögen das nicht. Menschen, deren Blickfeld so eingeschränkt ist, dass sie überall nur Lügen und Verrat sehen. Wenn du ihnen in die Hände fällst, ist dein Leben keinen Pfifferling mehr wert. Sie werden dich befragen, verhören und foltern. So lange, bis sie glauben, die Wahrheit von dir erfahren zu haben. Dann werden sie dich töten.« Er versank in Schweigen.
David war klar, dass sein Besuch ein gewisses Risiko barg, aber das hätte er nicht vermutet. »Glaubt ihr wirklich, dass

es so schlimm werden könnte, dass sie auf diese Weise reagieren würden?«
»Frag dich selbst: Was klingt wahrscheinlicher? Dass ein junger Mann durch Hexerei einer Art Gehirnwäsche unterzogen wird, um dann als Bote für falsche Nachrichten zu fungieren, oder dass sich eine Frau aus Liebe zu einem Mann gegen ihr eigenes Volk wendet, um ihn aus seiner Gefangenschaft zu befreien? Mmh? Na siehst du.« Er schüttelte den Kopf. »Selbst mir, der ich auf deiner Seite stehe, fällt es schwer, daran zu glauben. Es ist so unwahrscheinlich und gleichzeitig so wunderbar, dass ich schon jetzt Angst habe, meine Hoffnungen und Gebete werden doch nur wieder enttäuscht.« Er legte seine Hand auf Davids Schulter. »Es wichtig, dass so wenige Personen wie möglich von deiner Ankunft erfahren«, fuhr Benedikt fort. »Erinnere mich daran, dass ich Meister Eckmund einschärfe, ja kein Sterbenswörtchen zu verraten. Ich hoffe, dass er es nicht bereits getan hat.«
David nickte. Die Worte des Abtes entbehrten nicht einer gewissen Logik. Er musste an Amon und den Inquisitor denken. Die beiden hatten sich bereits zuvor als eiskalt und berechnend erwiesen. Wie aus dem Nichts fielen ihm die letzten Worte Junas wieder ein: *Du bist jetzt nirgendwo mehr sicher.* Wie recht sie doch gehabt hatte!
Der Abt wühlte in einer Schublade und holte einen alten, verrosteten Schlüssel hervor. »Es gibt eine Waldarbeiterhütte, etwa drei Kilometer von hier. Ich werde dir die Stelle auf einer Karte einzeichnen. Ich nutze sie manchmal in der Fastenzeit, um mich für ein paar Wochen zurückzuziehen. Dort findest du ein Bett, einen Ofen und Kleidung. Du kannst dort wohnen. Wichtig ist nur, dass du sofort aufbrichst und

mit niemandem sprichst. Ich werde dir von Zeit zu Zeit eine Nachricht zukommen lassen und mich vergewissern, dass es dir an nichts fehlt. Du musst mir alles über die Welt der Frauen erzählen. Wenn es stimmt, was du über Arkana gesagt hast, gibt es vielleicht doch noch eine Möglichkeit, den Konflikt friedlich zu lösen.«

»Ich hatte eigentlich vor, zu Juna zurückzukehren. Wir wollten gemeinsam fliehen.«

»Aber nicht sofort«, sagte Benedikt. »Es ist wichtig, dass du mir alles erzählst. Vielleicht finden wir noch eine andere Lösung. Ob es dir nun gefällt oder nicht, aber du bist jetzt zu einer Schlüsselfigur geworden.«

David nickte. »Ich werde es mir überlegen. Doch bevor ich gehe, möchte ich meinen Meister sehen. Wo ist Stephan? Geht es ihm gut?«

Benedikt saß da und machte eine gramzerfurchte Miene.

David wurde von plötzlicher Sorge ergriffen. »Ist er etwa immer noch im Hospital? Ich muss zu ihm. Ich bin sicher, wenn er wüsste, dass ich hier bin, würde er ...«

Benedikt unterbrach ihn mit einer Handbewegung. In den trüben Augen hatte sich ein dünner Wasserschleier gebildet. Der Abt stand auf und ging hinüber zu seinem großen Wandschrank. Er öffnete eine Tür, griff hinein und kam mit zwei Dingen in der Hand zurück. Das eine war ein rotes Tuch mit seltsamen Stickereien, das andere ein breiter Umschlag aus handgeschöpftem Papier, wie es in ihrer Buchbinderei hergestellt wurde. Auf der Vorderseite prangte ein Tupfer aus rotem Siegellack, in dem der Abdruck von Stephans Siegelring zu sehen war: eine Eule, die ein Buch zwischen ihren Krallen hielt. Mit ungelenker Handschrift stand darüber zu lesen: *Für David.*

David starrte auf den Brief, unfähig zu begreifen, was der Abt von ihm wollte. Erst als er den schwarzen Rand des Umschlags sah, spürte er den tieferen Sinn dieser Botschaft. Er hatte das Gefühl, als würde man ihm den Boden unter den Füßen wegziehen. Es gab keine Worte, um zu beschreiben, was in ihm vorging. Ein entsetzliches Gefühl der Kälte bemächtigte sich seiner, und von einem Moment zum anderen fühlte er sich nur noch leer.

»Es tut mir leid.« Benedikt senkte seine Stimme. »Ich weiß, wie wichtig er für dich war, doch du kommst zu spät. Bruder Stephan ist vor einer Woche von uns gegangen. Er ist seinen Verletzungen erlegen. Am Schluss kam noch das Fieber und dann ...« Er schüttelte den Kopf. »Vielleicht hätten wir etwas tun können, wenn wir Medikamente gehabt hätten – doch die gibt es nicht, schon seit Wochen nicht mehr.« Er ballte seine Faust. »Dieser verdammte Krieg. Er wird uns noch alle dahinraffen. Hoffen wir, dass es nicht so weit kommt und unser Herr einen Weg finden wird, das drohende Unheil abzuwenden. Lass uns zusammen beten. Danach zeige ich dir, wo meine Hütte zu finden ist.«

43

David blickte durch das trübe Fensterglas nach draußen. An der Waldarbeiterhütte zog ein schmaler Kanal vorbei, der einst Teil eines großzügig angelegten Parks gewesen war. Nicht weit entfernt standen zwei mächtige Statuen in Form mythischer Wassergötter, die einander mit Steinbrocken bewarfen. Ob sie der Phantasie eines Künstlers entsprungen waren oder Bezug zu einer alten Legende hatten, konnte er nicht sagen. Wie so vieles andere war auch dieses Wissen im Nebel der Vergangenheit versunken. Nur die Köpfe und Arme dieser Figuren ragten aus dem grünen Bewuchs heraus.
Blickte man weiter nach links, so konnte man durch die Zweige der Bäume die Ruinen von Gebäuden erkennen: laut Eintrag in der Karte gehörten sie einst zu einer Schule. Über den Ort, an dem früher Pausengeschrei die Luft erfüllte, hatte sich Schweigen gesenkt.
Die Hütte lag gut verborgen inmitten einer Ansammlung mächtiger Kastanien, die ihre ausladenden Äste über das kleine Gebäude breiteten. Sie war einfach, aber komfortabel. Stühle, Schränke, ein Bett und ein Regal. Es gab sogar ein Grammophon und ein paar Platten, doch David war nicht nach Musik zumute. Er saß auf einem Holzstuhl und betrachtete den Brief, der vor ihm auf dem Tisch ausgebreitet lag. Lange hatte er gezögert, ihn zu lesen, aber jetzt konnte er sich nicht länger davor drücken. Die Schrift war unzweifelhaft die seines Meisters, auch wenn man sehen konnte, dass er unter großen Mühen geschrieben hatte.

»*David, wenn du das hier liest, bedeutet das, dass ich nicht mehr in der Lage sein werde, persönlich mit dir zu sprechen*«, stand da zu lesen. »*Ich habe lange gekämpft, aber letztendlich scheint das Fieber doch die Oberhand gewonnen zu haben. Ich möchte mich für die schlechte Handschrift entschuldigen. Es fällt mir schwer, den Federkiel zu halten, und meine Finger können ein Zittern kaum unterdrücken. Ich hoffe, dass meine Gebete erhört werden und du wohlbehalten wieder zu uns ins Kloster zurückkehren konntest. Mir kamen Gerüchte von einem Überfall zu Ohren, aber man erzählt mir nichts. Vermutlich, weil man um meine Genesung fürchtet. Als ob das jetzt noch etwas ausmachen würde!*
Wo fange ich an? Es gibt so viel, was ich dir erzählen möchte, aber meine Zeit ist begrenzt, und es ist wichtig, dass ich den richtigen Einstieg wähle. Auch ist es entscheidend, dass ich weder etwas beschönige noch etwas weglasse, denn du musst den Gesamtzusammenhang verstehen. Am besten beginne ich bei deinem Besuch im Krankenzimmer, erinnerst du dich?«

»Als ob ich das vergessen könnte«, murmelte David. »Dort erfuhr ich zum ersten Mal etwas von der Geheimwaffe des Inquisitors. Von der sogenannten Teufelsmaschine.«

»*Mir ist damals etwas über deine Herkunft herausgerutscht*«, fuhr Stephan in seinem Brief fort. »*Ich erzählte dir, dass du in einem Strohkorb bei uns abgegeben wurdest, zusammen mit einem seltsamen roten Tuch. Abt Benedikt bewahrt dieses Tuch auf, frag ihn bei Gelegenheit einmal danach. Es ist nicht irgendein Tuch, es ist das traditionelle Geburtstuch der obersten Frauen von Glânmor, der Hohepriesterinnen. Dass du darin gebettet wurdest, kann also nur bedeuten, dass du von besonderer Abstammung bist.*«

David griff nach dem Tuch, das Benedikt ihm mitgegeben hatte. Es war von außerordentlich feiner Qualität. Sie erinnerte fast an Seide. Auf die Symbole – Spinnrad, Kelch und Turm –, die in Gold aufgestickt waren, konnte er sich keinen Reim machen. Ihm fielen die Worte Junas wieder ein und die Aussage ihrer Mutter, dass er etwas Besonderes sei.

Er schüttelte den Kopf. Dass er der Sohn einer Hohepriesterin sein sollte, war völlig absurd. Er war ein Nichts, ein Niemand. Gerade gut genug, um in der Küche oder im Skriptorium zu arbeiten. Trotzdem. Er musste unbedingt mehr erfahren.

»*Du wirst dich jetzt sicher fragen, wieso eine hohe Herrin ihr Kind persönlich und ohne eine Nachricht bei uns abgibt. Nun, über dieses Problem habe ich mir auch den Kopf zerbrochen*«, fuhr Stephan fort. »*Ich sprach mit dem Abt darüber, und er konnte mir einiges erzählen. Er war Augenzeuge, als Marcus Capistranus die Gefangene in unsere Stadt gebracht hatte. Es war ein unerhörter Tabubruch und entgegen aller Konventionen, doch Marcus unterstand dem damaligen Inquisitor Gabriel Varinius und war sein Lieblingsschüler. Er wollte ihn beeindrucken, also überreichte er ihm die Hohepriesterin Silvana persönlich und in Ketten als Geschenk. Der Inquisitor war sehr angetan und kam zu dem Schluss, dass es wohl das Gescheiteste wäre, die Frau als Geisel zu behalten. Wollten die Frauen ihre Priesterin jemals lebend wiedersehen, so mussten sie mehr als nur den üblichen Ertrag an die Männer abführen, so sein Plan. Doch er hatte nicht mit der Härte der Frauen gerechnet. Anstatt zu tun, was man von ihnen verlangte, wählten sie eine neue Hohepriesterin, eine Frau namens Arkana. Die Machtspielchen waren also gescheitert, und die Männer standen mit leeren*

Händen da. Da Inquisitor Gabriel Varinius mit der Gefangenen nichts zu tun haben wollte, übergab er sie der Obhut seines Nachfolgers. Er hätte sie besser gleich getötet. Marcus Capistranus ließ sie in die Krypta der schwarzen Kathedrale sperren und verging sich an ihr. Er ließ sie für das bezahlen, was die Frauen ihm – seiner Meinung nach – angetan hatten. Vom Scheitern seines Planes bis hin zur Entführung oder Tötung seines Freundes. Über ein Jahr brachte die Frau ein Kind zur Welt. Dich.«

An dieser Stelle musste David kurz unterbrechen. Die Informationen kamen so geballt, dass er kaum Zeit hatte, die Zusammenhänge richtig zu deuten. Dann war Silvana also seine Mutter? Und sein Vater? Doch nicht etwa …? Nein, das konnte nicht sein. Das *durfte* einfach nicht sein. Sein Verstand weigerte sich, die richtigen Schlüsse zu ziehen.

»Deine Mutter wollte dich Jamie nennen, was im Keltischen so viel bedeutet wie ›der Umstürzler‹. Vermutlich hoffte sie, du würdest eines Tages von ihrem Schicksal erfahren und es zum Anlass nehmen, die Zukunft zu verändern. Natürlich erlaubte man nicht, dass ein Junge solch einen heidnischen Namen trug, und taufte dich stattdessen David. Marcus Capistranus hatte genug. Seine Pläne waren gescheitert. Weder hatte er seinen Freund zurückbekommen, noch waren die Frauen auf seine Forderung eingegangen. Der alte Inquisitor war sterbenskrank, und es war sein Wunsch, Marcus als seinen Nachfolger einzusetzen. Und jetzt gab es auch noch dieses Kind, um das er sich kümmern musste. Er beschloss, der Sache ein Ende zu bereiten, und ließ deine Mutter töten. Dich selbst wickelte er in das rote Stofftuch, das sie stets um die Schultern getragen hatte, und gab dich – ohne eine Nachricht zu hinterlassen – beim Kloster des heiligen Bonifazius

ab. Damit, so hoffte er, wäre die Geschichte zu Ende und er hätte seine Schuldigkeit getan. Ich vermute, alles Weitere ist dir bekannt. Womit Marcus nicht gerechnet hatte, war die Tatsache, dass du ihm nicht mehr aus dem Kopf gingst. Deine bloße Existenz war Grund genug, immer wieder das Kloster zu besuchen und nach dem Rechten zu sehen. Unter dem Vorwand, den Tribut einzutreiben, kam er alle drei Monate zu Besuch und schaute sich um. Natürlich hätte er diese Aufgabe auch von jemand anderem erledigen lassen können, doch in Wirklichkeit gab es für ihn nur einen einzigen Grund: Er wollte dich wiedersehen.«

An dieser Stelle wurde die Schrift unleserlich. Es sah aus, als hätte Stephan einen Schwächeanfall erlitten. David musste den Brief dicht an seine Augen halten, um die kleinen kritzeligen Worte zu entziffern.

»Auch wenn es dir schwerfällt, so musst du die Wahrheit doch akzeptieren«, stand da zu lesen. *»Während ich dies schreibe, kommt es mir selbst so unwirklich vor, dass ich es kaum glauben kann. Es ist beinahe, als würde meine Hand sich weigern, die Tatsachen niederzuschreiben, doch es stimmt. Marcus Capistranus – der Inquisitor – ist dein Vater. So, nun ist es heraus. Meine Seele ist erleichtert. Falls wir uns nicht wiedersehen sollten – was Gott verhüten möge –, so kann ich dem Heiligen Vater mit reinem Gewissen gegenübertreten. Er wird erkennen, dass ich zeit meines Lebens versucht habe, dich zu fördern und zu schützen. Doch irgendwann ist im Leben jedes Menschen der Punkt erreicht, ab dem er loslassen muss und darauf vertrauen sollte, dass sich die Dinge so entwickeln, wie sie vorherbestimmt sind.*

Während ich mit diesen Zeilen schließe, möchte ich dir sagen, dass du mir stets nur Freude bereitet hast. Es war ein Glück, dich bei mir zu haben, deine Kindheit zu begleiten und Zeuge zu sein, wie aus dem Jungen ein Mann wurde. Obwohl ich zeit meines Lebens nie mit einer Frau zusammen war, so war es mir doch vergönnt, die Freuden des Vaters zu erleben. Dafür bin ich dankbar. Lebe wohl, mein Sohn. Mögen wir uns in einem besseren Leben wiedersehen. Dein dich über alles liebender Stephan.«

David ließ den Brief sinken.

Es gab keine Worte, um zu beschreiben, wie er sich fühlte. Er war so leer, matt und ausgebrannt, gleichzeitig aber so voller Wut und verzweifelter Entschlossenheit, dass es ihn beinahe zerriss. Alles in ihm wehrte sich gegen die Worte, doch er spürte, dass er die Wahrheit akzeptieren musste. Was Stephan in den letzten Stunden seines Lebens getan hatte, war mehr, als je ein Mensch zuvor für ihn getan hatte. Er hatte ihm eine Vergangenheit geschenkt, mochte sie auch noch so unangenehm sein. Nun wusste er endlich, woher er kam, von wem er abstammte und wohin er gehörte. Das war etwas, das nur ganz wenigen Menschen in dieser Zeit vergönnt war. Und doch war das Wissen nicht dazu angetan, seine Verzweiflung zu lindern. Es war wie eine Mauer, die drohend um ihn herum aufragte. Zu mächtig, um sie zu durchdringen, zu hoch, um sie zu überklettern. Ein Schatten verschluckte das Licht. Als er aufblickte, erkannte er den Schatten seines Vaters. Mächtig und drohend ragte er über ihm auf. Wie konnte er jemals gegen diese Erscheinung bestehen? Seine Freunde waren fort. Stephan, Sven und Amon – keiner stand ihm mehr zur Seite. Blieben nur Juna und Grimaldi, doch Juna war in Glânmor und Grimaldi nur ein kleiner zerzauster Hund.

Er wusste, dass er etwas unternehmen musste. Sich einfach

nur davonzustehlen war keine Lösung. Der Brief Stephans hatte einen seltsamen Effekt. Fühlte er zuerst nur Ohnmacht und Hilflosigkeit, entstand nun etwas, das sich langsam an die Oberfläche kämpfte. Wie ein zartes Pflänzchen, das durch Beton dem Sonnenlicht entgegenstrebt: der tiefe Wunsch, einmal im Leben etwas Bedeutsames zu tun. Etwas unternehmen, irgendetwas, um der Welt zu beweisen, dass er nicht nur eine unbedeutende Fußnote war. Den Beweis antreten, dass er die Hoffnung, die Stephan und seine Mutter in ihn gesetzt hatten, wirklich verdiente.

Das Bild der Raffinerie stieg vor seinem geistigen Auge auf. Er sah die Türme, die Gebäude und den Flugplatz. Er sah die Tanks und die Lager voll mit Waffen und Motoren. Und auf einmal wusste er, was er zu tun hatte.

Er schrak auf.

Die Hütte wirkte mit einem Mal dunkel und abweisend. Irrte er sich, oder war gerade ein Schatten am Fenster vorbeigehuscht? Ein leises Rascheln war zu hören, dann wurde es still. Grimaldi richtete seinen Schwanz auf.

44

Zur selben Zeit an der
Kathedrale ...

Amon überquerte mit schnellen Schritten den Platz vor dem Museum. Knapp eine Woche war vergangen, seit der Inquisitor ihn damit beauftragt hatte, die Flugmaschine für den bevorstehenden Angriff vorzubereiten. Er brannte darauf, endlich wieder zur Raffinerie zurückkehren zu können. Nutzloses Herumsitzen war nicht seine Sache, obwohl sie in diesem Fall wohl unumgänglich war. Seinem Auge ging es viel besser, und auch die restlichen Verletzungen waren gut verheilt. Er fühlte sich kräftig und voller Tatendrang. Wenn er nur schon da wäre! Die Flugmaschine war ein wichtiges Instrument. Sollte sie funktionieren, konnte sie den Krieg entscheiden.
Er hatte gerade den Weg zum Transporter eingeschlagen, als er einen jungen Mönch mit roten Wangen über den Hof rennen sah. Der Novize legte eine höchst ungebührliche Eile an den Tag. Im Angesicht der Kathedrale durfte man sich nur langsam und würdevoll fortbewegen. Er überlegte gerade, ob er eine Verwarnung aussprechen sollte, als er merkte, dass der Kerl die Richtung gewechselt hatte und nun genau auf ihn zukam. Die Sandalen hinterließen ein klapperndes Geräusch auf den Betonplatten.
»Was gibt es denn, dass du wie ein Hase über den Kirchhof

rennen musst?«, fragte er mit strengem Blick, als der Novize bei ihm eintraf.

»Der Inquisitor«, keuchte der Junge. »Er möchte, dass Ihr Euch sofort bei ihm meldet, Meister. Es ist von größter Wichtigkeit.«

»Was denn, jetzt? Ich bin gerade auf dem Weg zu meinem Fahrzeug.«

»Der hohe Herr sagte: *unter allen Umständen.*«

Amon runzelte die Stirn. Was konnte so wichtig sein, dass ihn Marcus Capistranus noch einmal zu sich zitierte? War denn nicht genug Zeit vergangen, um über alles zu sprechen? Er konnte den Aufruf natürlich nicht ignorieren.

Ohne ein weiteres Wort zu verlieren, machte er auf dem Absatz kehrt und ging zurück ins Hauptquartier. Er eilte die Stufen hinauf und klopfte an die Tür zum Arbeitszimmer.

»Ja bitte?« Der Inquisitor blickte von seinem Schreibtisch auf. »Ah, du bist es, Amon. Komm herein.«

Amon bemerkte einen zweiten Mann, der gegenüber, auf der anderen Seite des Tisches saß. Die beiden waren offenbar in ein Gespräch vertieft gewesen.

Der Kerl sah nicht aus wie ein Kirchenmann. Er war in Grau und Grün gekleidet und trug Waffen und hohe Lederstiefel. Offenbar ein Jäger und Waldläufer.

»Schön, dass mein Bote dich noch rechtzeitig erwischt hat«, sagte Marcus Capistranus. »Darf ich vorstellen, das ist Patrick, mein Kundschafter. Er ist mit wichtiger Kunde vom Kloster des heiligen Bonifazius zurückgekehrt. Patrick, erzähl ihm, was du mir erzählt hast.«

Patrick warf dem Neuankömmling einen misstrauischen Blick von der Seite zu. Amon fiel auf, dass die ganze linke Gesichtshälfte des Mannes mit feinen Tätowierungen be-

deckt war, die Schlangen, Echsen und andere Reptilien darstellten. Auch seine Kleidung schien zum größten Teil aus Reptilienhaut zu bestehen. Seine Ohren waren mehrfach durchstochen und mit silbernen Ringen behängt, die bei jeder Bewegung leise klimperten. Unzweifelhaft ein Clanmitglied. Die Haare des Kundschafters waren zu kleinen Zöpfen verflochten, die am Hinterkopf zusammenliefen und von einem Metallring gehalten wurden. »Ich bin 'n Freund von Bernhard, dem Jäger«, fing er mit heiserer Stimme an zu erzählen. »Bernhard und ich, wir ham schon viel zusammen erlebt. Verdammt viel. Wir können uns bedingungslos aufeinander verlassen, so etwas schweißt zusammen. Als ich ihn also wiederseh, gestern Abend, da sagt er zu mir: Patrick, sagt er, du glaubst ja nich', wer vor kurzem hier bei uns reingeschneit is'. Woher soll ich das wissen, frage ich ihn. Ich hab doch keine Ahnung, wer bei euch so alles zu Besuch kommt. Nee, sagt mein Freund, kannste auch nich' wissen. Aber den hier kennste. Es is' der Typ, den se bei der Raffinerie entführt haben. Der Junge mit diesem Köter.«
»David?«, fuhr Amon auf.
»Erzähl weiter«, befahl der Inquisitor. »Erzähl ihm, was genau geschehen ist.«
»Ich frag also, woher er das weiß, und er sagt, sein Kumpel Eckmund, der Torwächter, hätte ihm das gesteckt. Also ich kenn diesen Eckmund ja nich' so gut, aber Bernhard hält große Stücke auf ihn. Er sagt, Eckmund hätte ihm berichtet, dass der Abt ein totales Geheimnis aus der Sache gemacht hätte. Niemand durfte was wissen. Eckmund musste hoch und heilig versprechen, nix auszuplaudern, aber dem Bernhard hat er es dann trotzdem erzählt. Angeblich haben dieser David und der Abt 'ne geschlagene Stunde zusammen-

gehockt und gequatscht. Dann ist der Junge so schnell verschwunden, wie er gekommen is.«
»Wohin?«, fragte Amon.
»Zu so 'ner Waldarbeiterhütte, 'n paar Kilometer vom Kloster entfernt. Bernhard kennt die Hütte. Der Abt is' wohl ab und zu da, wenn er allein sein will. Na wie auch immer, Bernhard folgt dem Typen und sieht, dass der so 'n Schlüssel bei sich trägt. Er schließt auf, geht rein und macht wieder zu, alles ganz offiziell. Kaum wieder zurück im Kloster tauch ich auf, und Bernhard erzählt mir alles. Ich denke, he, das könnte eventuell wichtig sein, und mache mich gleich auf zum Inquisitor. Und da bin ich nun. So war das.« Patrick zog eine Schachtel Zigaretten aus seiner Tasche. »Darf ich?« Marcus Capistranus gab dem Kundschafter mit einer Geste zu verstehen, er möge sich ruhig eine anstecken, behielt aber währenddessen die ganze Zeit Amon im Auge.
»Was hältst du von dieser Sache, mein junger Freund?«
»Was ich davon halte?« Amon erwiderte den Blick. »Das riecht nach einer Verschwörung. Am besten mache ich mich gleich auf den Weg zu dieser Hütte.«
»Nichts anderes habe ich von dir erwartet.« Der Inquisitor lehnte sich zurück. »Ich muss gestehen, ich kann es kaum erwarten zu erfahren, mit welchen Neuigkeiten du zurückkehrst.«

45

Juna blieb stehen und blickte missmutig in den Regen hinaus. Das Haus lag gut versteckt zwischen den Stämmen einiger mächtiger Kastanien. Eine schäbige Waldarbeiterhütte, deren gute Tage schon lange zurücklagen. Wasser plätscherte seitlich in eine Tonne. Auf dem Dach wuchs Gras, die Scheiben waren blind und die Türangeln rostig. Trotzdem war es ein gutes Versteck, auch wenn Juna nicht klar war, warum David sich hier verkrochen hatte. Hatten sie nicht vereinbart, dass er gleich zu ihr zurückkehren sollte? Was wollte er hier?
Wieder spürte sie das alte Misstrauen in sich aufsteigen.
Sie spähte zwischen den Zweigen hindurch auf das Fenster. Durch das trübe Glas sah sie David über den Tisch gebeugt sitzen, seinen Blick auf den Tisch geheftet. Er war in irgendeine Lektüre vertieft, und das schon seit einer ganzen Weile. Das vertraute Bild ließ ein kurzes Lächeln über ihr Gesicht huschen. Der alte Bücherwurm.
Trotzdem blieb natürlich die Frage, was er hier wollte. Die Zeit im Kloster durfte kaum ausgereicht haben, um mit seinem Meister zu sprechen, geschweige denn, sich angemessen von ihm zu verabschieden. Irgendwelche Gegenstände, Bücher oder Ähnliches, schien er auch nicht mitgenommen zu haben. Er war genauso wieder herausgekommen, wie er hineingegangen war. Welches Geheimnis verbarg sich in der Hütte, und was war mit diesem Brief? Denn dass es ein Brief war, das konnte sie selbst aus der Entfernung erkennen.

Ein Anflug von schlechtem Gewissen überfiel sie. Es war nicht in Ordnung, wie sie ihn behandelt hatte. Die Schläge, die Vorwürfe, die Beschimpfungen. Was hatte sie erwartet? Dass er sang- und klanglos hinter ihr hertrotten würde wie ein Hund? Es war anständig von ihm, sich von seinen Lieben zu verabschieden, sie hatte nichts anderes getan. Nur von ihren Eltern wohlgemerkt, nicht von ihrer Freundin.

Der Gedanke an Gwen tat weh. Was würde sie wohl von ihr denken? Kein klärendes Wort, kein Brief. Sie hatte Arkana gebeten, so nett zu sein, ihre Freundin irgendwann über ihre Entscheidung zu informieren, aber das war natürlich kein Ersatz für ein persönliches Gespräch.

Juna wischte das Wasser aus ihrem Gesicht. Ob dieser Regen irgendwann mal wieder aufhörte? Was tat David nur so lange da drin?

Seine Spur war leicht zu verfolgen gewesen. David war kein Waldläufer. Bei seinem Hund sah die Sache anders aus. Ihn zu überlisten war weitaus schwieriger. Grimaldi war ein misstrauisches Tier, und Juna hatte all ihre Kunstfertigkeit ausspielen müssen, um ihn zu täuschen.

Mit großem Sicherheitsabstand war sie David in die Stadt gefolgt, vorbei an dem Kreis der Verlorenen und hinein in das Labyrinth aus zerstörten Gebäuden und ausgestorbenen Straßen. Sie musste Deckungen ausnutzen, hinter Häuserecken warten und sich zwischen Bäumen verstecken, um nicht entdeckt zu werden; schließlich befand sie sich jetzt auf feindlichem Territorium.

Die überwucherten Ruinen waren von allerlei seltsamen Kreaturen bevölkert. Hin und wieder sah man Wolfshunde und andere Raubtiere, die zwischen den verrotteten Gebäu-

den Unterschlupf gefunden hatten. Verrostete Fahrzeuge verstopften die Straßen, und manchmal sah man die Überreste toter Menschen. Die Stimmung war so bedrückend, dass in Juna die Frage aufkeimte, wie jemand hier freiwillig wohnen konnte.
Irgendwann hatte es angefangen zu regnen. Nicht in einzelnen Tropfen, sondern in langen, gleichförmigen Bindfäden. Juna war bereits völlig durchnässt, ehe David die Mauern des Klosters erreichte. Zum Glück war der Regen halbwegs warm, sonst wäre sie noch stärker ausgekühlt. Als David das Gebäude betrat, hatte sie eine Position unter einer zerbrochenen Betonplatte bezogen und gewartet. Lange Zeit war nichts geschehen. Juna hatte sich schon darauf eingerichtet, die Nacht hier verbringen zu müssen, als David wieder herauskam. Er war in Begleitung eines alten Mannes mit einem Hirtenstab gewesen. Die beiden hatten eine Weile miteinander gesprochen, dann hatte sich David mit einer Umarmung verabschiedet und war nach Süden gegangen.
Und jetzt waren sie hier.
Juna trommelte ungeduldig mit den Fingern auf den Griff ihres Bogens. Seit über einer halben Stunde saß David über den Tisch gebeugt, anscheinend tief in Gedanken versunken. Was sollte sie tun? Eines war sicher: Sie hatte keine Lust, noch länger im Regen zu stehen.
In diesem Augenblick öffnete sich die Tür einen Spalt weit. Ein hässliches Gesicht erschien. Grimaldi. Mürrisch sah er aus, mürrisch und abweisend. Sie verhielt sich mucksmäuschenstill. Auf einmal entdeckte er sie und wedelte fröhlich mit dem Schwanz. Die Tür ging noch weiter auf. David erschien und blickte sie entgeistert an.
»Juna?«

»Was von mir noch übrig ist«, sagte sie mit einem zaghaften Lächeln. »Ich bin zwar nicht aus Zucker, aber der Regen fängt an, mir echt auf die Nerven zu gehen.«
»Was machst du hier?«
»Ich bin dabei, mich aufzulösen. Darf ich hereinkommen?«
David stand einen Moment lang unschlüssig in der Tür, dann kam er auf sie zu und umarmte sie. Sie spürte seine kräftigen Arme um ihre Taille, seinen Atem an ihrem Hals. Er vergrub sich in ihre Schulter und presste seinen Kopf an ihre Wange. Sie konnte fühlen, dass er zitterte.
Sanft legte sie ihre Hände auf sein Haar.
Als er wieder auftauchte, waren seine Augen gerötet.
»Bitte verzeih«, sagte er. »Ich habe nicht damit gerechnet, dich so bald wiederzusehen. Komm rein. Hier drinnen gibt es trockene Sachen und etwas zu essen. Wo ist dein Falke?«
»Irgendwo unter einem Zweig. Der wird sich erst wieder blicken lassen, wenn das Wetter besser wird.« Sie betrat das Innere der Hütte. Während sie sich umsah, ging David zu einem Schrank, öffnete ihn und zog ein paar trockene Kleidungsstücke heraus. Das meiste waren einfache Hemden und Hosen aus Leinenstoff, aber Juna war nicht wählerisch. Hauptsache etwas Trockenes. Als sie sich ausziehen wollte, zögerte sie. Sie hatte kein Problem damit, sich vor anderen Frauen auszuziehen, aber das hier war etwas anderes.
»Hm ... würde es dir etwas ausmachen, dich kurz umzudrehen?«
»Was ... oh, ich ... natürlich.«
Sie sah einen roten Schimmer über sein Gesicht huschen. Rasch warf sie die feuchten Kleidungsstücke auf einen Haufen und schlüpfte in die neuen Sachen. Sie waren allesamt etwas zu groß, aber das war kein Problem. Ärmel und

Hosenbeine konnte man hochkrempeln, und die Schuhe waren einfache Sandalen mit Riemen, die man enger ziehen konnte.
»Fertig.«
David machte kehrt und sah sie an. »Du siehst ... toll aus«, sagte er, immer noch mit roten Wangen.
Sie nickte. »Das sollte ausreichen, bis mein eigenes Zeug wieder trocken ist.« Mit einem Blick in die Runde fragte sie: »Was ist das für eine Hütte?«
»Ein Geheimversteck meines Abtes. Er benutzt sie, wenn er mal für sich allein sein möchte. Daher die ganzen Möbel. Er hat sie mir zur Verfügung gestellt, damit ich eine Weile untertauchen kann. So lange, bis sich die Wellen beruhigt haben und ich mir über ein paar Dinge klargeworden bin.«
»Dann komme ich ungelegen?«
»Aber nein. Ich hatte nur nicht mit dir gerechnet. Möchtest du einen Tee? Dann kannst du mir erzählen, was geschehen ist.«
»Einverstanden.«
Juna fing an, von ihrer Reise zu erzählen, wie sie ihm gefolgt war und was sie beim Kloster beobachtet hatte. Den Teil mit dem schlechten Gewissen ließ sie aus. Er musste ja nicht alles wissen.
Als sie fertig war, machte sie eine Pause.
David blickte gedankenversunken auf seine Hände. Er machte nicht den Eindruck, als wolle er ihr erzählen, was im Kloster geschehen war und warum er in dieser Hütte Zuflucht genommen hatte. Stattdessen nahm er die Eisenkanne vom Herd und schenkte ihnen beiden eine Tasse dampfenden Tee ein. Obwohl er ein Stofftuch benutzt hatte, musste er seine Finger kühlen. Dann setzte er sich an den Tisch,

nahm einen Löffel, gab ein wenig Zucker in die Tassen und rührte um. Als er in das heiße Getränk blies, stieg eine kleine Dampfwolke auf.

»Warum bist du wirklich hier?«, flüsterte Juna.

David sah sie einen Augenblick lang an, als verstünde er nicht, wovon sie sprach; plötzlich deutete er auf den Brief. Er war sorgfältig zusammengefaltet, mit einem Stempel aus rotem Siegelwachs auf der Oberseite. Das Papier wirkte alt, der Umschlag trug einen schwarzen Rand.

»Ein Brief von meinem Meister. Meinem *ehemaligen* Meister.« Seine Stimme wurde leiser. »Er ist gestorben, während ich weg war.«

»Das tut mir leid«, sagte sie.

»Ja, mir auch«, sagte David. »Ich wollte ihm noch so viel sagen, aber das geht nun nicht mehr.«

»Und was steht drin?«

David schien kurz zu überlegen, dann sagte er: »Soll ich ihn dir vorlesen?«

»Gerne.«

Er stellte seine Tasse ab, beugte sich über den Tisch und zog das Blatt heran. Juna konnte sehen, dass es eng beschrieben war. Ab und zu gab es Lücken, und an zwei Stellen war die Tinte verlaufen, aber es bestand kein Zweifel, dass die Handschrift von jemandem stammte, der es gewohnt war, regelmäßig zu schreiben. Es war ein langer Brief, und es dauerte eine Weile, bis David alles vorgelesen hatte. Als er zum Ende kam, war Juna in Schweigen versunken. Der Brief war tatsächlich von höchster Bedeutung.

»Bei den Göttinnen«, flüsterte sie. »Hast du das gewusst?«

»Wie hätte ich?«, antwortete er. »Ich war genauso überrascht wie du.«

»Dann hat meine Mutter tatsächlich recht gehabt. Du bist der Sohn von Silvana.«
»Ist das nicht seltsam?«, sagte er. »So weit voneinander entfernt und doch so nah beisammen. Es ist, als hätte Gott bei unserer Begegnung seine Hände im Spiel gehabt.« Auf Davids Gesicht erschien ein trauriges Lächeln. »Die Frage ist nur: Was hat er mit uns im Sinn?«
Juna strich mit den Fingern über das Papier. Die Sache kam ihr inzwischen wie ein merkwürdiger Traum vor. »Lass mich mal einen Blick auf das Tuch werfen. Du hast es doch, oder?«
David griff in eine Schublade und holte ein rotes Stück Stoff heraus. Es war von außerordentlich feiner Qualität, von der Art, wie sie nur in der Hofweberei von Glânmor hergestellt wurde. Juna fuhr mit den Fingern über die Stickereien. »Spinnrad, Kelch und Turm. Die Symbole der drei höchsten Göttinnen. Nur die Hohepriesterin darf diesen Stoff tragen.« Sie blickte David ernst an. »Weißt du, was das bedeutet? Das macht uns zu Geschwistern.«
»Zum Glück nur im übertragenen Sinne«, sagte David mit einem Lächeln, das schwer zu deuten war. Juna war sich nicht sicher, ob sie verstand, was er sagen wollte, aber das war jetzt auch egal. Schweigsam nippte sie an ihrem Tee. Die Informationen ließen ihre Flucht in einem ganz neuen Licht erscheinen. Die Frage war, ob sie immer noch einfach so verschwinden durften.
»Was soll jetzt werden?«, fragte sie.
»So genau weiß ich das auch nicht«, antwortete David. »Ich fürchte, wir sind an einer Weggabelung angelangt. Wir müssen uns entscheiden, ob wir den linken oder den rechten Weg nehmen. Wollen wir uns verkriechen oder wollen wir versuchen, den Dingen eine neue Wendung zu geben?«

»Eine neue Wendung? Und wie soll die aussehen …?«
»Ich rede von kämpfen. Uns einmischen, etwas bewirken. Ich für meinen Teil habe die Entscheidung bereits getroffen, doch ich werde nichts ohne dich unternehmen. Wenn du nicht einverstanden bist, lassen wir es sein.«
»Hast du einen Plan?«
Er lächelte entschuldigend. »Nicht direkt einen Plan. Mehr so etwas wie eine ungefähre Ahnung. Etwas von der Art, wie es einem sonst nur in den dunkelsten Nachtstunden einfällt. Ohne diesen Brief hätte ich mich vermutlich nie dazu entschlossen, aber jetzt spüre ich, dass da etwas in mir ist, etwas, das nicht zulassen will, dass wir uns einfach aus dem Staub machen.«
Juna wurde bei seinen Worten angst und bange. Solange sie ihn kannte, hatte sie ihn noch nie so düster und gleichzeitig so entschlossen erlebt.
»Willst du mir davon erzählen?«
Er schien einen Moment zu überlegen, ob er es ihr wirklich sagen wollte, dann ließ er seine Hände in den Schoß fallen und lächelte. »Nicht jetzt«, sagte er. »Ich habe die Sache noch nicht gründlich genug durchdacht. Außerdem bin ich im Moment viel zu glücklich, dass du hier bist, um diesen Augenblick zu zerstören. Ich möchte dir etwas zeigen.«
Er stand auf und ging hinüber zu einem seltsamen Apparat, der in der Ecke auf einem kleinen Tisch stand. Es war eine rechteckige Holzkiste mit einem drehbaren Teller und einem trichterförmigen Rohr auf der Oberseite. »Siehst du das? Ich bin sicher, es wird dir gefallen.«
»Was ist das?«, fragte sie. »So etwas habe ich noch nie gesehen.«
David drehte an einer kleinen Kurbel und richtete den Trich-

ter aus. »Das ist eine Art Musikgerät. Im Kloster gibt es noch ein zweites, der Abt sammelt sie. Er nennt es *Grammophon*, schon mal davon gehört?«
»Nein.«
»Es ist toll.« Er nahm eine runde schwarze Scheibe aus einer der Papphüllen, legte sie auf den Teller und plazierte die schwenkbare Nadel darauf. Dann drückte er auf einen Knopf. Die Scheibe fing an zu rotieren, und aus dem Trichter kam ein gotterbärmliches Brummen. Je schneller sich die Scheibe drehte, desto höher wurden die Töne, bis sie in Musik übergingen. Es war eine Art von Musik, wie Juna sie noch nie zuvor gehört hatte. Sie konnte nicht sagen, welche Instrumente da zum Einsatz kamen, aber sie klangen eindeutig nicht nach den üblichen Flöten, Harfen und Trommeln, wie sie auf Dorffesten zu hören waren.
»Was ist das?« Neugierig betrachtete sie die Papierhülle. Ein Mann war da zu sehen. Er stand vor einer Gruppe von Musikern und wedelte mit einem Stöckchen vor ihrer Nase herum.
»*An der schönen blauen Donau und andere Walzer*«, las David vor. »Komponist Johann Strauß, dirigiert von Lothar Weigel.«
»Eigenartiger Rhythmus«, sagte Juna. »Sehr beschwingt.«
David nickte. »Das nennt sich Walzer. Es gibt sogar einen eigenen Tanz dafür. Mein Meister hat ihn mir beigebracht. Soll ich ihn dir zeigen?«
»Wir haben doch keine Zeit. Außerdem kann ich nicht tanzen. Ich bin eine Brigantin, wir haben so was nie gelernt.«
»Unsinn«, widersprach David. »Es ist ganz leicht. Komm.«
Er trat an sie heran, nahm ihre rechte Hand in seine linke und legte die andere auf ihre Hüfte. »Jetzt folge einfach meinen

Schritten. Links, zwei, drei – rechts, zwei, drei – und immer so weiter. Siehst du, es geht doch schon ganz gut. Und jetzt machen wir bei jedem Wechsel eine Vierteldrehung. Na, siehst du, du kannst es.« Er lächelte. »Du bist ein Naturtalent, wusstest du das?«

Juna errötete. Sie hatte so etwas noch nie gemacht, aber es fühlte sich wunderbar an. Fast so, als würde ihr Körper sich von alleine bewegen. Ihr wurde seltsam zumute. Ihre Sorgen, ihre trüben Gedanken – alles war wie weggefegt. Die Musik, die ungewohnte Bewegung, Davids Körper so nah an ihrem … es war fast wie ein Rausch. »Ich glaube, mir ist ein bisschen schwindelig«, sagte sie.

»Das ist ganz normal«, sagte er. »Warte mal, ich mach die Tür auf, dann bekommst du etwas frische Luft.« Er stieß die Tür auf. Ein Schwall kühler Luft drang in die Hütte.

Draußen hatte es aufgehört zu regnen. Durch die Blätter fielen bereits die ersten Sonnenstrahlen. Der Wald sah wie verzaubert aus.

»Du willst die Raffinerie zerstören, habe ich recht?«, flüsterte sie. »Du willst losziehen und das verdammte Ding in die Luft jagen.«

»Ich wusste, dass ich dir nichts vormachen kann«, sagte er. »Das war mir klar, als du durch diese Tür hereingekommen bist.«

»Aber wie willst du das anstellen?«

»Das erkläre ich dir. Jetzt gleich. Aber zuerst möchte ich noch diesen Tanz zu Ende tanzen. Nur diesen einen. Schenkst du mir den?«

Sie nickte.

Er nahm sie bei der Hand und verließ mit ihr das Haus. Die Musik war jetzt zwar etwas leiser, aber das störte die beiden

nicht weiter. Der Wald war wie ein Ballsaal. Der größte und prächtigste Ballsaal, den man sich vorstellen konnte.
Juna war wie verzaubert. Sie wusste nicht, was schöner war: zu dieser neuartigen Musik zu tanzen oder von David im Arm gehalten zu werden. Er sah so verändert aus. Er war nicht mehr der ängstliche Junge, den sie vor ein paar Tagen gefangen und eingesperrt hatte. Stattdessen stand jetzt ein Mann vor ihr. Sie hörte auf zu tanzen und sah ihn an. Einen Moment lang standen sie so da, und die Zeit schien stillzustehen. Seine Augen, sein Mund – sie fühlte sich wie magisch von ihm angezogen. Dann berührten sich ihre Lippen.
Sie schloss die Augen.
Diesmal war es sensationell.

46

Amon ließ den Motor seines Motorrads aufheulen und schwenkte hinter dem Kloster in die Straße ein, die hinaus zu den Seen führte. Die ehemaligen Parkanlagen waren natürlich längst überwuchert, aber es gab immer noch Wege, die einigermaßen passierbar waren. Verrostete Kinderspielplätze, die Ruinen einiger Schulen, mehr war nicht übrig von der ehemaligen Pracht. Warum hatte sich David hier verkrochen? Im Kloster hieß es, er wäre nur kurz da gewesen und sei dann hastig aufgebrochen. Abt Benedikt persönlich hatte ihm den Schlüssel zu dieser Hütte gegeben. Auf seine Fragen hatte der Abt sehr ausweichend reagiert, aber Amon wusste auch so, wo die Hütte lag; er war früher schon einmal dort gewesen. Es war klar, dass der alte Mann etwas verheimlichte. Diese Sache würde ein Nachspiel haben, so viel stand fest.

Amon schaltete in einen kleineren Gang und umrundete einen umgekippten Schulbus. Im Inneren lagen immer noch Reste von Polstersitzen und Schultaschen herum. Die Maschinenpistole auf seinem Rücken schlug bei jeder Unebenheit gegen seine Schulter. Bis zur Hütte war es jetzt nicht mehr weit. Eine Gruppe von Enten stob ängstlich auseinander, als er mit seiner Maschine einfach durch sie hindurchfuhr. Leider waren sie zu vorsichtig, um sich näher heranzutrauen; liebend gerne hätte er eines dieser quakenden Viecher unter seinen breiten Reifen zermalmt.

Einen halben Kilometer weiter zweigte ein kleiner Pfad vom

Hauptweg ab und führte in den Wald. Amon nahm die Hand vom Gas und fuhr langsamer.

Da lag sie.

Die Tür war verschlossen. Die Fenster starrten vor Schmutz, so dass man nicht erkennen konnte, was drinnen vor sich ging. Amon spürte, dass jemand hier gewesen war. Ein feiner Geruch nach Rauch und Essen hing in der Luft. Er ließ seine Maschine ausrollen und stellte die Zündung ab. Der Motor hustete ein letztes Mal, dann wurde es still im Wald. Amon hatte erwartet, dass ihm jemand zur Begrüßung entgegenkommen würde; der Lärm war schließlich nicht zu überhören gewesen. Doch nichts regte sich. Seltsam. Hatte er sich etwa in der Hütte geirrt? Nein, hier gab es überall frische Fußspuren.

»David?«

Er lauschte eine Weile, aber er erhielt keine Antwort.

Noch einmal rief er den Namen, aber alles, was er erntete, waren Vogelgezwitscher und das Säuseln des Windes in den Blättern.

Mit zusammengepressten Lippen ging er zur Tür und drückte die Klinke herunter. Innen war es dunkel. Niemand hier. Keine Taschen, keine Kleidung, der Besucher war ausgeflogen. Er ging zum Kamin. Die Glut war seit mehreren Stunden erkaltet, nur in der Mitte war noch ein bisschen Wärme zu spüren. Daneben stand eine Pfanne, in der noch vor kurzem etwas gebraten worden war. Amon meinte, den Duft von Speck und Eiern zu riechen.

Er stand auf. Seit er nur noch ein Auge besaß, fiel es ihm schwer, sich in der Dunkelheit zurechtzufinden. Er brauchte jetzt länger, ehe er Details erkennen konnte. Doch plötzlich sah er etwas auf dem Tisch.

Da lag ein Schlüssel und darunter ein Zettel. Der Schlüssel war unwichtig, er gehörte zur Hütte; der Zettel war dafür umso interessanter. Amon ging damit ans Fenster und begann zu lesen.

»*Verehrter Abt Benedikt,*

wenn Sie das hier lesen, werde ich bereits fort sein. Ich habe mich entschlossen, diese Stadt und diesen Ort zu verlassen, um das zu suchen, was gemeinhin als ›Zuflucht‹ bekannt ist. Vielleicht haben Sie schon davon gehört. Ein Ort, an dem Männer und Frauen gleichberechtigt zusammenleben können und der all jenen Unterschlupf bietet, bei denen das Virus aufgehört hat zu wirken. Noch wissen wir nicht, wie wir dorthin gelangen sollen, aber ich habe mich zu einem kühnen Plan entschlossen. Besser ich verrate es nicht, es könnte Euch sonst in Gefahr bringen. Ich tue das auch für Meister Stephan und für Sven. Ich weiß, die beiden hätten das so gewollt.

Ihr wisst, dass ich mich in Juna verliebt habe. Ich wünsche mir nichts sehnlicher, als mit ihr zusammen zu sein. Ich glaube sogar, dass dies Gottes Wunsch ist, denn er hat sie heute zu mir zurückgeschickt. Tief in mir spüre ich, dass das kein Zufall ist. Wir werden gemeinsam von hier weggehen. Wünscht uns Glück. Auch auf die Gefahr hin, Euch Kummer zu bereiten, so kann ich Euch die Botschaft leider nicht persönlich überbringen. Ich darf das Risiko nicht eingehen, meinem Vater in die Hände zu laufen. Und bitte sagt Amon nichts davon. Er würde es niemals verstehen. Lebt wohl und danke für alles, was Ihr für mich getan habt. Euer Euch stets bewundernder David.«

Amon war wie zur Salzsäule erstarrt. Er konnte einfach nicht anders. Wieder und wieder musste er den Brief lesen. Jeden Buchstaben, jedes Wort, jeden Absatz. Die kurzen, sauber

gesetzten Schriftzeichen brannten sich unauslöschlich in sein Gedächtnis ein.
Ein Wort stach ihm besonders ins Auge. *Juna.* Er hob den Kopf. Irgendetwas löste dieser Name in ihm aus. Er hatte ihn schon einmal gehört, nur wo? Plötzlich fiel es ihm wieder ein. In Alcmona, an dem Tag, an dem sie ihm sein Auge geraubt hatten. Er hatte das Bild der Frau genau vor Augen. Etwas jünger als er. Stolz und arrogant. Schon bei ihrer ersten Begegnung hatte er das Verlangen gehabt, sie zu demütigen, sie in den Schandkreis zu zerren und zu erniedrigen. Aber dann war alles schiefgegangen. Es konnte sich natürlich um einen Zufall handeln, aber eine dunkle Stimme tief in seinem Inneren flüsterte, dass er sich nicht irrte.
Amon ballte seine Hände zu Fäusten. Er wurde von einer Wut überrollt, die das Gewitter vom Vorabend wie ein laues Lüftchen aussehen ließ. Wie konnte David ihm so etwas antun? War es etwa immer noch wegen der Sache mit der Raffinerie? Oder weil er ihn mit zum Inquisitor mitgenommen hatte? Nein, regte sich eine andere Stimme. David war unschuldig. Er war verhext worden. Hieß es nicht, diese Weiber könnten einen Mann dazu bringen, Dinge zu tun, die er sonst niemals tun würde? Wer konnte schon sagen, was sie mit ihm angestellt hatten? Das entband ihn natürlich nicht von seiner Schuld. Er würde bezahlen für das, was er angerichtet hatte. In dem Brief war von Liebe die Rede und von Flucht. Liebe zu einer Frau? Was war das für eine Abscheulichkeit?!
Amon unterdrückte einen Fluch. Die Adern an seinem Hals schwollen an. Am liebsten wäre er sofort hinter David und Juna hergestürmt, aber er hatte keine Ahnung, wohin die beiden geflohen waren. Was war das eigentlich, die *Zuflucht*?

Er hörte heute zum ersten Mal davon. Ein Ort, an dem Männer und Frauen zusammenlebten? Klang wie der zweite Kreis der Hölle. Vermutlich eine Lüge. Es konnte nur eine Lüge sein. David schien jedoch überzeugt, dass dieser Ort wirklich existierte. Wie wollte er dorthin gelangen? Auch darüber stand nichts in dem Brief. Aber halt, einer Information hatte er bislang zu wenig Bedeutung geschenkt.
Er faltete den Zettel noch einmal auseinander. Da stand der Name *Sven*. Die Rede war von einem kühnen Plan. Was für ein Plan? Was meinte er?
Auf einmal keimte in Amon eine schreckliche Vorahnung auf. Waren Gedanken nicht etwas Seltsames? Vor einem Augenblick war da nichts gewesen, und plötzlich stand dieser ungeheuerliche Verdacht im Raum. Er war so abwegig, dass Amon ihn gleich wieder verwarf. Doch je länger er darüber nachdachte, desto tiefer bohrte sich dieser Gedanke in sein Gehirn. Konnte es tatsächlich sein, dass David vorhatte …?
Rasch verließ Amon die Hütte. Er musste zurück zum Inquisitor, und zwar schnell. Verzweifelte Menschen taten verzweifelte Dinge, man tat also gut daran, auf alle Eventualitäten vorbereitet zu sein. Mit einem kräftigen Tritt startete er sein Motorrad. Es gab so viel zu tun – und er hatte so wenig Zeit.

47

Mit müden Schritten stolperte David hinter Juna über die trockene Erde her. Sie hatten die Verbotene Zone erreicht. Die Sonne war hinter dem Horizont verschwunden, die Farben verblassten mehr und mehr, und der Himmel nahm eine rötliche Tönung an. Das Land erschien wie in einen blauen Schatten getaucht. Ihre Füße schlugen Staubwolken aus der trockenen Erde, die wie eine Schleppe hinter ihnen herwehten.
»Es wird Zeit, uns nach einem Platz für die Nacht umzusehen«, sagte Juna. »Ich möchte nicht riskieren, dass wir irgendwo in eine Sackgasse geraten oder uns die Füße verstauchen. Abgesehen davon bin ich todmüde.«
»Du hast recht«, sagte David. »Auch wenn ich die Verbotene Zone gerne schon hinter mir wüsste. Ich bekomme hier eine Gänsehaut.«
»Eine schreckliche Gegend, ich weiß, aber es hat keinen Sinn, noch weiterzugehen. Am besten, wir halten nach einem geeigneten Rastplatz Ausschau. Irgendeinen Unterschlupf, wo wir vor feindlichen Blicken geschützt sind.«
Nach einer Weile schälte sich links von ihnen eine Gruppe von Bäumen aus der Dämmerung. So dicht, wie sie beisammenstanden, sahen sie aus wie eine Horde Vertriebener.
»Was meinst du«, fragte Juna. »Sollen wir es dort drüben probieren?«
»Sieht gut aus«, erwiderte David. Er war kaum noch in der Lage, klar zu denken. Seine Beine fühlten sich wie fremde

Körperteile an, und seine Zunge klebte am Gaumen. »Dort haben wir zwar kein Dach über dem Kopf, aber besser als gar nichts. Den Ruinen, die hier überall herumstehen, traue ich nicht. Außerdem sieht der Himmel wolkenlos aus. Ich glaube nicht, dass es heute Nacht noch regnet.«
»Versuchen wir unser Glück.« Gemeinsam änderten sie die Richtung und gingen schweigend auf die Bäume zu.
Das Wäldchen war kleiner, als es aus der Ferne gewirkt hatte. Dünn und klapprig reckten die Bäume ihre dürren Äste in den Himmel. Trockenes Buschwerk umwucherte die Stämme. David und Juna fanden eine trockene Nische und legten ihre Taschen nieder. Die Bäume boten einen schwachen Schutz vor unerwünschten Blicken. Grimaldi hatte bereits eine gemütliche Stelle gefunden und gähnte herzhaft. In den Zweigen über ihnen saß Camal, eine Maus zwischen seinen Fängen, an der er genüsslich herumpickte.
»Meinst du, wir können ein kleines Feuer entfachen?« David sah sich um. »Ich hätte Lust auf ein Stockbrot.«
Juna blickte skeptisch. »Zu riskant. So ein Feuer ist kilometerweit zu sehen und zu riechen. Keine Ahnung, was hier für Kreaturen leben, aber ich habe schlimme Dinge über die Verbotene Zone gehört. Geschichten über Lebewesen, halb Mensch und halb Tier.«
»Solche Geschichten kenne ich auch«, sagte David. »Bernhard der Jäger hat uns vor den bleichen und haarlosen Menschen gewarnt, die in der städtischen Kanalisation hausen und Menschenfleisch essen. Angeblich wurden sie durch irgendwelche Umwelteinflüsse verändert. Ich selbst habe nie einen von ihnen zu Gesicht bekommen, aber ich glaube mittlerweile, dass das mehr als nur Gespenstergeschichten sind.«
»Vielleicht«, sagte Juna. »Vielleicht aber auch nicht. Jeden-

falls finde ich, dass wir kein Risiko eingehen sollten. Wir müssen Wache halten. Am besten, wir wechseln uns ab. Im Dreistundenrhythmus, einverstanden?«
»Du bist die Jägerin«, sagte David.
Er breitete eine Decke auf dem Boden aus, legte zwei kleinere darüber und strich sie glatt. Es war nicht viel, aber es musste reichen. Juna hatte ihren Proviantbeutel geöffnet und untersuchte, was an Vorräten noch übrig war. David lief das Wasser im Mund zusammen. »Was haben wir denn noch?« Seit den Eiern mit Speck am Morgen hatte er nichts mehr gegessen. Sein Magen knurrte wie Grimaldi, wenn er wütend war.
»Ein paar trockene Hafertaler, Speck und noch etwas von dem ekelhaft stinkenden Käse, den dein Abt dir mitgegeben hat.«
»Oh, es ist noch Ziegenkäse da? Das sind gute Neuigkeiten. Und wie sieht es mit Brot aus?«
»Eine Weizenstange und ein halbes Dinkelbrot. Wenn du willst, kannst du uns ein paar Scheiben abschneiden. Ich sehe inzwischen mal nach, was noch an Wasser übrig ist.«
Sie reichte ihm Messer und Brotlaib und prüfte danach den Inhalt der Flaschen. Dem Plätschern nach zu urteilen, waren beide Gefäße nur noch knapp zur Hälfte gefüllt.
»Könnte besser sein«, sagte Juna. »Wir hätten uns etwas zurückhalten sollen. Zwei Tage, maximal drei, dann müssen wir für Nachschub sorgen. Ich frage mich, ob das eine so gute Idee war, hierherzukommen.«
David seufzte. »Es ist aussichtslos, die *Zuflucht* mit einem Pferd erreichen zu wollen. Ich habe deine Karte genau studiert. Es sind mindestens 500 Kilometer. Luftlinie wohlgemerkt. Das ist selbst für einen erfahrenen Reiter kaum zu schaffen. Unser Problem ist, dass wir in relativ kurzer Zeit

eine ziemlich große Strecke überwinden müssen. Erinnere dich an die Karte. Der Weg führt durch unbekanntes, möglicherweise sogar feindliches Gebiet. Warst du schon mal so weit im Westen?«

»Niemand war das, nicht mal die Händlerinnen, und die sind wirklich weit herumgekommen.«

»Siehst du. Und deshalb brauchen wir eine andere Lösung. Etwas, für das Wälder, Flüsse und Berge kein Problem darstellen. Autos fallen auch aus. Wir wissen ja nicht mal, ob die Straßen noch intakt sind. Was machen wir, wenn wir an eine zusammengestürzte Brücke kommen? Oder an einen Fluss, der über die Ufer getreten ist?« Er hob den Kopf. »Unsere einzige Chance liegt darin, durch die Luft zu entkommen. Das ist der Weg, den wir nehmen müssen. Dabei fällt mir ein, es müsste jetzt eigentlich dunkel genug sein.«

Er erhob sich und trat aus dem Versteck. Er brauchte nicht lange, bis er fand, wonach er suchte. Knapp unterhalb der Venus, die um diese Jahreszeit immer sehr früh aufging, war am Horizont ein schwacher Lichtschimmer zu sehen.

»Da drüben«, sagte er. »Siehst du?«

»Du meinst den hellen Schein?«

»Genau. Das ist die Raffinerie. Noch ein Tag, dann sind wir da. Wenn wir früh aufbrechen, können wir es bis zum Abend schaffen. Dann schlafen wir noch eine Nacht und schlagen am nächsten Morgen zu.«

»Ich weiß immer noch nicht genau, was du vorhast.«

»Du hast die Flugmaschine doch gesehen, nicht wahr?«

Juna nickte. »Sie stand in der beleuchteten Halle. Ein riesiges Monstrum mit Flügeln wie ein Drache. Ich konnte mir keinen Reim darauf machen, bis du mir davon erzählt hast.«

»Früher war der Himmel voll von solchen Apparaten, doch jetzt sieht man überhaupt keine mehr. Vermutlich wurden sie alle während der Dunklen Jahre zerstört.«

»Woher weißt du denn, ob die Flugmaschine überhaupt funktioniert? Ich meine, das Ding da drin sah aus wie ein Haufen Schrott.«

»Täusch dich nicht«, sagte David. »Ich habe Bücher und Zeitschriften gesehen, in denen Maschinen abgebildet waren, die noch viel größer und monströser waren. Manche von ihnen waren genauso heruntergekommen wie diese. Und sie schwebten in der Luft.«

»Bist du denn schon einmal selbst geflogen?«

»Nein«, sagte er geradeheraus. »Weder ich noch Meister Sven.«

»Woher willst du dann wissen, dass es funktioniert?« Junas Augen waren zwei leuchtende Punkte in der Nacht. »Wir könnten genauso gut gegen das nächste Hindernis rasen, oder die Maschine bricht auseinander. Ich habe nicht den weiten Weg gemacht, um mich am Ende selbst umzubringen.«

»Es gibt keine Garantie«, erwiderte David. »Aber ich habe die Pläne studiert. In der Theorie kann man so gut wie alles zum Fliegen bringen, wenn nur die Motoren stark genug sind. Und diese sind stark. Ich habe selbst erlebt, welche Kraft sie entfalten. Es war, als würdest du auf einem brodelnden Vulkan sitzen.«

»Und genau wie bei einem Vulkan werden wir in einer Aschewolke enden.« Sie schüttelte den Kopf. »Abgesehen davon ist das Ding doch bestimmt gut bewacht. Wie willst du ungesehen an den Posten vorbeikommen?«

»Weiß ich noch nicht. Das können wir erst beurteilen, wenn

es so weit ist. Aber wenn sie ihren Wachrhythmus nicht verändert haben, ist die Stunde bei Sonnenaufgang die beste Zeit.«

Juna stieß ein kurzes Lachen aus. »Man merkt, dass du ein Bücherwurm bist. Bei dir existiert alles nur in der Theorie. Also, wenn du mich fragst, ist das ein Himmelfahrtsunternehmen.«

»Lass es uns doch wenigstens versuchen.«

David biss auf einem zähen Stück Brot herum. Warum musste Juna immer so stur sein? Klar, der Plan war riskant, das wusste er selbst. Die wenigen Augenblicke, in denen Sven ihm die Prinzipien des Fliegens beigebracht hatte, konnten kaum als ausreichender Unterricht bezeichnet werden. Trotzdem glaubte er, dass er die Maschine in die Lüfte heben und steuern konnte. Er brach ein wenig Käse ab und steckte ihn in den Mund. Das Stück schmeckte bitter. Er würgte den Klumpen runter und spülte mit einem Schluck Wasser nach.

»Hast du dich nie gefragt, warum die Heilige Lanze überhaupt so ein Ding baut?«, fragte er. »Bestimmt nicht, weil die Aussicht von da oben so schön ist.«

Juna schüttelte den Kopf. »Keine Ahnung. Ist mir ehrlich gesagt auch egal. Die Pläne deines Vaters interessieren mich nicht.«

»Er ist nicht mein Vater«, knurrte David. »Er mag mein Erzeuger sein, mein Vater ist – ich meine *war* – Stephan.«

Juna legte ihre Hand auf sein Knie. »Bitte entschuldige. Ich habe das nicht so gemeint.«

»Du solltest den Inquisitor nicht unterschätzen. Diese Flugmaschine ist sein ganz persönliches Projekt, seine Geheimwaffe. Er will euch aus der Luft in die Knie zwingen.«

»Wovon redest du?«
»Weißt du denn nichts von den Plänen, eure Stadt anzugreifen? Er will diese Flugmaschine dazu benutzen, um bis nach Glânmor zu fliegen. Er will euren Tempel in Schutt und Asche legen, und danach die ganze Stadt.«
»Das funktioniert doch nie und nimmer.« Ihren Worten zum Trotz klang ihre Stimme auf einmal nicht mehr ganz so sicher.
»Könnt ihr euch dieses Risiko leisten?«, fragte David. »Sven hat mir die Maschine gezeigt. Ich bin überzeugt, dass sie funktioniert und dass sie Bomben in jedes gewünschte Ziel tragen kann. Mit Pfeil und Bogen könnt ihr dagegen nur sehr wenig ausrichten, und Feuerwaffen habt ihr keine. Wie also wollt ihr euch verteidigen? Ich sage dir, die Gefahr ist größer, als ihr ahnt.« Er lag auf dem Rücken und blickte hinauf zu den Sternen. Eine ganze Weile verharrte er regungslos. Der Geschmack in seinem Mund war bitter wie Galle. Ob das an dem vergammelten Käse lag oder daran, dass er eine Stinkwut im Bauch hatte, konnte er nicht sagen. Nur, dass es sich verdammt unangenehm anfühlte.
Niemand sagte ein Wort.
Plötzlich spürte er eine Bewegung neben sich. Juna schlüpfte unter seine Decke und legte ihren Arm um ihn.
»Verzeih, wenn ich eben etwas grob war«, sagte sie. »Für mich ist das alles noch so neu, verstehst du? Bei uns galten Männer als der letzte Dreck. Uns wurde beigebracht, euch zu hassen und auf euch herabzusehen. Solche Gewohnheiten legt man nicht so schnell ab. Ich wollte nur herausfinden, ob du es wirklich ernst meinst. Ich glaube dir, dass das Ding eine Bedrohung darstellt, und bin dir dankbar, dass du dir so viel Gedanken um unser Schicksal machst. Immerhin waren

wir Frauen bislang deine Feinde.« Sie hauchte ihm einen Kuss auf die Wange.
»Ich tue das nicht nur euretwegen«, sagte er. »Ich tue das auch für Stephan und Sven, für meine Mutter und für all die anderen, die dieser sinnlose Krieg bereits dahingerafft hat. So wie jetzt kann es nicht weitergehen. Es wird Zeit, dass jemand das Gleichgewicht wiederherstellt.«
»Einverstanden. Wir werden es so machen, wie du vorschlägst. Kann ja nichts schaden, mal einen Blick zu riskieren. Aber versprich mir, keinen Alleingang zu versuchen. In Sachen Einbruch und Geiselname bin ich der Spezialist, erinnerst du dich?«
»Versprochen«, sagte er. »Entweder zusammen oder gar nicht. Und jetzt versuche zu schlafen. Wenn du möchtest, übernehme ich die erste Schicht.«
»Gerne. Ich bin todmüde. Gute Nacht.«
»Gute Nacht.«
Keine fünf Minuten später drangen leise Atemgeräusche an sein Ohr. David starrte hinaus in die Nacht. Am Firmament funkelten die Sterne. Grimaldi lag keine zwei Meter entfernt, die Nase tief zwischen den Pfoten vergraben. Er gab leise pfeifende Geräusche von sich, und seine Schwanzspitze zuckte hin und her. Vermutlich jagte er im Traum einem Kaninchen hinterher. Hoch über ihnen in den Zweigen saß Camal, den Kopf zwischen den Flügeln vergraben. David fühlte sich auf einmal schrecklich klein und hilflos. Wie ein Schiffbrüchiger, der auf dem weiten Meer dahintrieb, einer ungewissen Zukunft entgegen.

48

Bruder Gerald von der Heiligen Lanze gähnte herzhaft. Es musste kurz nach fünf sein. Die Sonne war eben erst hinter den Türmen der Raffinerie aufgegangen. Rote Lichtfinger tasteten über den Himmel. Fern im Osten hingen ein paar Wolkenfetzen über dem Horizont, die aussahen wie blutige Tücher. Letzte Überbleibsel der Schlechtwetterfront, die gestern über ihre Köpfe gezogen war. Die Farbe verhieß nichts Gutes. Heute Abend, spätestens morgen würde sie ein neues Regenband erreichen. Gerald griff nach seiner Schulter. Seine Narbe machte ihm wieder zu schaffen.
Noch schätzungsweise eine Dreiviertelstunde bis zur Wachablösung. Die Schicht kurz vor Morgengrauen war immer die schlimmste. Hierhin steckten sie die *Rookies,* die unerfahrenen Neulinge, die sich ihre Sporen erst noch verdienen mussten. Gerald war jetzt seit einem knappen Jahr dabei und würde bald seine erste Prüfung ablegen. Bestand er sie, gehörte er zu den Fackelträgern und durfte bei den Fahrzeugen oder im Waffenlager arbeiten. Das bedeutete bessere Bezahlung, besseres Essen und vor allem angenehmere Arbeitszeiten. Wenn er nur die Prüfung im Nahkampf nicht versemmelte! In Fuß- und Schlagtechniken war er ziemlich fit, aber mit der Lanzentechnik haperte es noch. Da machten sich die Fehlstunden bemerkbar, die er wegen seiner Verletzung hinnehmen musste. Warum nur hatte er das lose Geländer an der Trägerkonstruktion nicht bemerkt? Fünf Meter freier Fall auf ein Metalldach. Er konnte froh sein,

dass er noch am Leben war. Er musste unbedingt noch ein paar Übungsstunden dranhängen, aber erst nachdem er gefrühstückt und sich ein paar Stunden erholsamen Schlafes gegönnt hatte.
Er schaute sich um.
Drüben bei der Raffinerie war alles ruhig. Er konnte Bruder Laurenz sehen, doch der schien eingenickt zu sein. Vornübergebeugt saß er da, das Kinn auf der Brust. Gerald überlegte, ob er ihm mit der Steinschleuder einen kleinen Morgengruß hinüberschicken sollte, und grinste bei dem Gedanken, wie sein Mitbruder aufspringen und erschrocken umherschauen würde. Er verwarf den Gedanken jedoch schnell wieder, schließlich wollte er es sich nicht mit den anderen verscherzen. Auf dem Wall konnte man sich wenigstens unterhalten. Hier an der Flugzeughalle waren sie nur zu zweit und mussten obendrein auch noch an entgegengesetzten Seiten des Gebäudes Wache schieben. Todlangweilig. Dabei brannte er darauf, zu erfahren, was das gestern für ein Konvoi gewesen war, der um zwei Uhr nachts aus Richtung Stadt herangebraust war. Es hatte nach hohem Besuch ausgesehen, aber in der Dunkelheit hatte er nichts erkennen können. Außer, dass man es anscheinend sehr eilig hatte. Na ja, in einer knappen Stunde würde er ja erfahren, was da drüben los war.
Er schüttelte seine Beine aus und machte ein paar Schritte. Die Kälte hatte ihn steif werden lassen. Höchste Zeit, eine Runde zu drehen. Als er in Richtung Hoftor ging, bemerkte er etwas, das von Westen her auf die Werkshalle zugewankt kam. Gerald kniff die Augen zusammen. War das ein Tier? Er holte sein Fernglas heraus und spähte hindurch. Nein, kein Tier, stellte er fest. Ein Mensch, genauer gesagt, ein Mönch! Was wollte der denn hier? Er war völlig zerlumpt

und wankte beim Gehen. Das Gesicht war unter der Kapuze verborgen, aber Gerald meinte zu erkennen, dass der Mann verletzt war.

Auf einen Stab gestützt, kam der Fremde langsam näher. Wer war er und was tat er hier? War er lebensmüde? Jeder wusste doch, dass es gefährlich war, bei Dunkelheit allein draußen herumzustromern. Deshalb gab es strenge Regeln, was das Verlassen der geschützten Zone betraf. Gerald wollte gerade die Hand ausstrecken, um die Glocke zu läuten, als der Mann ihn erblickte und ihm zuwinkte. Er war nur noch wenige Meter vom Hoftor entfernt. Einer kurzen Eingebung folgend, nahm Gerald die Hand vom Glockenzug und eilte ihm entgegen.

Der Mann stand auf seinen Stab gestützt und hielt den Kopf gesenkt. Augenscheinlich war er am Ende seiner Kräfte.

»Wer seid Ihr?«, rief Gerald. »Wisst Ihr denn nicht …?«

Die Worte blieben ihm im Halse stecken. Der Mann hatte die Kapuze zurückgeschlagen und sah ihn an. Sein Gesicht wirkte vage vertraut. Ein junger Bursche, jünger noch als er selbst. Irgendwo hatte er ihn schon mal gesehen. Das war doch …

Gerald riss vor Überraschung die Augen auf. Meister Svens Assistent, der Junge, der kürzlich entführt worden war.

»Bruder David?«

Der Junge nickte.

»Aber das ist ja … wie bist du hierhergekommen? Ich dachte, die Hexen hätten dich …«

David sah aus, als könne er sich nicht länger auf den Füßen halten. Er schwankte, dann sank er auf die Knie.

»Um Gottes willen.« Gerald holte den Schlüssel raus, schloss auf und schob den Eisenriegel zur Seite. Seit dem Überfall

war die Umzäunung verstärkt worden. Man hatte Gräben ausgehoben und mit Rollen von Stacheldraht ausgelegt. Man hatte das Drahtgitter ausgebessert und mit einem zweiten Zaum umspannt. Man hatte an nichts gespart. Noch einmal würde es den Hexen nicht gelingen, mit einem einfachen Bolzenschneider einzudringen.
Gerald schob das schwere Tor auf und kam seinem Kollegen zur Hilfe. Er griff ihm unter die Arme und wollte ihn gerade zur Halle führen, als er hinter sich eine zweite Stimme zischen hörte. »Keinen Mucks, sonst schneide ich dir die Kehle durch.«
Er sah das Aufblitzen eines Messers, dann spürte er einen stechenden Schmerz.

*

Juna drückte dem Wachposten ihre Klinge an den Hals. David, der seine Rolle als verletzter Flüchtling sehr überzeugend gespielt hatte, richtete sich auf und entwaffnete den Mann mit geschickten Handgriffen.
»Schnell«, sagte sie. »Lass uns in die Halle gehen, ehe die Posten drüben auf uns aufmerksam werden.« Sie wandte sich an die Wache. »Wann wirst du abgelöst?«
Der Mann presste die Lippen aufeinander. Juna bog seinen Arm hoch und presste die Klinge fester an den Hals.
»Rede«, zischte sie, »oder ich schneide dir die Kehle durch.«
»Meine Schicht dauert noch etwa eine halbe Stunde«, stammelte der Mann. »Dann kommt die Ablösung.«
»Gut«, sagte David. »Das heißt, im Moment sind die da drüben hundemüde.«

»Es geht doch nichts über einen geregelten Dienstplan«, sagte Juna mit einem Grinsen.
»Bist du allein, oder gibt es hier noch jemanden?«, fragte David.
»Nur noch ein Mann, drüben auf der anderen Seite.«
»Um den kümmere ich mich«, sagte Juna. »Am besten, du bringst diesen hier ohne Aufsehen ins Gebäude, ich schleiche mich hintenherum an. Einverstanden?«
David nickte.
»Gut. Dann sehen wir uns gleich drin. Hier, nimm mein Messer.« Sie drückte ihm ihre Klinge in die Hand und wandte sich dem Haupthaus zu.
Drüben bei der Raffinerie regte sich nichts. Die mussten sich wirklich sehr sicher vorkommen, da oben. Genau aus diesem Grund wurde der Wachzyklus in Glânmor alle paar Tage geändert.
Juna umrundete die Halle. Über ihr kreiste Camal am Himmel. Es war gut, ihn bei sich zu haben. Sollte etwas schiefgehen, hätte sie mit ihm immer noch einen Trumpf im Ärmel.
Sie gelangte an einen Container, duckte sich und nutzte die kurze Pause zum Atemholen. Durch einen Spalt zwischen dem Container und der Werkshalle konnte sie den zweiten Mann sitzen sehen. Er hatte ihr den Rücken zugewandt und stützte sich auf einen Speer. Schlief er, oder was? Egal, jedenfalls war er ein leichtes Ziel. Es müsste schon mit dem Teufel zugehen, wenn jetzt noch etwas schiefging.

*

David befahl dem Wachposten, das Tor wieder zu verschließen und den Riegel vorzulegen. Dann trieb er ihn in Richtung

Halle. Er hatte Skrupel, dem Mann das Messer so fest gegen den Rücken zu pressen, aber Juna hatte ihm gestern Abend eingeschärft, wie wichtig es war, seinen Gegner keine Sekunde im Zweifel zu lassen, dass man es ernst meinte. Gleich waren sie im Inneren. Grimaldi lief ein paar Meter voraus und sondierte die Lage. Bisher schien alles ruhig zu sein.
»Was soll das eigentlich werden?«, zischte der Posten. »Gehörst du jetzt zu denen, oder was?«
»Halt deinen Mund und geh weiter.«
»Du bist doch der, der neulich entführt wurde, oder? Ich hab dich gesehen. Du bist mit einem der letzten Transporte gekommen. Übrigens, mein Name ist Gerald. Hab mich schon gewundert, dass sie dich geholt haben, weil wir eigentlich genug Novizen haben. Und dass sie dich dann gleich in die Konstruktion gesteckt haben – ich muss gestehen, ich war ziemlich neidisch, als ich das gehört habe.«
»Du sollst den Mund halten.« David drückte die Klinge fester in Geralds Rücken. Der hob auch gleich die Hände. »Ist ja schon gut. Mach bloß nicht gleich so 'n Aufstand. Ich wollte bloß ein bisschen Konversation machen. Ihr glaubt doch nicht im Ernst, dass ihr hier lebend wieder wegkommt. Was habt ihr überhaupt vor?«
»Geht dich nichts an, und jetzt schweig.« David trieb den Mann durch die geöffnete Tür der Werkshalle.
Vor ihnen erhob sich Meister Svens Flugmaschine. Wie es aussah, unberührt. Jetzt musste alles sehr schnell gehen. Sie mussten die großen Schiebetüren auf der anderen Seite öffnen und das Luftfahrzeug nach draußen schieben. Falls das nicht klappen sollte, würden sie die Motoren in der Halle starten und die Maschine mit eigener Kraft aufs Rollfeld fahren lassen.

Der Anblick der riesigen Motoren ließ seinen Mut sinken. Was hatte er sich nur dabei gedacht? Glaubte er wirklich, er könne dieses Ding fliegen? Der Plan erschien ihm auf einmal völlig irrwitzig.

In diesem Moment wurde drüben auf der anderen Seite eine Tür aufgestoßen. David sah, wie Juna mit dem anderen Wachposten hereinstolperte. Er hatte einen Knebel im Mund, und seine Hände waren hinter seinem Rücken zusammengebunden. Blut rann aus einer Platzwunde über seiner Stirn.

»Er war nicht so kooperativ wie deiner«, sagte sie auf Davids fragenden Blick hin. »Komm, lass uns die beiden da drüben zu den Schlafkojen bringen und fesseln.«

»Was wollt ihr denn von uns?«, stieß Gerald aus. »Hier gibt es doch nichts zu holen. Wenn ihr Treibstoff wollt, der ist drüben. Auch die Waffen und Fahrzeuge sind dort, es gibt also nichts, was ihr …« Weiter kam er nicht. Juna hatte einen schmutzigen Lappen aus ihrer Tasche gezogen und ihn dem Mann in den Mund gestopft. Dann schlang sie einen Strick um seine Handgelenke und band diese hinter seinem Rücken zusammen.

»Ich hasse es, wenn sie so geschwätzig sind«, sagte sie. »Das verdirbt einem den ganzen Tag.«

Sie führten die Männer nach hinten und banden sie an Eisenrohren fest, die als Stützpfeiler fürs Dach dienten. Mit einem zufriedenen Nicken sagte Juna: »So angebunden und geknebelt können sie nicht mehr viel Schaden anrichten. Komm, die Zeit wird langsam knapp. Wir müssen mit allem fertig sein, ehe die anderen auftauchen.«

Gemeinsam gingen sie zur Flugmaschine hinüber. Als sie direkt davor standen, sagte Juna mit skeptischem Blick: »Und

du glaubst wirklich, dass du das Ding fliegen kannst? ich finde, das sieht nicht sehr vertrauenerweckend aus.«
David wünschte, er hätte auf diese Frage mit einem klaren *Ja* antworten können, aber das wäre ziemlich vermessen gewesen. Also nickte er nur knapp, brummelte etwas, das sich wie *na klar* anhörte, und kletterte über die Leiter hinauf ins Cockpit. Oben angelangt, drehte er an dem Schalter für die Zündung. Ein rotes Lämpchen leuchtete auf, gefolgt von den Anzeigen für Öl und Treibstoff. Die Tanks schienen voll zu sein. Nachdenklich überprüfte er die Ladung der Batterie, doch auch hier war alles in Ordnung. Soweit er es beurteilen konnte, war der Donnervogel startklar. David ließ seinen Blick durch die Halle schweifen. Drüben bei den Schlafkojen standen die Rollwagen mit den Bomben. Auch die Pumpanlage fürs Benzin sah einsatzbereit aus. Alles war noch genauso wie an dem Tag, an dem man sie entführt hatte. Offenbar befürchtete man keinen zweiten Angriff.
David schüttelte den Kopf. Wäre es nach ihm gegangen, so hätte er schärfere Sicherheitsvorkehrungen angeordnet. Gewiss, der Zaun war erneuert und verstärkt worden, aber was war mit den Wachen? Gerade mal zwei Leute, und dazu noch jung und unerfahren; das entsprach nicht den strengen Maßstäben, die er von der Heiligen Lanze gewohnt war.
Tief in ihm keimte der Verdacht, dass etwas nicht stimmte. Ihr Eindringen, das Überwältigen der Wachen – das war alles viel zu einfach gewesen.
Unsinn, meldete sich eine andere Stimme. *Euer Plan hat sie eben völlig überrascht. Worüber machst du dir Sorgen?*
»Alles klar da oben?«
Juna stand unten und schaute zu ihm herauf.

Sollte er ihr von seinen Bedenken erzählen? Aber was brachte das? Sie waren so weit gekommen, mit ein bisschen Glück würden sie den Rest jetzt auch noch schaffen.

»Ja, alles in Ordnung«, rief er hinunter. »Musste nur noch schnell die Instrumente prüfen. Ich komme jetzt wieder runter und helfe dir die Tür zu öffnen. Dann nur noch die Bomben unter den Tragflächen befestigen – und los geht's.«

Die großen Schiebetore waren fest verschlossen. Grimaldi begleitete sie. Seit sie die Halle betreten hatten, wich ihm sein kleiner Begleiter nicht von der Seite. Sein Nackenfell ragte struppig in die Höhe, seine Augen spähten wachsam in alle Richtungen, als wären sie feine Messinstrumente.

»Was ist mit deinem Hund los?«, fragte Juna plötzlich. Sie schaute Grimaldi an, als habe er eine ansteckende Krankheit.

Grimaldi stand breitbeinig in der Mitte der Halle, die Schnauze gekräuselt und die Zähne gebleckt. Das Schiebetor stand bereits einen guten Meter offen.

In diesem Moment hörten sie eine Stimme.

»Ist der verlorene Sohn also endlich heimgekehrt?«

49

Die aufgehende Sonne warf scharf abgegrenzte Lichtstreifen auf den betonierten Hallenboden. Der Schatten des Mannes im Türrahmen reichte bis vor Junas Füße. Sie konnte nicht erkennen, wer es war, doch der Mantel, die Kapuze und vor allem der stacheldrahtumwirkte Stab in seiner Linken ließen Schlimmes erahnen.
»Da ist ja mein geliebter David, und auch seine neue Freundin Juna ist mit dabei«, erklang die höhnische Stimme. »Wenn das nicht ein glückliches Familienzusammentreffen ist. Komm zu mir, Amon, und begrüße unsere Gäste.«
Ein zweiter Schatten gesellte sich dazu. Er war einen halben Kopf kleiner, dafür aber breiter und gedrungener.
»Hallo, David.«
Juna spürte, wie ihr Herzschlag für einen Moment aussetzte. Amon? *Der Mann aus Alcmona!*
»Was hattet ihr vor?«, fuhr der Inquisitor fort. »Wolltet ihr von hier verschwinden? Mit meiner Flugmaschine?« Der Mann mit dem Stab kam näher. Neben einer reflektierenden Metallfläche blieb er stehen. Ein Lichtschein fiel direkt auf sein Gesicht. Juna musste sich zusammenreißen, um nicht laut aufzuschreien. Augen, Mund und Nase wirkten, als wären sie geschmolzen. Der Mund war zu einem teuflischen Grinsen verzerrt.
»Ich fürchte, ich muss euch leider mitteilen, dass aus eurem Plan nichts wird«, sagte der Inquisitor. »Diese Maschine ist mein ganzer Stolz. Bruder Sven hat sie nach meinen

Wünschen konstruiert, und ich bin sicher, dass ihr eine glorreiche Zukunft beschieden ist. Ganz im Gegenteil zu euch beiden.« Triumphierend starrte er David an. »Es tut mir leid, das sagen zu müssen, David, aber deine Reise ist hier zu Ende.«
Auf eine knappe Handbewegung hin strömten auf einmal aus allen Türen bewaffnete Wachen. Es waren mindestens zwanzig oder dreißig Männer, und sie wirkten, als hätten sie auf diesen Moment gewartet. Im Nu befreiten sie Gerald und den anderen, dann stellten sie sich an den Wänden entlang auf. Junas Hand flog zum Knauf ihres Schwertes, doch ein Klicken der Sicherungen an den Gewehren ließ sie innehalten. Die Falle war aufgebaut, und sie waren hineingetappt.
Ehe sie sich versah, hatte man ihnen die Hände gefesselt. Amon kam mit gemessenem Schritt auf sie zu und blieb vor ihr stehen. Die Art, wie er sie betrachtete, zeugte von abgrundtiefer Verachtung. Juna sah, dass er eine Augenklappe trug. Camals Werk. »Kennen wir uns, Kriegerin?«
»Kann schon sein. Wenn dein Gedächtnis so weit zurückreicht, dass es sich an den schändlichen Überfall auf Alcmona erinnert.«
Amon nickte. »Ich wollte nur sicher sein. Du siehst so anders aus, ohne deine Rüstung und deine heidnische Gesichtsbemalung.«
»Apropos Gesicht«, sagte Juna. »Wie geht es deinem Auge?«
Ein schwaches Grinsen umspielte seine Lippen. »Mutige Worte, meine kleine Kriegerin. Vor allem, wenn man bedenkt, in welcher Lage du dich befindest.« Er hielt ihr die Mündung seines Gewehrs unters Kinn. Mit einer geschickten Bewegung zog er ihr Schwert aus dem Gürtel und warf

es zur Seite. Den Lauf seiner Waffe unentwegt auf sie gerichtet, umrundete er sie und nahm ihr die restlichen Waffen ab. Selbst das Stiefelmesser blieb seinem Blick nicht verborgen.

»Hätte nicht gedacht, dich noch einmal wiederzusehen. Aber die Wege des Herrn sind unergründlich, heißt es nicht so?«

»Was dein Herr denkt oder sagt, ist mir ehrlich gesagt ziemlich schnuppe«, erwiderte Juna. »Ich kann mir aber nicht vorstellen, dass für Plünderer und Vergewaltiger wie dich Platz in seinem Himmelreich ist.«

»Das ist nichts, worüber du dir dein hübsches Köpfchen zerbrechen musst. Glaub mir, du hast jetzt ganz andere Sorgen.« Er kam ihr so nahe, dass sie seinen Atem riechen konnte. Er stank nach Alkohol.

Angewidert trat sie einen Schritt zurück und spuckte ihm vor die Füße. Wut blitzte in Amons Augen auf. Er hob sein Gewehr und wollte ihr den Kolben ins Gesicht stoßen, als die Stimme des Inquisitors ertönte. »Nimm deine Waffe herunter, Amon. Gönne ihnen nicht diesen Triumph. Sie sollen nicht in dem Glauben sterben, dass uns ihr Tod irgendetwas ausmachen würde. Wir werden sie behandeln wie einfache Diebe – und das bedeutet Tod durch den Strang. Fesselt sie, und dann führt sie nach draußen.«

»So, wie du auch Mutter gehängt hast?«, brach es aus David heraus. »Ja, ich weiß über deine Machenschaften Bescheid. Wie du sie entführt hast, wie du sie eingesperrt und dich an ihr vergangen hast und wie du sie am Schluss, als sie dir nichts mehr nutzen konnte, an der Zinne der schwarzen Kathedrale aufgeknüpft hast. Ich weiß Bescheid über dich und ich kann dir nur sagen, dass ich dich zutiefst bedauere.«

Seine Stimme war von kalter Wut erfüllt. Juna hatte ihn noch nie so erlebt. Er wich nicht zurück, sondern begegnete seinem übermächtigen Vater auf Augenhöhe.

Die Worte verfehlten nicht ihre Wirkung. Der Inquisitor rammte David seinen Dornenstab in den Bauch. »Als ob ich dein Bedauern nötig habe«, zischte er. »Wie kannst du es wagen, so respektlos mit deinem Vater zu sprechen?«

»Du bist nicht mein Vater«, stieß David zwischen zusammengepressten Zähnen hervor. »Bestenfalls bist du mein Erzeuger, also verlange nicht von mir, dass ich dir Respekt zolle.« Dort, wo ihn der Stab getroffen hatte, breitete sich ein roter Fleck auf seiner Kutte aus.

Marcus Capistranus lachte schal. »Du weißt ja nicht, was du sagst. Du hast keine Ahnung, was damals geschehen ist.«

»Und ob ich das weiß. Meister Stephan hat mir alles mitgeteilt, jedes noch so unangenehme Detail. Er hat mir von meiner Mutter geschrieben und wie du sie getötet hast. Ich frage dich, was ist das für ein Mann, der sich an einer wehrlosen Frau vergreift? Wie tief muss man sinken, um so etwas zu tun? Und wenn du jetzt glaubst, ich würde Hass für dich empfinden, so irrst du. So viel Aufmerksamkeit hast du nicht verdient. Alles, was ich für dich empfinde, ist Mitleid.«

»Sei doch still, du Idiot«, zischte Amon. »Merkst du denn nicht, dass du alles noch schlimmer machst?«

»Lass nur, Amon«, sagte der Inquisitor. »Er redet wie ein Besessener. Wie jemand, der nicht beurteilen kann, über welche Zauberkräfte das andere Geschlecht verfügt. Weil er nämlich selbst verhext ist! Ich habe erlebt, wie es ist, wenn sie einem die Sinne verwirren, wenn sie einem mit süßer Stimme ins Ohr flüstern, wenn sie bitten und betteln und einem schöne

Augen machen. Ihr Geruch, ihre weichen Haare, ihre samtene Haut.« Er schüttelte den Kopf, als müsse er die Erinnerung an Silvana gewaltsam abschütteln. »Der Teufel stand Pate, als das Weib erschaffen wurde. Wie sonst hätte er so viel Versuchung und Verlockung in ein einzelnes Geschöpf legen können?«

»Das, wovon du redest, nennt man *Liebe,* Vater. Es ist die natürlichste Sache der Welt. Die ganze Welt kannte sie, nur wir nicht. Wir haben verlernt, uns an sie zu erinnern, weil wir zu sehr damit beschäftigt waren, dem Schöpfer ins Handwerk zu pfuschen. Was du als Segen und Wille Gottes bezeichnest, ist in Wirklichkeit die Strafe für unsere Vermessenheit. Doch Gott hat uns verziehen. Er hat den Fluch von uns genommen.«

»Blasphemie«, donnerte der Inquisitor. »Da sieht man, wie sehr dich dieses Weib bereits verhext hat. Schwöre von deinem Irrglauben ab, dann kannst du wenigstens deine Seele retten.«

»Du bist es, der einem Irrglauben erliegt, Vater. Die Welt hat sich verändert. Das Virus, das uns einst zu Feinden der Frauen gemacht hat, wirkt nicht länger. Wir sind geheilt. Ich flehe dich an, beende diesen irrsinnigen Feldzug und schließe Frieden mit den Frauen. Nur so kannst du uns vor der totalen Vernichtung bewahren.« Er zögerte einen Moment, dann fragte er: »Möchtest du wissen, was mit deinem Freund passiert ist?«

»Wovon sprichst du?«

»Ich rede von Claudius, deinem Freund und Weggefährten. Dem Mann, der der Grund dafür ist, dass du so voller Hass bist.«

»Was soll mit ihm sein?«

»Er lebt.«

Schweigen breitete sich aus. Die Augen des Inquisitors wurden zu Schlitzen. »Du lügst.«

»Das tue ich nicht. Er lebt und ist wohlauf. Juna ist ihm begegnet, ist es nicht so?«

»Das bin ich, allerdings«, sagte Juna. »Er hat mir von Euch erzählt und wie er Euch aus den Flammen gerettet hat. Er sagte, dass dies möglicherweise der größte Fehler seines Lebens gewesen sei, aber dass er vor Gott nicht anders handeln konnte, da Ihr doch sein Freund wart.«

»Lüge, alles Lüge«, geiferte der Inquisitor. »Die Worte eines verlogenen Weibes.«

»Wollt Ihr, dass ich ihn beschreibe? Etwa einen Meter fünfundsiebzig groß, dunkelblondes Haar, blaue Augen. Eine scharfgeschnittene Nase und ein Muttermal auf dem linken Wangenknochen. Markante Narbe auf der Stirn. Soll ich noch mehr sagen?«

Marcus Capistranus schlug ihr mit der flachen Hand ins Gesicht. Der Schmerz ließ ihre Wange taub werden.

»Wo? Wo hast du ihn gesehen?«

»In Glânmor«, stieß sie hervor. »Im heiligen Tempel der Göttinnen, hoch über dem See. Seit zwanzig Jahren lebt er dort, an der Seite einer Frau. Meiner Mutter.«

»Deine Mutter? Dann bist du die Tochter …?«

»… der neuen Hohepriesterin von Glânmor, ganz recht. Arkana ist ihr Name, und sie wird diesen Frevel nicht ungesühnt lassen. Also seht Euch vor, mit wem Ihr Euch anlegt, verfluchter Bastard.«

Marcus Capistranus stieß ein Geräusch aus, das wie eine Mischung aus einem Stöhnen und einem Schrei klang. Er trat einen Schritt zurück, hob seinen Stab und wollte ihn auf

Junas Haupt niedersausen lassen, als aus der Ferne ein Hornsignal zu hören war. Dann ein zweites. Schon bald war die Luft erfüllt vom Klang der Kriegshörner. Das Donnern von Hufen mischte sich darunter.
Edana war da. Und mit ihr die Streitmacht der Brigantinnen.

50

In diesem Moment wurde die Tür aufgerissen, und ein Bote stürzte herein. Er war völlig außer Atem. In seinen Augen glomm Panik. »Wir werden angegriffen, Euer Eminenz. Eine Streitmacht liegt vor unseren Toren. Wir wissen nicht genau, wie viele es sind, aber es sieht nach einer ganzen Menge aus. Sie sind beritten.«
»Na und? Hinter unserem Wall sind wir in Sicherheit.«
»Sie ... sie schießen mit Brandpfeilen.«
Die Augen des Inquisitors wurden zu Schlitzen. »Ich glaube zwar nicht, dass sie damit etwas gegen unsere Tanks ausrichten können, aber wir sollten trotzdem vorsichtig sein. Sorgt dafür, dass die Löschkommandos bereitstehen. Ich komme gleich und kommandiere die Verteidigungslinie.«
Mit diesen Worten drehte er sich zu David und Juna um. »Ich muss euch nun alleine lassen. Das Gespräch mit euch war sehr aufschlussreich. Tut mir leid, dass wir es nicht fortsetzen können, aber die Geschäfte rufen. Wenn ich mit diesem Pack abgerechnet habe, werdet ihr vermutlich nicht mehr am Leben sein.« Er hob seine Hand. »Lebt wohl oder – wie ich wohl besser sagen sollte – sterbt wohl. Mach deinen Frieden mit Gott, David. Und grüß deine Mutter, wenn du sie siehst. Amon, folge mir auf den Wall, sobald du die Sache hier erledigt hast.« Marcus Capistranus wandte sich ab und verließ die Halle. Die Soldaten des Einsatzkommandos folgten ihm, so dass am Schluss nur noch Amon, Gerald und der andere Mann übrig blieben.

David ballte seine Fäuste in ohnmächtiger Wut. Er hatte gehofft, die Worte hätten irgendetwas bei dem Inquisitor ausgelöst, doch wie es aussah, war der Mann nicht zu überzeugen.
»So, ihr zwei Hübschen, jetzt sind wir ganz unter uns«, sagte Amon. »Zu dumm, dass wir so wenig Zeit haben. Ich hätte mich gerne länger mit euch beschäftigt.« Er warf Juna einen anzüglichen Blick zu.
»Bitte, Amon, hör wenigstens du uns zu«, stieß David aus. »Es ist Irrsinn, was ihr da vorhabt. Diese ganzen Invasionspläne sind Irrsinn. Seht zu, dass ihr einen Waffenstillstand aushandelt, und dann sprecht mit Arkana. Sie ist eine Frau, mit der man reden kann.«
Amon wandte sich von Juna ab und kam auf David zu. »Die Oberhexe? Dass ich nicht lache. Sie sitzt da oben in ihrem Tempel und plant unseren Untergang. Genau wie ihre Tochter, dieses verteufelte Weibsstück.« Sein Gesicht war Junas jetzt sehr nah. »Was hat sie mit dir gemacht, dass du ihr so aus der Hand frisst? Hat sie dir Kräuter gegeben, Zaubertränke? Hat sie dich mit magischen Sprüchen verhext? Mir kannst du es ruhig erzählen, ich bin doch dein Freund. Was hat sie mit dir angestellt, hm? Hat sie dich gefickt?« Er grinste anzüglich. »Du weißt doch, was die Hexen zu Walpurgis auf dem Blocksberg treiben, oder? Du hast die Geschichten gehört. Wie sie es mit dem Teufel treiben und dadurch ihre diabolische Macht erneuern. Sag schon, habt ihr es getan?« Sein Gesicht kam noch ein Stück näher, so dass David den Atem seines Freundes spüren konnte. Er empfand einen solchen Widerwillen, dass ihm übel wurde. Wie hatte es nur jemals so weit kommen können?
Amon grinste höhnisch. »Was ist denn, warum weichst du

zurück? Hast du etwa Angst vor mir? Gefalle ich dir etwa nicht mehr? Ach ja, ich vergaß. Du wilderst ja jetzt in anderen Gärten. Ich frage mich, was der gute Benedikt dazu gesagt hat, als du ihm von Juna erzählt hast. Er wollte es mir gegenüber nicht verraten. Fand er es gut? Immerhin ist er einer der wenigen, die mal was mit einer Frau hatten. Erinnerungen an die gute alte Zeit. Meinst du, das hat ihn angetörnt?«

»Du ... du warst bei Benedikt?«

»Natürlich. Und er war nicht erfreut, mich zu sehen.«

»Was hast du mit ihm gemacht?«

Amon grinste bösartig. »Du meinst, außer ihm den Arm zu brechen? Nicht viel. Aber das kommt noch. Wenn ich zurückkehre, werde ich ihn des Hochverrats beschuldigen. Er wird auf dem Scheiterhaufen enden, so wie alle anderen Verräter.«

»Lass den alten Mann in Ruhe, er hat nicht das Geringste mit dieser Sache zu tun.«

»Du meinst abgesehen von seinem Versäumnis, dem Inquisitor Meldung über deine Rückkehr zu machen? Abgesehen davon, dass er dich versteckt und dir Unterschlupf gewährt hat? Nun, ich denke, das genügt, um ihn vor ein Kirchengericht zu bringen. Armer alter Narr, jetzt ist er so alt geworden, hat so viele Hürden überstanden, nur um am Ende wegen Hochverrats zu brennen.«

»Du ... du bist ja kein Mensch mehr«, stöhnte David entsetzt. »Du bist ein Monstrum.«

»Wenigstens betrüge ich dich nicht mit einer Hexe«, schrie Amon ihn an. »Wie konntest du mir so etwas antun? Mir, deinem besten Freund. Ich hatte geglaubt, wir gehören zusammen. Ich wollte dir aus deiner erbärmlichen Klosterzelle heraushelfen; ich wollte, dass du etwas von der Welt siehst. Und was ist der Dank? Du betrügst mich. Nicht mit einem anderen Mann, das hätte ich vielleicht noch verstanden – nein, mit einer Frau ...«, er spie das Wort geradezu aus. »Das ist unverzeihlich. Das ist ...« Er rang nach Worten. »Es ist pervers. Eine Versündigung an der Schöpfung. Und bei Gott, dafür wirst du bezahlen.« Er wandte sich an Gerald und den anderen. »Schafft die beiden raus. Wir hängen sie an den Querbalken draußen vor der Tür. Und achtet ja darauf, dass ihnen nicht das Genick gebrochen wird. Es soll lange dauern.«

Juna und David wurden gepackt und aus der Halle in Richtung Schiebetüren geschleift. Die plötzliche Helligkeit blendete David. Die Stelle, an der ihm der Inquisitor den Stab in den Bauch gerammt hatte, bereitete ihm Schmerzen. Er versuchte, sich zu wehren, aber die Fesseln schnitten ihm in die Handgelenke. Amon kam mit zwei Seilen hinter ihnen her. Er schleuderte sie über den Querbalken unter dem Dach, befestigte sie an der Regenrinne und knüpfte zwei Schlingen. Er prüfte, ob sie sich unter Belastung zuzogen, dann nickte er grimmig.

»Amon«, versuchte David es ein letztes Mal. »Ich bitte dich – denk noch einmal darüber nach. Was ist, wenn ich recht habe? Wenn das Virus wirklich seine Gefährlichkeit eingebüßt hat? Würdest du dir nicht wünschen, in einer Welt zu leben, in der es keine Kriege mehr gibt, keine Furcht und keinen Hunger? Was schadet es denn, wenn ihr es auf einen Versuch ankommen lasst? Ihr habt doch nichts zu verlieren. Euer Treibstoff wird nicht ewig reichen, und was kommt danach? Vielleicht gibt es irgendwo auf der Welt noch andere Menschen wie uns. Würdest du nicht wollen, dass wir uns mit ihnen vereinen? Es wäre eine zweite Chance, und sie kommt vielleicht nie wieder.«

»Ich will keine zweite Chance. Ich brauche keine zweite Chance.« Amon stellte zwei Stühle unter den Galgen und prüfte die Höhe. »Dies ist die Welt, die wir geschaffen haben, und sie genügt mir vollauf. Schon bald werden wir die Herren über das ganze Land sein und die Frauen unsere Sklaven. Wir werden unser Gefängnis verlassen und hinaus in die Welt ziehen. Zuerst nehmen wir Glânmor ein, dann die umliegenden Ortschaften. Unsere Flugmaschine wird uns unbesiegbar machen. Wir werden weitere Benzinlager finden und unsere Macht ausbauen. Zu schade, dass du das nicht mehr erleben wirst. Aber es wird ein Triumph sondergleichen, das verspreche ich dir. So, und nun rauf mit euch auf die Stühle.«

David schüttelte benommen den Kopf. Das war also das Ende ihrer Reise. Keine Hoffnung, kein Erbarmen. Die Menschheit würde untergehen und mit ihr die Erinnerung an das, was einst gewesen war.

51

David erklomm mit müden Beinen den Stuhl. Er hatte alles versucht. Was nun geschah, lag allein in Gottes Hand. Amon trat auf ihn zu, knebelte ihn und legte ihm die Schlinge um den Hals. Der Strick fühlte sich furchtbar hart und kratzig an. Wie die Hände des Teufels, der seine Krallen nach ihm ausstreckte. Dann war Juna an der Reihe. So einfach es die Henker mit David gehabt hatten, so schwierig erwies sich die Kriegerin. Der erste Wachposten bekam ihren Schädel vor die Nase, als sie ihren Kopf blitzartig nach hinten sausen ließ. Es krachte, dann stieß der Mann einen Schrei aus. Blut schoss zwischen seinen Fingern hervor, als er die Hände vors Gesicht schlug. Der zweite – Gerald – versuchte, die Waffe auf Juna zu richten, doch sie trat ihm zwischen die Beine, dass er mit einem dumpfen Stöhnen umkippte. Die Pistole entglitt seinen kraftlosen Händen und wurde von Juna mit einem schwungvollen Tritt aus der Gefahrenzone befördert. Ehe sie sich Amon zuwenden konnte, krachte ein Schuss. Sand spritzte vor ihren Füßen auf. Aus Amons Waffe quoll Rauch.

»Willst du tatsächlich, dass ich dich erschieße wie eine räudige Hündin? Kannst du haben, brauchst es nur zu sagen. Ich dachte immer, dass ihr Weiber mehr auf einen ehrenvollen Abgang steht. Also, was ist? Ergibst du dich, oder soll ich abdrücken?«

Zu Davids großer Überraschung hörte Juna tatsächlich auf. Sie streckte ihren Körper, hob die Hände und blinzelte in die

Sonne. In diesem Moment ertönte ein langgezogener Schrei. David fuhr herum und sah etwas Dunkles aus der Sonne auf sie zukommen. Ein Schatten, schnell wie ein Pfeil, schwarz wie der Bote des Todes. Amon, der das Geräusch ebenfalls gehört hatte, fuhr herum und feuerte wild in die Luft. Seine Verteidigung erfolgte aber zu spät und zu unkontrolliert. David sah das Schimmern goldener Federn, dann blitzten Krallen auf. *Camal!* David hatte den Falken vollkommen vergessen. In einem Moment war er da, im nächsten wieder verschwunden, aber nicht ohne dem Mönch blutige Striemen im Gesicht zu hinterlassen. Schreiend vor Schmerz riss Amon sein automatisches Gewehr herum und sandte eine weitere Salve hinter dem Vogel her. Doch statt den Angreifer zu treffen, schlugen die Projektile direkt neben David in die Wand der Halle. Funken sprühten, als die Vollmantelgeschosse abprallten. Querschläger flogen surrend in alle Richtungen durch die Luft. Einer davon traf den Wachposten mitten in die Brust. Die Augen des Mannes weiteten sich vor Erstaunen, dann fiel er zum zweiten Mal vornüber in den Staub. Diesmal endgültig.

Ehe Amon erneut abdrücken konnte, war Juna bei ihm. Sie legte ihre ganze Kraft in den Stoß und fegte ihn mit ihrer Schulter von den Beinen. Amon, der viel zu überrascht war, um ernsthaften Widerstand zu leisten, blieb liegen. Juna nutzte die Gelegenheit, um sich auf ihn zu stürzen. Wild um sich schlagend rollten die beiden über den staubigen Boden. Gerald, den der Tritt zwischen die Beine kurzfristig außer Gefecht gesetzt hatte, riss seine Waffe von der Schulter und legte an. Er konnte jedoch nicht feuern, ohne dabei Gefahr zu laufen, Amon zu treffen. Also ließ er das Gewehr wieder sinken und zog stattdessen ein Messer. In diesem Moment

kam Grimaldi aus irgendeiner dunklen Ecke angeschossen und verbiss sich in Geralds Hosenbein. Der Posten versuchte, den Hund abzuschütteln, aber jedes Mal, wenn er nach ihm stach, ließ dieser los und sauste von einer anderen Seite wieder heran. Zwischen ihnen herrschte eine Pattsituation, und Gerald gab irgendwann auf, das knurrende und geifernde Bündel abzuschütteln.
Unterdessen versuchte David verzweifelt, die Schlinge von seinem Hals zu lösen. Seine Hände waren auf dem Rücken zusammengebunden. Seine einzige Chance bestand darin, das Seil mit den Zähnen zu lockern. Das war allerdings eine verdammt heikle Angelegenheit. Der Stuhl unter seinen Füßen hatte schon bessere Zeiten erlebt. Er schlingerte und wackelte, so dass man befürchten musste, er würde jeden Moment zusammenbrechen. Die Zeit zerrann David zwischen den Fingern.
Gerald hatte Juna fast erreicht. Sie hockte auf Amons Brust, seine Arme mit den Beinen zu Boden drückend. Sie konnte nicht sehen, wie Gerald sich von hinten näherte. Nur noch etwa drei Meter. Plötzlich war der Falke wieder da. Er sauste über den Kopf des Mannes und stieß einen schrillen Schrei aus. Laut genug, dass Juna den Kopf drehte. Im Bruchteil einer Sekunde erfasste sie die Situation. Sie ließ Amon frei, vollführte eine Drehung um ihre Körpermitte und nutzte den Schwung, um Geralds Beine unter seinem Körper hinwegzufegen. Mit einem Keuchen stürzte er zu Boden. Grimaldi wechselte sofort vom Hosenbein zur Kehle des Mannes, der seine liebe Not mit dem angriffslustigen Tier hatte. Amon wollte sich aufrichten, doch Juna verpasste ihm einen Tritt unter das Kinn, der ihn gleich wieder zu Boden schickte. Für einen Moment waren die Chancen aus-

geglichen, doch Junas Hände waren noch immer gefesselt. Es war nur eine Frage der Zeit, bis die beiden Männer die Oberhand gewannen.

David gelang es endlich, die Schlinge ein Stück zu lösen. Als sein Kopf gerade so hindurchpasste, ließ er sich einfach fallen. Das Seil riss ihm fast die Ohren weg. Keuchend und stöhnend landete er auf der Erde. Er war frei! Grimaldi, der sah, dass sein Herr Hilfe benötigte, ließ von Gerald ab und rannte stattdessen zu ihm.

David hielt ihm die gefesselten Hände hin, und sein Freund fing sofort damit an, die Seile mit seinen scharfen Zähnen zu durchtrennen.

Juna saß inzwischen ziemlich in der Klemme. Amon war zwar immer noch in ihrer Beinschere gefangen, doch es war ihm gelungen, seinen rechten Arm freizubekommen. Er benutzte sein Gewehr als Schlagstock und prügelte damit auf Juna ein. Gerald war ebenfalls wieder auf den Beinen und hob sein Messer, um es zwischen ihren Schulterblättern zu versenken. Erneut wurde er von Camal attackiert. Der Vogel fegte im Tiefflug heran und schlug ihm seine scharfen Krallen in die Hand. Mit einem Schmerzensschrei ließ Gerald das Messer fallen und wandte sich dem Angreifer zu.

Die Schnüre um Davids Handgelenke wurden bereits lockerer. »Komm schon, Grimaldi, du hast es gleich geschafft«, stieß David zwischen seinen zusammengepressten Zähnen hervor. Sein kleiner Freund riss und zerrte wie verrückt. Faser um Faser wurde durchgebissen.

Endlich waren die Stricke so weit gelockert, dass David seine Hände frei bekam. Er hob sie vor sein Gesicht, öffnete und schloss die Finger, um die Blutzirkulation anzuregen.

Frei. Endlich frei.
Jetzt schnell zu Juna. Es war höchste Eile geboten, denn sie steckte in einer brenzligen Situation. Amon hatte es geschafft, sich aus der Beinschere zu befreien und sie zu Boden zu werfen. Juna lag jetzt unter ihm und versuchte verzweifelt, den Schlägen der Waffe auszuweichen. Währenddessen war es Gerald gelungen, den angriffslustigen Falken zu verscheuchen und sich Juna mit blanker Klinge zu nähern. David schätzte die Distanz ab. Die drei waren zu weit entfernt, um rechtzeitig bei ihnen zu sein. Es gab nur eine Möglichkeit. Er hob eine der vielen Metallstangen auf, die hier überall herumlagen. Sie war etwa so lang wie sein Unterarm und ziemlich schwer. Er wog sie kurz ab, denn hob er seinen Arm. David war kein Fachmann in Sachen Waffenkunde, aber wenn er etwas konnte, dann werfen. Er ließ seinen Arm vorschnellen und schickte die Stange auf den Weg.
Gerald hatte die beiden Kämpfer fast erreicht, als er von etwas Schwerem am Hinterkopf getroffen wurde. Er gab einen gurgelnden Laut von sich, dann kippte er ohnmächtig zur Seite. Amon schien nichts bemerkt zu haben. Seine Konzentration war nur auf Juna gerichtet. Endlich gelang ihm ein Treffer, der die widerspenstige Rothaarige außer Gefecht setzte. Ihre Unterlippe war geschwollen. Blut lief über ihre Stirn. Er drehte die Waffe herum und richtete den Lauf auf ihr Gesicht. Ein wahnsinniges Grinsen umspielte seine Lippen. »Sag auf Wiedersehen, Süße.«
Sein Finger umspannte den Abzug.
In diesem Moment spürte er, wie jemand ihn von hinten mit beiden Händen umschlang und ihm etwas Spitzes gegen die Brust drückte. Ein Messer.
»Lass sie los«, flüsterte David in Amons Ohr. »Ganz lang-

sam und vorsichtig. Ich will deine Hände sehen. Los, hoch damit, mach schon.«

Amon drehte seinen Kopf. »David?«

»Deine zwei Wachhunde sind außer Gefecht. Nur wir sind noch übrig. Wirf deine Waffe weg und steh auf.« Zur Bekräftigung seiner Worte drückte er Geralds Messer ein wenig fester in Amons Brust.

Amon hielt das Gewehr weiter auf Juna gerichtet. »Glaubst du im Ernst, du könntest mir Befehle erteilen? Ich bin derjenige, der hier das Sagen hat. Ich hatte immer das Sagen. Also nimm dein Spielzeug von meiner Brust und hör auf, mir auf die Nerven zu gehen.«

»Diesmal nicht«, erwiderte David. »Die Zeiten, in denen du mich herumkommandieren konntest, sind endgültig vorbei. Ich sage es jetzt zum letzten Mal: Waffe weg, oder ich stoße zu.«

Amon stieß ein gehässiges Lachen aus. »Als ob du jemanden töten könntest! Dazu bist du gar nicht fähig, du verdammter Waschlappen. Du kannst doch keiner Fliege was zuleide tun. Ich zeige dir, wie so was geht. Siehst du meinen Finger am Abzug? Nur ein kleiner Ruck, und es ist vorbei. Vielleicht solltest du jetzt besser nicht hinsehen …«

Weiter kam er nicht. Ein plötzliches Brennen in der Brust ließ ihn innehalten. Entgeistert blickte er nach unten. Das Messer steckte bis zum Heft in seiner Brust. Es war, als hätte ihn ein Eiszapfen durchbohrt. Seine Muskeln wurden schlaff, das Gewehr entglitt seinen Fingern. Er wollte etwas sagen, aber mehr als ein Röcheln bekam er nicht zustande. Warum schmeckte er plötzlich Blut in seinem Mund?

Er stand auf und wankte ein paar Schritte in Richtung Rollfeld. Wie schön und friedlich es hier war. Die Luft roch nach

Sommerblumen. Irgendwo zwitscherte ein Vogel. Warum war ihm das nicht schon früher aufgefallen? Er sollte sich hinlegen, nur für ein Weilchen, und die Morgensonne genießen. Dann sank er zu Boden.

52

Amon kippte um wie ein nasser Sack und blieb liegen, leblos und tot. Eine Weile schien er noch zu atmen, dann war es vorbei.

David war wie versteinert. Er konnte nicht glauben, was er getan hatte. Der Gedanke, dass er seinen Freund getötet hatte, war so befremdlich, dass sein Verstand sich weigerte, die Wahrheit zu akzeptieren. Was war bloß geschehen? Es kam ihm so vor, als ob nicht er es gewesen war, sondern nur ein Teil von ihm. Als ob er in Wirklichkeit danebengestanden hatte wie ein unbeteiligter Zuschauer. David blickte auf seine Finger und erschrak. Seine Hände waren voller Blut.

»Was habe ich getan?«, flüsterte er.

Juna schlang ihre Arme um ihn und legte ihren Kopf an seine Brust. »Was du tun musstest. Was dein Herz dir befohlen hat.« Ihre grünen Augen schienen direkt in seine Seele zu blicken. Sie beugte ihren Kopf vor und küsste ihn. »Der Bund ist damit besiegelt.« Ihre Lippen fühlten sich weich und sanft an. Es war, als würde die Frühlingssonne auf eine kalte Winterlandschaft scheinen. Das Eis in seinem Inneren begann zu schmelzen.

»Komm«, sagte sie. »Wir müssen hier weg.«

»Ja«, murmelte er. Wankend kam er auf die Beine. In seinem Inneren herrschte ein unbeschreibliches Chaos. Um ihn herum war ein Bild des Grauens. Ein Mann ohnmächtig, zwei Männer tot. Einer davon sein ehemaliger Freund. Die traurige Bilanz eines einzigen Vormittags. Und der, der das

alles zu verantworten hatte, war immer noch auf freiem Fuß.
Er spürte, wie seine Wut sich zu einem Gedanken formte. Plötzlich war alles so klar, als wäre es in Stein gemeißelt.
»Komm«, sagte er. »Es gibt noch etwas, was wir tun müssen.«

*

Es war Ratsherrin Edana persönlich, die den Angriff durch die Kanalisation leitete. Während die Hauptstreitmacht der Brigantinnen die Wälle von Westen her mit Steinhagel und Brandpfeilen überzog, war sie mit einer Handvoll ihrer besten Kriegerinnen von der Flussseite her in die verborgenen Abwasserkanäle eingedrungen. Nun arbeiteten sie sich durch knietiefes Wasser, stinkenden Schlamm und verrostete Metallgestänge langsam vorwärts. Ihr Ziel war die große Zisterne, in der das Brauchwasser der Fabrik aufgefangen und gefiltert wurde, um es dem breiten Strom gereinigt wieder zurückzuführen. Zumindest war es früher so gewesen, denn die Abwasseranlage war natürlich längst nicht mehr in Betrieb.
Edana lächelte grimmig, als sie daran dachte, was für Gesichter die Verteidiger wohl machen würden, wenn ihnen klarwurde, dass eine kleine Truppe ihre Verteidigung durchbrochen und die Haupttore von innen geöffnet hatte. Doch dann wäre es für Gegenmaßnahmen natürlich längst zu spät.
Es war Sven gewesen, der ihr von diesem geheimen Pfad berichtet hatte. Es hatte viel Mühe gekostet, ihm diese Information zu entlocken, doch selbst ein Sturkopf wie er hatte irgendwann einsehen müssen, dass es keinen Sinn hatte,

Widerstand zu leisten. Dumm war nur, dass er schlappgemacht hatte, ehe Edana ihm noch weitere nützliche Informationen entlocken konnte. Irgendetwas mit seinem Herzen. So musste sie sich eben mit dem zufriedengeben, was sie erfahren hatte, und das war besser als nichts. Wenn er nur nicht gelogen hatte! Aber wer würde schon lügen, wenn er solche Schmerzen erleiden musste? Ihr Plan war, die Haupttore zu öffnen und die Hauptstreitmacht in die Anlage hereinzulassen. Da draußen waren die Frauen den Waffen der Männer hoffnungslos unterlegen. Wahrscheinlich waren bereits Dutzende von Toten zu beklagen, von den Verletzungen, die diese teuflischen Schusswaffen anrichteten, ganz zu schweigen. Aber sobald sie erst einmal drinnen waren, hätten die Männer ihnen nichts entgegenzusetzen.
Sie mussten sich beeilen.
Edana hob die Fackel und warf einen Blick auf den Plan. Sie befanden sich jetzt schon ziemlich weit unterhalb des Hauptkomplexes. Irgendwo rechts von ihnen stand der riesige Treibstofftank, aus dem die Männer das Benzin für ihre Fahrzeuge zapften. Links waren die Baracken und vor ihnen das Haupttor. Wenn sie die Skizze richtig interpretierte, konnten es nur noch zwanzig bis dreißig Meter bis zur Zisterne sein. Wasser plätscherte bereits von der Decke. Mit grimmigem Gesichtsausdruck setzte sie ihren Weg fort.

*

David wischte den Schweiß von seiner Stirn. Die Bomben waren schwerer, als sie aussahen. Schwarze, rundliche Körper aus massivem Metall. Vorne ragte ein Metallstift heraus. Meister Sven hatte ihn eindringlich gewarnt, ihn nicht zu berühren. Der Stift war dafür vorgesehen, beim Aufprall ins Innere gedrückt zu werden und einen Funken zu schlagen, der das in den Eisenmantel gepresste Schwarzpulver entzünden und zur Detonation bringen würde. Kleine Flügel am Hinterteil der Bombe sorgten für eine gleichmäßige Flugbahn: Kopf nach unten, Zünder voraus. Das war die Theorie. Ob das Ganze funktionierte und wie groß der Schaden war, den diese Dinger anrichteten, vermochte David nicht zu sagen. Er erwartete allerdings nichts Spektakuläres.

Die Klammern, die die Bomben unter der Tragfläche hielten, waren geöffnet und bereit zum Beladen. Ächzend hob David eine weitere Bombe hoch und drückte sie in die Haltevorrichtung. Mit einem Schnappen schlossen sich die Metallfinger darum. Noch drei Stück, dann war es geschafft.

Inzwischen hatte Juna Proviant und weitere Vorräte sowie Zündpatronen in der Flugmaschine verstaut. Dann kam Grimaldi an der Reihe. Sie hatten eine Holzbox gefunden, die ausreichend groß war und über einen Deckel mit Luftlöchern verfügte; damit war verhindert, dass ihr kleiner Freund aus Panik über Bord sprang. Gemeinsam wuchteten sie die Kiste an Bord, setzten Grimaldi hinein und legten den Deckel obendrauf.

»So, geschafft«, sagte David.

»Dann los.« Juna blickte auf die Anordnung von Schaltern, Hebeln und Instrumenten und machte dabei ein Gesicht, als würde sie nicht für eine Sekunde glauben, dass sie tatsächlich abheben könnten. David konnte ihr das nachfühlen. Je näher der Moment der Wahrheit rückte, desto weniger war er von seinem Plan überzeugt. Das Vertrauen, das Meister Sven in seine Konstruktion gesetzt hatte, schrumpfte von Minute zu Minute. Die Holzstreben wirkten wackelig, der Metallrahmen war rostig, und der Stoff, mit dem Rumpf und Tragflächen überzogen waren, hatte an einigen Stellen Löcher. Außerdem war das Ding definitiv schwerer als Luft, wie sollte es da fliegen?

»Sitzt du auch gut? Die Gurte müssen stramm angelegt werden, sonst hebt es dich aus deinem Stuhl.« Er zog seinen eigenen Gurt fest und ließ den Verschluss einrasten. »Und setz eine von diesen Brillen auf, sie helfen gegen den Fahrtwind.«

»Wie schnell werden wir denn?«

»An die zweihundert Stundenkilometer hat Meister Sven gesagt. Aber was das genau bedeutet, kann ich dir auch nicht sagen. Kein Mensch hat sich jemals so schnell fortbewegt, jedenfalls nicht während der letzten fünfundsechzig Jahre.« Probehalber bewegte er den Steuerknüppel. Die Ruder schienen zu funktionieren. Ebenso die Fußpedale, mit denen man die Querruder an den Tragflächen steuerte. Svens Einweisungsstunde war ihm Gott sei Dank noch in bester Erinnerung. »Alles klar«, sagte er. »Hast du die Bremskeile von den Rädern entfernt?«

Juna nickte. Mit ihrer Brille sah sie aus wie eine Eule.

»Na gut. Dann wollen wir mal die Motoren starten.«

David drückte auf den Zündknopf. Strom floss durch die Kabel in die Zündpatronen und entlud sich dort mit lautem Knall. Zuerst dachte David, etwas sei kaputt gegangen, bis er bemerkte, dass sich die Propeller drehten.

Ein lautes Dröhnen erklang, und Qualm drang aus den Auspuffrohren. Binnen weniger Sekunden war der hintere Teil der Halle eingenebelt. Die Luft erzitterte unter der schnellen Drehung der Propeller. Die Vibrationen durchliefen den Stahlrahmen und setzten sich in Holzplanken und Sitzen

fort. Juna klammerte sich fest. Die Angst stand ihr ins Gesicht geschrieben
»Es ist alles in Ordnung«, brüllte er, um sie zu beruhigen. »Das ist ganz normal. Die Motoren sind immer so laut. Ich löse jetzt die Bremse.« Er legte einen Hebel um und gab etwas Gas. Die Flugmaschine setzte sich langsam in Bewegung.

*

Edana und ihre Gefährtinnen hatten das Ende des Tunnels erreicht. Vor ihnen ragte eine Steigleiter aus der Wand, ihre Sprossen führten senkrecht in die Höhe. Der Schacht musste recht lang sein, denn sein Ende war nicht einzusehen. Selbst das Licht ihrer Fackeln vermochte ihn nicht zu erhellen. Wasser tropfte von oben herab, ein untrügliches Zeichen, dass die Zisterne direkt über ihren Köpfen liegen musste. Wenn Sven sie nicht belogen hatte, dann war irgendwo da oben eine Luke, durch die sie in das Gebäude gelangen konnten. Edana klemmte sich die Fackel zwischen die Zähne, prüfte den Sitz ihrer Waffen und ergriff die Sprossen. Das Metall war feucht und glitschig. An einigen Stellen wucherten dicke Algenpolster, und mitunter war das Eisen bedenklich durchgerostet. Edana gab eine Warnung aus, dann kletterte sie weiter. Das dumpfe Dröhnen von Explosionswaffen hallte zu ihnen herunter. Der Kampf war in vollem Gange. Wenn sie nur nicht zu spät kamen!
Nach einer Weile war das Ende das Schachts zu erkennen. Die Leiter mündete in einer kleinen Plattform mit verrosteten Bodenblechen. Überall waren Löcher, wodurch die Eisenplatten wie vergammelter Käse aussahen. Eine gepanzerte Luke versperrte ihnen den Weg. Edana runzelte die

Stirn. Eine Luke hatte Sven nicht erwähnt. Sie reichte ihre Fackel an eine ihrer Gefährtinnen weiter, legte ihre Hände auf das eiserne Rad und versuchte, es zu drehen. Das Rad bewegte sich keinen Millimeter. Vermutlich eingerostet. Keuchend probierte sie es noch einmal, doch sie rutschte ab und schlug mit der Hand gegen eine der Speichen. Stöhnend steckte sie ihre Finger in den Mund.
»Mordra, versuch du mal dein Glück.«
Mordra war die stärkste unter ihren Gefährtinnen. Ein Berg von einer Frau, mit Oberarmen, die man nicht mit zwei Händen umspannen konnte. Sie drängte sich an den anderen vorbei auf die Plattform und packte das Rad. Ein paar Sekunden hörte man nichts außer ihrem schweren Keuchen. Dann plötzlich ertönte ein Quietschen. Das Rad hatte sich um einen knappen Zentimeter bewegt. Mit neu erwachtem Mut packte Edana mit an. Gemeinsam gelang es ihnen, die Sperre noch ein Stück weiter zu öffnen. Dann ging es leichter. Mordra drehte und drehte, bis die Luke mit einem Knacken aufsprang. Rost blätterte ab und rieselte zu Boden. Wo immer dieser Weg hinführen mochte, er war seit Jahrzehnten nicht benutzt worden.

53

Rumpelnd und keuchend holperte der Donnervogel aus der Halle auf das mit Schlaglöchern übersäte Rollfeld. Dunkle Wolken hatten sich vor die Sonne geschoben und dämpften das Licht. Nicht mehr lange, dann würden die ersten Tropfen fallen. Die Luft war von ungewöhnlicher Klarheit. Juna drehte den Kopf und blickte zwischen den Tragflächen hindurch nach hinten. Trotz des Motorenlärms waren einzelne Schüsse zu hören. Über der Raffinerie schwebte Rauch. Helle Punkte flogen durch die Luft und prallten gegen die Wälle. Brandpfeile! Juna konnte weder Leitern noch Seile oder Sturmhaken erkennen. Es war also genau, wie Arkana gesagt hatte. Der eigentliche Angriff fand auf der anderen Seite der Raffinerie statt, irgendwo in den Schächten, die vom Fluss heraufführten. Wenn bloß nichts schiefging!

Sie kam nicht dazu, sich weitere Gedanken zu machen. Der Donnervogel hatte das Rollfeld erreicht. Vor ihnen erstreckte sich eine mit Grasbüscheln und Farnen überwucherte Piste aus grob zusammengefügten Betonplatten. Etwa einen Kilometer lang und zwanzig Meter breit. An ihrem Ende konnte man den Zaun erkennen und dahinter den breiten Strom. Ein kühler Wind wehte ihnen von Osten entgegen. Der Weg kam Juna auf einmal furchtbar kurz vor. Würde die Strecke ausreichen, um sich in die Luft zu erheben? Oder würden sie am Zaun zerschellen oder ins schlammig braune Wasser des breiten Stroms stürzen? Beide Möglichkeiten waren wenig verlockend. In ihrer Brust krampfte sich etwas zusammen.

David wandte ihr sein Gesicht zu und schenkte ihr ein Lächeln. Seine Hand löste sich vom Steuerknüppel und berührte ihren Arm. »Bereit?«
Sie ergriff seine Hand und nickte. Seine Haut war warm.
»Bereit.« Dann, ohne lange darüber nachzudenken, beugte sie sich vor und gab ihm einen Kuss. »Bring uns in die Luft.«

*

»Keine Bewegung!« Die Stimme kam von vorne. Edanas Hand flog zum Messer, doch sie kam nicht dazu, es zu ziehen. Kalter Stahl presste sich an ihre Stirn und machte ihr mit aller Deutlichkeit klar, dass ihr Eindringen nicht so unbemerkt vonstatten gegangen war, wie sie gehofft hatte. Schlimmer noch: Es hatte den Anschein, als habe man sie erwartet.
»Denk nicht mal daran, deine Waffe zu ziehen«, sagte die Männerstimme. »Tritt vor. Aber schön langsam, wenn ich bitten darf. Und ihr anderen, kommt einzeln aus dem Schacht, eine nach der anderen.«
Edana trat ins Licht, die Helligkeit ließ sie zwinkern. Zwölf Männer umringten sie. Allesamt recht jung und bis an die Zähne bewaffnet. Mindestens ein halbes Dutzend Gewehre war auf sie gerichtet. Der Mann, der vor ihr stand und ihr seine Waffe an die Schläfe hielt, konnte kaum älter als zwanzig sein.
»Dreht euch zur Wand und legt eure Waffen ab«, befahl er. »Wer Dummheiten macht, wird sofort erschossen.« Zu den anderen gewandt, sagte er: »Ich will verdammt sein, der Inquisitor hatte tatsächlich recht«

»Wo sind wir hier?«, fragte Edana.
Ein trockenes Lachen. »Das weißt du nicht? Dies ist die Truppenzentrale. Hier ist ein Großteil unserer Reserven stationiert. Ihr hättet euch wirklich keinen dümmeren Ort für euren Überfall aussuchen können.«
Edana ballte die Fäuste. Sven hatte sie angelogen. Sie waren reingelegt worden.
»Wo wolltet ihr denn hin?«
Edana schwieg.
Der Lauf der Waffe drückte unangenehm gegen ihre Schläfe.
»Bist du so versessen darauf, zu sterben, Weib? Ich frage dich noch einmal: Wohin wolltet ihr?«
»Zur Zisterne«, stieß sie hervor.
»Zur Zisterne?« Die Brauen des Mannes wanderten in die Höhe. »Da seid ihr aber ganz schön vom Weg abgekommen. Zeig mal her, was du da hast.« Er fischte die Karte aus ihrer Jackentasche. Kopfschüttelnd betrachtete er die Zeichnung. »Wer immer das gezeichnet hat, wollte euch entweder an der Nase herumführen, oder er hatte eine Rechts-links-Schwäche. Die Zisterne liegt genau auf der anderen Seite. Aber ist ja auch egal. Der Inquisitor hat gesagt, dass ihr versuchen würdet, wie Kanalratten in unseren Komplex einzudringen und die Tore zu öffnen. Er ist ein weiser Mann. Es wird ihn freuen zu hören, dass seine Ahnung tatsächlich gestimmt hat. Folgt mir.«

※

Mit einem Aufbrüllen der Motoren setzte sich der Donnervogel in Bewegung. David spürte die Vibrationen in seinem Arm. Es fühlte sich an, als müsse man gewaltsam den Deckel eines Dampfkessels nach unten drücken. Holpernd und quietschend rumpelten die Räder über die Startpiste. Der Lärm steigerte sich ins Unermessliche. Der Wind schlug David ins Gesicht, brauste in seinen Ohren und ließ seine Haare flattern. Die Drähte, mit denen die Tragflächen untereinander verspannt waren, heulten und summten, und die Rahmenkonstruktion knarrte, als würde sie jeden Moment auseinanderfallen.

Immer schneller und schneller ging es voran. Gräser, Farne und Büsche sausten unter ihnen davon. Ob sich das Monstrum irgendwann mal in die Lüfte erheben würde?

David hatte Mühe, die Maschine auf der Piste zu halten. Aus irgendwelchen Gründen zog sie ständig nach links. Das Ruder reagierte jedoch sehr empfindlich. Jede noch so kleine Bewegung hatte eine sofortige Kursveränderung zur Folge. Er versuchte, sich auf die Messinstrumente zu konzentrieren. Laut Aussage des Konstrukteurs mussten sie mindestens achtzig Sachen draufhaben, ehe sie abheben konnten. Sie waren jetzt gerade mal fünfzig Stundenkilometer schnell. Also noch weiter beschleunigen. David rief sich die Lektionen von Meister Sven in Erinnerung. Nur nicht in Panik geraten. Schubhebel, Ruder und Instrumente, mehr brauchst du nicht.

Leichter gesagt als getan. Die Hälfte der Piste lag bereits hinter ihnen. Der Zaun kam bedenklich schnell näher. David überlegte für den Bruchteil einer Sekunde, ob er nicht lieber abbrechen sollte, als eine rote Markierung an ihnen vorübersauste. Der *Point of no return*, wie Sven ihn genannt hatte. Der Punkt, ab dem ein Anhalten nicht mehr möglich war. Jetzt gab es kein Zurück mehr. Sie würden entweder abheben oder im Fluss versinken. Oder – und der Gedanke traf

ihn mit eisiger Härte – sie würden explodieren. Die Sprengkraft unter ihren Tragflächen reichte aus, um sie in tausend Stücke zu zerfetzen.
Der Zaun kam immer näher. David hatte den Steuerknüppel zu sich herangezogen und den Schubhebel auf volle Leistung gedrückt, doch sie wollten und wollten einfach nicht starten. Fünfundsechzig Stundenkilometer ... siebzig. Diese verdammten Bomben. Ohne sie wären sie vermutlich schon längst in der Luft. Doch er hatte ja nicht auf sie verzichten wollen. Jetzt würden diese verdammten Höllendinger sie ins Verderben reißen.
Fünfundsiebzig. Der Zaun war jetzt nur noch knappe hundert Meter entfernt. Dahinter konnte man das braune Wasser des breiten Stroms erkennen. *Lieber Gott ... bitte.*
Die Flugmaschine machte einen Satz in die Höhe. David glaubte zu träumen. Sie fielen zurück, nur um im nächsten Augenblick wieder abzuheben. Und dann ... langsam, majestätisch ... wie ein Adler ... schwebte der Donnervogel nach oben. Unter ihren Füßen fegte der Zaun vorbei. Dann folgte ein schmaler Streifen braunen Grases, und sie befanden sich über dem Wasser.
Sie hatten es geschafft. Großer Gott!
David konnte ein paar Enten sehen, die auf den schlammbraunen Wogen trieben. *Seht her,* wollte er ihnen zurufen, *ich bin einer von euch.* Doch dann waren sie hinter ihnen verschwunden.
Meter um Meter stiegen sie höher. Das Rumpeln und Dröhnen hatte aufgehört. Nur noch das Brummen der Motoren war zu hören. Sie hatten es geschafft. Sie waren in der Luft.

※

Der Hof hing voller Pulverschwaden. Beißender Rauch wehte über ihre Köpfe. Das Knallen und Rattern automatischer Waffen hallte von den Fassaden der zerstörten Häuser wider. Oben auf dem Wall sah Edana Männer rennen. Befehle wurden gerufen und Positionen gewechselt. Hin und wieder flogen Brandpfeile über die Mauer, doch sie wurden gelöscht, sobald sie zu Boden fielen.

Der Inquisitor schritt mit einem Ausdruck des Triumphs an den knienden Frauen vorüber. Hin und wieder blieb er bei einer von ihnen stehen und hob ihr Kinn mit seinem Stab, um sie näher in Augenschein zu nehmen. Das war das erste Mal, dass Edana den Mann zu Gesicht bekam. Was hatte sie nicht schon alles über diesen Teufel in Menschengestalt gehört. Schlächter, Kriegshetzer, Vergewaltiger – er war so ziemlich alles genannt worden. Doch schienen diese Begriffe im Angesicht der wahren Person von Marcus Capistranus noch untertrieben. Er sah einfach furchterregend aus mit seinem roten Mantel, seinen eisenbeschlagenen Stiefeln und dem eisernen Dornenstab. Am schlimmsten aber war das Gesicht oder vielmehr das, was davon noch übrig war. Edana musste sich mit Grausen abwenden.

Der Stab traf sie gegen die Schulter. »Du da. Wie ist dein Name?«

»Edana.«

»Bist du die Anführerin?«

Sie bewegte unmerklich den Kopf.

»Ja, das dachte ich mir. Nun, Edana, es wird dich interessieren zu erfahren, dass euer Angriff gescheitert ist. Deine Truppen draußen haben keine Chance gegen unsere Waffen. Schon jetzt ist ein Viertel deiner Leute gefallen, und es werden stündlich mehr, wenn du sie nicht davon abhältst.«

»Was verlangst du von mir?«

»Von dir? Gar nichts. Du wirst sterben, so wie all die anderen da draußen. Seit ich von der Entführung Svens und Davids erfuhr, wusste ich, dass ihr etwas im Schilde führtet. Ich ließ den Stab meiner besten Strategen zusammenrufen und beratschlagen, was zu tun sei. Die einhellige Meinung ging dahin, dass ein frontaler Angriff auf unseren Wall ausschied. So dumm konntet nicht mal ihr sein. Nein, nein, ihr brauchtet Sven und David, um eine Schwachstelle in unserer Verteidigung zu finden. Einen Punkt, an dem ihr ungesehen eindringen konntet. Und die einzige Stelle, an der so etwas möglich ist, sind die Abwasserrohre. David war euch keine Hilfe, das war mir klar; er kannte diese Anlage nicht gut genug. Doch Sven war eine Bedrohung. Nun kenne ich ihn schon seit vielen Jahren. Ich weiß, dass er ein rechter Sturkopf ist. Mit Gewalt ist aus ihm nichts herauszukriegen, und wenn doch, dann nur in Bruchstücken oder mit kleinen Fehlern. So wie das hier.« Er hielt Edana den Plan vors Gesicht. »Das ist doch seine Skizze, oder? Ja, das ist typisch für ihn. Eine Falle, in die ihr unweigerlich hineintappen musstet. Guter Mann, dieser Sven.«

»Er schmort bereits in der Hölle, so wie du es bald tun wirst«, stieß Edana aus. »Mag sein, dass du für einen Moment deinen Triumph genießen kannst, auf Dauer wirst du nicht siegen. Wir Frauen sind in der besseren Position. Es ist nur eine Frage der Zeit, bis wir über euch hinwegrollen werden.«

»Meinst du?« Der Inquisitor ließ ein unheimliches Lachen erklingen. »Wenn du dich da mal nicht täuschst, meine kleine Amazone. Wir sind im Besitz einer Waffe, die das Schicksal unser beider Welten entscheiden wird. Zu dumm, dass du nicht lang genug leben wirst, um dieses Wunder zu erle…«

Er verstummte.
Über die Schüsse hinweg war ein seltsames Geräusch zu vernehmen. Ein dumpfes Brummen wie von einem riesigen Bienenschwarm. Es näherte sich von rechts und verlagerte dann seine Position, so als ob es die Raffinerie umkreiste. Auf dem Wall brach hektische Betriebsamkeit aus. Es wurde gerufen und gestikuliert, einige der Wachen rannte hinüber zum Nordwall. Irgendetwas schien sie in höchste Erregung zu versetzen. Marcus Capistranus strich seine Kapuze herunter, hob den Kopf und lauschte.
»Was zum Teufel ...«, murmelte er. Und dann: »*Nein.*«
Sein Mantel schimmerte blutrot, als er zur Treppe rannte, die zum Nordwall hinaufführte.

54

Die Flugmaschine flog langsam und gleichmäßig. Gewaltig wie ein riesiger schwarzer Vogel schwebte sie durch die Luft und hinterließ einen dunklen Schatten auf der Erde.

Juna war sprachlos. Ihre Angst und Panik waren wie weggeblasen. Das Gefühl, zu fliegen und die Welt von oben zu sehen, war überwältigend. Der Wind in ihren Haaren, das Brausen in den Ohren und das Flattern des Umhangs – es war, als würde sie träumen.

Wie oft hatte sie sich gewünscht, Seite an Seite mit Camal den Himmel zu durchstreifen. Jetzt war dieser Wunsch in Erfüllung gegangen. Sie konnte den Umriss ihres Freundes durch die Luft sausen sehen, keine fünfzig Meter entfernt. Als sie ihm mit der Hand zuwinkte, kam er zu ihr herüber. Seine gelben Augen funkelten sie an, und sein geöffneter Schnabel schien zu sagen: »Warum hast du mir nicht eher gesagt, dass du fliegen kannst?« Er pickte kurz nach ihrer Hand, dann ging er wieder auf Abstand. Der Donnervogel schien ihm nicht geheuer zu sein. Im Angesicht der rotierenden Propeller nur zu verständlich.

»Wie kommst du zurecht?«, rief sie David zu. »Ist es einfach, die Maschine zu fliegen?«

»Einfach nicht, aber es klappt. Die Steuerung reagiert sehr empfindlich, siehst du?« Er tippte kurz gegen den Steuerknüppel, und das Flugzeug veränderte sofort seine Position. Unter ihnen war jetzt wieder der breite Strom. In nicht allzu

großer Ferne lag die alte Stadt. Man konnte sogar die schwarze Kathedrale erkennen.
»Man muss den Richtungswechsel mit Knüppel und Pedalen gleichzeitig ausführen. Hat ein bisschen gedauert, bis ich das herausgefunden habe, aber jetzt klappt es sehr gut.«
Juna bemerkte, dass David die Maschine in eine weite Rechtskurve lenkte. Sie flogen jetzt wieder genau auf die Raffinerie zu.
»Wo willst du denn hin?«, rief sie. »Das ist die falsche Richtung.«
»Sie ist genau richtig. Ich sagte dir ja, es gibt da noch etwas, was ich erledigen muss.«
Juna öffnete den Mund, um etwas zu erwidern, doch die Worte blieben ihr im Hals stecken. »Nein.« Sie schüttelte den Kopf. »Das ist viel zu gefährlich. Es ist Irrsinn.«
»Trotzdem. Ich muss es tun. Ich muss das Gleichgewicht wiederherstellen.« David blickte entschlossen geradeaus. »Du hast doch gehört, was mein Vater gesagt hat. Er wird niemals Ruhe geben. Nicht, solange er lebt. Wir müssen ihm das Handwerk legen. Und jetzt halt dich fest, ich gehe runter.«

*

Edana vernahm das Geräusch immer deutlicher. Ein tiefes, durchdringendes Brummen, das lauter und lauter wurde. Kein Zweifel, es kam näher. Die Schüsse auf dem Wall wurden weniger, schließlich hörten sie ganz auf. Alle Blicke waren nach Norden gerichtet. Selbst die Wachen unten im Hof waren abgelenkt.
Edana warf ihren Kameradinnen einen kurzen Blick zu.

Möglicherweise war das der Moment, auf den sie gehofft hatten. Wenn alle abgelenkt waren, gelang es vielleicht doch noch, zum Tor zu rennen und den Öffnungsmechanismus zu betätigen. Die anderen mussten natürlich dafür sorgen, dass die Wachen nicht feuerten. Doch das konnte nicht allzu schwierig sein. Die Posten waren allesamt junge Burschen und noch grün hinter den Ohren. Die Brigantinnen dagegen waren für solche Situationen ausgebildet worden. Edana hatte nur die erfahrensten Kriegerinnen mitgenommen. Frauen, die keine Sekunde zögern würden, ihr eigenes Leben zum Wohle der Sache zu opfern. Sie schaute zu Mordra und machte Handzeichen, sie solle sich bereithalten. Die Fähigkeit zu wortloser Verständigung wurde jeder Brigantin in jungen Jahren beigebracht. Es genügten fünf Symbole, um die anderen über ihren Plan zu unterrichten. Als alle ihre Anweisungen bestätigt hatten, war es so weit. Das Brummen dröhnte mittlerweile so laut, dass es von den umliegenden Häuserfronten zurückgeworfen wurde. Edana war jetzt voll konzentriert. Etwa zwanzig Meter bis zum Tor. Sie zählte die Finger ihrer Hand.
Drei ... zwei ... eins ...
Weiter kam sie nicht. Ein schwarzer Schatten verdunkelte den Himmel. Ein riesiges, geflügeltes Wesen tauchte über der nördlichen Mauerkrone auf, sauste in niedriger Höhe über sie hinweg und verschwand wieder aus ihrem Sichtfeld. Einen atemlosen Moment blickten alle der unheimlichen Erscheinung hinterher, dann wurden sie von einem gewaltigen Knall überrascht. Eines der Häuser löste sich in einer Wolke aus Feuer und Rauch auf. Staub wurde in die Luft gewirbelt, Bruchstücke von Ziegeln und Holzbalken flogen durch die Luft und landeten prasselnd ringsumher. Eine Welle heißer

Luft schlug ihnen ins Gesicht, raubte ihnen den Atem und betäubte ihre Augen und Ohren.

Als Lärm und Staub sich verzogen hatten, konnten sie sehen, dass von dem Haus nur noch Trümmer übrig waren. Es hatte sich aufgelöst, war fort. *Pulverisiert.*

Edana kauerte ängstlich am Boden, unfähig, auch nur einen Finger zu rühren. Ein Drache, schoss es ihr durch den Kopf. Das mythische Fabelwesen aus den alten Sagen. Nein, meldete sich die Stimme der Vernunft. Es ist eine Maschine, eine Flugmaschine. Doch wer steuerte sie und was sollte dieser Angriff?

Panik brach aus.

Überall sah sie Männer in heller Aufregung durcheinanderrennen. Manche bleich vor Schrecken, andere mit hochroten Köpfen und Befehle brüllend. Der Inquisitor schüttelte wütend seine Faust hinter dem Ding her, doch ihm blieb keine Zeit, um Gegenmaßnahmen zu ergreifen. Schon ertönte das Dröhnen von neuem.

»Der Plan mit dem Tor ist gestrichen«, flüsterte Edana. »Wir müssen fliehen.«

»Wohin?«, keuchte Mordra.

»Zurück in das Gebäude, aus dem wir gekommen sind. Runter in den Keller und dann ab durch die Kanalisation.«

»Und unser Auftrag?«

»Vergiss den Auftrag. Gegen das Ding hier sind wir machtlos. Wenn einer dieser Sprengkörper den Tank trifft, werden wir alle sterben. Wartet ab, bis es direkt über uns ist, und dann rennt los, so schnell ihr könnt. Schaut nicht zurück. Wir schlagen die Tür hinter uns zu und verriegeln sie von innen, dann haben wir vielleicht eine Chance.«

Die anderen nickten.

Das Dröhnen wurde immer lauter. Edana musste der Versuchung widerstehen, auf der Stelle davonzurennen. Die Aussicht, dem mechanischen Drachen noch einmal ins Antlitz blicken zu müssen, war unerträglich. Doch sie musste ausharren. Nur noch ein kleines bisschen …
Und dann kam er. Von Süden her, in flachem Anflugwinkel. Dröhnend, mächtig und schwarz. Sie sah die vernarbte Haut, die rostigen Knochen, den fleckigen Kopf. War das ein Falke, der da neben der Flugmaschine herflog? Er schien überhaupt keine Angst zu verspüren. Das Ding wurde von zwei Personen gesteuert. Eine von ihnen hatte langes rotes Haar.
Edana kniff die Augen zusammen. Rote Haare, ein Falke?
Juna!
Die Maschine donnerte über ihren Kopf hinweg und ließ die Luft erzittern. Edana war so perplex, dass sie den Moment verpasste, in dem sie losrennen wollte. Was tat Juna da an Bord der Flugmaschine? Und wer war die Person neben ihr?
In diesem Moment geschahen mehrere Dinge gleichzeitig. Edana hörte einen Schrei, dann einen dumpfen Knall. Der Schrei kam von der Tür, die in den Untergrund führte. Ihre Kameradinnen waren dem Befehl gefolgt und alle zur Tür gestürzt, die in den Untergrund führte. Der Knall hingegen kam aus Richtung des Treibstofflagers.
Bei den Göttinnen!
Das fahle Morgenlicht wurde von einer gleißender Helligkeit überstahlt. Alles um sie herum schien seine Farbe zu verlieren. Die Welt verblasste, löste sich auf in scherenschnittartige Konturen und grelle Flächen. Edana sprang auf und rannte los. Aus dem Augenwinkel heraus sah sie, wie der mächtige Turm, in dem die Heilige Lanze ihre Treibstoffvorräte

bunkerte, in einer Säule aus reinem Licht verschwand. Ein Höllenschlund tat sich auf und saugte brüllend Luft in seine feurigen Lungen. Ringsumher ging ein Aufschrei durch alle Kehlen. Die Menschen erkannten, was da auf sie zugerollt kam. Panisch versuchten sie, sich in Sicherheit zu bringen. In Häusern, Tunneln und Stollen. Manche wollten auf ihren Fahrzeugen fliehen, wurden jedoch von der Welle aus flüssigem Feuer erfasst. Wortlos verschwanden sie im Gluthauch der Hölle.

Edana erreichte die Tür und schlug sie hinter sich zu. Eine Woge von purer, ungefilterter Hitze traf das Gebäude. Ein Sausen und Brausen wie von himmlischen Posaunen erfüllte die Luft. Fenster splitterten, Balken loderten auf, Tapeten fielen brennend von den Wänden. In wenigen Sekunden stand das ganze Haus in Flammen.

»Runter«, schrie Edana. »Runter, oder wir werden alle verbrennen.« Die Frauen ließen sich das nicht zweimal sagen. Wie eine Herde in Panik geratener Tiere stürmten sie in den Keller. Sie rannten, wie sie noch nie in ihrem Leben gerannt waren. Die Stufen hinunter, um die Ecke, dann noch eine Treppe nach unten und durch die Eisentür. Mordra stand bereits dort und winkte alle hindurch. Erst als auch Edana hindurch war, schlug sie die Pforte zu. Mit vereinten Kräften drehten sie an dem Rad und versperrte den Zugang. Dann ergriffen sie die Handläufe der Eisentreppe und sausten daran nach unten. Rostige Splitter bohrten sich in ihre Hände. Von oben waren berstende Geräusche zu hören. Eine Woge nach Benzin stinkender Luft folgte ihnen, dann fielen brennende Tropfen in den Schacht herab. Einer traf Mordra auf der Schulter. Schreiend und um sich schlagend tauchte sie ins Wasser. Als sie wieder auftauchte, war das Feuer erloschen.

»Schnell«, rief Edana. »Weiter den Tunnel runter. Wir müssen zum Fluss.«
Platschend und prustend taumelten sie weiter.
Hinter ihnen strömte flüssiges Feuer den engen Schacht hinab. Sie mussten sich beeilen. Das Licht des brennenden Wassers reichte aus, um den Weg vor ihnen zu beleuchten. Edana schlug sich mehr als einmal die Beine an irgendwelchen scharfkantigen Gegenständen an. Doch der Schmerz war gering, verglichen mit dem Horror, der ihnen durch die Kanalisation folgte. Schon wurde die Luft stickig.
Es dauerte nicht lang, da sahen sie den rettenden Ausgang vor sich. Halb erstickt und starr vor Schreck taumelten die Frauen ins Freie. Keine Sekunde zu früh, denn in diesem Augenblick ergoss sich eine Flut brennenden Wassers in den braunen Strom.
Edana konnte es nicht fassen. Auch die anderen waren starr vor Staunen. Manche der Frauen sanken auf die Knie und dankten den Göttinnen, andere schöpften Wasser in ihre überhitzten Gesichter oder sogen die herrlich frische Luft in ihre Lungen. Edana drehte sich um. Was sie sah, erfüllte sie mit Grauen. Gewaltige Flammen schlugen aus der brennenden Raffinerie empor. Ein heiseres Brüllen und Grollen wie aus tausend Drachenkehlen lag in der Luft. Eine dunkle Wolke hing über der Anlage und trübte die Sicht. Rußflocken wehten durch die Luft und vermischten sich mit ersten Regentropfen, die vom Himmel fielen. Aus dem Kanal neben ihnen floss ein Rinnsal brennenden Wassers. Kein Zweifel: Dies war der Tag des Jüngsten Gerichts.

55

Die gewaltige, hellgelbe Flammensäule brach langsam in sich zusammen. Das Licht – heller als die Sonne an einem Sommertag – nahm an Intensität ab und hinterließ einen blinden Fleck auf der Netzhaut. Das Knacken und Bersten von brennenden Holzscheiten war zu hören. Schreie vermischten sich mit dem Klirren von Glas. Die Luft war getränkt vom Gestank nach Benzin und Rauch.
Juna starrte mit weitaufgerissenen Augen zwischen den Tragflächen hindurch. Überall loderten Flammen empor: auf den Plätzen, zwischen den Gebäuden und natürlich an der Stelle, an der ehemals der große Treibstofftank gestanden hatte. Ein paar krumme Stahlgestänge ragten in die Luft – das war alles, was vom ehemaligen Herz der Anlage übrig geblieben war. Das Gebäude mit den Reservefahrzeugen war komplett verschwunden. Vermutlich aufgrund der ungeheuren Druckwelle, die infolge der Explosion entstanden war. Und auch das Waffendepot war völlig vernichtet. Ein paar verkohlte Fahrzeuge standen herum, stumme Zeugen für die einstige Macht der Heiligen Lanze. Diese Autos würden nie wieder fahren. Selbst wenn es einigen begabten Mechanikern gelänge, sie wieder herzurichten – was Juna bezweifelte –, womit hätte man sie betreiben sollen? Der Treibstoff war vernichtet, der Inquisitor musste seine Hoffnungen auf eine Invasion für immer begraben.
Davids Gesicht war eine Maske der Entschlossenheit, während er den Steuerknüppel heranzog und die Flugmaschine

langsam wieder auf Höhe brachte. Der Qualm raubte ihnen den Atem, während sie in einer flachen Schleife zum Ort des Geschehens zurückkehrten. Juna konnte sehen, dass etliche Männer die Katastrophe überlebt hatten. Wie Ratten krochen sie aus ihren Löchern und starrten fassungslos auf das, was vor wenigen Augenblicken noch eine intakte Kleinstadt gewesen war. Einige versuchten, irgendwelche Brände zu löschen, andere zogen ihre toten oder verwundeten Brüder aus den Trümmern. Obwohl die Flugmaschine zu weit entfernt war, meinte Juna Trauer und Fassungslosigkeit in den verrußten Gesichtern zu erkennen. Was jetzt wohl in ihren Köpfen vorgehen mochte? Ab heute würde es keine Überfälle mehr geben, keine Plünderungen und keine Landernte. Ohne die Macht ihrer Waffen und Fahrzeuge waren sie nicht länger in der Lage, den Tribut einzufordern, den sie so viele Jahre beansprucht hatten. Sie würden sich auf das besinnen müssen, was ihnen zur Verfügung stand. Gärten, Parks und Wiesenflächen mussten bebaut, Bewässerungskanäle gezogen und Stallungen errichtet werden. Ihr ganzes Leben würde sich verändern. Ab heute würde für die Männer eine neue Zeitrechnung beginnen. Sie würden sich anpassen müssen oder untergehen.

Auch auf der anderen Seite des Walls herrschte ungläubiges Staunen. Die Köpfe vieler Frauen waren zu ihnen emporgereckt, während sie mit dem Donnervogel über sie hinwegfegten. Dutzende von Händen winkten ihnen zu, es wurde gejubelt und gejauchzt. Manche fielen ihren Genossinnen in die Arme, andere sanken zu Boden, die Arme ausgebreitet, die Köpfe zum Gebet geneigt. Was geschehen war, musste ihnen wie ein Wunder vorkommen. Juna konnte es ja selbst kaum glauben. Die Weissagung ihrer Mutter hatte sich erfüllt.

Juna blickte zu David hinüber. Ein Lächeln stahl sich auf ihr Gesicht. Hatte Arkana nicht gesagt, es stünde ein Umbruch bevor und dass dieser von einem Jungen ausgelöst würde? Nun, in einem hatte sie unrecht. David war kein Junge mehr.
Sie streckte ihre Hand aus und berührte seine Finger.
David erwiderte die Geste und schenkte ihr ein Lächeln.
Es brauchte keine Worte, um diesen Moment zu beschreiben.
Sie hatten es geschafft.
David lenkte die Flugmaschine in eine langgezogene Rechtskurve und ging dann auf Westkurs. Vor ihnen lag unbekanntes Land. Ein silbriger Streifen schimmerte fern am Horizont.
Juna rückte ihre Brille zurecht und ließ sich den Wind ins Gesicht wehen. Was würde die Zukunft für sie bereithalten? Würden sie die *Zuflucht* finden, und wenn ja, würde man sie dort aufnehmen? Ihr Schicksal lag nun in den Händen der Götter. Doch was immer auch geschehen mochte, wichtig war nur eines: dass sie zusammen waren!

*

Edana und ihre Gefährtinnen umrundeten die Raffinerie und gelangten an den Ort, an dem der Kampf gewütet hatte. Vor ihnen lag eine weite Wiese, übersät mit Pfeilspitzen und zerbrochenen Lanzen. Kleine Feuer flackerten ringsumher. Der Gestank nach Rauch und Benzin war allgegenwärtig. Aus der Raffinerie drangen dunkle Schwaden. Auf der anderen Seite des Walls stand vermutlich kein Stein mehr auf dem anderen. Was für ein überraschender und unerwarteter Sieg!

Man konnte fast Mitleid mit den geschlagenen Männern haben. *Fast.*

Edana spürte, dass die Dämonen der Vergangenheit sie nun endlich in Ruhe lassen würden. Sie hatte bekommen, was sie wollte. Der Tod ihrer Tochter war gerächt.

Mit schmerzverzerrtem Gesicht humpelte sie über das verbrannte Gras. Drüben, in der Nähe des Wäldchens, lag die Hauptstreitmacht der Brigantinnen. Banner und Wimpel flatterten im Wind. Man hatte Bahren bereitgestellt und Zelte errichtet, um die Verwundeten zu versorgen. Es gab sogar eine Feldküche, in der Essen verteilt wurde. Ein unwiderstehlicher Geruch wehte zu ihnen herüber. Im Geiste überflog sie die Häupter der Versammelten und kam zu dem Schluss, dass die Verluste geringer waren, als sie befürchtet hatte.

»Rigani hat ihre schützende Hand über uns gehalten«, flüsterte sie. »Wenn ich jemals ein Zeichen der Göttinnen gesehen habe, dann das hier.«

»Es war mehr als nur ein Zeichen der Göttinnen.«

Edana drehte sich um. Auf Mordras rußgeschwärztem Gesicht lag ein seltsamer Ausdruck, wie man ihn von Menschen kannte, die eine Vision gehabt hatten. »Diese Flugmaschine – habt ihr gesehen, von wem sie gesteuert wurde?«

Edana presste die Lippen aufeinander. »Ja«, flüsterte sie. »Ich habe es gesehen.«

»Ich sage euch, es hat etwas zu bedeuten«, sagte Mordra. »Wir dürfen dieses Wunder nicht einfach vorübergehen lassen. Ich werde dem Hohen Rat vorschlagen, dass wir den Überlebenden und Verwundeten im Inneren dieser Hölle unsere Hilfe anbieten. Es wird Zeit, die Hand auszustrecken.«

Humpelnd gingen die Frauen weiter.
Edana blickte nach oben. Der Regen hatte eingesetzt. Feine Tropfen rieselten vom Himmel und legten sich auf ihre Haare und ihre überhitzte Haut. Fern im Westen, dort, wo die Flugmaschine mit Juna und David an Bord hinter dem Horizont verschwunden war, fielen silbrige Himmelsleitern zu Boden. Es war ein Licht, wie man es nur selten und nur an besonderen Tagen zu sehen bekam. Bislang war es stets ein Vorbote für künftige Ereignisse gewesen.
Mordra hatte recht. Es lag etwas in der Luft. Etwas Einzigartiges. Ein Wind der Veränderung.

Fortsetzung im zweiten Teil:

Das verbotene Eden II – *Erkenntnis*